LES MEILLEURES
NOUVELLES QUÉBÉCOISES
DU XIXᵉ SIÈCLE

LES MEILLEURES
NOUVELLES
QUÉBÉCOISES
DU XIXᵉ SIÈCLE

*Introduction et choix de textes
par Aurélien Boivin*

Fides

1996

Données de catalogage avant publication (Canada)

Vedette principale au titre:
Les meilleures nouvelles québécoises du XIXe siècle

ISBN 2-7621-1935-9

1. Nouvelles canadiennes-françaises – Québec (Province).
2. Roman canadien-français – XIXe siècle.
I. Boivin, Aurélien.

PS8329.5.Q4A58 1997   C843'.010803   C96-941465-X
PS9329.5.Q4A58 1997   PQ3913.A57 1997

Dépôt légal: 1er trimestre 1997
Bibliothèque nationale du Québec
© Éditions Fides, 1997.

Les Éditions Fides bénéficient de l'appui du Conseil des Arts du Canada
et de la Société de développement des entreprises culturelles du Québec (SODEC).

INTRODUCTION

Voici la première anthologie de la nouvelle littéraire du Québec au XIXe siècle. Cette anthologie, je rêve de la publier depuis une vingtaine d'années, depuis, en fait, la préparation de mon mémoire de maîtrise en littérature québécoise, *Le conte littéraire québécois au XIXe siècle. Essai de bibliographie critique et analytique*, publié aux Éditions Fides, en 1975. Des circonstances particulières m'ont récemment permis de réactiver ce projet qui a reçu une oreille attentive de la part du directeur général des Éditions Fides, une maison qui a beaucoup fait depuis plus d'un demi-siècle pour la diffusion et la reconnaissance de la littérature québécoise, tant ici qu'à l'étranger.

Pourquoi une anthologie de la nouvelle du Québec au XIXe siècle ? Essentiellement pour rendre hommage aux pionniers du genre et pour rappeler aux amateurs que la nouvelle a été beaucoup pratiquée en terre du Québec au siècle dernier. Les écrivains, jeunes pour la plupart, se sont d'abord fait la main en rédigeant des récits brefs qui se prêtaient bien à la publication dans les journaux et revues. En raison des difficultés énormes que connaissaient alors les éditeurs, peu enclins à publier des œuvres d'imagination, les risques étant trop grands, les écrivains, les jeunes comme les moins jeunes, font leur apprentissage de l'écriture et de l'édition en publiant dans les périodiques. Certains éditeurs de journaux, comme *Le Populaire*, en 1837, ou de revues, comme *La Revue canadienne*, en

1844-1845, et *Le Monde illustré*, à la fin du siècle, encouragent les auteurs inexpérimentés à leur faire parvenir leurs textes tout en leur promettant l'aide nécessaire. Ils interviennent directement dans les textes dont ils corrigent l'écriture, comme on le fait encore en France, au début du XXe siècle, ainsi que le confirme Louis Hémon, dans une lettre qu'il adresse à sa mère, le 14 février 1906, à propos d'une nouvelle, «La conquête», parue dans les pages de *L'Auto*, le 3 février précédent, et qui lui avait mérité le premier prix du Concours littéraire de ce journal :

> *La direction du canard jaune qui m'a récemment donné 500 f[rancs] à titre gracieux m'avait demandé la permission d'écourter et d'éclaircir ma production avant de la reproduire dans ses colonnes. On a dû confier ce travail à un journaliste sentimental et ivre. Je me suis senti tout attendri moi-même en lisant la petite histoire qu'il a substituée à la mienne. Mais je n'ai pas d'amour-propre littéraire, et la bonne galette m'a amplement consolé*[1] *!*

Cette anthologie veut encore témoigner de la richesse de l'imaginaire des auteurs, disons réalistes, du XIXe siècle, qui ont privilégié la nouvelle, tout aussi pratiquée, faut-il le dire, que le conte et la légende.

Typologie du récit narratif bref

Pour que cette anthologie soit davantage utile aux professeurs et aux étudiants auxquels elle s'adresse d'abord, sans négliger pour autant le public en général, essayons de définir et de

---

1. Louis HÉMON, *Œuvres complètes*, t. III : *Lettres à sa famille, Itinéraire, Maria Chapdelaine. Récit du Canada français, Nouvelles inédites*. Édition préparée, présentée et annotée par Aurélien Boivin, Montréal, Guérin littérature, 1995, p. 77. La nouvelle « La conquête » est publiée dans Louis HÉMON, *Œuvres complètes*, t. II : *Récits sportifs, Chroniques sportives, Battling Malone, pugiliste*. Édition préparée, présentée et annotée par Aurélien Boivin, Montréal, Guérin littérature, 1993, p. 161-166.

caractériser les différents récits brefs, tels qu'ils ont été pratiqués au XIXe siècle, soit le conte, le mythe, la légende et la nouvelle proprement dite.

Les trois premiers termes ont des affinités. D'abord ce sont trois genres oraux, à l'origine, qui trouvent leur raison d'être dans la société traditionnelle. Ainsi que l'affirme Northrop Frye, les trois sont caractérisés par l'*épos*, c'est-à-dire « par le fait que l'auteur, le ménestrel, ou le récitant parle en son nom propre comme s'il s'adressait à un auditoire lui faisant face[2] », ou faisant cercle autour de lui. Il faut donc un auditoire, car ces trois genres ont à faire vivre des événements d'une façon collective. C'est donc avouer aussi que ces trois genres sont des genres collectifs, en ce sens qu'ils n'appartiennent à personne et appartiennent à tout le monde ; la parole qui les produit est « sociale, publique et communautaire. Ils sont faits pour être dits à d'autres », par un narrateur qui « est en situation spectaculaire, privilégiée », car il est « le point de mire de l'auditoire[3] » rassemblé autour de lui et il exerce sur cet auditoire un pouvoir de séduction et un pouvoir idéologique, au même titre qu'un curé dans son sermon ou qu'un politicien dans un discours électoral. La nouvelle, on le verra, est individuelle, savante, écrite pour être lue. Mais n'anticipons pas.

Le conte

Le conte se présente comme pure fiction destinée avant tout à divertir. « Il s'instaure par un rite d'entrée verbal, succinct ou élaboré, selon la verve du conteur[4] », ou selon sa qualité aussi : « Il était une fois... », « Il est bon de vous dire qu'il était une

---

2. Northrop FRYE, *Anatomie de la critique*, Paris, Gallimard, 1969, p. 434.
3. Bertrand BERGERON, « L'imaginaire populaire du Saguenay-Lac-Saint-Jean : la croyance légendaire et sa transmission », thèse de Ph. D., Québec, Université Laval, 1985, f. 85.
4. *Ibid.*, f. 109.

fois... », « C'était pour dire qu'il y avait une fois... » Jos Violon, le célèbre conteur de Louis Fréchette, a ses propres entrées en matière :

> *Cric, crac, les enfants ! Parli, parlo, parlons !... Pour en savoir le court et le long, passez le crachoir à Jos Violon ! Sacatabi, sac-à-tabac ! À la porte les ceuses qu'écouteront pas*[5] *!*

De même Isaïe Jolin, un conteur que nous a fait connaître Jean-Claude Dupont, dans ses *Contes de bûcherons* :

> *Une bonne fois, je vais vous conter, vous raconter, tant de vérités, tant de* mentries, *plus je mens, plus je veux mentir*[6].

Je me permets encore de reproduire, malgré sa longueur, cette magnifique formule du très regretté conteur breton Pierre-Jakez Hélias :

> *Autrefois était autrefois, et aujourd'hui, c'est un autre temps.*
>
> *Dans mon verger, j'ai un arbre de pommes qui nourrit des fruits plus tendres que le pain. Mais, pour goûter le pain de ces pommes, il faut dormir au pied de l'arbre avec deux sous de sagesse dans le poing fermé, et un grand sac vide sous la tête pour amasser tout ce qui tombe. Moi, mes amis, ma récolte est faite et mon sac tout plein de merveilles que je partage à qui les veut bien. Écoutez bien !*
>
> > *Le dos de l'âne est pour le bât*
> > *Qui sur le chien ne tiendrait pas.*
> > *C'est un conte extraordinaire,*
> > *Cent fois plus vieux que père et mère,*
> > *Mais il faut seller votre chien*
> > *Si vous voulez comprendre bien.*

---

5. Louis FRÉCHETTE, « Tom Caribou », dans Aurélien BOIVIN [compilateur], *Le conte fantastique québécois au XIX*ᵉ *siècle*, Montréal, Fides, 1987, p. 293 (coll. « Bibliothèque québécoise »).

6. Jean-Claude DUPONT, *Contes de bûcherons*, Ottawa, Musée de l'Homme et Montréal, Quinze, 1976, p. 23, 39, etc.

> *Écoutez et vous entendrez la légende merveilleuse de celui qui alla chercher le printemps. Les sourds des deux tympans porteront la nouvelle aux absents et les aveugles des deux yeux feront voir aux doubles boiteux l'endroit où s'est passé le jeu.*
>
> *En ce temps-là, qui a été avalé depuis par le soleil des loups, il advint une année...*[7]

Le conte, qui est cérémonie, se termine aussi par une formule consacrée. Jos Violon a la sienne propre :

> *Et cric! crac!, cra! Sacatabi, sac-à-tabac! Mon histoire finit d'en par là*[8] [...],

formule qu'il abrège, comme la formule initiale :

> *Et cric, crac, cra! Exétéra*[9].

Les rites d'entrée d'Isaïe Jolin sont, elles aussi, fort pittoresques :

> *Quand cela a été prêt, Tit-Jean s'est marié, puis ils ont mis Charbonnier dans la cage de bois, puis ils ont mis le feu en dessous, et ils m'ont renvoyé vous conter ça*[10].

Ou cette formule de Monsieur Gagné, un conteur des *Menteries drôles et merveilleuses* de Conrad Laforte :

> *On se marie; et on avait invité tout ce qu'il y avait de monsieurs et de quêteux. C'était des noces de monsieurs et des noces de quêteux. Moi, bien! je me trouvais à la noce aussi, c'est moi qui ramassais les ordures puis j'allais jeter ça dans les poubelles. Et une fois que la noce a été finie, j'aurais aimé ça rester là, c'était une belle place, ça. Je suis parti, j'ai été trouver Dole, puis je lui ai demandé une «job» pour travailler au*

---

7. Pierre-Jakez HÉLIAS, *Les autres et les miens*, t. 2 : *Contes à vivre debout*, Paris, Plon, 1977, p. 129-130 (coll. «Presses Pocket», n° 1830).
8. Louis FRÉCHETTE, *op. cit.*, p. 310, 327, 348.
9. *Ibid.*, p. 362.
10. Jean-Claude DUPONT, *op. cit.*, p. 35.

château. Dole dit : Monsieur Gagné, ça me ferait bien plaisir de vous donner une «job» mais, il dit, je vous trouverais un peu trop vieux. Allez-vous en à Chicoutimi et le gouvernement paie la pension à soixante-dix ans, vous allez l'avoir. Toujours que je me suis rendu ici. C'est tout[11].

Il suffit que cette formule soit prononcée pour que le cercle, qui s'était formé et fermé avec la formule initiale, s'ouvre avec cette formule finale. Les auditeurs quittent alors le rêve et l'univers sacré où le conteur les avait amenés pour revenir à la réalité et au monde profane. Car, contrairement au mythe, qui est consécration et réitération, le conte est commémoration, c'est-à-dire que le conteur rappelle à travers sa voix de narrateur les exploits d'un héros qu'il suit (et qu'il choisit délibérément) en évoquant de nombreuses péripéties[12], souvent présentées en triades, jusqu'au dénouement, toujours heureux. En effet, le conte se termine toujours bien, par la récompense des bons et la punition des méchants.

Ainsi, pour couper au plus court, le conte est un récit merveilleux, qui débute et se termine par une formule consacrée, qui raconte un événement ou un fait précis dans une succession de faits et d'événements, qui se déroule dans un passé lointain et dans un espace qui n'est pas localisé avec précision ; il met en scène des héros qui ne sont pas individualisés et qui accomplissent des exploits extraordinaires, c'est-à-dire hors de l'ordinaire. En règle générale, le conte, qui est simple divertissement, on l'a dit, pure littérature d'évasion, comporte une morale, tantôt explicite, souvent implicite. Il n'est vrai que ponctuellement, c'est-à-dire au moment où le conteur le narre et cesse de l'être aussitôt qu'il prend fin. Au-delà des rites d'entrée et de sortie, il est pure invention, pure

---

11. Conrad LAFORTE, *Menteries drôles et merveilleuses. Contes traditionnels du Saguenay*, Montréal, Quinze, 1978, p. 210-211 (coll. «Mémoires d'homme»).
12. Bertrand BERGERON, *op. cit.*, f. 109.

affabulation et n'a aucun retentissement sur le déroulement de la vie profane.

Le mythe

Le mythe, lui, est beaucoup moins populaire dans le XIXᵉ siècle québécois. Ainsi que l'affirme Mircea Eliade, il «se rapporte toujours à une création, il raconte comment quelque chose est venu à l'existence, ou comment un comportement, une institution, une manière de travailler ont été fondés[13]». Il est donc fondateur, car il dit le comment et le pourquoi de la naissance des êtres et des choses. Comme le conte, il appartient à l'univers de la parole et de la mémoire humaine ; les animaux n'ont pas de mythes mais peuvent être l'objet de mythes. Selon Pierre Grimal, le mythe est «un récit se référant à un ordre du monde antérieur à l'ordre actuel et destiné, non pas à expliquer une particularité locale et limitée (c'est le rôle de la simple légende étiologique) mais une loi organique de la nature des chose[14]». Selon Bertrand Bergeron, «il y a mythe lorsque, par un rite d'entrée, on rompt la continuité profane pour introduire l'auditeur ou le participant dans un espace et un temps sacrés[15]». Le mythe est donc une histoire sacrée qui relate un événement qui a eu lieu dans un temps primordial, ancien, du commencement, sacré. Il a aussi ses rites d'entrée: «Au commencement», «Anciennement», «Il y a longtemps», «En ce temps-là» («*In illo tempore*»). Il a un caractère réitératif, car «il refait, comme si cela arrivait pour la première fois à chaque fois, ce qui s'est déroulé aux époques instauratrices de l'humanité[16]». Le mythe n'est pas commémoration mais réité-

---

13. Mircea Eliade, *Aspects du mythe*, Paris, Gallimard, 1963, p. 30. (Collection «Idées»).
14. Pierre Grimal, *Dictionnaire de la mythologie grecque et romaine*, préface de Charles Picard, Paris, PUF, 1991, p. XIV.
15. Bertrand Bergeron, *op. cit.*, f. 96.
16. *Ibid.*, f. 99.

ration. Ainsi, le 6 juin 1994, les Alliés ont commémoré le 50ᵉ anniversaire du Débarquement en Normandie. Cette commémoration n'est pas un mythe car ils n'ont pas recommencé ni refait le débarquement, encore moins repris la guerre.

Le mythe est tenu pour vrai, dans la société où il est né, et propose des modèles à imiter. Le meilleur exemple de mythe dans la tradition québécoise, selon encore Bergeron, c'est la célébration de le messe dominicale: la messe est célébrée «dans un espace éminemment sacré (l'église), lors d'un temps également sacré (le dimanche)[17]», et les fidèles s'y préparent par un rite d'entrée pour oublier leur monde profane. Lors de la consécration, le prêtre pose à son tour et à chaque fois qu'il officie les gestes du Christ lors de la Cène et il redit les paroles du Christ, réalisant ainsi l'opération de la transformation du pain et du vin en corps et en sang du Christ.

Comme dans le conte, l'espace et le lieu, dans le mythe, ne sont pas localisés et les personnages ne sont pas, non plus, individualisés et ils sont des espèces de symboles, souvent réduits à quelques traits essentiels, à un défaut ou à une qualité de l'espèce humaine ou animale. Ainsi le mythe est un récit absolument vrai qui n'est pas destiné à convaincre de l'existence de la réalité d'un phénomène puisque nous l'observons quotidiennement, mais qui recrée rituellement ou narrativement les conditions spatio-temporelles dans lesquelles le phénomène s'est produit pour la première fois. Il fait moins appel à la foi qu'à une volonté explicative et démonstrative.

La légende

Si la légende rejoint le mythe, ce n'est pas par les personnages qu'elle met en scène, car les personnages de la légende sont réalistes, ils sont comme vous et moi, et vivent dans un monde

---

17. *Ibid.*, f. 101.

en tout point conforme au monde que nous connaissons. Contrairement au conte qui est pure fiction, la légende est un récit basé sur un événement réel déformé par la tradition. Elle se présente avec quelque apparence de fondement historique, car elle naît souvent de l'étrange accouplement d'une réalité — d'un fait souvent historique — avec l'imaginaire. Le lieu de la légende est indiqué avec précision, tout comme le temps d'ailleurs. Les personnages sont individualisés et accomplissent des actes qui ont un fondement historique, mais qui sont déformés par l'imagination. La légende, contrairement au conte, engage la crédibilité de ceux qui la propagent. Le conteur insiste sur le caractère véridique de son histoire et il n'est pas rare, dans ce genre de récit, que le narrateur prenne la peine d'assurer sa crédibilité en insistant sur le caractère véridique de son histoire dont il a été témoin ou qui est arrivée à quelqu'un de ses proches, incapable, comme lui, de mentir. Elle «partage en commun avec le conte l'élément commémoratif», car elle «relate tel événement suffisamment exemplaire et spectaculaire pour susciter l'intérêt chez autrui dans un but évocateur[18]». Elle s'efforce toujours, selon Bergeron, d'arracher la conviction, l'adhésion de cet auditeur ou du lecteur. Il n'y a ni rite d'entrée ni rite de sortie, «ce qui signifie que l'événement rapporté continue d'impressionner l'auditeur même lorsque la narration a pris fin[19]». Comme dans le récit fantastique avec lequel elle a beaucoup d'affinités, la légende exploite un phénomène qui échappe à la raison et qui remet en cause, du moins pendant un moment, l'ordre perturbé de l'univers ou du monde. Ainsi la légende est un récit de croyance destiné à convaincre un auditoire sceptique ou crédule de la véracité d'un événement dont la preuve ou l'explication échappe le plus souvent (voire presque toujours) au narrateur.

---

18. *Ibid.*, f. 115.
19. *Ibid.*, f. 116.

« Est légendaire, la mise en narration ou la métanarration d'un événement localisé, personnifié, daté et réalisant une unité thématique forte qui ressortit au merveilleux pris dans son acception théologique, ce qui en fait un objet oral de croyance[20].» Elle suppose, comme le conte et le mythe, «une communauté narrative formée d'un locuteur et d'auditeurs». Elle est aussi «l'objet d'une socialisation, d'une mise en circulation, d'une consommation collective[21]». Parce qu'elle est objet de croyance, elle circule (ou se propage) de bouche à oreille. Elle parvient par bribes et n'est jamais finie dans son développement. Elle contente un besoin de superstitions.

La nouvelle

Bien différente est la nouvelle, qui est, selon la définition du Larousse, une «composition littéraire appartenant au genre du roman, mais dont elle se distingue par la moindre longueur du texte et la simplicité du sujet». Selon le Petit Robert, de *novella*, la nouvelle est un «récit généralement bref, de construction dramatique, et présentant des personnages peu nombreux». Elle est donc écrite, contrairement au conte, qui, lui, est dit. Elle s'apparente au roman mais s'en distingue par sa longueur et par sa simplicité: elle est moins compliquée que le roman, plus facile aussi. Selon André Jolles, la nouvelle est, contrairement au conte qui est une forme simple, une «forme [savante] qui s'efforce de raconter un fait ou un incident frappants de telle manière qu'on ait l'impression d'un événement réel et que cet incident nous semble plus important que les personnages qui les vivent[22]». La nouvelle met l'accent sur un événement ou sur un fait, non sur une suite d'événements ou une

---

20. *Ibid.*, f. 129.
21. *Ibid.*, f. 130.
22. André JOLLES, *Formes savantes*, Paris, Éditions du Seuil, 1972, p. 183 (coll. «Poétique»).

série de faits, comme dans le conte. Elle est vraisemblable, réaliste, tout comme les personnages qui vivent cet événement ou ce fait. Ses acteurs sont des humains, et non des animaux, comme il arrive souvent dans une catégorie de contes, et s'estompent ou s'effacent derrière cet événement ou ce fait, à moins, bien sûr, que le personnage soit le point de mire, l'objet et le sujet de l'histoire racontée, comme «Le garçon d'ascenseur[23]» de Monique Champagne. La nouvelle mise donc sur «un instant précis dont l'éclatement occupe le centre de l'espace et se nourrit de peu de matière[24]», selon Réal Ouellet et Roland Bourneuf, dans *L'univers du roman*. Pour ce même Bourneuf, qui a beaucoup pratiqué le genre, la nouvelle est «un texte court contenant une trame narrative minimale incluant des événements et des personnages fictifs[25]».

Ce qui la caractérise, c'est d'abord sa brièveté. Voilà qui la distingue donc du roman qui est plus approfondi, plus fouillé. Dans la nouvelle, on va à l'essentiel. La durée est elle aussi brève et correspond à peu près au temps de lecture de la nouvelle. Elle se déroule dans un passé relativement proche, contrairement au conte qui, on l'a vu, se situe dans un passé lointain, indéfini, imprécis. Il y a souvent unité de temps et de lieu dans la nouvelle, en raison encore de sa brièveté. On franchit d'énormes distances dans le conte; on fait du surplace souvent dans la nouvelle. Une telle concentration dans l'espace et dans la durée tend à garantir la véracité, l'authenticité de l'histoire narrée, ce qui ajoute ainsi à la crédibilité de l'histoire.

Dans la nouvelle, le cadre est une composante importante de l'action, car il faut aussi qu'il y ait une action. Mais cette

---

23. Monique CHAMPAGNE, *Sous l'écorce des jours. Nouvelles*, Montréal, Hurtubise HMH, 1968, p. 33-36 (coll. «L'Arbre», n° 13).
24. Réal OUELLET et Roland BOURNEUF, *L'univers du roman*, Paris, PUF, 1972, p. 26.
25. Roland BOURNEUF, «Pour une poétique de la nouvelle chez Jean Giono», *Saggi e ricerche di letteratura francese*, vol. XIV, nuova serie, [s.l.], Bulzoni Editore, 1975, p. 413.

action est animée par des personnages qui ont les deux pieds sur terre, qui ne sont pas chaussés, comme le héros du conte, de bottes de sept lieues, pour l'aider à franchir dans un temps record d'énormes distances, invraisemblables. Ce sont des humains en chair et en os, avec leur lot de défauts et de qualités, aux prises avec divers problèmes, qui ressentent, confrontés à telle ou telle situation, des joies et des peines. Les personnages de la nouvelle sont donc vraisemblables, réalistes, et sont soumis, comme tout autre être humain, aux lois de la nature et de la raison. Comme les personnages d'une pièce de théâtre agissent en fonction de la catharsis, les personnages de la nouvelle sont le plus souvent représentés au moment d'une crise qui nous éclaire sur leur caractère, sur leur comportement, qui nous explique, en quelque sorte, le drame auquel ils sont exposés. Sans atermoiement, car, contrairement au conte, la nouvelle écarte tout élément accessoire susceptible d'entraver, de ralentir l'action, qui doit marcher rapidement vers son déroulement. Elle ne compose qu'avec l'essentiel, d'où souvent une ouverture rapide, qui répond à la nécessité de ton, de rythme, de précision aussi que lui impose encore sa brièveté. La nouvelle rejette tout ce qui n'est pas pertinent à son déroulement. Quelques mots, quelques phrases suffisent pour lancer l'intrigue, créer l'atmosphère, camper le décor, présenter le ou les personnages. Citons le début de la nouvelle déjà nommée de Monique Champagne, « Le garçon d'ascenseur » :

> *Il se prénomme Eudore, nom sans force, nom que l'on prononce facilement sans ouvrir la bouche, nom mou à l'image d'Eudore, garçon d'ascenseur de l'entreprise de la rue Christophe*[26].

Trois lignes et pourtant on sait déjà le prénom du personnage, on connaît un trait de son caractère — il est mou — , son métier et le lieu où se déroule l'intrigue, l'entreprise uni-

---

26. Monique CHAMPAGNE, *op. cit.*, p. 33.

que de la rue Christophe, qu'on ne nomme pas, faute de temps. Eudore est heureux car il est le maître et le serviteur. «Eudore est le maître et le serviteur. L'ascenseur, c'est Eudore, et Eudore, c'est l'ascenseur. Ils sont merveilleusement unis [27].» Mais un tel bonheur ne peut durer éternellement, du début à la fin de la nouvelle, sinon la nouvelle n'est pas. Il faut des événements pour l'alimenter. Cet événement survient rapidement: Eudore, qui conduit l'ascenseur au cinquième étage de l'édifice, l'étage de l'administration, est appelé, un matin, chez le directeur du personnel. Bouleversé, il s'y rend pour apprendre qu'il vient de perdre son emploi: on a décidé de moderniser l'entreprise et d'installer un ascenseur automatique. «Personne n'a vu le grand vide dans l'âme d'Eudore. /Et le soir ce n'est plus le même Eudore qui arrose les jacinthes./Et ce ne sera jamais plus tout à fait le même Eudore [28].» En moins de trois pages, on a tout su, tout appris du destin tragique d'Eudore, le garçon d'ascenseur, que la modernité a en quelque sorte tué.

On sait tout, rapidement, dans la nouvelle, car la nouvelle est écrite justement en fonction du dénouement, de la chute. On reconnaît d'ailleurs une bonne nouvelle à son point de chute, une chute qui doit être surprenante, inattendue, mais qui ne doit pas moins produire un effet de surprise. La nouvelle, a dit George Poulet, «tend précisément vers l'inattendu du final où culmine ce qui précède [29]». Ce dénouement peut être fermé ou ouvert, selon qu'elle laisse ou non au lecteur le soin d'interpréter, d'imaginer même, dans certains cas, la fin. Selon René Godenne, spécialiste du genre, «la finale exige que le lecteur prolonge en lui le temps de lecture de la nouvelle:

---

27. *Loc. cit.*
28. *Ibid.*, p. 36.
29. George POULET, cité par Michel Simonin, dans Jean-Paul BEAUMARCHAIS *et al.*, *Dictionnaire des littératures de langue française*, Paris, Bordas, t. 2, 1984, p. 1662.

les éléments fournis par l'auteur constituent une espèce de "tremplin" pour son imagination, l'incitent à rêver sur l'instant qu'il vient de vivre. La finale ouverte [...] réclame une intense participation[30] », celle du lecteur, s'entend. C'est donc dire que cette finale suggère des perspectives nouvelles, des voies d'exploration insoupçonnées. Mais peu importe cette finale, la nouvelle est un genre qui exige non seulement beaucoup de talent, mais encore une bonne dose de dextérité et une grande maîtrise si celui qui la pratique veut intéresser. La plupart des théoriciens s'entendent pour dire qu'il est faux de croire que le nouvelliste, parce qu'il choisit de faire court, emprunte, par la nouvelle, la voie de la facilité. Le nouvelliste n'est pas un romancier manqué.

Le choix des textes

Nous avons voulu rendre compte de l'évolution de la nouvelle au XIXe siècle. C'est pourquoi nous avons décidé de présenter les textes sélectionnés en respectant l'ordre chronologique de leur parution. Pour faciliter la consultation, nous avons dressé, en appendice, à la fin de l'ouvrage, la liste des auteurs par ordre alphabétique, cette fois, avec le renvoi à la pagination correspondante dans l'anthologie.

Comment s'est opéré ce choix? Nous tenions à inclure dans cet ouvrage les meilleures nouvelles du XIXe siècle et rendre ainsi hommage à ceux qui ont beaucoup pratiqué le genre, sans pourtant n'avoir jamais réuni leur production en recueil. C'est le cas, par exemple, des Eugène L'Écuyer, Charles Leclère, Mathias Filion, Édouard-Zotique Massicotte et Firmin Picard. Nous avons voulu encore rappeler l'apport important des Louis Fréchette, Honoré Beaugrand, Pamphile Lemay, Faucher de Saint-Maurice, Hubert Larue, Napoléon

---

30. René GODENNE, *La nouvelle française*, Paris, PUF, 1974, p. 139.

Legendre, Joseph Marmette, Henry de Puyjalon, Benjamin Sulte et Robertine Barry, mieux connue sous le pseudonyme de Françoise, qui ont tous publié au moins un recueil de nouvelles (ou de contes) au siècle dernier. Nous avons aussi retenu au moins une production de quelques pionniers du genre, les Georges Boucher de Boucherville, premier lauréat d'un concours de récits brefs, en 1835, Joseph Doutre, Ulric-J. Tessier et Amédée Papineau, le fils aîné du grand homme politique, quatre jeunes dont l'âge varie entre 18 et 21 ans au moment où ils ont publié leurs premiers écrits. Nous avons jugé normal d'ouvrir notre anthologie avec le texte de «L'Iroquoise», première nouvelle vraisemblablement écrite par un Canadien qui devait servir de canevas à plusieurs autres nouvellistes, au cours des XIXe et XXe siècles. Nous avons cru bon retenir aussi un des deux récits en prose d'Octave Crémazie que l'abbé Henri-Raymond Casgrain a découverts dans les papiers du poète, en préparant l'édition des *Œuvres complètes* (1882) du poète exilé, et qu'il a publiés dans *L'Opinion publique*, la même année.

La thématique

Ces quelque vingt-sept nouvelles traduisent encore la richesse thématique du genre au XIXe siècle. Certaines s'intéressent à l'histoire et entendent faire connaître à la population les héroïques exploits et les grandes dates de l'histoire canadienne, la grande comme la petite. C'est le cas, par exemple, de Joseph Marmette qui, dans «Le dernier boulet», rappelle la Guerre de la Conquête, de Faucher de Saint-Maurice qui, dans «Madeleine Bouvart», rapporte le geste héroïque d'une jeune femme, lors du siège de Québec par Montgomery, en 1775, d'Édouard-Zotique Massicotte et de Firmin Picard qui s'intéressent tous deux à la Rébellion de 1837-1838, dans «Un drame en 1837» et «Le prix du sang». On pourrait encore classer dans cette catégorie les récits ou nouvelles se rapportant aux

Indiens, tels « L'Iroquoise » et « Louise Chawinikisique », de Boucher de Boucherville, « Le sacrifice du sauvage », d'un auteur inconnu qui signe H. L., voire les récits réalistes d'Ulric-J. Tessier, « Emma ou l'amour malheureux », et d'Hubert Larue, « Un revenant », qui rappellent les terribles épidémies de choléra à Québec, en 1832 et 1849, respectivement, de même que le récit « Caroline » du jeune Amédée Papineau, qui évoque le mauvais souvenir de l'intendant Bigot.

D'autres textes répertoriés s'apparentent à la nouvelle d'horreur ou d'épouvante. C'est le cas de « Faut-il le dire ! » de Joseph Doutre, d'« Emma ou l'amour malheureux » d'Ulric-J. Tessier, de « Jacques le voleur » de Mathias Filion et de « L'anneau de fiançailles » de Pamphile Lemay.

« Un compérage » de Joseph-Charles Taché, « L'encan » de Napoléon Legendre, « Le solitaire » de Georges-A. Dumont, « Le miroir brisé » et « Le mari de la Gothe » de Françoise rapportent de simples souvenirs ou ressuscitent des épisodes de vie ou des anecdotes éminemment réalistes.

D'autres se présentent comme des portraits ou évoquent des types, tels « Un épisode dans la vie d'un faux dévot » d'Eugène L'Écuyer, « Tic Toc ou le doigt de Dieu » de Charles Leclère, « Le voyageur » de Napoléon Legendre, « Monsieur Bouquet » de Charles-Marie Ducharme, « Chouinard » de Louis Fréchette, et « Macloune » et « Le père Louison » d'Honoré Beaugrand.

Enfin, Henry de Puyjalon, dans « La perdrix de Ludivine », et Octave Crémazie, dans « Un ménage à trois », versent dans l'humour et dans l'ironie.

Nous croyons qu'une telle variété de textes saura rejoindre les lecteurs et lectrices, et leur plaire. C'est notre plus grand désir.

Aurélien Boivin
Département des littératures
Université Laval (Québec)

ANONYME

L'Iroquoise [1]

Histoire ou nouvelle historique

Il y a quelques années, un monsieur qui voyageait de Niagara à Montréal, arriva de nuit au Coteau-du-Lac. Ne pouvant se loger commodément dans l'une des deux chétives auberges de l'endroit, il alla prendre gîte chez un cultivateur des environs. Comme son hôte l'introduisait dans la chambre où il devait coucher, il y aperçut un portefeuille de voyage agrafé en argent et qui contrastait avec la grossièreté des meubles de la maison. Il le prit et lut les initiales qu'il y avait sur le fermoir. C'est une affaire curieuse, lui dit son hôte, et plus vieille que vous et moi.

— C'est sans doute, répondit l'étranger, quelque relique dont vous aurez hérité.

— C'est quelque chose comme cela, repartit l'hôte : il y a dedans une longue lettre qui a été pour nous jusqu'à présent comme du papier noirci. Il nous est venu en pensée de la porter au P. M...., aux Cèdres ; mais j'attendrai que ma petite fille, Marie, soit en état de lire l'écriture à la main.

— Si la chose ne vous déplaît pas, dit l'étranger, j'essaierai de la lire. Le bonhomme consentit avec joie à la proposition : il ouvrit le portefeuille, prit le manuscrit, et le donna à l'étranger.

---

1. Texte publié en 1827, première nouvelle vraisemblablement écrite par un Canadien qui ne l'a toutefois pas signé.

— Vous me faites beaucoup de plaisir, lui dit-il ; ç'aurait été, même plus tard, une tâche difficile pour Marie ; car, comme vous voyez, le papier a changé de couleur, et l'écriture est presque effacée…

Le zèle de l'étranger se ralentit, quand il vit la difficulté de l'entreprise.

— C'est sans doute quelque vieux mémoire de famille ? dit-il, en dépliant le manuscrit d'un air indifférent.

— Tout ce que je sais, reprit l'hôte, c'est que ce n'est point un mémoire de notre famille : nous sommes, depuis le commencement, de simples cultivateurs, et il n'a rien été écrit sur notre compte, à l'exception de ce qui se trouve sur la pierre qui est à la tête de la fosse de mon grand-père aux Cèdres. Je me rappelle, comme si c'était hier, de l'avoir vu assis dans cette vieille chaise de chêne, et de l'avoir entendu nous raconter ses voyages aux lacs de l'Ouest, avec un nommé Bouchard, jeune Français qui fut envoyé à nos postes de commerce. On ne parcourait pas le monde alors, comme à présent, pour voir des rapides et des chutes.

— C'est donc, dit l'étranger, dans l'espoir d'obtenir enfin la clé du manuscrit, quelque écrit de ses voyages.

— Oh ! non, répartit le bonhomme ; Bouchard l'a trouvé sur le rivage du lac Huron, dans un lieu solitaire et sauvage. Asseyez-vous, et je vais vous raconter tout ce que j'en ai entendu dire à mon grand-père : le bon vieillard, il aimait à parler de ses voyages.

Le petit-fils l'aimait aussi, et l'étranger écouta patiemment le long récit que lui fit son hôte, et qui, en substance, se réduit à ce qui suit :

Il paraît que vers l'année 1700, le jeune Bouchard et ses compagnons, revenant du lac Supérieur, s'arrêtèrent sur les bords du lac Huron, près de la baie de Saguinam. D'une éminence, ils aperçurent un village sauvage, ou, en termes de voyageurs, une fumée. Bouchard envoya ses compagnons avec

Sequin, son guide sauvage, à ce village, afin d'y obtenir des canots pour traverser le lac; et en attendant leur retour, il chercha un endroit où il pût se mettre à couvert. Le rivage était rempli de rochers et escarpé; mais l'habitude et l'expérience avaient rendu Bouchard aussi agile et aussi hardi qu'un montagnard suisse; il descendit les précipices, en sautant de rocher en rocher, sans éprouver plus de crainte que l'oiseau sauvage qui vole au-dessus et dont les cris seuls rompent le silence de cette solitude. Ayant atteint le bord du lac, il marcha quelque temps le long de l'eau, jusqu'à ce que ayant passé une pointe de rochers, il arriva à un endroit qui lui parut avoir été fait par la nature pour un lieu de refuge. C'était un petit espace de terre en forme d'amphithéâtre, presque entièrement entouré par des rochers qui, saillant hardiment sur le lac à l'extrémité du demi-cercle, semblaient y étendre leurs formes gigantesques pour protéger ce temple de la nature. Le terrain était probablement inondé après les vents d'est, car il était mou et marécageux; et parmi les plantes sauvages qui le couvraient, il y avait des fleurs aquatiques. Le lac avait autrefois baigné ici, comme ailleurs, la base des rochers; elle était quelquefois douce et polie, quelquefois rude et hérissée de pointes. L'attention de Bouchard fut attirée par des groseilliers qui s'étaient fait jour à travers les crevasses des rochers, et qui, par leurs feuilles vertes et leurs fruits de couleur pourpre, semblaient couronner d'une guirlande le front chauve du précipice. Ce fruit est un de ceux que produisent naturellement les déserts de l'Amérique du Nord, et sans doute il parut aussi tentatif à Bouchard que l'auraient pu, dans les heureuses vallées de la France, les plus délicieux fruits des Hespérides. En cherchant l'accès le plus facile à ces groseilles, il découvrit dans les rochers une petite cavité qui ressemblait tellement à un hamac, qu'il semblait que l'art s'était joint à la nature pour la former. Elle avait probablement procuré un lieu de repos au chasseur ou au pêcheur sauvage, car elle était jonchée de feuilles sèches, de manière à procurer une couche délicieuse à un homme accoutumé depuis plusieurs mois à dormir sur une couverture de laine étendue sur la terre nue. Après avoir cueilli les fruits, Bouchard se retira dans la grotte et oublia pour un temps qu'il était séparé de son pays par de vastes forêts et une immense solitude. Il écouta les sons harmonieux des vagues légères qui venaient se briser sur les roseaux et les pierres du rivage, et contempla la voûte azurée des cieux et les nuages dorés de l'été. Enfin, perdant le sentiment de cette douce et innocente jouissance, il tomba dans un sommeil profond, dont il ne fut tiré que par le bruit de l'eau fendue par des avirons.

Bouchard jeta ses regards sur le lac, et vit s'approcher du rivage un canot où il y avait trois sauvages, un vieillard, un jeune homme et une jeune femme. Ils débarquèrent non loin de lui, et sans l'apercevoir, gagnèrent l'extrémité opposée du demi-cercle. La vieillard s'avança d'un pas lent et mesuré, et levant une espèce de porte formée de joncs et de tiges flexibles (que Bouchard n'avait pas remarquée), ils entrèrent tous trois dans une cavité du rocher, y déposèrent quelque chose qu'ils avaient apporté dans leurs mains, y demeurèrent quelque temps prosternés, et retournèrent ensuite à pas lents à leur canot. Bouchard suivit des yeux la frêle nacelle sur la verte surface du lac, et tant qu'il put la voir, il entendit la voix mélodieuse de la jeune femme, accompagnée à des intervalles réguliers par celles de ses compagnons, chantant, comme il se l'imaginait, l'explication de leur culte silencieux ; car leurs gestes expressifs semblaient montrer d'abord le rivage et ensuite la voûte du ciel.

Dès que le canot eut disparu, Bouchard quitta sa couche et se rendit à la cellule. Il se trouva que c'était une excavation naturelle, assez haute pour admettre debout un homme de taille ordinaire, et s'étendant en profondeur à plusieurs pieds, après quoi elle se réduisait à une simple fente entre deux rochers. D'un côté, un petit ruisseau pénétrait par le toit voûté, et tombait en gouttes de cristal dans un bassin naturel qu'il avait creusé dans le roc. Au centre de la grotte était un tas de pierres en forme de pyramide, et sur cette pyramide une soutane et un bréviaire. Il allait les examiner, quand il entendit le coup de sifflet donné pour signal par son guide ; il y répondit par le son de son cor, et au bout de quelques moments, Sequin descendit du précipice, et fut à côté de lui. Bouchard lui conta ce qu'il avait vu, et Sequin, après un moment de réflexion, dit :

— Ce doit être l'endroit dont j'ai souvent entendu parler nos anciens ; un homme de bien y est mort. Il fut envoyé par le Grand-Esprit pour enseigner de bonnes choses à notre nation, et les Hurons ont encore plusieurs de ses maximes gravées dans leur cœur. Ils disent qu'il a jeûné tout le temps de sa vie, et qu'il doit se régaler maintenant : c'est pourquoi ils lui apportent des provisions de leurs festins. Voyons quelles sont ces offrandes...

Sequin prit d'abord un tortis fait de fleurs et de rameaux toujours verts :

— C'est, dit-il, une offrande de noces, et il en conclut que le jeune couple était marié depuis peu. Ensuite venait un calumet :

— C'est, dit Sequin, un emblème de paix, le don d'un vieillard : et ceci (ajouta-t-il, déroulant une peau qui enveloppait quelques épis mûrs de blé-d'Inde), ce sont les emblèmes de l'abondance et des occupations différentes de l'homme et de la femme : le mari fait la chasse aux chevreuils, et la femme cultive le maïs...

Bouchard prit le bréviaire, et en l'ouvrant, un manuscrit tomba d'entre ses feuillets : il le saisit avec empressement, et il allait l'examiner, quand son guide lui fit remarquer la longueur des ombres sur les lacs, et l'avertit que les canots seraient prêts au lever de la pleine lune. Bouchard était bon catholique, et comme tous les catholiques, un bon chrétien : il honorait tous les saints du calendrier, et révérait la mémoire d'un homme de bien, quand même il n'avait pas été canonisé. Il fit le signe de la croix, dit un *Pater*, et suivit son guide au lieu du rendez-vous. Il conserva le manuscrit comme une relique sainte ; et celui qui tomba dans les mains de notre voyageur, chez le cultivateur canadien, était une copie qu'il en avait tirée pour l'envoyer en France. L'original avait été écrit par le P. Mesnard, dont la mémoire vénérée avait consacré la cellule du lac Huron, et contenait les particularités suivantes :

Le P. Mesnard reçut son éducation au séminaire de Saint-Sulpice. Le dessein courageux et difficile de propager la religion chrétienne parmi les sauvages du Canada, paraît s'être emparé de bonne heure de son esprit, et lui avoir inspiré l'ardeur d'un apôtre et la résolution d'un martyr. Il vint en Amérique, sous les auspices de madame de Bouillon, qui, quelques années auparavant, avait fondé l'Hôtel-Dieu de Montréal. De son aveu et avec son aide, il s'établit à un village d'Outaouais, sur les bords du lac Saint-Louis, au confluent de la Grande-Rivière et du fleuve Saint-Laurent. Ses pieux efforts gagnèrent quelques sauvages au christianisme et aux habitudes de la vie civilisée ; et il persuada à d'autres de lui amener leurs enfants, pour être façonnés à un joug qu'ils n'étaient pas en état de porter eux-mêmes.

Un jour, un chef des Outaouais amena au P. Mesnard deux jeunes filles qu'il avait enlevées aux Iroquois, nation puissante et fière, jalouse des empiétements des Français, et résolue de chasser de son territoire tous ceux qui faisaient profession d'enseigner ou de pratiquer la religion catholique. Le chef outaouais présenta les jeunes filles au Père en lui disant :

— Ce sont les enfants de mon ennemi, de Talasco, le plus puissant chef des Iroquois, l'aigle de sa tribu ; il déteste les chrétiens : fais des chrétiennes de ses deux filles, et je serai vengé.

C'était la seule vengeance à laquelle le bon Père eût voulu prendre part. Il adopta les deux jeunes filles au nom de l'église

Saint-Joseph, à qui il les consacra, se proposant, lorsqu'elles seraient parvenues à l'âge de faire des vœux volontaires, de les leur faire prendre parmi les religieuses de l'Hôtel-Dieu. Elles furent baptisées sous les noms de Rosalie et de Françoise. Elles vécurent dans la cabane du P. Mesnard, et y furent soigneusement accoutumées aux prières et aux pénitences de l'Église. Rosalie était naturellement dévote; le Père rapporte plusieurs exemples étonnants de ses mortifications volontaires: il loue la piété de Rosalie avec l'exaltation d'un véritable enfant de l'Église; cependant, la religion à part, il semble avoir eu plus de tendresse pour Françoise, qu'il ne nomme jamais sans quelque épithète qui exprime l'affection ou la piété. Si Rosalie était comme le tournesol, qui ne vit que pour rendre hommage à un seul objet, Françoise ressemblait à une plante qui étend ses fleurs de tous côtés, et fait part de ses parfums à tous ceux qui s'en approchent. Le Père Mesnard dit qu'elle ne pouvait pas prier en tout temps; qu'elle aimait à se promener dans les bois, à s'asseoir au bord d'une cascade, à chanter une chanson de son pays natal, etc. Elle évitait toute rencontre avec les Outaouais, parce qu'ils étaient les ennemis de ses compatriotes. Le Père Mesnard se plaint qu'elle omettait quelquefois ses exercices de piété; mais il ajoute qu'elle ne manquait jamais aux devoirs de la bienfaisance.

Un jour que le Père Mesnard était aux Cèdres pour une affaire de religion, Françoise entra en hâte dans la cabane. Rosalie était à genoux devant un crucifix. Elle se leva en voyant entrer sa sœur, et lui demanda, d'un ton de reproche, où elle avait été courir. Françoise lui répondit qu'elle venait des sycomores, chercher des plantes pour teindre les plumes des souliers de noces de Julie.

— Tu t'occupes trop de noces, répondit Rosalie, pour une personne qui ne doit penser qu'à un mariage céleste.

— Je ne suis pas encore religieuse, repartit Françoise. Mais, Rosalie, ce n'était pas des noces que je m'occupais:

comme je revenais par le bois, j'ai entendu des gens parler; nos noms ont été prononcés; non pas nos noms de baptême, mais ceux que nous portions à Onnontagué.

— Sûrement, tu n'as pas osé t'arrêter pour écouter? s'écria sa sœur.

— Je n'ai pu m'en empêcher, Rosalie, c'était la voix de notre mère.

Des pas qui s'approchaient en ce moment, firent tressaillir les jeunes filles: elles regardèrent et virent leur mère, Genanhatenna, tout près d'elles. Rosalie tomba à genoux devant le crucifix; Françoise courut vers sa mère, dans le ravissement d'une joie naturelle. Genanhatenna, après avoir regardé ses enfants en silence pendant quelques instants, leur parla avec toute l'énergie d'une émotion puissante et irrésistible. Elle les conjura, leur ordonna de s'en retourner avec elle vers leur nation. Rosalie écouta froidement, et sans rien dire, les paroles de sa mère; Françoise, au contraire, appuya la tête sur ses genoux, et pleura amèrement. Sa résolution était ébranlée: Genanhatenna se lève pour partir; le moment de la décision ne pouvait plus se différer. Alors Françoise presse contre ses lèvres la croix qui pendait à son cou, et dit:

— Ma mère, j'ai fait un vœu chrétien, et je ne dois pas le violer.

— Viens donc avec moi dans le bois, repartit la mère, s'il faut que nous nous séparions, que ce soit là. Viens vite, le jeune chef Allewemi m'attend; il a exposé sa vie pour venir avec moi ici. Si les Outaouais l'aperçoivent, leurs lâches esprits les feront se glorifier d'une victoire sur un seul homme.

— N'y va pas, lui dit tout bas Rosalie, il n'y a pas de sûreté à quelques centaines de pas de nos cabanes.

Françoise était trop émue pour pouvoir écouter les conseils de la prudence: elle suivit sa mère. Lorsqu'elles furent arrivés dans le bois, Genanhatenna renouvela ses pressantes instances:

— Ah! Françoise, dit-elle, on te renfermera dans les murs de pierre où tu ne respireras plus l'air frais, où tu n'entendras plus le chant des oiseaux, ni le murmure des eaux. Ces Outaouais ont tué tes frères; ton père était le plus grand arbre de nos forêts; mais maintenant des branches sont toutes coupées ou desséchées; et si tu ne reviens pas, il meurt sans laisser un seul rejeton. Hélas! hélas! j'ai mis au monde des fils et des filles, et il faut que je meure sans enfants.

Le cœur de Françoise fut attendri:

— Je m'en retourne, je m'en retourne avec toi, ô ma mère! s'écria-t-elle; promets-moi que mon père me permettra d'être chrétienne.

— Je ne le puis, Françoise, répliqua Genanhatenna; ton père a juré par le dieu d'Aréouski que nulle chrétienne ne vivra parmi les Iroquois.

— Alors, ma mère, dit Françoise, reprenant toute sa résolution, il faut que nous nous séparions. J'ai été marquée de cette marque sainte, en faisant le signe de la croix, et je ne dois plus hésiter.

— En est-il ainsi? s'écria sa mère; et refusant d'embrasser sa fille, elle frappa dans ses mains, et poussa un cri qui retentit dans toute la forêt. Il y fut répondu par un cri plus sauvage encore, et en un moment, Talasco et le jeune Allewemi furent près d'elle.

— Tu es à moi, s'écria Talasco, vive ou morte, tu es à moi.

La résistance aurait été vaine. Françoise fut placée entre les deux sauvages, et entraînée… Comme ils sortaient du bois, ils furent rencontrés par un parti de Français armés et commandés par un jeune officier avide d'aventures. Il aperçut au premier coup d'œil l'habillement européen de Françoise, comprit qu'elle devait être captive, et résolut de la délivrer. Il banda son fusil et visa Talasco: Françoise fut prompte à se mettre devant lui, et cria, en français, qu'il était son père.

— Délivrez-moi, dit-elle, mais épargnez mon père, ne le retenez pas : les Outaouais sont ses ennemis mortels ; ils lui feront souffrir mille tourments avant de le mettre à mort, et sa fille en serait la cause.

Talasco ne dit rien ; il se prépara à l'issue, quelle qu'elle dût être, avec une force sauvage. Il dédaigna de demander la vie qu'il aurait été fier de sacrifier sans murmure, et lorsque les Français défilèrent à droite et à gauche, pour le laisser passer, il marcha seul en avant, sans qu'un seul de ses regards, un seul mot de sa bouche témoignât qu'il croyait recevoir d'eux une faveur. Sa femme le suivit.

— Ma mère, lui dit Françoise de la voix de la tendresse, encore un mot avant de nous séparer.

— Encore un mot ! répondit Genanhatenna. Oui, ajouta-t-elle après un moment de silence, encore un mot : Vengeance ! Le jour de la vengeance de ton père viendra ; j'en ai entendu la promesse dans le souffle des vents et le murmure des eaux : il viendra.

François s'inclina, comme si elle eût été convaincue de la vérité de ce que lui prédisait sa mère : elle prit son rosaire et invoqua son saint patron. Le jeune officier, après un moment de silence respectueux, lui demanda où elle voulait qu'il la conduisît :

— Au Père Mesnard, répondit-elle.

— Au Père Mesnard ? répondit l'officier. Le Père Mesnard est le frère de ma mère, et je me rendais chez lui, quand j'ai eu le bonheur de vous rencontrer.

Cet officier se nommait Eugène Brunon. Il demeura quelques jours à Saint-Louis. Rosalie était occupée de divers devoirs religieux préparatoires à son entrée dans le couvent. Elle ne vit pas les étrangers, et elle fit des reproches à Françoise de ce qu'elle ne prenait plus part à ses actes de dévotion. Françoise apporta pour excuse qu'elle était occupée à mettre la maison en état de procurer l'hospitalité ; mais lorsqu'elle fut exemptée de ce devoir, par le départ d'Eugène, elle ne sentit pas renaître son goût pour la vie religieuse. Eugène revint victorieux de l'expédition dont il avait été chargé par le gouvernement; alors, pour la première fois, le Père Mesnard soupçonna quelque danger que le couvent Saint-Joseph ne perdît la religieuse qu'il lui avait destinée; et quand il rappela à Françoise qu'il l'avait vouée à la vie monastique, elle lui déclara franchement qu'Eugène et elle s'étaient réciproquement juré de s'épouser. Le bon Père la réprimanda, et lui représenta, dans les termes les plus forts, le péché qu'il y avait d'arracher un cœur à l'autel pour le dévouer à un amour terrestre. Mais elle lui répondit qu'elle ne pouvait être liée par des vœux qu'elle n'avait pas faits elle-même.

— Oh! mon Père, ajouta-t-elle, que Rosalie soit une religieuse et une sainte; pour moi, je puis servir Dieu d'une autre manière.

— Et vous pouvez être appelée à le faire, mon enfant, reprit le religieux d'un ton solennel, d'une manière que vous n'imaginez pas.

— Si c'est la cas, mon bon Père, dit la jeune fille en souriant, je suis persuadée que j'éprouverai la vertu de vos soins et de vos prières pour moi.

Ce fut la réponse badine d'un cœur léger et exempt de soucis; mais elle fit sur l'esprit du religieux une impression profonde, qui fut augmentée par les circonstances subséquentes. Une année se passa. Rosalie fut admise au nombre des religieuses de l'Hôtel-Dieu. Eugène allait fréquemment à Saint-Louis; et le Père Mesnard voyant qu'il serait inutile de s'opposer plus longtemps à son union avec Françoise, leur administra lui-même le sacrement du mariage. Ici le Père interrompt son récit, pour exalter l'union de deux cœurs purs et aimants, et dit qu'après la consécration religieuse, c'est l'état le plus agréable à Dieu.

Le long et ennuyeux hiver du Canada était passé; l'Outaouais gonflé avait rejeté son manteau de glace, et proclamé sa liberté du ton de la joie; l'été était revenu dans toute sa vigueur, et couvrait d'une fraîche verdure les bois et les vallons du Saint-Louis. Le Père Mesnard, suivant sa coutume journalière, avait à visiter les cabanes de son petit troupeau; il s'arrêta devant la croix qu'il avait fait ériger au centre du village; il jeta ses regards sur les champs préparés pour la moisson de l'été, sur les arbres fruitiers enrichis de bourgeons naissants; il vit les femmes et les enfants travaillant avec ardeur dans leurs petits jardins, et il éleva son cœur vers Dieu, pour le remercier de s'être servi de lui pour retirer ces pauvres sauvages d'une vie de misère. Il jeta les yeux sur le symbole sacré, devant lequel il s'agenouilla, et vit une ombre passer dessus. Il crut d'abord que c'était celle d'un nuage qui passait; mais quand, ayant parcouru des yeux la voûte de ciel, il la vit sans nuages, il ne douta point que ce ne fût le présage de quelque malheur. Pourtant, lorsqu'il rentra dans sa cabane, la vue de Françoise dissipa ses sinistres pressentiments.

— Sa face, dit-il, était rayonnante comme le lac, lorsque, par un temps calme, le soleil brille dessus.

Elle avait été occupée à orner avec sa dextérité naturelle, une écharpe pour Eugène; elle la présenta au Père Mesnard, lorsqu'il entra.

— Voyez, lui dit-elle, mon Père; je l'ai achevée, et j'espère qu'Eugène ne recevra jamais une blessure pour la souiller. Ah! ajouta-t-elle, il va être ici tout à l'heure: j'entends retentir dans l'air le chant des bateliers français.

Le bon Père aurait été tenté de lui dire qu'elle s'occupait trop d'Eugène; mais il ne put se résoudre à réprimer les flots d'une joie bien pardonnable au jeune âge, et il se contenta de lui dire en souriant qu'il espérait qu'après son premier mois de mariage, elle retournerait à ses prières et à ses pratiques de dévotion. Elle ne lui répondit pas; car en ce moment elle aperçut son époux, et courut à sa rencontre avec la vitesse du chevreuil. Le Père Mesnard les vit comme ils s'approchaient de la cabane ; le front d'Eugène portait les marques de la tristesse, et quoiqu'il s'égayât un peu aux caresses enfantines de Françoise, ses pas précipités et sa contenance troublée faisaient voir clairement qu'il appréhendait quelque malheur. Il laissa Françoise le devancer, et sans qu'elle s'en aperçut, il fit signe au Père Mesnard, et lui dit :

— Mon Père, le danger est proche ; on a conduit hier à Montréal une prisonnière iroquoise qui a avoué qu'un parti de sa tribu était en campagne pour une expédition secrète. J'ai vu des canots étrangers mouillés dans une anse de l'île aux Cèdres. Il faut que vous vous rendiez tout de suite à Montréal, avec Françoise, dans mon bateau.

— Quoi ! s'écria le Père, pensez-vous que j'abandonnerai mes pauvres ouailles, au moment où les loups viennent pour fondre sur elles ?

— Vous ne pourrez les défendre, mon Père, s'écria Eugène.

— Eh bien ! je mourrai avec elles, repartit le Père.

— Non, mon Père, s'écria Eugène, vous ne serez pas si téméraire : partez, sinon pour vous-même, du moins pour ma pauvre Françoise ; que deviendra-t-elle si nous sommes tués ? Les Iroquois ont juré de se venger d'elle, et ils sont aussi féroces et aussi cruels que des tigres. Partez, je vous en conjure, à chaque instant la mort s'approche de nous. Les bateliers ont ordre de vous attendre à la Pointe-aux-Herbes ; prenez votre route par les érables : je dirai à Françoise que Rosalie la fait demander, et que j'irai la joindre demain. Partez, mon Père, partez sans différer.

— Oh ! mon fils, je ne puis partir ; le vrai berger ne peut abandonner son troupeau.

Le bon Père demeura inflexible ; et l'unique alternative fut d'avertir Françoise du danger, et de l'engager à partir seule.

Elle refusa positivement de partir sans son mari. Eugène lui représenta qu'il serait déshonoré pour la vie s'il abandonnait, au moment du danger, un établissement que son gouvernement avait confié à sa garde.

— Je donnerais volontiers ma vie pour vous, Françoise, lui dit-il, mais mon honneur est un dépôt sacré pour vous, pour mon pays ; je ne puis m'en dessaisir.

Ses prières se changèrent en commandement.

— Oh ! ne vous fâchez pas contre moi, lui dit Françoise, je partirai ; mais je ne crains pas de mourir ici avec vous.

À peine eut-elle prononcé ces paroles que des sons effrayants retentirent dans l'air.

— C'est le cri de guerre de mon père, s'écria-t-elle. Saint-Joseph, secourez-nous, nous sommes perdus !

La pauvre Françoise se jeta au cou de son époux, le tint longtemps serré dans ses bras, avec une tristesse mêlée d'angoisse, et courut vers le bois. Le terrible cri de guerre suivit, et elle entendit en même temps ces mots comme si on les eût dits d'une voix aigre à l'oreille :

— Vengeance ! le jour de la vengeance de ton père viendra.

Elle atteignit le bois, et monta sur une hauteur d'où, sans être vue, elle pouvait jeter ses regards sur la plaine verdoyante. Elle s'arrêta un instant : les canots iroquois avaient doublé la pointe de l'île, et arrivaient comme des vautours qui fondent sur leur proie. Les Outaouais sortirent précipitamment de leurs cabanes, armés les uns de fusils, les autres d'arcs et de flèches. le Père Mesnard gagna le pied de la croix, d'un pas lent mais assuré, et s'agenouilla, en apparence aussi peu inquiet à l'approche de la tempête et aussi calme qu'il avait coutume de l'être à sa prière de vêpres.

— Ah ! disait Françoise en elle-même, la première flèche qui l'atteindra boira son sang de vie !

Eugène se trouva partout en même temps, poussant les

uns en avant, et arrêtant les autres ; et en quelques instants, tous furent rangés en bataille autour du crucifix.

Les Iroquois étaient débarqués. Françoise oublia alors la promesse qu'elle avait faite à son époux ; elle oublia tout dans l'intérêt intense qu'elle prenait à l'issue du combat. Elle vit le Père Mesnard s'avancer à la tête de sa petite troupe, et faire un signal à Talasco.

— Ah ! saint Père, s'écria-t-elle, tu ne connais pas l'aigle de sa tribu ; tu adresses des paroles de paix à un tourbillon de vent.

Talasco banda son arc ; Françoise tomba sur ses genoux :

— Dieu de miséricorde, protégez-le, s'écria-t-elle.

Le Père Mesnard tomba percé par une flèche. Les Outaouais furent frappés d'une terreur panique. En vain Eugène les pressa-t-il de tirer ; tous, à l'exception de cinq, tournèrent le dos à l'ennemi, et prirent la fuite. Eugène paraissait déterminé à vendre sa vie aussi cher que possible. Les sauvages se jetèrent sur lui et ses braves compagnons avec leurs couteaux et leurs casse-tête.

— Il faut qu'il meure, cria Françoise.

Et elle sortit précipitamment, et comme par instinct de sa retraite. Un cri de triomphe lui apprit que la bande de son père l'avait aperçue : elle vit son époux pressé de tous côtés.

— Ah ! épargnez-le, épargnez-le, cria-t-elle, il n'est pas votre ennemi.

Son père jeta sur elle un regard de colère, et s'écria :

— Quoi ! un Français, un chrétien ne serait pas mon ennemi !

Et il se remit à l'œuvre de la mort. Françoise se jeta au plus fort de la mêlée ; Eugène jeta un cri de douleur en l'apercevant : il avait combattu comme un lion, lorsqu'il avait cru qu'il lui gagnait du temps pour la fuite ; mais lorsqu'il eut perdu l'espoir de la sauver, ses bras perdirent leurs forces, et il tomba épuisé. Françoise tomba près de lui ; elle l'embrassa et colla sa joue contre la sienne; pour un moment, ses sauvages ennemis reculèrent, et la regardèrent en silence, mais leurs féroces passions ne furent suspendues que pour un instant. Talasco leva son casse-tête:

— Ne le frappe pas, mon père, dit Françoise d'une voix faible, il est mort.

— Et bien! qu'il porte la cicatrice de la mort, reprit l'inexorable barbare.

Et d'un coup il sépara la tête d'Eugène de ses épaules. Un cri prolongé s'éleva dans l'air, et Françoise devint aussi insensible que le cadavre qu'elle tenait embrassé. L'œuvre de la destruction se poursuivit; les huttes des Outaouais furent brûlées; les femmes et les enfants périrent dans un massacre général.

Le Père rapporte que, dans la furie de l'assaut, on passa près de lui, étendu et blessé comme il était, sans le remarquer; qu'il demeura sans connaissance jusqu'à minuit; qu'alors il se trouva près de la croix, ayant à côté de lui un vase plein d'eau et un gâteau sauvage. Il fut d'abord étonné; mais il crut devoir ce secours opportun à quelque Iroquois compatissant. Il languit longtemps dans un état d'extrême débilité, et lorsqu'il se fut rétabli, trouvant toutes les traces de culture effacées à Saint-Louis, et les Outaouais disposés à attribuer leur défaite à l'effet énervant de ses doctrines de paix, il prit la résolution de pénétrer plus avant dans le désert pour y jeter la bonne semence, et abandonner la moisson au maître du champ. Dans son pèlerinage, il rencontra une fille outaouaise qui avait été emmenée de Saint-Louis avec Françoise, et qui lui raconta tout ce qui était arrivé à son élève chérie, depuis son départ jusqu'à son arrivée au principal village des Onnontagués.

Pendant quelques jours, elle demeura dans un état de stupeur, et fut portée sur les épaules des sauvages. Son père ne lui parla point, et ne s'approcha point d'elle; mais il permit à Allewemi de lui rendre toutes sortes de bons offices. Il était évident qu'il se proposait de donner sa fille en mariage à ce jeune chef. Lorsqu'ils arrivèrent à Onnontagué, les guerriers de la tribu vinrent au-devant d'eux, parés des habits de la victoire, consistant en peaux précieuses et en bonnets de plumes des plus brillantes couleurs. Ils saluèrent tous Françoise, mais elle était comme une personne sourde, muette et aveugle. Ils chantèrent leurs chansons de félicitations et de triomphe, et la voix forte du vieux Talasco grossit le chorus. Françoise marchait d'un pas ferme ; elle ne pâlissait point ; mais elle avait les yeux abattus, et ses traits étaient immobiles comme ceux d'une personne morte. Une fois, pourtant, comme elle passait devant la cabane de sa mère, son âme sembla être émue par quelques souvenirs de son enfance ; car on vit ses yeux se mouiller de larmes. La procession gagna le gazon, lieu qui, dans chaque village, est destiné à la tenue des conseils et aux amusements. Les sauvages formèrent un cercle autour du vieux chêne ; les vieillards s'assirent ; les jeunes gens se tinrent respectueusement hors du cercle. Talasco se leva, tira de son sein un rouleau, et coupant la corde qui l'attachait, il le laissa tomber à terre :

— Frères et fils, dit-il, voyez les chevelures des Outaouais chrétiens ; leurs corps pourrissent sur les sables de Saint-Louis. Qu'ainsi périssent tous les ennemis des Iroquois ! Mes frères, voyez mon enfant, le dernier rejeton de la maison de Talasco ; je l'ai arrachée du sol étranger où nos ennemis l'avaient plantée ; elle sera replacée dans la plus chaude vallée de notre pays, si elle consent à épouser le jeune chef Allewemi, et abjure ce signe.

Et il toucha en même temps, de la pointe de son couteau, le crucifix qui pendait au cou de Françoise. Il s'arrêta un moment ; Françoise ne leva pas les yeux, et il ajouta d'une voix de tonnerre :

— Écoute, enfant : si tu ne te rallies point à ta nation ; si tu n'abjures point ce signe qui te fait connaître pour l'esclave des chrétiens, je te sacrifierai, comme je l'ai juré avant d'aller au combat, je te sacrifierai au dieu Aréouski. La vie et la mort devant toi : parle.

— Non, dit l'un des sauvages ; le tendre bourgeon ne doit pas être si précipitamment condamné au feu. Attends jusqu'au soleil du matin : souffre que ta fille soit conduite à la cabane de Genanhatenna ; la voix de sa mère ramènera au nid le petit qui s'égare.

Françoise se tourna avec vitesse vers son père, et se frappant les deux mains, elle s'écria :

— Ah ! ne le faites pas ; ne m'envoyez pas à ma mère, c'est la seule faveur que je vous demande ; je puis endurer tous les autres tourments : percez-moi de ces couteaux sur lesquels le sang de mon époux est à peine séché ; consumez-moi dans vos feux ; je ne fuirai aucune torture ; une martyre chrétienne peut souffrir avec autant de courage que le plus fier captif de votre tribu.

— Ah ! s'écria le père avec transport, le pur sang des Iroquois coule dans ses veines : préparez le bûcher ; les ombres de cette nuit couvriront ses cendres.

Pendant que les jeunes gens exécutaient cet ordre, Françoise fit signe à Allewemi d'approcher :

— Tu es un chef, lui dit-elle, tu as de l'autorité ; délivre cette pauvre fille outaouaise de sa captivité ; envoie-la à ma sœur Rosalie, et qu'elle lui dise que si un amour terrestre s'est interposé une fois entre le ciel et moi, la faute est expiée ; j'ai souffert dans l'espace de quelques heures, de quelques instants, que toute sa confrérie peut souffrir par une longue vie de pénitence. Qu'elle dise qu'à mes derniers moments je n'ai pas abjuré la croix, mais que je suis morte courageusement.

Allewemi lui promit de fait tout ce qu'elle lui demandait, et accomplit fidèlement sa promesse.

Un enfant de la foi, un martyr ne meurt pas sans l'assistance des esprits célestes : l'expression du désespoir disparut, dès cet instant, du visage de Françoise ; une joie surnaturelle rayonna dans ses yeux, qu'elle leva vers le ciel ; son âme parut impatiente de sortir de sa prison; elle monta sur le bûcher avec prestesse et alacrité; et s'y tenant debout, elle dit:

— Que je me trouve heureuse qu'il me soit donné de mourir dans mon pays, de la main de mes parents, à l'exemple de mon Sauveur, qui a été attaché à la croix par ceux de sa nation.

Elle pressa alors le crucifix contre ses lèvres, et fit signe aux bourreaux de mettre le feu au bûcher. Ils demeurèrent immobiles, leurs tisons ardents à la main: Françoise semblait être un holocauste volontaire, non une victime. Sa constance victorieuse mit son père en fureur; il sauta sur le bûcher, et lui arrachant des mains le crucifix, il tira son couteau de son ceinturon, et lui fit sur le sein une incision en forme de croix:

— Voilà, dit-il, le signe que tu aimes; le signe de ta ligne avec les ennemis de ton père, le signe qui t'a rendue sourde à la voix de tes parents.

— Je te remercie, mon père, répliqua Françoise en souriant d'un air de triomphe; j'ai perdu la croix que tu m'as ôtée; mais celle que tu m'as donnée, je la porterai même après ma mort.

Le feu fut mis au bûcher; les flammes s'élevèrent, et la martyre iroquoise y périt.

(J. HUSTON, *Le répertoire national*, vol. I, Montréal, J.M. Valois et cie., 1893)

Pierre-Georges Boucher
de Boucherville

―᎐᎐᎐―

Pierre-Georges Boucher de Boucherville naît à Québec le 21 octobre 1814, du mariage de Pierre-Amable Boucher de Boucherville, conseiller exécutif, et de Marguerite-Émilie Sabrevois de Bleury. Il fait ses études au Collège de Montréal et se prépare à la carrière d'avocat. Il semble dès cette époque avoir un goût marqué pour la littérature : ses lectures très étendues témoignent d'une forte influence romantique. Avec son conte « Louise Chawinikisique », il remporte en 1835 le premier prix d'un concours ouvert à Montréal : quelques mois auparavant, il a fait paraître un autre conte, « La tour de Trafalgar ». Il est admis au barreau le 26 janvier 1837. Secrétaire de l'Association des Fils de la liberté, il est un des premiers arrêtés, le 16 novembre 1837. Libéré le 8 juillet 1838, il continue pendant quelque temps à exercer le droit à Montréal, mais préfère bientôt partir pour la Louisiane (novembre 1838) afin d'éviter une seconde arrestation. Il séjourne deux ans à la Nouvelle-Orléans et revient au Canada en 1841. À son retour, il s'établit dans le canton d'Aylmer et y épouse Louise-Elizabeth Gregory. Il y compose la première partie de son roman Une de perdue, deux de trouvées. *Il publie également dans* La Minerve *de 1847, sous le pseudonyme de « José », toute une suite d'études économiques intitulées « Les sophismes de M. Bastiat ». Entré dans le fonctionnarisme, il devient secrétaire du lieutenant-gouverneur Narcisse-Fortunat Belleau et, en 1867, greffier du Conseil législatif du Québec. Il occupe ce poste jusqu'en 1890. Après 1860, il publie deux écrits d'un caractère fortement pratique:* Programme d'étude pour la formation d'une banque agricole nationale *(1862) et un curieux essai de langue universelle,* Le dictionnaire du langage des nombres *(1889), qui témoignent de sa nouvelle orientation. Toutefois, durant sa retraite, il fait paraître un second roman dans* La Revue de Québec *sous le titre de* « Nicolas Perrot ou les Coureurs de bois sous la domination française ». *Il meurt à l'île d'Orléans le 6 septembre 1894.*

Louise Chawinikisique[1]

Tout ce qui sort de la main des hommes porte l'empreinte de leur fragilité et le caractère de leur faiblesse. Les monuments qui attestent le plus leur grandeur sont marqués du fléau de la destruction, et doivent, comme ce qu'ils reproduisent, tomber sous la dent corrosive des siècles, et s'ensevelir dans la nuit des temps. Combien de riches cités qui maintenant ne sont plus? Combien de peuples puissants et belliqueux dont il ne nous reste plus que de faibles souvenirs, et dont en vain nous voudrions rechercher les vestiges? Sans aller chercher, dans ces contrées lointaines, de ces grands exemples qui attestent la faiblesse de notre nature et la destructibilité de nos œuvres, jetons un instant les yeux autour de nous. Dites-moi: quelles sont ces vastes cités que l'on a découvertes dernièrement, l'une dans le Mexique, l'autre dans le Brésil? Après des siècles, elles semblent sortir du fond des déserts, le front couvert de mousse et de la poudre des tombeaux. On ne saurait contester l'existence de ces villes; leurs ruines sont encore là. L'œil y voit de tous côtés des édifices immenses renversés, des portiques à moitié démolis, luttant encore contre la destruction qui frappe à grands coups sur leurs bases ébranlées. Comment ces villes

---

1. En français, on écrivait « Chaouinikisique ». (Nous empruntons les notes à John Hare.)

ont-elles été abandonnées? Comment ont-elles été détruites? Et, ce qui est plus surprenant encore, comment se fait-il que nous n'en sachions rien? Tout cela doit être attribué à la nature de l'homme; souvent il ne songe pas à ce qui se passe sous ses yeux, loin de les reporter sur ces temps reculés. L'histoire des révolutions des peuples, la décadence et la ruine des grands empires qui ont fait gémir les nations sous le poids de leurs débris, et rempli le monde du bruit de leur chute, souvent ne présentent, à l'homme insouciant, qu'un faible intérêt qui se perd et s'abîme dans la vague de ses pensées! Et si la tradition ne s'emparait des événements pour les transmettre à la postérité, les actions les plus éclatantes tomberaient dans l'oubli, et l'on n'y songerait pas plus que si elles n'eussent jamais été faites.

C'est ce défaut de traditions qui jette tant d'obscurité sur ces peuples qui, tout nouveaux apparus sur la scène du monde, ne semblent nés que d'hier. Le Canada, ce noble et beau pays que je me glorifie d'avoir pour terre natale, dont l'histoire fournit un champ si vaste et si fertile à exploiter, dans quelles ténèbres ne sont point ensevelis les actes de ses premiers habitants? Et si parfois un écrivain isolé en a recueilli quelques faits, pour les consigner dans les pages de l'histoire, on voit surgir du fond des forêts des hommes dont les actions brillent comme des météores, au milieu des ténèbres dont ils sont enveloppés. Mais combien de faits mémorables ne sont jamais parvenus jusqu'à nous; et combien nous sont parvenus qui sont retombés dans l'oubli, et dont maintenant nous n'avons pas le moindre souvenir.

Peut-être la terre que je foule maintenant sous mes pieds a-t-elle été le théâtre de quelque grand exploit? Peut-être est-ce la cendre d'un héros? Et le Canada en a fourni plus d'un. Peut-être encore cette poussière recouvre-t-elle les restes de quelque infortuné qui, pour sauver les jours de son semblable, aurait succombé victime de son dévouement? Qui sait?

J'étais bien loin, quand j'écrivis l'épisode suivant, de faire ces réflexions, que m'en inspire aujourd'hui la simple lecture. C'est qu'alors, je ne voyais les choses qu'à travers un prisme dont les couleurs se reflétaient sur les objets qui fascinaient mes sens. Et de même que mon imagination ardente se forgeait mille chimères pour l'avenir, de même aussi j'emportais, dans le tourbillon de mes pensées, ce qui aurait dû en modérer les saillies impétueuses. Maintenant que les rides sillonnent mon visage, et que je sens les glaces de la mort courir dans mes veines, ce n'est plus avec un œil de vingt ans que je vois le tableau des actions humaines se dérouler grand et sublime devant moi. Ce qui, aux jours de mes plaisirs, passait rapide et brillant à mes yeux est maintenant pour moi un sujet de sérieuses réflexions. Les choses aujourd'hui m'apparaissent sous leur vrai point de vue; et les charmes illusoires, que leur prêtait le jeune âge, ont disparu devant la calme et pénétrante expérience de la vieillesse.

Ce m'est un plaisir bien grand de relire quelquefois les mémoires de ma jeunesse; et de reporter ainsi, sur ces temps passés dans l'ivresse du bonheur, un œil qui déjà a pénétré dans l'horreur de la tombe! Et lorsque, l'autre jour, je consentis à publier ce passage de mes tablettes, je cédai peut-être plus au désir de vous parler de mes jours de jeune homme qu'à la prière d'un ami. J'étais bien aise aussi, par ce trait pris au hasard parmi les cent et un épisodes qui composent la chronique des peuples du Canada, de donner une idée des mœurs de ses premiers habitants, que l'on avait peints si farouches et d'un caractère si barbare.

Extraits de mes tablettes

La pierre de Louise

I

> Si tu crains les troubles du cœur, défie-toi des retraites sauvages : Les grandes passions sont solitaires, et les transporter au désert, ce n'est que les rendre à leur empire.

... Par une de ces nuits de la canicule dont la chaleur pèse également et sur les sens et sur l'âme, je m'étais rendu sur le Coteau-de-Sable[2], pour respirer le grand air. C'était un peu avant l'aurore. Le zéphyr agitait les feuilles des arbres d'un léger frémissement, le voile de la nuit était encore étendu sur toute la nature ; mais l'air devenu plus frais, le doux parfum des fleurs, qui s'exhalait de leurs pétales à demi fermés, enivraient mes sens d'une délicieuse volupté. J'aspirais avec délices les suaves émanations des rosiers sauvages, et jamais je ne respirai d'air aussi pur que cette brise parfumée du coteau du Lac des Deux-Montagnes. Bientôt les étoiles, qui scintillaient dans le firmament, commencèrent à pâlir à l'Orient. Les oiseaux voltigeaient sous la feuillée, et semblaient de leur faible gazouillis saluer le lever du soleil. Un instant encore et l'horizon présentait le spectacle le plus enchanteur. D'un côté des groupes de montagnes dont les formes bizarres se dessinaient sur le fond doré d'un ciel étincelant de gerbes de lumière, que lançait au-devant de lui l'astre du jour. Au couchant, la nuit conservait encore son empire ; et les étoiles semblaient à ce point ranimer tout leur éclat, comme pour s'opposer au lever de l'aurore. Je contemplais ainsi, bercé dans ce doux ravissement, le lever du soleil, quand je fus frappé de l'apparition de quelque chose qui se mouvait à ma droite.

---

2. À l'extrémité nord-ouest de l'île de Montréal.

Un homme, il pouvait avoir 74 ans, les reins ceints d'une ceinture de cuir, et les épaules couvertes d'une peau de buffle[3], marchait à grands pas, près de la lisière du bois, paraissant profondément affecté. De temps en temps, il s'arrêtait devant une pierre, une espèce de borne informe, qui paraissait avoir été jetée là, comme par hasard. Dans le moment, il ne me vint pas même à l'idée que ce pouvait être cette pierre qui fixait son attention ; tant il me semblait qu'elle devait exciter peu d'intérêt. C'est que, voyez-vous, j'ignorais moi aussi qu'elle rappelât un dévouement sublime. Souvent je m'y étais assis, mais ce fut toujours avec la plus parfaite insouciance, sans même l'avoir choisie plutôt qu'une autre. Et vous-même, si vous avez été quelquefois vous promener au calvaire du Lac des Deux-Montagnes, vous devez l'avoir vue cette même pierre. Peut-être vous a-t-elle servi de siège ? Mais ce dont je suis certain, c'est qu'à coup sûr vous n'avez jamais songé qu'elle rappelât un acte d'héroïsme. Elle se trouvait tout juste à l'entrée du petit chemin de pied qui conduit aux chapelles des stations. Ainsi elle nuisait réellement plus qu'elle n'était utile, même pour les promeneurs. Et si je ne fis jamais la réflexion qu'on aurait bien pu l'ôter de là, c'est qu'il me semblait qu'elle ne méritait pas que je lui donnasse même une pensée, si petite qu'elle fût[4]. Mais maintenant que j'en connais l'histoire ; maintenant que je sais quelle espèce de souvenir elle retrace, oh ! je ne passe plus auprès d'elle avec la même indifférence. C'est pour moi un monument sacré que je regarde avec le plus profond respect. — Voici comment j'appris cette histoire que je vais essayer de vous raconter.

L'homme à la peau de buffle, qui avait fixé mon attention, continua pendant quelque temps à marcher avec la même vitesse, puis, s'arrêtant tout court devant cette pierre, il se prit à la considérer avec une expression singulièrement scrutative.

---

3. Bison américain.
4. 1835 : qu'elle fut.

On eût dit qu'elle lui rappelait un souvenir confus, qu'il cherchait à pénétrer. Et alors moi, moitié par curiosité, moitié par intérêt, je m'avançai vers lui, et lui demandai si je pouvais lui être de quelque service. — Hélas! me répondit-il, non. Ce qui fait le sujet de ma tristesse n'est point de ce monde et si, dans ce lieu-ci, je viens quelquefois verser une larme sur le souvenir de deux infortunés, c'est que j'y trouve une consolation à rendre cette espèce de tribut à l'héroïsme de la vertu.

L'air noble de ce vieillard en cheveux blancs, son teint basané, la mâle expression de sa physionomie et son large front sillonné de deux énormes cicatrices annonçaient assez un de ces fiers enfants des forêts qui, dans les jeux sanglants de leurs nations, devaient avoir scalpé plus d'un crâne, et enlevé plus d'une chevelure. C'était le vrai type iroquois. Quelque chose dans sa figure, je ne sais quoi, m'inspirait un peu de frayeur; mais il y avait en même temps dans ces traits je ne sais quelle expression de tristesse qui intéressait en sa faveur. Il paraissait si profondément affecté, que je ne pus m'empêcher d'être sensible à sa douleur, quoique j'en ignorasse la cause. S'étant aperçu de l'intérêt que je lui portais, il m'en témoigna sa reconnaissance; et il me sut gré aussi de la demande que je lui fis de me raconter la cause de sa tristesse. C'est que, voyez-vous, une âme sensible aime à s'épancher dans le sein de quelqu'un qu'elle croit capable de partager ses afflictions de quelque nature qu'elles soient. Il est si doux d'avoir un ami à qui confier les secrets de son cœur, alors qu'il souffre! — Asseyons-nous auprès de cette pierre, fit-il avec un profond soupir; cette terre recouvre les restes de deux infortunés qui méritent bien que vous prêtiez un instant d'attention à leurs malheurs. Puis il pressa de sa main son front chauve, comme s'il y eût eu là une pensée qu'il voulait comprimer. Et après une courte pause, il commença son récit de ce ton qui va droit à l'âme, et dont il réveille toutes les cordes en les faisant vibrer à l'unisson de l'intérêt qu'il inspire.

C'était... Oh! il y a bien longtemps; une petite troupe de guerriers algonquins avait été s'établir sur les rives sablonneuses du Lac Nipissing. La chasse et la pêche faisaient leur unique occupation. Leur vieux chef avait choisi pour bâtir sa cabane un site sauvage à l'ouest du lac, au pied d'une falaise qui la mettait à l'abri des vents du Nord. Il avait perdu sa femme; et il n'avait auprès de lui que sa fille unique qu'il aimait tendrement. Oh! mais c'est qu'elle était charmante aussi cette petite Louise Chawinikisique* avec ses beaux grands yeux couronnés de ses sourcils d'ébène, avec ses noirs cheveux qui flottaient en boucles sur ses épaules. Vous l'eussiez prise pour Diane Chasseresse, si vous l'eussiez vue seule, chaussée de mocassines [5], gravissant les rochers pour aller cueillir les fruits sauvages; ou bien qu'assise dans son canot d'écorce, elle le faisait voler sur les lames argentées du lac. C'est à ces sortes d'exercices qu'elle se fit une forte santé; sa taille se développait svelte et légère, et ses traits prirent une certaine expression de fierté qui contrastait avec son caractère doux et sensible. Tous les jours elle suivait son vieux père, soit que, la carabine au bras, il parcourût les forêts pour surprendre le chevreuil, ou poursuivre l'orignal, soit qu'il allât à la pêche, braver sur le lac les ondes agitées.

Un jour que son père était malade, Louise avait été cueillir des simples, de l'autre côté de la baie que formait le lac en cet endroit. Le soir quand elle s'en revint, la baie était sillonnée par trois longues lames qui dans ces parages annoncent toujours quelque tempête. Quelques nuages cotonneux avaient surgi à l'horizon, et bientôt ils se fondirent en vapeur légère. Elle savait le danger qui la menaçait, et ce n'était point sur elle-même que s'arrêtait sa pensée; c'était sur son vieux

---

* *Chawinikisique* signifie le jour qui se lève. On l'appelait ainsi parce qu'elle était belle comme l'aurore.

5. Le mocassine ou mocassin est la chaussure des Amérindiens, en cuir très souple.

père malade, qui avait tant besoin de ses secours! Elle était encore bien loin du rivage, et le vent sifflait avec furie à ses oreilles. Oh! Si vous l'eussiez vue, comme elle maniait l'aviron d'un bras rigoureux, pour arriver avant la tempête. Bientôt les flots se soulevèrent, noirs, larges, marbrés d'une écume blanche et jaune. Pauvre enfant! Elle était épuisée de fatigue, l'eau ruisselait sur ses tempes, elle ne pouvait plus gouverner[6]. Oh mon Dieu! disait-elle, en levant au ciel ses deux yeux mouillés de pleurs, que va devenir mon vieux père, si je meurs? Et les mains jointes sur sa poitrine, elle était tombée sans connaissance au fond du canot qui, livré à lui-même, s'agitait convulsivement sur la pointe des vagues qui fleurissaient à l'entour avec un épouvantable bruissement. Les secousses saccadées du canot la firent bientôt revenir à elle; mais ce ne fut que pour voir la mort sur un flot impétueux qui, se précipitant sur le canot, le fait rouler un instant sur lui-même et lance dans les abîmes l'imprudente Algonquine. C'en était fait d'elle; son vieux père allait encore pleurer la mort de son unique enfant, quand un jeune Indien, qui du rivage a vu la détresse d'une infortunée, s'est jeté dans un canot pour aller à son secours. Et aux risques d'être englouti mille fois, il est parvenu auprès de Louise. Déjà il lui fait signe de prendre courage; il va la sauver... Il arrive... Il allonge la main pour la saisir... Quand elle est précipitée dans le gouffre qui s'ouvrait béant pour l'ensevelir dans ses entrailles. Ô mort! que tu es terrible. Mais lorsque plein de vie et de jeunesse, on va t'échapper, et que tu nous saisis au moment où l'on rit de tes efforts; oh! c'est affreux, horrible, épouvantable!... Le jeune Indien ne perd point de temps et, rapide comme la flèche qui fend l'air, il s'est élancé dans les ondes. Il plonge et bientôt il réapparaît[7] tenant Louise par les cheveux. Mais l'Indien va peut-être périr vic-

---

6. Avironner ou pagayer.
7. 1835: reparaît.

time de son dévouement ; son canot à lui, il est bien loin, il s'agite et s'éloigne. Il le voit et il ne lâche point prise. D'une main il fend les lames qui l'inondent tout entier. Il lutte avec courage. Une action si généreuse ne peut rester sans récompense ; et celui dont les yeux sondent la profondeur des mers veille sur les jours de ce héros des déserts. Son canot, comme poussé par une main invisible, revient sur un flot qui le renvoie vers lui. Il tressaille ; et le saisissant par un des bouts, il parvient à y embarquer, et à y placer Louise devant lui, qu'il conduisit ainsi heureusement à terre.

On s'empresse d'emporter Louise à la cabane de son père, où, à force de soins, on réussit à la rappeler à la vie. En entrouvrant les paupières, sa première parole fut pour son père. Puis elle retomba dans un affreux délire. Il lui semblait lutter contre les flots ; et elle poussait des cris aigus ; oh ! c'était à fendre le cœur ; pauvre Louise ! Cependant, le jeune Indien s'est retiré inaperçu de cette scène déchirante. Il avait bien besoin de repos. Une natte étendue sur la terre lui sert de lit. C'est là que dort paisiblement le libérateur de Louise, heureux d'avoir fait une bonne action, et le cœur rempli de l'image de celle qu'il a sauvée. Le lendemain, le cœur palpitant d'inquiétude, il alla à la cabane du vieux chef pour s'informer de l'état de Louise. Tous les matins, à l'aube du jour, il se rendait régulièrement pour avoir des nouvelles de sa santé ; et alors qu'il eut appris sa parfaite convalescence, il n'y retourna plus. Puis par une espèce de caprice bizarre, il s'imposa l'obligation de ne plus la revoir.

Louise reprit bientôt de nouvelles forces. Sa santé se rétablissait de jour en jour ; mais au lieu de cette gaieté franche et naïve, on remarquait en elle un certain air de tristesse, une certaine teinte de mélancolie qui ajoutait un charme de plus à l'expression de sa figure. Elle aimait à se faire raconter la manière dont elle avait été sauvée par le jeune Indien. Quand on lui vantait le dévouement de Saguima, quand on lui peignait sa beauté, sa valeur, son adresse, le rouge lui montait au front, et son cœur lui battait d'un mouvement d'amour. Et lorsqu'au nom de Saguima ses joues se couvraient de ce vif incarnat qui toujours décèle l'émotion de l'innocence, ses compagnes, avec cette malice de jeune fille, s'amusaient de son embarras. Et si Louise rencontrait par hasard leurs yeux qui cherchaient à lire dans sa pensée, elle se troublait; c'est que, voyez-vous, le regard qui plonge ainsi sur une première impression d'amour la refoule si rudement au fond du cœur. Bientôt elle ne voulut plus voir ses amies; c'est que leurs rires moqueurs lui faisaient de la peine; c'est que leurs rêves lui paraissaient si fades, près de celui qui occupait uniquement sa pensée. Souvent elle allait seule se promener sur le rivage, toute remplie de l'idée de Saguima, se rappelant de lui un mot, un signe, un geste, un regard. Quelquefois, à la pâle lueur de la lune, elle gravissait un coteau; et des heures entières appuyée sur un arbre, elle demeurait immobile, les yeux fixés sur l'immense nappe d'eau qui s'étendait devant elle. Si un canot apparaissait sur le lac, elle suivait avec inquiétude sa marche insolite; et lorsqu'il semblait se diriger de son côté, elle tressaillait. Elle prêtait une oreille attentive pour saisir un murmure, un cri, un son; mais quand tout était disparu, et que son espérance s'était évanouie comme une illusion, elle se mettait à pleurer. Et puis, la tête penchée sur sa poitrine, elle s'en revenait chez elle, le cœur gonflé de soupirs. Le lendemain, lorsque d'immenses images couleur de bronze roulaient dans l'espace, vite, vite elle courait sur le bord du lac. Oh! alors comme elle était joyeuse quand, assise sur la pointe d'un rocher, les jambes ballantes au-dessus des vagues qui déferlaient à sa base, elle entendait le sifflement du vent qui tourbillonnait sur le lac, et fouettait les flots écumeux. C'est que ce spectacle, en lui mettant sous les yeux la grandeur du péril auquel s'était exposé son libérateur, autorisait les sentiments qu'elle éprouvait pour lui. Pauvre Louise! elle voulait se faire illusion sur la situation de son cœur. Elle croyait à la reconnaissance ; et elle ne s'apercevait pas qu'elle se livrait à tout l'enivrement de l'amour, tant sont imperceptibles, sur un cœur de seize ans, les premières impressions de ce sentiment qui doit un jour le remplir tout entier.

Plusieurs semaines se passèrent ainsi sans qu'elle eût[8] pu voir son jeune libérateur, et pourtant elle se rendait tous les jours au bord du lac, où elle l'avait vu la première fois. Et après avoir regardé longtemps, bien longtemps, elle s'en revenait le cœur gros de soupirs.

Cependant, la paix profonde qui règne partout, hors dans le cœur de Louise, ne peut durer longtemps dans ces contrées sauvages. C'était des combats qu'il fallait à ces jeunes guerriers pour satisfaire leur ardeur martiale. Le chant de mort a retenti dans toutes ces forêts ; la hache est élevée jusqu'au ciel. Un parti nombreux d'Agniers et de Mohawks[9] s'est avancé à travers les bois pour surprendre les Algonquins ; mais ceux-ci ont été prévenus par leurs chasseurs. Sans craindre le nombre de leurs ennemis, ils marchent avec confiance au-devant d'eux. Le père de Louise est fier de commander à cette valeureuse jeunesse. Au cri de l'honneur, il oublie ses infirmités ; il abandonne sa fille chérie, pour voler là où la gloire l'appelle.

Avant de partir pour aller combattre les Agniers, Saguima est venu dire un dernier adieu à Louise. C'est la première fois qu'il la voit depuis sa convalescence. Oh ! comme le cœur de Louise battait rapide, pendant que sa main frémissait dans celle de Saguima.

Non loin du lac, il y a une petite chapelle bâtie par un saint missionnaire. C'est là que, tout le jour prosternée devant une image de la vierge Marie, Louise implore sa protection pour son vieux père. Et si sa bouche ne prononce pas le nom

---

8. 1835 : eut.

9. Il s'agit de la même tribu à laquelle les Français donnaient le nom d'*Agniers* et les Anglais, celui de *Mohawks*.

de Saguima, son âme en est remplie ; et après l'auteur de ses jours, c'est sur celui qui en fut le sauveur que repose toute son inquiétude.

Pendant qu'elle prie un dieu de paix, une bataille sanglante a lieu entre les deux partis. Les Algonquins trop faibles succombent sous le nombre. Leur chef meurt en combattant comme un héros. Saguima, couvert de sang et de poussière, a vu tomber le père de celle qu'il aime, sous les coups de Canatagayon, jeune chef mohawk. Il fait des prodiges de valeur pour défendre son cadavre encore palpitant ; mais les forces sans cesse renaissantes de ses adversaires l'obligent de céder le terrain. Il n'y eut que la nuit qui vint mettre fin à cette scène de carnage ; et ce qui restait d'Algonquins se sauva dans les bois, à la faveur des ténèbres.

Canatagayon, qui dans l'action avait cherché plus d'une fois à se mesurer avec Saguima, se dirige avec les siens vers la demeure des Algonquins. Ivres de sang, ils parcourent une torche à la main les habitations dévastées. Tout tombe sous leurs coups. La flamme monte au ciel en larges tourbillons, et la lueur de l'incendie se reflète sur toute l'étendue du lac. Canatagayon erre partout dans les bois ; il cherche du sang. Il a rencontré la timide fille du chef algonquin, qui fuit comme une antilope devant son cruel ennemi. Le couteau levé, Canatagayon s'est élancé sur elle ; c'est encore une victime qu'il va immoler à sa fureur ! Mais au moment où il la saisit, au moment où le couteau va s'enfoncer dans ses entrailles, Louise s'est retournée. Il a vu son visage, il a rencontré son regard, et toute sa rage va se briser devant cette figure angélique. Un coup d'œil a arrêté celui que la mort n'aurait pas même étonné ; et le vainqueur est vaincu. À la rage dont il était animé, succède un feu dévorant qui le consume. Impétueux dans ses passions, il ose porter la main sur cette innocente créature. Il est sourd aux gémissements de la colombe. Il l'enlève impitoyablement et l'emporte évanouie dans la forêt.

Cependant, Saguima, qui a vu que c'en était fait des Algonquins, est accouru pour donner l'alarme à ceux qui étaient restés aux habitations. Il était trop tard. Il n'arriva que pour entendre les cris que poussaient les femmes et les enfants qui se tordaient affreusement dans cette immense fournaise. Leurs cadavres brûlés flambaient comme des torches, et servaient encore d'aliment à la rage de l'incendie. Il vit tout cela, lui, et il en fut saisi d'horreur. Oh! c'était horrible aussi...

La crainte d'un malheur plus grand encore vient s'emparer de lui, il craint pour Louise. Il cherche, il court, il vole de tous côtés. Il irait la demander même à ses ennemis. La mort l'environne de toutes parts, elle plane sur sa tête, et il la méprise. Que lui importe la vie, s'il perd sa bien-aimée! Un vieil Algonquin, que le hasard lui fit rencontrer, lui apprend qu'un guerrier mohawk l'a enlevée, et qu'il les a vus dans le bois. Saguima suit ce vieil Indien qui lui sert de guide. De loin il aperçoit le ravisseur de Louise, qui fuit avec elle dans les montagnes. À cette vue, son cœur frémit dans sa poitrine, et toutes les passions qu'il renfermait débordèrent en bouillonnant comme des torrents de lave brûlante. La rage, la haine, la jalousie, et tous les mouvements impétueux que l'amour y faisaient surgir, se concentrèrent en un seul, la soif de la vengeance. Il jette un cri, et rapide comme la foudre il s'est précipité sur Canatagayon qui, ne pouvant résister aux efforts réunis de ses deux adversaires, est obligé d'abandonner sa proie. Dès que Saguima voit son ennemi sans armes, sa grande âme lui ordonne de pardonner! Aussitôt il saisit Louise dans ses bras, et s'éloigne rapidement, en suivant les sentiers tortueux que lui indique le vieux de la forêt. Arrivé auprès d'une source aux eaux limpides, il dépose son fardeau sur la verte pelouse. Quelques gouttes d'eau qu'il lui verse sur les tempes la font revenir à elle. Alors il lui apprend et la victoire des Iroquois, et le massacre des Algonquins, et la mort de son père, et la ruine de son parti. Ces désolantes nouvelles lui tombèrent comme une masse écrasante sur le cœur. Les yeux levés au ciel, elle gémit dans toute l'amertume de son âme. Seule, isolée, abandonnée sans secours à toute l'horreur de son sort, elle offre à Dieu le sacrifice de sa vie. Puis, par un mouvement involontaire, se penchant vers Saguima : — Oh ! mon Dieu, fit-elle, avec cet accent d'une personne qui sent qu'elle va mourir, que vais-je devenir ? Et son âme était inondée d'une agonie de douleur à l'idée de sa situation.

— Louise, ah ! qu'as-tu dit ? s'écrie Saguima. Toi abandonnée, quand je suis à tes côtés ; quand je veille sur tes jours, prêt à verser mon sang jusqu'à la dernière goutte pour défendre celle que j'aime plus que moi-même ! — Louise a entendu ces paroles de la bouche de celui qui l'a déjà sauvée deux fois, et elle ne craint plus les dangers. Elle est contente de suivre son libérateur. Sûre de sa protection, qui peut l'effrayer ? Puis levant doucement sur lui ses yeux baignés des larmes de la reconnaissance, elle lui dit avec ce charmant abandon de l'innocence : — Oh ! je savais bien que vous, vous ne m'abandonneriez pas.

Ce mot, si naïvement échappé à la délicieuse franchise de son âme, montrait à l'évidence que, dans son cœur, leurs existences étaient tellement identiques qu'elle ne pouvait croire à une séparation.

Cependant, le vieux de la forêt les presse de partir. Louise a repris ses forces ? Elle peut les suivre. Le vieux de la forêt les conduit par des chemins inconnus dont il est impossible de saisir les traces, à moins que, comme lui, on ne les ait fréquentés plusieurs fois, en chassant dans ces forêts.

Ce ne fut qu'après trois mortelles journées qu'ils arrivèrent à la rivière des Outawas[10]. Louise était épuisée de fatigues ; ses pieds ensanglantés lui causaient d'insupportables douleurs. Souvent Saguima avait été obligé de la porter dans ses

---

10. La rivière des Outaouais.

bras. Oh! alors comme son cœur palpitait d'amour en la pressant sur son sein!

Arrivés sur les bords de la grande rivière, ils construisirent un canot d'écorce de bouleau, qu'ils enduisirent de gomme de sapin. Au fond, un petit lit de mousse est préparé pour Louise. Saguima, d'un bras vigoureux, pousse le canot à la rivière. Le canot trace un léger sillage, et fuit devant la brise du matin. Cette manière de voyager n'a rien de fatigant; mais si elle est agréable et facile, elle n'est pas sans danger pour nos voyageurs. À chaque instant ils pouvaient tomber entre les mains de leurs ennemis.

Le soir quand l'heure du repos était arrivée, ils choisissaient, sur quelque île isolée, un vert gazon pour y bâtir la hutte du voyage. Quelques écorces souples et légères, étendues sur quatre bois, leur servaient de couverture. Tandis que Louise dort, Saguima et le vieux de la forêt veillent au dehors, pour n'être point surpris par les Iroquois, qui probablement devaient avoir tenu la même route.

II

> En prononçant ces paroles, l'amour brillait dans les yeux de la vierge; mais c'était un amour plein de chasteté, et qui semblait s'être comme enveloppé d'innocence pour avoir le droit de se montrer[11].

Un soir, tout reposait dans la nature, pas un bruit, pas un murmure, hors le cri perçant du jaguar[12] qui semble prédire que le jour des calamités se hâte. Le zéphyr retient son haleine; les ondes semblent suspendues dans leur cours. La lune,

---

11. Ce texte rappelle étrangement l'*Atala* de Chateaubriand.
12. Il s'agit probablement d'un lynx.

assise sur un groupe de nuages qui se découpent sous toutes formes dans l'azur du firmament, verse paisiblement sa pâle lumière sur les plaines qui s'étendent jeunes et fleuries. Saguima, debout, immobile, appuyé sur sa carabine, les yeux mélancoliquement fixés sur l'immensité des déserts, songe aux dangers qui menacent sa bien-aimée. Pour la première fois de sa vie, il tremble, mais ce n'est point pour lui. Il craint de rencontrer un ennemi ; c'est que, depuis qu'il connaît l'amour, la vie lui était devenue plus précieuse ; il lui était si doux de la passer auprès de Louise !

Pendant que la nature sommeille, pendant que Saguima erre autour de la cabane qui renferme tout ce qu'il aime au monde, Louise est agitée par des songes effrayants. Des images fantastiques, des spectres qui lui apparaissent sanglants, viennent l'arracher au repos dont elle a un si grand besoin pour réparer ses forces affaiblies par les inquiétudes, les chagrins et les fatigues. Une fièvre brûlante consume sa poitrine. Elle se lève pour aller chercher quelques gouttes d'eau, afin d'humecter sa gorge desséchée. Elle soulève doucement l'écorce de sa tente. Elle regarde et voit le vieux de la forêt qui dort sur le gazon. Saguima paraît absorbé dans de profondes réflexions. Elle sort sans bruit ; mais le froissement de sa robe vient tirer Saguima de sa rêverie. Il regarde du côté d'où vient le bruit ; une ombre se détache sur le fond verdâtre de la plaine, et glisse silencieuse à travers le bouquet de noyers qui se trouve près du rivage. Il se précipite après cette ombre qui s'est arrêtée. Il approche ; Dieu ! que voit-il ? Louise, pâle, chancelante, appuyée sur le tronc d'un arbre. Une sueur froide coulait de son front, ses membres tremblaient, et ses dents claquaient affreusement les unes contre les autres.

— Ô Louise, Louise, qu'as-tu ? lui dit-il en la pressant dans ses bras. — Il ne peut en dire davantage ; et il se hâte de la transporter dans sa cabane, où il l'étend défaillante sur son lit de repos.

De temps en temps, elle rouvrait ses grands yeux noirs et, les levant doucement sur Saguima, ils semblaient lui dire qu'elle se mourait ; mais qu'elle emporterait avec elle, dans la tombe, le souvenir de ce qu'il faisait pour elle.

Cependant, le soleil qui commence à dorer la cime des hautes montagnes vient annoncer l'heure du départ. Mais il est impossible à Louise de continuer la route ; tous les symptômes de la petite vérole s'étaient déclarés. Saguima frémit quand il sut qu'elle était atteinte de ce fléau terrible dont les ravages étaient si effrayants parmi les sauvages, depuis que les Européens le leur avaient apporté. Le vieux de la forêt qui connaît combien cette maladie est contagieuse, qui sait que l'air qui l'environne en est bientôt infecté, refuse de rester plus longtemps. Il veut absolument partir. Il presse Saguima de le suivre, et d'abandonner Louise à sa destinée, puisque aucun pouvoir humain ne pouvait la sauver.

Quand la malheureuse Louise entendit la proposition que l'on faisait de l'abandonner seule, expirante, au milieu des bois : oh ! alors son âme se brisa, comme si toutes les cordes, trop fortement tendues, en eussent été subitement rompues. Elle ne pleurait pas, non, pauvre enfant ! son cœur était trop serré. On eût dit qu'un grand poids lui pesait sur la poitrine. Les yeux tristement levés au ciel, elle demandait de la force pour supporter ce choc.

Saguima hésite. Peut-être va-t-il l'abandonner. Mais il l'a regardée, mais il a vu sa figure pâle, mais il a rencontré son regard si affectueusement suppliant, que l'idée seule d'abandonner cet ange lui tombe comme une flétrissure sur le cœur. Son parti est pris ; il veut rester avec elle. Il sait que cette maladie n'est pas toujours mortelle ; et la voix de l'espérance ne s'est point éteinte dans son cœur.

Le vieux de la forêt plaint l'entêtement de Saguima ; c'est ainsi qu'il traduisait ce sentiment d'une grande âme, ce dévouement sublime, qui porte un héros à se sacrifier pour sauver son semblable. Et il part en lui promettant de revenir bientôt. Saguima longtemps suit des yeux le vieux de la forêt qui l'abandonne. Il voit le canot qui s'éloigne, et avec lui ses espérances. Il regarde encore; quelque chose apparaît au loin, comme un point noir, sur une vague; puis tout se confond avec l'horizon; puis plus rien... Il est seul! Et une larme brille dans ses yeux.

L'effort que vient de faire Louise, le coup qui l'a heurtée si rudement au cœur l'ont abattue. Elle est tombée sans connaissance sur sa couche de douleurs. La fièvre prend un caractère alarmant. Bientôt un délire affreux s'empare d'elle. Crise effrayante où se décide d'ordinaire le sort de l'infortuné qui est attaqué de cette maladie dont les effets sont si rapides, surtout parmi les sauvages qui par leurs habitudes et leur genre de vie nomade semblent la rendre plus mortifère encore, que peu d'heures suffisent pour enlever ceux qui en sont atteints.

Saguima suit, avec une singulière expression d'inquiétude, toutes les phases de la maladie. Il prodigue à Louise tous les secours que sa sollicitude peut lui inspirer. Penché sur sa poitrine, il soutient sur son bras sa tête qui roule sur elle-même. La bouche collée sur sa bouche, il semble respirer son âme; et il recueille sur ses lèvres le poison qui en peu d'instants coule avec son sang dans ses veines. Il sent qu'il vient de puiser la mort dans le sein de son amante, et il serait content de mourir pour elle, s'il pouvait la sauver. Une fois l'accès passé, un abattement total succéda à l'agitation de la fièvre; et Louise s'endormit d'un sommeil léthargique. Sommeil affreux, sommeil de mort, dont souvent vous ne sortez que pour entrer dans celui de l'éternité! Elle resta longtemps, bien longtemps dans cet état. Ce ne fut que le lendemain fort tard qu'elle sortit de ce long assoupissement. Il lui semblait sortir d'un rêve pénible. Ses yeux erraient égarés sur tout ce qui l'environnait; et quand ils rencontrèrent ceux de Saguima, oh! alors, elle se rappela tout. La mort de son père, le massacre de sa nation, sa fuite, son délaissement, sa situation, tout lui jaillit au-devant de l'esprit comme un trait de lumière ; et elle ne versa pas de pleurs, non, son œil était sec, sa raison égarée. Elle se prit à rire, de ce rire amer, lugubre, de ce rire qui vous agite les lèvres d'un tremblement convulsif, alors qu'il vous tord le cœur!... Saguima, lui, il était là, à côté d'elle, immobile de stupeur. Ses yeux, fixement arrêtés sur les traits décomposés de Louise, ne voyaient plus qu'en eux-mêmes. Bientôt son regard perdit cette fixité qui la glaçait. Sa vue se troubla, un nuage épais s'étendit comme un voile sur ses yeux, ses genoux chancelèrent, et se dérobant tout à coup sous lui, il alla donner de la tête contre l'angle d'une pierre. Louise le vit tomber. Et lorsqu'elle sentit sa main mouillée du sang qui coulait de la blessure qu'il s'était faite, elle sembla comme si elle ne faisait que de revenir à elle pour la première fois. Quand Saguima eut repris ses sens, elle se sentit comme déchargée d'un grand poids qui la pressait comme un cauchemar. Puis rappelant ses idées, et voyant que Saguima était resté seul, et que pour elle il avait bravé la peste, elle lui dit avec un sanglot : — Il vous a donc abandonné!... Et alors elle se mit à pleurer. Chaque larme qu'elle versait était pour elle comme un baume bienfaisant qui la soulageait. Sa poitrine était si oppressée! Et quand elle eut bien pleuré, elle devint calme, et son âme reprit toute sa sérénité. Sa poitrine ne brûlait plus de ce feu dévorant qui la consumait quelques heures avant ; maintenant c'est le feu de l'amour, mais de cet amour pur comme son âme, de cet amour reconnaissant de tout ce que son libérateur avait fait pour elle.

Saguima qui a cru lire dans ses yeux de la reconnaissance, de l'amour peut-être, lui dit en lui saisissant la main dans son transport :

— Ô Louise! Louise, si tu savais combien j'ai souffert de te voir malade, tu ne me refuserais pas un peu de reconnaissance. Oh! oui, un peu de reconnaissance, voilà tout ce que j'ose demander. Ah! laisse-moi entendre de ta bouche que tu n'es point insensible à mon amour!...

— Si je suis insensible?... Il me le demande!... Ô mon Dieu! vous l'entendez, et vous m'ordonnez de lui cacher ce que je ressens!...

— Qu'ai-je entendu? Serait-il vrai? Oh! répète que tu n'es point insensible. Dis, oh, dis, que tu m'aimes, et je meurs content; ou plutôt, non, je ne mourrai pas; nous vivrons tous les deux; oui, tous les deux... dans l'autre monde, unis... Oh! et ce sera pour toujours!...

Louise voit toute la violence de sa passion, et elle n'en est point affrayée. Elle connaît toute l'étendue du sacrifice qu'il a fait pour elle, et elle ne lui en témoigne pas sa reconnaissance. C'est qu'il n'y a pas d'expression pour ce qu'elle ressent. Elle voudrait lui consacrer sa vie; l'aimer de toute la puissance de son âme, car son âme à elle aussi brûle d'amour. Mais sa religion lui défend d'aimer un idolâtre; et Saguima n'est point chrétien. Elle prie Jésus-Christ de l'éclairer et de lui ouvrir les yeux sur les vérités de sa religion. Puis comme si un instant l'amour l'eût emporté sur ses autres sentiments, elle s'écrie en appuyant sa main sur celle de Saguima: — Ô mon Dieu! tu vois ce qu'il a fait pour moi. Pourrais-tu me défendre de l'aimer? Oui, Saguima, oui, je vous aime!... Pour vous je sacrifierais tout; pour vous je verserais mon sang; pour vous je donnerais ma vie; mais pour vous je ne désobéirai jamais à ma religion!

L'accent de sa voix était fort et solennel; l'expression de sa figure avait quelque chose de l'autre monde, elle reflétait toute la grandeur et la pureté de son âme. Ce n'est plus une femme qui lui parle; c'est la vertu tout entière qui se manifeste en sa personne.

Saguima, qui voit tant de passion et tant de vertu dans cette jeune vierge, admire le pouvoir qui la produit. Une religion qui peut inspirer de pareils sentiments l'étonne. Aimer d'amour, et se soumettre sans murmure à une religion qui le défend, il y a là quelque chose de surnaturel. Il peut bien sacrifier sa vie pour son amour, mais sacrifier son amour à son devoir! Il n'y a que le Dieu de Louise qui puisse donner cette force-là. Il pense, mais il ne répond pas. C'est que l'heure de sa conversion n'est point encore sonnée.

Cependant, Louise a repris de nouvelles forces; et alors qu'elle remercie Dieu de l'avoir sauvée, Saguima lui, qui, quelques jours avant, s'était volontairement inoculé, sent dans ses veines le feu de venin qui fermente avec son sang. Dès qu'il vit qu'il était sans ressources, il ne songea plus qu'à s'éloigner de Louise. Ô sollicitude d'un amant! Il craignait de l'exposer à la contagion. Il hâta donc son départ pour qu'elle ne s'aperçût pas de l'état où il se trouvait et feignit un prétexte pour aller dans l'intérieur de l'île. Mais quand il fallut la quitter, quand il fallut lui dire un dernier adieu, il lui serra si affectueusement la main, et son regard avait quelque chose de si tristement mélancolique, de si tendrement passionné, qu'elle se sentit émue et agitée de ce frémissement involontaire qu'on ressent presque toujours à l'approche d'un grand malheur. Puis faisant un effort sur lui-même, il s'éloigna rapidement.

Louise demeura longtemps les yeux tournés vers l'endroit où il avait disparu dans le bois. Bientôt elle ne vit plus rien, seulement un écho faible et lointain répétait tristement le bruit de ses pas; et quand elle n'entendit plus aucun bruit, un long soupir s'échappa de sa poitrine.

Saguima ne put se rendre bien loin. À peine eut-il marché quelques heures, qu'il se sentit faiblir. Il fut obligé de se coucher sous un chêne dont les rameaux épais, s'arrondissant en dôme de verdure au-dessus de sa tête, le mettaient à l'abri des injures du temps. C'est là que, pendant trois jours, le héros algonquin attendit fermement la mort. Ô affreuse situation, de se sentir mourir, et d'être obligé de fuir son semblable; de voir la mort là, devant nous, hideuse et impitoyable, et de n'avoir pas un parent pour nous consoler ; de savoir qu'à telle heure vous ne serez plus, que le soleil du lendemain ne luira plus à vos yeux et de n'avoir pas un ami pour vous pleurer ! Oh ! c'est horrible ! Eh bien, il le savait, lui, et sa grande âme n'en fut point abattue. Seulement, quand il songea qu'il allait quitter pour toujours le plus cher objet de ses affections, la nature reprit son empire, et une larme vint mouiller sa paupière ; elle sillonna lentement ses joues caves et flétries, et un instant elle trembla sur ses lèvres contractées. Mais rappelant tout son courage d'homme, il s'indigna de sa faiblesse.

Cependant, Louise, qui attend avec impatience le retour de Saguima, commence à s'alarmer. Bientôt d'affreux pressentiments viennent s'emparer de son esprit. Le jour, elle erre sur les rivages. Quelquefois, la tête basse, elle chemine tristement dans le sentier qu'a suivi Saguima ; puis s'arrêtant tout court, elle songe que pendant qu'elle est éloignée, le vieux de la forêt peut bien être revenu. Alors elle retourne sur ses pas et précipite sa marche ; et quand elle arrive au rivage qu'elle vient de quitter, ne voyant personne, elle se met à pleurer. C'est ainsi qu'elle passe, avec la mobilité du sauvage, de la plus vive espérance à l'extrême désespoir.

Enfin le matin du troisième jour que Saguima est parti, elle courait comme une insensée sur les rives désertes, en faisant retentir les airs de ses gémissements. L'écho redit ses cris ; et ses plaintes se perdent dans le sifflement des vents. Le bruissement des flots, qui viennent expirer lentement sur ces grèves solitaires, semble un instant fixer son attention. Et comme si une pensée l'eût vivement frappée, elle se prit à contempler, en riant d'un rire amer, l'immensité des bois qu'il lui fallait traverser. Elle mesure d'un regard effrayant l'étendue de la rivière, et cherche à en sonder la profondeur. Avancée sur le tronc d'un arbre renversé dans l'eau, elle allait peut-être s'y précipiter, quand elle aperçut au loin un canot qui venait de son côté. Bientôt elle put distinguer une robe noire et reconnaître le vieux de la forêt. Quelques minutes de plus et le canot touche au rivage. Oh! comme le cœur de Louise tressaillit d'allégresse quand elle reconnut le père Piquet[13], celui qui avait guidé ses premiers pas dans la voie du salut. C'est lui qui vient encore sauver son enfant et donner la vie éternelle à celui qui fut son libérateur.

À peine a-t-il mis pied à terre, que Louise se précipitait au-devant de lui, et lui désignait de la main la route qu'a prise Saguima. — De ce côté-là, mon père, s'écria-t-elle, Saguima!... un homme!... un idolâtre... un héros!... mon sauveur!... sans secours... Et peut-être il se meurt. Allons le sauver. Puis elle guide le saint missionnaire dans le bois. L'amour et la crainte lui donnent des ailes; semblable à une biche légère, elle s'élance sur les traces de Saguima. Chaque arbre, chaque arbuste l'arrête. Elle appelle à grands cris, et personne ne lui répond, si ce n'est l'écho des collines qui répercute ses cris. Longtemps ils errèrent dans les bois, sans qu'aucun bruit ne vînt[14] frapper leurs oreilles. Ils désespéraient de le retrouver, quand tout à coup un gémissement sourd, un râle creux semble sortir de dessous un taillis au pied d'un grand arbre. Louise écoute et son cœur frémit d'effroi, à l'horrible pensée qui, comme un éclair, vint traverser ses esprits. Elle regarde... horreur[15]!... Saguima expirant!... Elle se précipite à genoux à côté de lui; penchée sur son front tout souillé des marques de la peste, une main sur son cœur elle cherche à en saisir une pulsation. Quelques secondes elle demeure comme suspendue entre l'alternative désespérante de l'immortelle félicité ou de l'éternel désespoir. Et lorsqu'elle a cru en avoir distingué le battement, si faible qu'il fût[16], elle s'écrie d'une voix délirante de bonheur:

---

13. François Picquet (1708-1781), prêtre de la Compagnie de Saint-Sulpice, né en France, est venu au Canada en 1734. En 1760, il retourne en France.
14. 1835: vint.
15. 1835: horreur?
16. 1835: fut.

— Ô mon père, il respire... Il n'est point mort... Dieu l'attend!...

Saguima, qui a entendu ces accents si connus et si doux à son oreille, entrouvre ses paupières; et son âme prête à s'envoler s'arrête un instant.

— Ô Louise, serait-il possible, murmure-t-il d'une voix presque éteinte, serait-il possible que je n'aurais pas fermé les yeux pour toujours, sans t'avoir encore une fois pressée contre mon sein?

Ô Saguima, lui dit le saint missionnaire, d'une voix calme et solennelle, ce n'est point ici le temps de penser à l'amour. Il faut songer à l'autre vie qui, si vous le méritez, sera pleine de bonheur et de joie.

— Pleine de bonheur? Et[17] sans Louise en peut-il être pour moi?

— Eh bien, s'écrie Louise, ce sera avec moi, avec ton épouse, si tu deviens chrétien. Ô Saguima, pourrais-tu être l'ennemi de ton Dieu qui t'ouvre les bras. Il est bon pour ceux qui l'aiment, mais aussi il est terrible pour ceux qui lui désobéissent; et il me punirait, si je donnais le nom d'époux à un idolâtre.

L'homme de Dieu, qui a fait une longue expérience du cœur de l'homme, qui connaît tous ses penchants et toutes ses faiblesses, laisse agir sur celui de Saguima toute la puissance de l'amour. Il espère qu'un Dieu tout d'amour permettra une conversion opérée par ce grand mobile du cœur humain.

— Ton Dieu, reprit Saguima, il te punirait, toi, parce que tu m'aimerais! Et tu veux que je l'aime, moi, ton Dieu; lui qui te défend de m'aimer, lui qui cause mon désespoir. Oh! non, non jamais! Il est un monstre!...

— Saguima, que dites-vous, vous blasphémez!... Il y a de l'égarement dans vos paroles. Savez-vous bien que ce Dieu qui

---

17. 1835: Pleine de bonheur: Et.

vous entend peut d'un seul signe de sa volonté vous anéantir pour jamais!...

— Oh! pardonne-moi, Louise. Je suis dans le délire; ma raison est égarée!... Dis, oh! dis que tu m'aimes, et je serai tranquille... Mais quand je te vois indifférente devant mes tourments, quand tu es froide et muette comme la tombe devant les feux qui me consument, je ne suis plus à moi... C'est horrible ce que je ressens... j'en meurs.

— Froide et indifférente!... il l'a dit... Ah! Saguima, que vous connaissez bien peu ce cœur. Si vous sentiez ce que je souffre!... Il est des douleurs bien plus poignantes que le désespoir. Ce n'est point quand elles se manifestent au-dehors qu'elles sont les plus aiguës, c'est quand elles sont concentrées, c'est quand elles s'attaquent au cœur pour le dévorer lentement, c'est quand elles le crispent, c'est quand elles le tuent... Louise s'arrêta un instant, accablée sous sa propre émotion; puis comme si elle se fût sentie inspirée, elle s'écria:

— Oui, Saguima, oui, vous serez chrétien.

En ce moment, elle paraissait s'être détachée de la terre; son regard ardent et prophétique brillait d'un éclat surnaturel. Saguima, en la regardant, croit voir l'ange des déserts qui vient lui parler au nom de Dieu. Il demeure muet, les yeux fixés sur la figure de Louise, qui resplendit de la gloire des élus. Son âme est émue, il se sent ébranlé. Louise, elle, elle prie Dieu de verser dans son cœur sa sainte lumière.

Au moment où tout se tait, où les éléments font silence, pendant que la mort l'environne de ses ombres, sur le point de rendre le dernier soupir, un rayon céleste descend dans son sein. Il croit et adore. À cet instant, sa figure rayonne d'une vive lueur; c'est l'ombre de la gloire éternelle qui le couvre, c'est un reflet de l'immortalité qui s'avance.

Le saint missionnaire verse sur son front les eaux régénératrices du baptême. Puis unissant la main de Louise à celle de Saguima : — Ô Dieu de miséricorde, ajoute-t-il, recevez le sacrifice de ces deux époux. — Une dernière fois, Saguima lève les yeux au ciel; et les reportant sur son épouse, il lui dit en lui montrant le ciel, adieu, Louise, adieu, je vais t'attendre là-haut. Il presse avec force sa main contre son cœur, comme s'il eût[18] voulu retenir le reste de vie qui s'échappait... Ses yeux se ferment pour toujours, et son âme s'envole au ciel qui l'a conquise! Il n'est plus; et Louise contemple avec un stupide étonnement celui qui vient de mourir à ses pieds. La tombe est devant ses yeux, et elle ne peut croire à la mort. Elle ne peut comprendre que celui qui, un instant avant la pressait dans ses bras, que celui qu'elle appelait du doux nom d'époux, ne soit plus maintenant qu'une masse froide et inerte. Elle veut serrer contre son cœur celui qui lui sauva la vie, et ses mains ne palpent que la mort!... Ô étrange destinée de l'homme! Ô incompréhensible providence! Qui peut jamais se flatter de pénétrer le voile dont tu enveloppes notre nature! On veut sonder les abîmes de l'éternité, et l'on ne trouve qu'un vide immense où s'abîment nos esprits et se perd notre raison!

Quand Louise songe que c'est pour lui avoir sauvé deux fois la vie, que c'est pour avoir bravé, pour elle, les horreurs de la contagion, que Saguima expire victime de la peste, elle ne peut plus supporter la vue des péripéties désolantes du drame qui se déroulait à ses yeux. Son âme tout entière se plongea dans la coupe d'amertume que lui présentait le cadavre de son amant. Elle appelle la mort, et la mort est sourde à ses cris. Hélas! c'est qu'elle devait boire jusqu'à la lie dans la coupe de la désolation. Elle voit le corps inanimé de son époux, et cette vue l'agite de convulsions. Le saint missionnaire déplore l'état de cette jeune vierge, et il est ému de compassion. Sa bouche essaie des consolations, et il ne fait entendre que des soupirs.

---

18. 1835: eut.

Au milieu de cette scène muette, qui n'est interrompue que par les gémissements de la douleur, des voix d'hommes se sont fait entendre dans le bois; deux des sauvages restés au canot viennent les avertir de se hâter, de crainte que quelques Agniers qu'ils ont vus sur la rive méridionale de la rivière ne les surprennent. On fait à la hâte une espèce de brancard de branches. Puis quand Louise vit que l'on plaçait le corps de Saguima sur ce lit de feuillage, elle reprit ses sens égarés; et s'adressant au missionnaire qui ordonnait le départ:

— Eh bien! oui, dit-elle, avec ce calme qui naît d'une résolution désespérée, partons. Je suis résolue à le suivre partout.

Arrivés au canot, on y dépose le cadavre de Saguima; quelques branches de sapin y recouvrent ses restes glacés. Par un bon vent du sud-ouest on met à voile. Tout le jour et toute la nuit, à la faveur de la clarté de la lune, ils poursuivent leur route vers la mission du Lac des Deux-Montagnes.

Louise, assise à côté de Saguima, voit la reine des nuits qui semble courir sur les nuages qui roulent sous ses pieds. Les étoiles brillent de tous leurs feux, et les ondes qui les reflètent en filets d'argent jaillissent en gerbes au-devant du canot. Louise voit ce délicieux spectacle, et son cœur en est attristé, c'est qu'elle songe que Saguima ne peut plus en jouir; et elle se couvre la tête pour ne point voir des beautés qui lui brisent le cœur.

Le lendemain, les premiers rayons du soleil dorent les pitons des deux montagnes[19], au pied duquel est la mission du père Piquet. Le canot s'arrête sur la pointe où est bâti le Séminaire de la Mission. On transporte le corps à l'église. Une foule de sauvages, qui ont entendu vanter les exploits de Saguima, pleurent sur son trépas et l'accompagnent au temple.

Le glas solennel et lugubre, qui retentit dans les airs, vient frapper les oreilles de la veuve de Saguima; et son cœur fris-

---

19. À Oka, village situé à la sortie du lac des Deux-Montagnes.

sonna, en entendant ces paroles de la mort que sonne la cloche de la mission. Au saint recueillement qui règne dans l'enceinte sacrée, aux soupirs de douleur qui s'échappent du sein de tous les assistants, on reconnaît qu'un sacrifice imposant va commencer, et qu'une grande victime excite les pleurs de ceux qui l'ont connue.

L'église tendue de noir, la chaire de vérité enveloppée d'un crêpe, la voûte du temple où se reflète, en formes bizarres, la pâle lueur des cierges funèbres, présentent un spectacle douloureusement solennel, à celui qui, pour la première fois, s'y trouve appelé. Et cette cérémonie dernière fait sentir à l'homme qui veut réfléchir, que tout ne meurt pas avec le corps, et qu'il y a quelque chose qui survit à la mort.

Au milieu de la nef, sur une espèce de catafalque, s'élève le cercueil qui renferme les froides reliques du héros algonquin.

À quelques pas en arrière, une jeune vierge, le front dans la poussière, gémit sur celui qui fut son libérateur; c'est une veuve qui prie pour son époux. Un long voile tombe jusqu'à terre, et cache au monde sa figure baignée de pleurs.

L'office des morts commence. Le saint missionnaire, d'une voix sépulcrale, entonne les chants lugubres, et les fidèles répondent en chœur. Les voûtes du temple retentissent de pieux concerts. Cette religieuse cérémonie, pleine de calme et de grandeur, donnait, à ces cantiques ainsi chantés en face de la mort, quelque chose de sublime. Et Louise croit entendre du sein de l'autel, du fond de la bière, ces mots: «éternité! bonheur!» qui se mêlent aux voix des assistants. Son cœur a tressailli, car son œil a vu son époux, par-delà la lumière dans le sein de l'éternel, qui l'invitait à aller s'asseoir à ses côtés. Maintenant elle ne pleure plus. Les chants de mort n'ont plus rien de triste pour elle. Elle croit entendre les harpes d'or des chérubins qui frémissent dans la Jérusalem céleste, et dont la divine harmonie vibre dans son sein.

L'auguste cérémonie s'achève. Le funèbre convoi sort

silencieusement de l'église, et s'achemine lentement vers la demeure dernière, où doivent reposer les cendres de Saguima. Louise marche à côté du cercueil, et arrive avec lui, à l'endroit destiné pour le lit de repos de Saguima. Là, le convoi s'arrête. Le prêtre dit les mots de la séparation éternelle. Puis, quand on eut descendu la bière dans la fosse, encore une fois Louise se pencha pour la voir, c'était la dernière! Mais lorsque la première poignée de terre fut jetée, et qu'elle entendit ce son creux que la bière rendit, oh! alors, ce fut comme le marteau sinistre qui résonna lourdement sur son cœur, comme la voix de la tombe qui tintait à ses oreilles!... Un instant encore, et tout était fini. Les longues files des assistants avaient disparu dans le vallon, la fosse était remplie et le tombeau désert...!

Vingt ans plus tard, quand je revins des guerres lointaines où ma nation avait porté la désolation et la mort, je passai sur cette même colline où nous sommes actuellement. C'était le soir, dans ce moment la lune se levait, couleur de pourpre, au-dessus du lac; et ses faibles rayons, qui versaient une clarté douteuse à travers les arbres, me firent voir une petite tombe sur laquelle se balançait un saule pleureur, dont les pendantes branches recouvraient l'asile de la mort.

Je descendis dans la vallée, pensif et rêveur; et quand je demandai, au village, quelle était cette tombe? On me répondit:

C'est *la pierre de Louise*. Voilà tout ce que j'en pus apprendre, car c'était tout ce que l'on en savait.

Longtemps après, j'appris, d'un vieil Huron qui revenait des voyages, que là avaient été enterrés deux amants, deux époux malheureux. Il me dit aussi qu'ils avaient échappé au massacre d'un parti d'Algonquins au Lac Nipissing; que leurs noms étaient Saguima et Louise Chawinikisique. Alors il me sembla que je me rappelais ces événements d'autrefois; et lorsque le vieil Huron m'eut raconté l'histoire de leurs infortunes, mon cœur soupira et un souvenir d'une ancienne passion vint aussi traverser ma pensée...

Le lendemain, je revis et le saule et la tombe et la pierre ; mais le tronc de l'arbre était brisé et la terre avait été fouillée autour de la tombe. Je mouillai d'une larme le gazon flétri, sous lequel reposaient ces deux enfants des déserts... Maintenant il ne reste plus que la pierre qui ne présente qu'une masse informe, telle que vous la voyez aujourd'hui, sur laquelle quelquefois le voyageur s'arrête, sans savoir ce qu'il foule !...

L'homme à la peau de buffle s'était arrêté. Calme et silencieux, il semblait de son regard d'aigle sonder les replis de ma pensée. L'expression de sa physionomie avait quelque chose de terrible. Son récit avait animé la fierté de ses traits ; et dans ce moment, sa figure reflétait tout un souvenir d'homme.

— Et le vieux de la forêt, lui demandai-je, que devint-il ?
— Je ne sais.
— Et le père Piquet ?
— Je ne sais.
— Et Canatagayon ?
— Canatagayon ! reprit-il, en me fixant avec une mâle expression d'orgueil, et en relevant de sa main la mèche de cheveux qui retombait sur son front, où s'épanouissait toute une vie de gloire : « Canatagayon ! C'est moi ! »

(John HARE, *Contes et nouvelles du Canada français 1778-1858*, tome I, Ottawa, Université d'Ottawa, 1971)

Amédée Papineau

Fils de Louis-Joseph Papineau et de Julie Bruneau, Amédée Papineau naît à Montréal le 26 juillet 1819. En 1836, songeant d'abord au notariat, il commence des études, qu'il abandonne l'année suivante pour suivre son père. Fondateur des Fils de la liberté avec André Ouimet et George-Étienne Cartier, il participe aux événements de 1837-1838. Réfugié aux États-Unis, il reprend ses études de droit et ne revient à Montréal qu'en 1843. Admis au barreau dès son retour, il est nommé commissaire de recensement et, en juillet 1844, protonotaire de la Cour du banc de la reine pour le district de Montréal. À sa retraite, il s'établit dans la seigneurie de Montebello que son père lui avait léguée. Il meurt à Montréal le 23 novembre 1903. Il a épousé Eleonor Wescott et, en deuxièmes noces, Mary Jane Curran. Il est l'auteur du Journal d'un Fils de la liberté réfugié aux États-Unis, par suite de l'insurrection canadienne, en 1837 *(en deux volumes).*

Caroline

Légende indienne

Il est dans la vie des moments de joie et de bonheur qui sont si courts, et en même temps si vifs, qu'on se les rappelle toute sa vie. Ils sont séparés et dispersés pour ainsi dire parmi tant d'autres moments tristes et malheureux, comme les étoiles sur le fond noir et ténébreux du ciel pendant la nuit!

C'est une promenade à la chute Montmorency qui me suggère ces réflexions.

C'était au mois de septembre de l'année 1831. Quiconque a passé quelques années de sa vie dans un collège, sait tout ce qu'il a de beau, de charmant, d'attrayant, ce mois de septembre. J'avais accompagné mon père dans un voyage à Québec. Il fallait satisfaire les yeux avides d'un jeune homme sortant du séminaire; il fallait lui montrer toutes les curiosités que renferme la capitale et celles qui l'entourent à plusieurs lieues aux environs. Un matin donc, un matin comme on en voit en Canada dans cette saison, mon père, un vieil ami des siens et moi roulions dans un coche de louage à travers les rues étroites de cette ville: on arrive aux portes, on s'engage sous un long et obscur souterrain, et un instant après nous traversions la jolie rivière Saint-Charles et prenions la route de Montmorency, à travers un paysage riant et pittoresque.

Vers onze heures nous admirions une cataracte moins considérable et moins large que Niagara, mais plus élevée. L'onde bouillonnante se précipite entre deux roches escarpées, avec un bruit sourd qui ne laisse pas que de plaire. Les environs sont magnifiques et sont bien relevés encore par la beauté de cette chute. Il nous semblait voir une belle colonne d'albâtre incrustée de pierreries, dont toutes les parties auraient eu un mouvement oscillant, tant la masse d'eau écumait, tant elle est étroite et perpendiculaire. Le soleil y dardait ses rayons, et achevait de rendre le spectacle imposant. Après avoir promené longtemps nos regards admirateurs sur cette scène et ces beautés de la nature, nous prîmes un autre chemin, qui conduisait à une chaîne de montagnes, assez près de là. Nous allions à la recherche d'un morceau d'antiquité canadienne, et l'on sait combien ont d'attrait pour le naturaliste ces rares objets que le temps semble avoir oubliés sur son passage, tristes monuments des faiblesses ou des vertus d'êtres dont le nom même est souvent ignoré de leurs semblables. La situation de cette antiquité dans la patrie des voyageurs, où ces sortes de ruines sont si peu nombreuses, ne pouvait manquer de piquer encore davantage leur intérêt.

Après quelques heures de marche, nous arrivâmes au pied des montagnes; il n'y avait plus de chemin pour la voiture; nous la quittâmes, et nous nous enfonçâmes dans le bois. Après quelques recherches, nous traversâmes un petit ruisseau, et nous étions sur un plateau bien défriché et désert. On ne pouvait trouver un site plus riant. À notre droite et derrière nous, était un bois touffu; à notre gauche, on voyait au loin des campagnes verdoyantes, de riches moissons, de blanches chaumières, et à l'horizon, sur un promontoire élevé, la ville et la citadelle de Québec; devant nous s'élevait un amas de ruines, des murs crénelés et couverts de mousse et de lierre, une tour à demi tombée, quelques poutres, un débris de toit. C'était là le but de notre voyage. Après en avoir examiné l'ensemble, nous descendîmes aux détails; nous parcourûmes tous ces restes d'habitation. Avec quel intérêt nous regardions chaque partie de pierre! Nous escaladions les murs, montions aux étages supérieurs dans les escaliers dont les degrés disjoints tremblaient sous nos pas mal assurés, nous descendions avec des flambeaux dans des caves ténébreuses et humides, nous en parcourions toutes les sinuosités; à chaque instant nous nous arrêtions au bruit sonore de nos pas sur le pavé, ou aux battements d'ailes de chauves-souris, qui s'enfuyaient effrayées de se voir ainsi visitées dans leurs sombres et silencieuses demeures. J'étais jeune et craintif, le moindre son me frappait, je me serrais contre mon père, j'osais à peine respirer. Oh! non, jamais je n'oublierai cette promenade souterraine! Mais ma terreur fut bien augmentée à la vue d'une pierre sépulcrale que nous heurtâmes du pied!... Nous y voici! s'écria l'ami de mon père. Sa voix fut répétée d'écho en écho. Nous étions arrêtés devant cette pierre, nous tenions fixés sur elle nos regards avides. Nous y déchiffrâmes la lettre C à moitié effacée. Après un instant de morne silence, nous sortîmes, à mon grand plaisir, de ce séjour de mort. Nous traversâmes ces ruines, et nous nous trouvâmes encore sur un vert gazon. C'était l'emplacement d'un jardin: on y distinguait, par les inégalités du terrain, les allées des parterres; il y croissait des lilas, quelques pruniers et pommiers devenus sauvages.

Jusque-là je m'étais bien gardé de prononcer un mot; mais enfin la curiosité m'emporta, il fallait avoir l'explication de la pierre mystérieuse; je la demandai. Nous allâmes nous asseoir au pied d'un érable touffu, et l'ami de mon père commença son récit en ces termes:

— Vous vous rappelez l'intendant Bigot, qui gouvernait en Canada dans le siècle dernier. Vous n'ignorez pas ses déprédations, ses vols du trésor public; vous n'ignorez pas non plus que ses méfaits lui valurent en France la peine d'être pendu en effigie, de par l'ordre de Sa Majesté très chrétienne. Mais voici ce que vous ignorez peut-être. L'intendant, comme tous les favoris de l'ancien régime, voulait mener sur la terre vierge de l'Amérique le même train de vie et le même luxe que la noblesse féodale de la vieille Gaule. La révolution n'avait pas encore *nivelé*, voyez-vous. En conséquence, il se fit construire la maison de campagne dont vous avez les ruines sous les yeux. C'est ici qu'il venait se distraire des fatigues de sa charge, et qu'il donnait des fêtes somptueuses, auxquelles assistait tout le beau monde de la capitale, sans même en excepter le gouverneur. Rien ne manquait pour rendre ces fêtes solennelles et le séjour de ce nouveau Versailles agréable. La chasse, ce noble amusement de nos pères, n'occupait pas le dernier rang dans les plaisirs de l'intendant. Il y avait peu de chasseurs plus habiles et plus intrépides : léger comme un sauvage, il parcourait les forêts, escaladait les rochers, et ses compagnons de chasse avaient bien de la peine à le suivre à la poursuite du chevreuil et de l'ours. Aussi expert à tuer qu'à courir, il était rare qu'il manquât son coup, et qu'il n'abattît sa proie. Un jour donc, il se livrait ardemment, avec un petit nombre d'amis, à la poursuite d'un élan. L'animal vigoureux fuyait à travers les bois, sautait les fossés, les ravines ; les chasseurs n'en étaient que plus ardents de leur côté. L'intendant ne voit plus rien que la proie qui lui échappe ; il la suit et devance ses compagnons, qui l'ont bientôt perdu de vue. Enfin après une longue course, il rejoignit l'animal ; celui-ci essoufflé, épuisé, était tombé à terre, et n'attendait plus que le coup de mort.

Content de sa victoire, le chasseur veut retourner sur ses pas et rejoindre ses compagnons ; mais il les a laissés en arrière... Où sont-ils ? où est-il ! Il s'aperçoit alors que son ardeur l'a entraîné trop loin, et qu'il est égaré au milieu d'une vaste forêt, sans savoir de quel côté se diriger pour en sortir. Le soleil était près de se coucher, et la nuit s'avançait. Dans cette perplexité, l'intendant prend le seul parti qui lui reste, il se remet en marche, tâche de retrouver ses traces et de reconnaître les lieux. Il parcourt les bois en tous sens, fait mille tours et détours, va et revient sur ses pas, mais le tout en vain, ses efforts sont inutiles. Dans cet affreux embarras, accablé de fatigue, les forces lui manquent, il s'arrête, se laisse tomber au pied d'un arbre. La lune se levait dans ce moment belle et brillante, et grâce à sa bienfaisante clarté, l'infortuné chasseur pouvait au moins distinguer les objets autour de lui. Plongé dans ses rêveries, il songeait à tous les inconvénients de sa triste position, lorsque tout à coup il entend un bruit de pas, et aperçoit à travers les broussailles quelque chose de blanc qui s'avance de son côté ! On eût dit un fantôme de la nuit, un manitou du désert, un de ces génies que se plaît à enfanter l'imagination ardente et créatrice de l'Indien. L'intendant effrayé se lève, il saisit son arme, il est prêt à faire feu... Mais le fantôme est à deux pas de lui ! Il voit un être humain, tel que les poètes se plaisent à nous représenter ces nymphes, légères habitantes des forêts. C'est la *sylphide* de Chateaubriand ! c'est *Malz* ! c'est *Velléda* ! Une figure charmante, de beaux grands yeux bruns, une blancheur éclatante ; de longs cheveux noirs tombant en boucles ondoyantes sur des épaules plus blanches que la neige, le souffle léger du zéphir les fait flotter mollement autour d'elle, une longue robe blanche négligemment jetée sur cette fille de la forêt achève d'en faire un type admirable. On croirait voir Diane ou quelque autre divinité champêtre. Caroline, car c'est son nom, enfant de l'amour, avait eu pour père un officier français d'un grade supérieur. Sa mère, Indienne de la puissante tribu du Castor, était de la nation algonquine. C'est sur les bords de l'Outaouais qu'elle a donné le jour à Caroline.

À sa vue, l'intendant troublé la pria de s'asseoir. Il est frappé de sa beauté, il l'interroge, il la questionne, et lui raconte son aventure. Il finit par lui demander de le conduire, et de le guider hors du bois. La belle créole s'y prête avec grâce, et ce n'est qu'à leur arrivée à la maison de campagne, que l'intendant se fait connaître à son guide, et l'engage à demeurer au château.

Or, à présent, il faut savoir que l'intendant était marié ; mais son épouse ne venait que rarement à la maison de plaisance. Cependant la renommée aux cent bouches ne manqua pas de répandre bientôt le bruit que l'intendant avait une maîtresse et qu'il la gardait à Beaumanoir. Ainsi se nommait le château en question. Ce bruit parvint aux oreilles de l'épouse, et ses visites à la campagne devinrent plus fréquentes. La jalousie est une terrible chose !

L'intendant couchait au rez-de-chaussée, dans une tourelle située au nord-ouest du château ; dans l'étage au-dessus était un cabinet occupé par la belle protégée ; un long corridor conduisait de ce dernier appartement à une grande salle, et à un petit escalier dérobé qui donnait sur les jardins.

Le 2 juillet 17... voici ce qui se passait : c'était le soir, onze heures sonnaient à l'horloge, le plus profond silence régnait d'un bout du château à l'autre, tous les feux étaient éteints ; la lune dardait ses pâles rayons à travers les croisées gothiques ; le sommeil s'était emparé des nombreux habitants de cette demeure, la seule Caroline était éveillée.

Elle venait de se coucher, lorsque tout à coup la porte s'entr'ouvre, une personne masquée et vêtue de manière à ne pas être reconnue s'approche de son lit, et feint de lui parler. Elle veut crier, mais à l'instant on lui plonge à plusieurs reprises un poignard dans le sein !... L'intendant, réveillé aux cris de sa maîtresse, monte précipitamment à sa chambre. Il la trouve baignée dans son sang, le poignard dans la plaie. Il veut la rappeler à la vie, mais en vain ; elle ouvre les yeux, lui raconte comment la chose s'est passée, lui jette un tendre regard, qui s'éteint pour toujours !... L'intendant éperdu parcourt tout le château, en poussant des cris lamentables : tout le monde est bientôt sur pied, on court, on cherche, mais l'assassin est échappé.

Jamais on n'a pu découvrir l'auteur de ce crime, mais en revanche la chronique rapporte bien des choses. Les uns ont vu descendre, par l'escalier dérobé, une femme qui s'est enfuie dans le bois, c'est l'épouse de l'intendant ; selon d'autres, c'est la mère de l'infortunée victime. Quoi qu'il en soit, un voile mystérieux couvre encore aujourd'hui cet affreux assassinat.

L'intendant voulut que Caroline fût enterrée dans la cave du château, au-dessous même de la tour où elle reçut la mort, et fit placer sur sa tombe la pierre que nous venons d'y voir.

Ainsi se termina le récit de notre vieil ami. Nous rejoignîmes notre voiture, et deux heures après nous étions de retour à la ville. Tout le long de la route, je repassai dans ma mémoire les événements de la journée, et je me promis bien de n'en jamais perdre le souvenir. Puisque l'occasion s'en est présentée, j'ai préféré en coucher le récit sur le papier, toujours plus sûr et plus fidèle que la meilleure mémoire.

(J. Huston, *Le répertoire national*, vol. II, Montréal, J.M. Valois et cie., 1893)

Ulric-Joseph Tessier

Fils de Michel Tessier, marchand, et de Marie-Anne Perreault, Ulric-Joseph Tessier naît à Québec le 4 mai 1817. Après ses études au Séminaire de cette ville, il est admis au barreau le 22 juin 1839. Élu député du comté de Portneuf à l'Assemblée législative en 1851, il devient l'année suivante premier magistrat de sa ville natale. En 1854, il obtient la chaire de procédure civile à l'université Laval et, en 1859, est nommé représentant de la division du Golfe à la Chambre haute. En 1862-1863, il fait partie de l'administration Sandfield-Macdonald-Sicote en qualité de commissaire des Travaux publics. Il entre au Sénat l'année de la confédération et y siège jusqu'en 1873. Il accède alors à la magistrature comme juge de la Cour d'appel. Il meurt à Québec le 7 avril 1892. Il a épousé en 1847 Adèle Drapeau Kelly. Il a publié un récit, « Emma ou l'amour malheureux. Épisode du choléra à Québec, en 1832 », dans Le Télégraphe, *les 1ᵉʳ et 3 mai 1837.*

Emma ou l'amour malheureux

Épisode du choléra à Québec en 1832

I

Dans ces temps de désolation et de deuil général à jamais gravés dans notre mémoire où le choléra fit son apparition dans la capitale du Bas-Canada, quelles scènes déchirantes de douleur ne se déployèrent-elles pas à nos yeux ? Qui ne sentit pas son cœur attendri à la vue de ces malheureux qui, laissant leur patrie pour chercher le repos et la vie sur une plage étrangère, n'y trouvaient que le péril et la mort ? Les larmes coulent encore au récit de la misère de ces familles éplorées qui, après un voyage pénible sur une mer orageuse et remplie d'écueils, arrivées au terme de leur course, tombaient les tristes victimes du fléau régnant. Pleurons sur leur sort, nous qui avons été épargnés par l'ange exterminateur, nous à qui est échu le soin de publier l'histoire de ces mallleurs. Quelle plume pourrait tracer dignement les progrès de la contagion que l'on vit attaquer l'innocence et le bonheur, s'introduire dans le sein des familles tranquilles et désarmées et y répandre la frayeur et la mort? Combien d'orphelins jetés dans l'abîme de la vie sans secours, sans conseil! Quel sera le partage de cette fille privée des auteurs de ses jours, de cette jeune épouse abandonnée dans un pays lointain, sans appui, sans amis, au milieu de la perversité des villes? Les cris de l'amitié, les gémissements de l'amour retentissent encore à nos oreilles et portent le tribut de leurs regrets sur la tombe des morts. L'homme sensible aux maux de ses semblables ne refusera pas un souvenir détaché des annales de ces temps déplorables que nous lui présentons aujourd'hui.

C'est alors qu'un ministère public mal avisé, au lieu de prendre quelque moyen d'éloigner la contagion, faisait promener les victimes de la maladie d'une extrémité de la cité à l'autre. Le plan de préservation adopté était le choix d'un hôpital situé au milieu du faubourg le plus populeux de la ville. On était donc obligé de transporter les malades depuis le lieu de débarquement par les rues les plus fréquentées pour les rendre à demi-morts au point qui leur était destiné; comme si l'on eût voulu nous donner le spectacle du fléau et nous instruire par avance de tous ses symptômes. Étaient-ce là de sages mesures contre une maladie que l'on disait contagieuse? Il est insensé de croire que l'on peut incarcérer la contagion dans un chariot, comme un lion dans sa litière! Le choléra ainsi promené sur son char de triomphe faisait déjà de terribles ravages et répandait partout la terreur et la mort. Tel était le déplorable état de notre cité, lorsque le trait que nous allons rapporter nous donna un exemple frappant des vicissitudes humaines.

Dans le centre de la cité vivait monsieur Dornière avec son épouse chérie et une fille, unique et tendre fruit de leur amour. Cette heureuse famille vivait sur les revenus d'une grande fortune amassée dans le négoce, auquel M. Dornière s'était livré dès son enfance. C'était un homme doué de toutes les qualités propres à faire le bonheur de la société qui l'entourait. Généreux et sensible, complaisant et enjoué, ne pensant qu'à faire le bien, il jouissait tranquillement du fruit des labeurs de sa jeunesse. D'ailleurs, uni à une épouse qui réunissait les qualités de l'âme aux grâces du corps, il ne pouvait être malheureux. Emma (c'était le nom de sa fille), l'objet des plus tendres soins de ses parents, avait crû sous l'aide de la vertu et de l'innocence; née avec tous les dons que la nature dans ses jours de magnificence se plaît à prodiguer à ses créatures favorites, elle semblait comme un ange placé sur la terre; les ornements brillants de l'esprit se mariaient en elle aux qualités plus rares du cœur; à peine atteignait-elle sa vingtième année; sa démarche élégante, son air de mélancolie, ses beaux yeux noirs qui respiraient une langueur pleine d'amour avaient amené sur ses pas un jeune homme de mérite, qui captivait toute son attention. Ses parents entrevoyaient avec plaisir l'espérance d'une alliance aussi heureuse et la favorisait de tous leurs vœux. Tout semblait promettre aux deux jeunes amants un avenir de bonheur et de gloire.

Chaque jour pour eux se levait clair et serein; la flamme dont ils brûlaient l'un pour l'autre était une flamme éternelle que rien ne pouvait éteindre.

Ainsi, tout protégeait leur amour et concourait à ériger sur des bases solides le superbe édifice de leur félicité. L'époque de leur hymen approchait même, lorsque le fléau exterminateur fit son apparition. Ce fut une consternation générale. Les parents de la jeune fille furent particulièrement frappés de terreur. Jetant un coup d'œil en arrière et considérant la longue suite d'années qu'ils avaient coulées dans une parfaite harmonie, il leur semblait apercevoir l'aurore du triste jour où l'orage allait succéder au calme, où ces fleurs qui avaient reverdi pendant un long printemps allaient s'épanouir pour toujours, où la mort devait venir frapper à leur porte. Madame Dornière, surtout, sentait bondir son cœur à chaque nouvelle des mortalités sans nombre que l'on annonçait. Déjà même des personnes de distinction étaient tombées les victimes du fléau; le commerce languissait, les boutiques se fer-maient en plusieurs endroits et les papiers publics n'étaient remplis que des progrès effrayants de la maladie.

II

Cependant la jeune Emma, au sein de la tempête qui grondait autour d'elle, paraissait tranquille et sans inquiétude. La paix dans l'âme, la douceur sur le visage, elle filait le cours de ses heureux jours dans l'entretien de son fidèle amant. Eugène (c'était son nom), que la peur n'avait jamais ému, ne voyait la mort avec crainte qu'en pensant à sa tendre Emma. Craignant que la frayeur ne s'emparât d'elle, il ne paraissait que plus enjoué; il n'était pas de jeux et de plaisirs qu'il ne lui proposât pour divertir son esprit naturellement porté vers la mélancolie. C'était un de ces beaux jours d'été, remarquables par leur sécheresse, qu'il lui fit la proposition d'une promenade à la campagne chez une tante qu'ils avaient coutume de visiter. Avec l'aveu des parents le voyage fut résolu. On partit vers les onze heures du matin. Ils se flattaient d'avance du plaisir que la vue des champs allait leur procurer dans un temps où la chaleur et la poussière rendent le séjour des villes peu agréable. Emma jouissait de ce calme de l'âme si nécessaire dans ses moments de désastre, lorsqu'un trait empoisonné vint la frapper au cœur. La vue d'une malheureuse victime, déjà dans les convulsions de la maladie et traînée sur un chariot à demi-entr'ouvert qu'ils rencontrèrent en traversant une rue de la ville, porta le poison de la frayeur dans l'esprit de la jeune fille. À la vue de cet objet de douleur son cœur tressaillit. Le tremblement s'empare de tous ses membres et la pâleur de son visage indique toute l'agitation de son âme. Hélas! c'étaient les tristes augures des malheurs qui se conjuraient sur sa tête. En vain Eugène essaie de la distraire de cette funeste pensée, le trait était enfoncé trop avant ; et la blessure était mortelle ; Emma fut triste pour le reste de la journée. Telle on voit une biche timide, que le fer mal assuré du chasseur vient de frapper au flanc, traînant avec elle l'arme attachée à ses chairs, s'enfoncer dans l'épaisseur de la forêt ; elle emporte dans son sein le germe de sa mort, et la blessure, de légère qu'elle était, affaiblissant les forces de la victime, cause enfin son entière destruction.

Cependant les chevaux dociles au fouet de leur maître emportaient avec vitesse leur léger fardeau, laissant loin derrière eux l'objet de la triste pensée. Déjà la campagne se découvre aux yeux des deux amants ; un air plus frais, les fleurs des champs, les animaux bondissants sur les collines, le chant mélodieux des oiseaux, en un mot, toute la nature rassemblée semblait célébrer leur présence et leur offrait ses mille beautés. Mais la tristesse d'Emma ne disparaissait pas. Bientôt on arriva au terme de la course. La tante les accueillant dans ses bras les reçut avec la plus grande joie. Après un repas champêtre où la frugalité se joignait à l'abondance, on alla dans un jardin magnifique respirer un moment le parfum des fleurs. Au bout d'une vaste allée s'élevait un berceau formé par une vigne qui s'entrelaçait amoureusement autour d'un orme majestueux, et retombant à une certaine hauteur formait un asile charmant contre les rayons brûlants du soleil. Des bancs de gazon, élevés au dedans, invitaient à s'y reposer. Un ruisseau limpide coulait par derrière et le léger bruit de son cours mêlé aux chants des oiseaux d'alentour en faisait un petit éden de délices. Un attrait invincible entraîna les deux amis à aller y goûter les charmes de la solitude. Mais Emma était toujours inquiète. Aux paroles affectueuses d'Eugène elle ne répondait que par des soupirs, elle qui aimait tant à savourer les délices d'épancher les secrets de son cœur dans celui d'Eugène.

— Emma, disait celui-ci, quelle malheureuse frayeur s'est emparée de toi! Ton visage est pâle, ta main est tremblante!

— Si tu connaissais, répondait-elle, les pressentiments de mon âme! Depuis que j'ai vu cette infortunée cruellement bercée dans ce chariot funèbre, son image me poursuit continuellement. Sommes-nous plus que les autres à l'abri de la contagion? Qui sait? peut-être demain sera-ce notre tour à faire le voyage dans ce chariot.

— Chère Emma, répliqua le jeune homme en laissant tomber sa tête sur les genoux de son amie, pourquoi troubler ton esprit de si cruelles idées? Ne crois pas que la maladie puisse se communiquer; si c'était seulement une question, le comité de santé, qui parmi ses membres compte même des gens de l'art, ferait-il passer au centre de la cité et par les rues les plus parcourues les malheureux attaqués du choléra? Non sans doute, ce serait une mesure trop imprudente et trop barbare. Que la paix renaisse dans ton cœur; laissons là ces tristes discours. Quels charmes ne nous offrent pas ces lieux! que nous serions heureux...

— Les heures s'écoulent vite, Eugène, quand nous sommes seuls. Partons, près de ma mère nous nous entretiendrons de notre félicité; il se fait déjà tard.

— Tes désirs sont mes lois; tu souris, j'en bénis le ciel; et ces arbres verdoyants ont été les seuls témoins de nos serments.

C'était ainsi qu'Eugène tâchait de ramener le calme dans le cœur épouvanté de son amie. Peines inutiles! discours superflus! Le destin avait prononcé sa sentence. Leurs noms étaient inscrits en lettres noires dans les registres de la mort.

III

Déjà le soleil avait parcouru les deux tiers de sa course, lorsque les deux jeunes amis se mirent en route. Rendus vers le milieu de leur chemin, tout à coup le ciel commença à s'obscurcir ; la chaleur était accablante, les fleurs se desséchaient jusqu'à la racine, le zéphir s'était retiré vers les montagnes, des colonnes de poussière s'élevaient dans les airs et l'astre du jour caché par les nuages ne se montrait que par courts intervalles. Hélas ! quels présages affreux pour la timide Emma, préoccupée de ses tristes réflexions.

— Vois-tu, dit-elle, ce nuage affreux qui s'avance au-dessus de nos têtes ? il porte dans son sein le tonnerre et la mort ; que ne sommes-nous rendus chez nous !

— Qu'as-tu à craindre, chère Emma, quand je suis près de toi ? Les nuages passent vers l'occident et nous arrivons...

— Je ne suis jamais plus heureuse que quand je suis à tes côtés. Mais qui ne frémirait ? entends-tu le bruit sourd et lugubre derrière ce nuage si noir ? regarde, il couvre déjà la ville de son ombrage funeste !...

En même temps un coup de tonnerre effrayant frappe leurs oreilles : les hauts clochers des églises se découvrent de temps en temps à leurs yeux à la faveur des longs sillons de lumière que laissent après eux des éclairs couleur de sang : la pluie tombe par torrents ; les chevaux font voler la boue sous leurs pas rapides.

Eugène, serrant sa compagne contre sa poitrine, la couvre de son manteau. Son œil étincelant à la vue des dangers semble défier tous les éléments conjurés contre Emma, et la foudre ne fût parvenue à elle qu'en le frappant du premier coup. La distance était courte et l'on ne tarda pas à apercevoir la maison de M. Dornière. Quelle vue ! quelle arrivée ! Retournez plutôt sur vos pas, créatures infortunées ! les douleurs, les plaintes, les cris lugubres, la mort ont pris vos places! Pourquoi vous hâter de courir à leur rencontre!

En ce moment le séjour du bonheur et de l'innocence avait été envahi par ses ennemis et retentissait de cris et de larmes; la mort y était aux prises avec la vie; le fléau, qui jusqu'alors avait respecté ce noble asile, venait d'en franchir le seuil. Madame Dornière était tombée sa victime. En vain déploie-t-on tous les appareils de l'art, en vain use-t-on de tous les secrets des charlatans, le feu dévorant a déjà gagné tout l'édifice qui menace ruine. C'est ce tableau funèbre qui s'offre aux yeux effrayés d'Emma, elle tremble, elle jette de profonds soupirs, elle court vers sa mère, l'embrasse étroitement et s'évanouit à ses pieds... L'heure fatale est sonnée, madame Dornière est déjà saisie du froid de la mort, ses yeux humides s'ouvrent un moment pour se retourner vers sa fille étendue à ses genoux, puis vers le ciel, et se referment pour toujours. On emporta Emma dans ses appartements et ce n'est qu'au bout de quelques heures qu'elle revint à elle-même. Quelle crise pour un tendre époux, qui ne voyait de vie que dans la vie de son épouse chérie, qui voyait s'envoler en un clin d'œil des années de bonheur! Il se trouble, il gémit, il paraît un moment dépourvu de tout sentiment et erre comme un insensé dans ses vastes appartements. Eugène ne peut résister à ces coups plus terribles pour lui que la foudre qui venait d'éclater; il tombe presque sans vie au chevet du lit de sa bien-aimée.

IV

Cependant il ne fallait pas tarder de porter en terre le corps de madame Dornière, unique reste de tant de grâce, d'esprit et de vertus. En tout autre temps la voûte d'une église eût été ouverte à grands frais pour recevoir les cendres précieuses de cette femme vertueuse. Mais les églises rejetaient de leur sein les cholériques et une terre nouvelle placée hors des murs et loin des habitations avait été choisie pour cet objet. Ce fut vers ce lieu que le convoi funèbre s'achemina. M. Dornière, qu'on n'aurait pas reconnu tant il était défiguré, soutenu par Eugène, suivait dans un lugubre silence la bière solitaire. Quelques amis intimes formaient tout le cortège. Deux mois auparavant quelle multitude n'eût-on pas vue à sa suite! Dans ce règne de confusion et de deuil on oublie parents et amis; on n'entend nuit et jour que le bruit des voitures qui transportent les morts et les mourants, les médecins et les ministres de la religion.

Le chemin du cimetière est la route la plus fréquentée. Les cercueils ne sont pas chaque jour en quantité suffisante pour receler les morts. On les entasse les uns sur les autres. À peine les fosses sont-elles assez profondes pour cacher aux vivants ces honteux et tristes débris de notre misérable humanité. Un bras de fer que rien ne peut arrêter semblait s'appesantir sur nos têtes et couvrait notre cité infortunée de plaies qui saignent encore aujourd'hui.

Emma, se laissant aller à ses douleurs et toute remplie de l'idée de la perte qu'elle venait de faire, ne pouvait se consoler et refusait toute nourriture. À ses tourments se joignait la frayeur de la contagion qui lui peignait les convulsions et la mort à ses côtés. Déjà l'amertume des larmes avait laissé sur son tendre visage de longs sillons de douleur: son tempérament inaccoutumé à ces orages ne pouvait résister à tant de coups redoublés. Son père, glacé d'effroi, traînait des jours languissants et ne voyait qu'en frissonnant tous les objets de sa maison, qui lui rappelaient de si cruels souvenirs. Eugène aux pieds de son amante lui adressait les plus douces consolations que la tendresse de son cœur pouvait lui fournir. Que n'eût-il pas fait pour ramener à la vie l'objet des larmes d'Emma. Un soir (c'était le troisième depuis la mort de madame Dornière),

Emma ne pouvant dissimuler sa frayeur, serrait Eugène contre son sein en lui prodiguant toute son affection. Les plus touchantes paroles tombaient de ses lèvres brûlantes.

— Hélas! disait-elle, qu'est-ce que la vie? un fantôme, un songe amer qui disparaît! ma tendre mère — et elle versait un torrent de larmes. Laissant tomber sa tête sur l'épaule d'Eugène, elle sembla goûter un moment de repos. De nouveaux charmes se découvrent à l'œil furtif et amoureux! moments d'extase! moments de félicité inexpressible! Tout à coup l'infortunée se relevant langoureusement et lançant autour d'elle des regards étincelants:

— Où sommes-nous? s'écria-t-elle, une idée cruelle me tourmente et me poursuit...

— Repose-toi sans crainte, compte sur le sang qui coule dans mes veines, je ne veux vivre que pour toi...

— Que pouvons-nous? une intelligence divine, maîtresse de nos vies, en dispose à son gré; soumettons-nous à ses décrets; que le ciel soit notre seul désir! La mort ne m'a isolée sur cette terre que pour mieux me fixer.

— Tu me fais frissonner, répond Eugène; quelles sinistres paroles! que la nuit te ramène le repos! Je me retire, il se fait tard, adieu!

Un nuage sombre et lugubre venait de passer sur ce couple infortuné et leurs mains tremblantes se séparaient avec peine. Un secret pressentiment les avertissait que c'étaient là leurs derniers adieux. Le ciel avait résolu de répandre la consternation dans cette famille, et la mort, son aveugle et cruel messager, confondait sous ses coups l'innocence et le crime.

V

Il est dans la vie des événements que les génies les plus sublimes ne peuvent contempler qu'avec un regard incertain et effrayé. La nature se plaît à se soustraire à la faible intelligence de l'homme pour lui dénoncer l'idée de sa faiblesse et le forcer à lever les yeux vers son Créateur. Les plus grands malheurs succèdent avec la rapidité de l'éclair aux courts moments de félicité et nous montrent dans un jour terrible le tableau de la vie humaine. Eugène, abandonné à ses chagrins, l'esprit tout rempli de crainte pour l'avenir de sa bien-aimée qu'il vient de laisser à une heure fort avancée, se promenait dans sa chambre en attendant avec anxiété le lever du jour pour accourir chez M. Dornière. Le sommeil était loin de ses paupières, malgré ses veilles et ses peines. « Chère Emma, se disait-il, en quel état l'ai-je laissée ? Quelle pâleur mortelle sur son visage ! quel amoureux regard ! Ô créature adorable ! que ne puis-je au prix de mon sang ramener le calme dans ton cœur ! » Puis Eugène jetait de profonds soupirs et tremblotait de tous ses membres. Il contemplait d'un œil égaré la flamme bleue de sa lampe dont la pâle et mourante lueur se reflétait sur les tapisseries de son cabinet et la comparaît à l'image de l'agitation de son âme. Puis il reprenait : « Quels prestiges m'entourent ! la frayeur, la crainte, la débilité, le chagrin, tout cela ne dispose-t-il pas à la maladie ! S'il fallait… cruelle idée… Ce serait bien la fin de ma vie ! oui, le soleil qui éclairera ses derniers moments luira à son couchant sur ma tombe. »

Telles étaient les cruelles agitations dans lesquelles Eugène se débattait comme un criminel qui secoue ses chaînes. Le désespoir s'empare de son âme et, succombant sous le poids de ses émotions, il tombe sur son fauteuil. À l'instant le sommeil verse ses pavots sur ses paupières et les songes voltigeants viennent se reposer sur son front accablé de vertige. Son imagination échauffée lui représente la mort et les tombeaux ; au milieu de ce tumulte il croit voir son amante dans toute la splendeur de ses charmes, elle lui paraît voluptueusement étendue dans ses bras, il croit l'apercevoir dans les convulsions de la maladie régnante ; elle lui adresse les plus tendres adieux, s'échappe de ses bras et s'envole vers le ciel qui s'entr'ouvre pour la recevoir. Eugène était ainsi bercé dans les bras des songes que la fermentation de son brûlant cerveau lui formait à plaisir, lorsqu'un coup se fit entendre à la porte.

— Monsieur, dit un valet en entrant, on vous demande sans délai à la maison de M. Dornière.

Ces paroles eurent l'effet de la foudre sur Eugène. Il part encore tout troublé. Quel tableau effroyable va se présenter à ses yeux ! Ô Providence ! que tes desseins sont enveloppés de mystère ! pourquoi t'acharner ainsi contre la vertu et l'innocence ! Au moment où ils devaient mettre les lèvres au calice de la félicité humaine, tu te complais à les confondre cruellement ! La terre était-elle trop souillée pour les porter sur son sein !

En ce moment Mlle Dornière est devenue la proie de la maladie ; l'art d'Hippocrate et tous ses secrets sont impuissants contre les progrès du mal. La jeune vierge se sent défaillir, le poison a pénétré dans son sein, ses membres sont tremblants, ses nerfs se contractent, la lividité se répand sur son visage, tous les symptômes d'une mort prochaine planent sur sa tête ; elle appelle son père, elle demande Eugène. C'est alors qu'il arrive ; ses yeux sont égarés, sa figure est l'image vivante du désespoir, ses jambes manquent sous lui. Il tombe aux pieds d'Emma qui lui tend la main. La tranquillité semble alors renaître sur son front :

— Cher Eugène, lui dit-elle, je meurs, console-toi, je vais rejoindre ma mère. L'Éternel règle nos moments selon ses désirs. Hélas ! je m'attendais à jouir de la vie et je te l'avais consacrée ! Près de toi je devais trouver la couronne du bonheur, mais le ciel en a voulu autrement. Emportée par un arrêt fatal, je pleure notre cruelle séparation; mais une secrète pensée de mon cœur me crie qu'un jour nous serons réunis dans la région céleste. Vis heureux, que la vertu soit toujours ton guide, essuie tes larmes... je me sens défaillir... ciel!

À genoux au chevet de son lit, Eugène couvre de baisers la tendre main de son amie qui déjà se refroidit. Emma fait ses adieux à son père et tournant ses yeux vers le ciel, elle adresse à l'Éternel sa dernière prière.

En ce moment son visage rayonne, une lueur pâle semble se refléter sur ses traits... elle expire! Eugène tombe sur le parquet, plus mort que vif. Il ne devait pas survivre à sa bien-aimée, à qui il avait consacré le reste de ses jours. D'ailleurs, était-il au pouvoir de la nature de résister à des chocs aussi terribles?

VI

Il fallait procéder à rendre les derniers devoirs à l'infortunée avec cette funeste promptitude que requéraient les règlements. Une superbe bière reçut son corps, revêtu de ses plus beaux habillements et de ses joyaux les plus précieux. M. Dornière après avoir ainsi vu tous les objets de son affection s'ensevelir sous la terre, crut se trouver seul dans l'univers. La vue de sa maison lui parut insupportable, il la voua au silence et à l'abandon. Ayant laissé à Eugène des souvenirs non équivoques de son amitié, il s'embarqua pour l'Europe dès le lendemain. Eugène, morne et silencieux, refusant la nourriture, sentait que sa manière de vivre le mènerait à une ruine certaine. Plusieurs fois même, dans l'accès de ses douleurs, il saisit son poignard pour s'en percer le cœur, mais une idée de religion le retenait et lui disait d'attendre les décrets de Dieu sur sa destinée. La nuit était aussi triste pour lui que le jour, le sommeil ne reposait plus sur ses paupières; les pensées roulaient sans suite dans son esprit égaré, lorsqu'une idée terrible qui lui sembla tomber du ciel le frappa soudainement. Dans le silence des ténèbres il s'achemina vers le tombeau de son amante et, à l'aide d'une échelle de corde dont il s'était muni, il escalada la muraille du cimetière. Rendu à l'endroit où reposaient religieusement les restes de l'infortunée, il se jette contre la terre et l'arrose de ses larmes, il invoque la mort, il appelle à grands cris le nom de son amie:

— Emma! Emma! s'écrie-t-il en sanglotant, viens à mon secours, je t'appelle, et tu es sourde à ma voix! puis-je supporter la vie sans toi? si tu me voyais faible et décharné comme je suis! Tu m'as dit que nous serions réunis dans le séjour des anges, ah! je le veux, oui, pour ne plus te quitter. Ô Dieu! je vous invoque! frappez votre indigne serviteur; arrachez-lui le dernier souffle de vie; oui, je l'espère, la divinité exaucera ma prière, mon corps reposera près du tien, et réunis sur la terre, nous serons réunis dans les cieux; je veux m'ensevelir à tes côtés.

Son corps était tremblant et affaissé comme si un lourd fardeau eût chargé ses épaules, lorsqu'un gémissement semblable au râle d'une victime qui tombe sous la hache sanglante, retentit à ses oreilles. Il tressaillit... Qu'a-t-il entendu? Quelle est cette voix sortie du sein de la terre? Il est seul, au milieu des ténèbres, parmi les morts qui sont les seuls témoins; de hautes murailles le séparent du reste des humains. Un cruel pressentiment le domine. Est-ce la voix d'Emma? Recueillant le reste de ses forces, il enlève le peu de terre qui couvrait le cercueil. Sa main tout ensanglantée arrache avec force le couvercle de la bière qui était déjà soulevé. Qu'aperçoit-il? Emma, Emma, s'écrie-t-il, en tombant sur son cadavre et en l'embrassant de toute l'ardeur des étreintes d'un mourant. Les joyaux étaient tombés des doigts de l'amante infortunée, ses habits déchirés, ses bras dévorés, son sein meurtri. Eugène était trop faible pour soutenir l'horreur d'un tel spectacle. Sa prière est exaucée!

Déjà le soleil paraissait à l'horizon à travers de sombres nuages et lançait une lumière incertaine, pour découvrir aux humains cette scène d'horreur, lorsque le gardien du cimetière arriva et trouva ce malheureux jeune homme privé de la vie, et enlacé dans les bras d'un cadavre de jeune fille. Il recule de frayeur et appelant ses gens qui approchaient:

— Accourez voir la malheureuse que nous avons enterrée il y a quelques jours; elle n'était pas morte!

— Elle avait pris de l'opium, répond l'un d'eux, voyez quand elle s'est réveillée comme elle a déchiré ses beaux habits.

— Mais lui? reprend le gardien, c'est ce jeune homme qui suivait la bière! voyez ce que c'est que l'amour, il est venu s'ensevelir auprès de son amie; cours, toi, Jacques, dire cela à M... qu'il envoie chercher les intéressés.

À cette nouvelle les parents d'Eugène plongés dans le deuil ordonnèrent de nouvelles cérémonies, et les deux amants furent ensevelis dans une même tombe. C'est là que viennent quelquefois jeter des fleurs les amants malheureux: triste souvenir d'une époque qui laissa des traces de douleur dans presque tous les cœurs! Puisse le ciel touché de tant de maux nous délivrer de nouvelles attaques d'un fléau qui fait encore aujourd'hui ressentir sa violence dans l'ancien monde!

(J. HUSTON, *Le répertoire national*, vol. II, Montréal, J.M. Valois et cie, 1893)

Joseph Doutre

Joseph Doutre naît à Beauharnois le 11 mars 1825, du mariage de François Doutre, cordonnier, et d'Élisabeth Dandurand dit Marcheterre. Après des études au Collège de Montréal (1836-1843), il commence sa carrière littéraire et journalistique en même temps qu'il étudie le droit; il est admis au barreau le 30 avril 1847. Sa carrière journalistique (il collabore à L'Aurore des Canadas, *à* L'Avenir *et au* Pays, *dont il est un des fondateurs) n'est pas de tout repos : après la publication d'un article dans* L'Avenir, *en 1848, par exemple, il accepte de se battre en duel avec George-Étienne Cartier, mais la police arrête les préparatifs de la rencontre. En 1852, il est élu président de l'Institut canadien de Montréal et y prononce plusieurs conférences et discours. Il prend aussi l'initiative, en 1853, de la lutte pour l'abolition de la tenure seigneuriale et, en 1858, deux ans après sa défaite au Conseil législatif, il s'attaque à Mgr Ignace Bourget (affaire Guibord). En 1861, de nouveau défait aux élections législatives, il renonce pour toujours à la politique. Membre du conseil du barreau pendant plus de vingt ans (1851-1875), il est nommé conseiller de la Reine le 15 août 1863. Il meurt à Montréal le 27 février 1886. Il a épousé en premières noces à Montréal, le 28 septembre 1858, Angéline, fille de Jean-Baptiste Varin et d'Hermine Raymonde, et en deuxièmes noces, Harriet, fille de Calvin Greene, de Niagara. Il a publié un roman,* Les fiancés de 1812, *en 1844, considéré comme un roman gothique.*

Faut-il le dire!...

Je ne vous aime pas... ce mot est-il une élocution humaine?... Il fait horreur à la mère, le fils l'ignore, il souille la bouche de tout homme. Son origine ne peut être due[1] qu'à l'âme bronzée de méfaits et nourrie dans la haine de son être et de ses semblables. Caïn le prononça le premier. Les siècles, en peuplant le globe, ont depuis disséminé les vertus et multiplié les vices. Les amis se sont séparés en disant dans leur cœur: «Je ne t'aime plus.» Mais ce mot qui veut dire: «Je te voue à ma haine, je te perce le cœur», devait-il jamais souiller la bouche d'une femme?...

Je voyais Québec pour la première fois. Ses rues montueuses, coupées sur tous les sens, multipliées à l'infini, m'avaient enfin égaré jusqu'à la deuxième heure de la nuit. Depuis trois heures je recevais une calotte d'un liquide glacial qui m'avait forcé de faire visite à plus de mille porches hospitaliers. Pas une âme pour affronter cette guerre céleste ou plutôt infernale. Enfin, à la jonction de quatre rues, je vois venir un homme qui semblait entièrement étranger à la tempête qui me foudroyait. Rien ne le garantissait néanmoins du fouet de l'orage. Une petite blouse ouverte à tous les vents laissait voir une chemise d'une toile fine et mouillée comme

---

1. 1844: ne peut du être due. Nous empruntons les notes à John Hare.

sortant du lavage. Une légère casquette, placée sans soin sur l'oreille droite, donnait à cet homme un certain ton d'indifférence que rendait encore plus complet son pas lent et mesuré sur un petit air martial qu'il sifflotait tant bien que mal. C'était, je me le rappelle, la retraite de Moscou qui lui faisait ainsi oublier le roulement monotone de la foudre qui exerçait au loin ses ravages. J'étais aussi curieux de le voir de près qu'anxieux des renseignements que j'en pouvais obtenir. J'étais sous un reverbère ; je l'y attendis. Il arriva sur moi, toujours sifflotant et les mains dans ses poches. Il jeta la vue sur moi sans dévier de son flegme stoïque. C'était un jeune homme d'une trentaine d'années. Son regard était sec et vif comme l'éclair.

— Pardonnez-moi, lui dis-je en l'approchant, si je prends la liberté d'interrompre votre musique et de...

— Ma musique... est-ce que la nuit est musicienne ? Moi, je suis la nuit en personne. Le corbeau chante le malheur, moi, je le fais.

C'est un fou, dis-je en moi-même ; sinon un de ces excentriques qui vivent de bizarreries et meurent cependant comme les autres... sans rire.

— Je voulais dire autre chose, continua-t-il ; par exemple, que nous n'irions pas loin sans avoir du mauvais temps.

— Je suis de votre opinion, et c'est dans la crainte d'en être pris que je vous prie de m'enseigner ma route pour l'hôtel...

Le tonnerre tombant à dix pas de nous acheva ma phrase. Il n'avait pas entendu prononcer le nom de l'hôtel ; il reprit néanmoins, sans faire attention au fracas qui venait de me terrifier :

— C'est mon chemin, suivez, suivez-moi.

Je le suivis[2] machinalement. Le coup de foudre m'avait tellement distrait que je commençais à prendre un peu du ton de mon conducteur. La conversation en était restée aux mots :

---

2. 1844 : Je le suis. Je le suivais (Hare).

« suivez-moi ». Arrivés à la rue Saint..., mon compagnon s'arrêta et me dit :

— Bonne nuit, monsieur, c'est ici chez vous.

— Arrêtez donc, lui dis-je.

— Quoi donc de plus ! ne m'avez-vous pas dit que vous cherchiez l'hôtel... ? S'il faut maintenant vous conduire au lit, je n'y suis plus.

C'était en effet ce que je cherchais depuis plus de trois heures. Cet homme était-il sorcier, était-il fou ? Enfin la nuit était assez avancée pour être perdue, je voulus le connaître de plus près. Il s'était arrêté et attendait ma réponse.

— En effet lui dis-je, c'est ici mon hôtel, mais le temps est trop mauvais pour vous permettre d'aller plus loin. Entrez vous sécher.

— Le temps est comme je l'aime. J'entrerai néanmoins.

Toujours indifférent, toujours extraordinaire, il me suivit en sifflotant une symphonie[3] du *Requiem* de Mozart. Je le pris sur le coup pour l'oiseau de malheur dont il m'avait parlé. Arrivé à ma chambre, je tirai d'une armoire une bouteille et deux verres. Il s'était assis en entrant sans sortir les mains de ses poches, sans, par conséquent, déranger sa casquette, sans cesser ses sombres mélodies. Quand il vit les deux verres, il commença à siffler le *God save the Queen*, avec les variations qui terminent la *Bataille de Prague*[4].

— Vous prendrez bien un verre, lui dis-je.

— Oui, je bois ce soir à sa santé.

Il sortit alors de sa poche un vase de cristal et le déposa sur la table. Ce vase contenait... un cœur humain, percé d'un petit poignard long comme le doigt... Sur la partie supérieure

---

3. Au XVIIIe siècle, ce mot désignait une composition instrumentale qui se distinguait mal de la sonate. Mozart est mort en 1791, sans avoir terminé son *Requiem*.

4. Pièce très populaire composée à Londres peu avant 1789 par Franz Koczwara ou Kotzwara (1750-1791).

du vase était écrit en lettres noires: «*Faut-il le dire? je ne t'aime point... Québec, 13 décembre 1830. G.L.... F.R.*»

J'allais me croire entre les mains d'un génie infernal. Mais ces paroles mystérieuses me firent concevoir que c'était une affaire humaine. En dépit de l'horreur et de l'angoisse que j'éprouvais, je résolus d'avoir l'explication de ce mystère. Craignant qu'il ne refusât de satisfaire ma curiosité, je recourus à une certaine maxime que j'aurais pu apprendre dans Horace, mais pour la connaissance de laquelle un certain jeune médecin de Montréal me dispensa des difficultés du poète latin. *In vino veritas*, répète souvent ce joyeux Hippocrate. En peu de temps l'air eut pris la place du liquide spiritueux, mais, véritable tonneau des Danaïdes, mon compagnon ne perdait rien de son stoïcisme glacé. À chaque verre c'était toujours à la santé de *Madame*, et il désignait le vase. En tirant une bouteille de brandy français, je me dis en moi-même: prends à la santé de qui tu voudras; mais à coup sûr, ce ne sera pas à la tienne, ou tu es le diable en personne. Enfin je vis insensiblement que ses *santés* n'étaient plus accompagnées du sourire sinistre qui à chaque fois raidissait mes cheveux de frayeur. Il était temps; j'en vins au point.

— Dites-moi donc, lui demandai-je, quelle espèce de santé vous souhaitez à madame; si c'est là son cœur, elle jouit d'une santé plus durable que la vôtre ou la mienne.

— C'est pour en venir là, sans doute, que vous m'avez fait voir le fond de ces deux bouteilles. Je pouvais vous le dire à moins de frais. Vous voulez savoir quel est ce cœur et ce que signifie cette inscription? Le voici:

«En 1825, j'étais encore écolier, comptant à peine mes quinze ans. Un dimanche, en sortant de l'église, je me rencontrai face à face avec une pensionnaire des Ursulines[5]. Elle avait

---

5. Religieuses qui tiennent un pensionnat pour jeunes filles dans la ville de Québec depuis le milieu du XVIIe siècle.

douze ans à peine, mais elle portait dans ses regards un feu qui eût enflammé un septuagénaire. Je n'aimai qu'une fois dans ma vie : ce fut à quinze ans, et ce fut elle... elle dont vous voyez le cœur. Ce n'était pas ce que vous lisez dans tous les romans, une beauté comme il n'en existe pas. Mais les femmes ont-elles besoin d'être belles pour séduire ? Qui dit mieux que Victor Hugo :

Dieu s'est fait homme, soit ; le diable s'est fait femme.

Vous concevez ce qui s'est fait depuis cette rencontre jusqu'à ma sortie du collège, c'est-à-dire, tous les coups d'œil, les billets, et tout ce que vous dirait un romancier. Quatre ans après, je sortais du collège ; elle sortait du couvent, bien entendu. Je ne connaissais pas sa famille. Après trois mois de marches et démarches je parvins à y être introduit[6]. Mais j'avais compté sans mon hôte. Son cœur était perdu pour moi, non pas pour toujours, puisque vous le voyez aujourd'hui entre mes mains. Je résistai contre son froid accueil jusqu'à la fin de 1830. Mon rival souhaitait depuis longtemps mon congé. Moi-même, je cherchais une explication quelconque. Enfin le 13 décembre, date que vous voyez écrite sur ce vase, nous en vînmes au but que nous ambitionnions l'un et l'autre. Je l'aimais toujours avec la fureur de l'orage pour le tonnerre. Ce jour-là je lui remettais sous les yeux nos douces années passées, et je lui dis enfin : « Quelle est donc la cause de ces regrets pour un temps où je ne levais les yeux sur toi qu'au risque d'être châtié ? Aujourd'hui que je te vois, que je presse ta main avec un amour que nul autre n'a éprouvé, comment se fait-il que le souvenir du passé soit plus beau que le présent ?... Je pleurais... elle souriait !... » « Faut-il le dire ? » me dit-elle indifféremment. Je terminai sa phrase : « Tu ne m'aimes plus. » Ce furent les derniers mots que j'entendis de sa bouche. Ils me percèrent l'âme de douleur et de rage. Elle m'avait

---

6. *Anglicisme* : présenté.

aimé, elle me l'avait dit plus d'une fois. Je ne pleurai plus ; et depuis ce moment jamais une larme ne mouilla ma paupière. Mon regard s'est enflammé de la passion de mon cœur qui n'a plus vécu pour l'amour, mais bien pour la vengeance et la haine. Jusqu'au jour qui me la fit connaître, aucun sacrifice ne m'aurait coûté. Biens, honneur, existence, tout était à sa disposition. Depuis ce jour funeste, je lui aurais percé le cœur comme je l'ai fait après sa mort, j'aurais bu son sang dans la soif de ma vengeance. Je me vouai tout entier à l'exécution de cette vengeance.

Mon rival l'obtint bientôt en mariage ; je l'aidai moi-même à en venir là, je lui prêtai l'argent qu'il lui fallait. Le jour même de leurs noces, j'agis de manière à les rendre jaloux l'un de l'autre. J'entrai dans la plus grande intimité[7] avec l'époux. Je n'allais jamais chez lui ; mais la jalousie, et les malentendus que je créais entre eux, mirent le diable à la maison. J'entraînai mon rival dans tous les dérèglements de la vie. Mon but était de ruiner sa constitution et de lui faire maltraiter sa femme. Vous m'avez vu vider presque seul ces deux bouteilles. Pourtant, je ne le laissais jamais avant qu'il en eût cinq ou six pareilles dans le corps. Tous les soirs à minuit je le conduisais, ou plutôt je le traînais chez lui. Avant de le laisser, je lui faisais une histoire sur sa femme. Il entrait en furieux, tombait sur elle et la tuait de coups. Quant à moi je me tenais à la porte et savourais avec délices les cris de douleur de ma victime.

En quatre ans de temps une de mes victimes tombait. C'était mon rival. Je l'ai vu mourir dans toute la honte et l'horreur qui puissent accompagner ce moment suprême. Il avait laissé deux enfants que j'avais fait éloigner de la mère, afin de la laisser seule à son malheur. Après la mort de son époux, elle voulut avoir ses deux enfants, mais j'avais juré qu'elle mourrait sans les embrasser. J'aimais encore à la voir. Je

---

7. 1844 : intimidité.

ne passais pas un seul jour sans la voir, d'une manière ou d'une autre. Mais ce n'était plus avec la douce passion de mes dix-huit années ; c'était avec la rage et la voracité d'un tigre qui se repaît de sa victime. J'aimais à voir maigrir ses traits, à suivre chaque jour l'effet physique de ses souffrances. Je la fis partir pour chercher ses enfants. Je lui écrivais sous leurs noms et la faisais courir de côté et d'autre, en dépit des difficultés, des intempéries et des dangers. Pendant six ans, elle courut de la sorte ; et au moment où elle croyait trouver ses enfants, c'était toujours un nouveau malheur que je lui suscitais. Enfin elle ne put tenir davantage contre cette multiplicité de catastrophes et d'infortunes. En 1840, elle fut atteinte d'une maladie de langueur qui la tint au lit jusqu'à sa mort, c'est-à-dire pendant trois ans. Elle avait conservé de moi un anneau que j'avais aussi juré de recouvrer. Elle mourut enfin dans toutes les tortures de la vie humaine. Ses deux filles n'ont jamais connu leur mère, non plus que leur père. L'aînée est maintenant âgée de douze ans et l'autre de dix. Puisque vous connaissez leur histoire, je pourrai vous les faire voir : elles sont maintenant à Québec. Ma vengeance n'était pas encore terminée. Ma seconde victime étant morte, j'offris à une société d'étudiants en médecine de leur fournir un sujet, s'ils voulaient m'aider. Je l'enlevai de sa tombe, je pris son cœur et le doigt qui portait l'anneau que je lui avais donné. Je viens de terminer l'opération, qui m'a mis en possession de son cœur et du doigt qui portait l'anneau, don de mes premières amours. Ainsi donc, je suis vengé. Elle m'avait percé le cœur, je le lui ai rendu. Si jamais vous aimez, puissiez-vous n'entendre pas la bouche d'une femme vous dire :

« Je ne t'aime pas. »

« À la santé de madame et bonjour. »

Il avait sorti de sa poche un autre petit vase qui contenait le doigt et l'anneau ; il les reprit tous les deux, et ferma la porte en sifflotant son *God save the Queen*.

Je le revis le lendemain et j'allai avec lui visiter les deux rejetons de cette malheureuse union... deux anges de beauté, de candeur et d'innocence.

(J. HARE, *Contes et nouvelles du Canada français*, 1778-1859, vol I, Ottawa, Université d'Ottawa, 1971)

H. L.

———○∕∕○———

Écrit en 1845. Les chercheurs n'ont pas encore pu identifier l'auteur de ce texte qui signe H. L.

Le sacrifice du sauvage

I

C'était une de ces soirées qui rassemblent autour du foyer la famille du riche comme celle du pauvre, tandis que le vent mugit au dehors, et que les troncs de chêne brûlent lentement dans la large cheminée. Dans une jolie maison de la Normandie, on voyait assis auprès du feu un respectable vieillard ; autour de lui se pressaient ses enfants et ses petits-enfants, qui le regardaient en souriant et avec un mélange d'amour et de respect et la soirée se prolongeait silencieuse et morne, personne n'ouvrant la bouche, chacun se renfermant dans ses réflexions.

Cependant il y avait là de jeunes cœurs que le silence ennuie, que le tumulte de la conversation ranime, qui soupirent après des histoires merveilleuses. Tout à coup, une jeune fille à l'œil vif et perçant, et pour qui ne s'étaient encore écoulés que seize printemps, s'approcha du vieillard :

— Mon père, dit-elle, les plaisirs ont fui avec l'été, les frimas ont glacé la terre, plus de luttes sur le gazon, plus de promenades sous les grands peupliers du jardin ! Mon tendre père, si vous nous racontiez quelque chose de vos longs voyages au Canada ! Vous avez assisté à sa découverte, vous avez vu des guerres terribles ; que de merveilles vous devez savoir !

Et cela dit, la jeune fille caressait de sa blanche main son vénérable aïeul, et le vieillard souriait à ses aimables jeux.

— Enfant, dit-il, que ta voix est douce, que tes paroles sont touchantes ! Non, tu ne seras pas refusée. Mes enfants, approchez : venez écouter une page du récit de ma longue course à travers les chemins du monde.

Et la famille ayant serré de plus près son chef bien aimé, il commença ainsi sans autre préambule.

II

Vous le savez, mes enfants, longtemps j'ai habité les contrées lointaines du Canada ; longtemps mon bras y fut au service de nos rois. Là, mille événements se passèrent sous mes yeux ; un, surtout, laissa dans ma mémoire des traces que les années ne sauraient effacer.

J'avais quitté le fort des Français, et je m'étais enfoncé dans les forêts épaisses qui couronnent le cap Diamant. Pour n'être pas reconnu des cruels indigènes, j'avais jeté sur mes épaules la dépouille d'un ours, et j'avais armé mon bras de l'épieu d'un chasseur. C'était une de ces nuits tranquilles et suaves où tout porte à la mélancolie et à la méditation la plus profonde. Les rayons de la lune répandaient à peine une douce clarté ; le silence de la forêt n'était interrompu que par le frémissement des feuilles et les cris des oiseaux nocturnes que le bruit de mes pas effrayait et chassait loin de leurs retraites. J'aimais à promener mes rêveries dans ces vastes solitudes où le chêne séculaire me rappelait en quelque sorte la puissance de mon Dieu, et où l'amour de la patrie se réveillait plus fort que jamais dans mon cœur ; je songeais au beau ciel de ma Normandie, à cette belle capitale de la France où, jeune encore, j'avais goûté de si doux plaisirs, et lorsque, réfléchissant sur mon état, je me voyais relégué dans ces pays barbares, mes yeux se remplissaient de larmes.

Mais cette nuit, je fus tout à coup distrait de ma méditation par le retentissement des pas d'une troupe de sauvages qui bientôt furent près de moi. Excité par la curiosité, je me mêlai à eux et les suivis. Nous marchâmes longtemps et avec lenteur; enfin, nous arrivâmes sur le point le plus élevé du cap Diamant. Là s'élève aujourd'hui une ville déjà florissante, à qui, je n'en doute pas, le ciel réserve de grandes destinées. Alors, ce n'était qu'un roc escarpé qui s'avançait au-dessus du fleuve; de là l'œil, plongeant dans l'abîme, découvrait la cataracte de Montmorency; au pied, le Saint-Laurent roulait paisiblement ses ondes limpides. Le silence de la nuit, le calme des eaux, l'éclat des astres, tout, ce semble, s'était réuni pour contraster avec la scène d'horreur qui devait suivre.

Arrivés sur ce promontoire, les sauvages se rangèrent en cercle, et, au milieu d'eux, parut un devin. Je vis un vieillard d'un air vénérable et plein de gravité; une barbe longue et épaisse lui couvrait la poitrine; il portait à la main un brandon allumé! Il reste un moment immobile au milieu de ses compagnons; puis, tout à coup, d'une voix forte et sonore, il fait entendre ces terribles paroles :

— Courageux enfants de Stadacona, vous réveillerez-vous enfin de votre honteux sommeil? Ne vous opposerez-vous jamais aux desseins de vos cruels ennemis? Vous êtes le faon timide qui se laisse atteindre et percer par l'habitant des bois. Le Français impie et sacrilège a renversé vos autels; les chaînes de la servitude ceignent vos bras, à vous, enfants de la liberté. Écoutez-les, ces orgueilleux habitants d'un autre monde! ils vous promettent le bonheur, la tranquillité! Aussi nombreux que les nuages de la tempête, ils accourent comme les flots de la mer. Allez, vous diront-ils, allez : vos forêts nous appartiennent; pour nous vivent dans les bois et le cerf léger et l'ours à l'épaisse fourrure. Élevez vos cabanes et dites aux cendres de vos pères : Suivez-nous !

Courageux enfants de Stadacona, vous réveillerez-vous enfin de votre honteux sommeil ? Ne vous opposerez-vous jamais aux desseins de vos cruels ennemis ? Levez-vous, guerriers ! Brandissez vos massues ; consultez le manitou, auteur des bons conseils. Vous volerez ensuite contre vos perfides dominateurs ; vous vous abreuverez de leur sang ; leurs crânes feront l'ornement de vos demeures.

À ces mots, les barbares frémirent de colère et de rage : ils serraient leurs armes entre leurs dents en faisant un sourd gémissement, semblable à celui de la mer en furie. Mais ce n'était que le prélude d'une horrible scène. On élève à la hâte une tente sur le rocher ; elle était d'une couleur lugubre, et un noir drapeau flottait au-dessus. Le devin s'insinue dans cette tente, et les guerriers se rangent autour, d'un air mystérieux. Soudain un bruit sourd et prolongé se fait entendre ; on eût dit le roulement de la foudre qui se rapproche insensiblement. Le devin prononce quelques mots inintelligibles ; la tente s'ébranle, le drapeau s'agite dans les airs ; tous demeurent immobiles. Le devin resta longtemps enfermé ; lorsqu'il parut, il était couvert d'une pâleur effrayante ; il tremblait de tous ses membres et sa longue chevelure, blanchie par les années, s'agitait en désordre sur sa tête.

— Braves guerriers, dit-il, Areskoui[1] nous a écoutés : il demande le sacrifice d'une vierge innocente. À ce prix, il fera tomber sous nos coups nos perfides ennemis. Guerriers, que vos cœurs ne s'amollissent pas comme ceux des lâches ! Qu'avant tout, l'amour de la patrie vous anime !

Les barbares applaudissent avec une joie féroce à ces horribles paroles ; ils brandissent leurs haches qui brillent aux rayons de la lune. Aussitôt le chef de la tribu s'avance sur le

---

1. Dieu de la guerre chez les sauvages.

sommet du rocher ; il tient par la main sa jeune fille, et il déclare qu'il va la sacrifier au bonheur de ses pères ! Hélas ! cette tendre victime comptait à peine quinze printemps… Elle paraissait partagée entre la superstition et l'amour de la vie ; des larmes coulaient le long de ses joues ! Tantôt elle jetait un regard suppliant vers ceux qui l'entouraient ; tantôt, appuyant sa tête sur le sein de son père, elle cherchait un refuge dans celui qui n'était plus que son meurtrier.

Mais, à cet instant, le devin s'approche d'elle, je le vis murmurer quelques paroles à son oreille, et, admirez la puissance du fanatisme ! aussitôt la jeune fille change de sentiment. Son visage s'anime ; elle s'avance d'un pas ferme vers l'abîme, et d'une voix mélancolique et plaintive, elle soupire ses adieux à la vie :

— J'étais comme la tendre colombe qui suit encore sa mère ; la vie s'ouvrait devant moi comme une fleur tranquille, comme l'aurore d'un beau jour, et voilà que je vais mourir ! Kondiaronk à la belle chevelure me disait : « Viens, ma Darthula ; ma sœur, mon canot rapide repose sur le rivage du fleuve ; le ciel est pur ; la lune brille à travers les arbres de la forêt ; viens, ma sœur ; nous volerons ensemble sur la surface des eaux. » Pleure, Kondiaronk ; pleure ta sœur : elle va mourir. Toi qui m'aimas plus que la lumière du jour, écoute la prière de ta sœur. Quand Darthula ne sera plus qu'une ombre, tu iras près de la cataracte écumeuse ; tu te reposeras sur la pierre humide ; et mon âme, légère comme un rayon de l'astre de la nuit, se mêlera au vent de la chute, et conversera encore avec son frère.

Ainsi chanta ce cygne qui bientôt allait être la proie de la mort. Mes amis, que vous dirai-je maintenant ? Je voyais qu'un crime affreux allait se commettre ; mais que pouvais-je faire seul et sans armes contre une troupe nombreuse ?… La victime, hélas ! est précipitée dans les flots, et pas une larme ne brille dans l'œil de son père barbare ! Deux fois, elle reparaît

sur les ondes; deux fois, on aperçoit ses cheveux noirs s'élever sur les eaux: elle disparaît une troisième fois; son dernier gémissement se mêle à la vague, et les eaux reprennent leur calme trompeur. Aussitôt les barbares se rangent en ordre, puis ils descendent la montagne en chantant l'hymne du sacrifice:
«Areskoui veut du sang; il a parlé dans la tente sacrée!»
Les guerriers entouraient le devin; les casse-tête brillaient aux rayons de la lune; la mer battait les flancs du rocher. Les vierges ont pleuré, et les jeunes hommes tremblaient. «Areskoui veut du sang; il a parlé dans la tente sacrée!»

III

Le chant des sauvages ne parvenait plus à mes oreilles que comme un bruit sourd et prolongé, et j'étais encore immobile au même endroit. Debout sur la pointe du rocher, je contemplais avec horreur l'abîme que j'avais vu se refermer sur l'intéressante victime. Je m'arrachai enfin à mes réflexions, et je pris le chemin du fort. Je frémissais à chaque pas; il me semblait entendre encore le chant terrible des sauvages, et le dernier soupir de leur victime.

(J. Huston, *Le répertoire national*, vol. III, Montréal, J.M. Valois et cie., 1893)

Eugène L'Écuyer

―⊷⊶⊷―

Pascal-François-Eugène L'Écuyer naît le 2 juin 1822 à Saint-Henri-de-Lévis, du mariage de François L'Écuyer, organiste, et d'Angèle Robitaille. Il fait ses études classiques au Petit Séminaire de Québec de 1832 à 1842, puis choisit le notariat, qu'il est admis à exercer le 11 novembre 1846. Célibataire, L'Écuyer partage sa vie entre la littérature et sa profession ; il collabore ainsi à quelque treize journaux et revues disséminés de Montmagny à Ottawa. Au total, on compte une cinquantaine d'écrits de L'Écuyer, dont les trois quarts paraissent entre 1844 et 1854 et dont aucun ne connaît, du vivant de l'auteur, les honneurs de la publication en volume, exception faite d'une ou deux plaquettes distribuées en prime à des abonnés. Esprit traditionnel par nature et libéral par volonté, L'Écuyer rédige en outre Le Moniteur canadien *de 1850 à 1852 et* L'Ère nouvelle *de mai à août 1854. À partir de 1854, le notaire délaisse presque complètement la littérature jusqu'en 1877. Membre fondateur de la Chambre des notaires de Montmagny le 29 août 1860, il a déjà écrit vers 1848 un « Petit Guide du jeune notaire » qu'il s'est efforcé en vain de publier. Avant de se fixer dans le comté de Bellechasse, L'Écuyer réside à Québec et dans la région jusqu'en 1849, puis à Montréal (1849-1853) et fait un bref séjour à Trois-Rivières (1853-1854) et à Saint-Christophe d'Arthabaska (1854-1856). Cet humble pionnier des lettres québécoises meurt dans la nuit du 22 au 23 avril 1898, à Saint-Philémon de Mailloux. Il a publié quelques romans dont le plus connu demeure* La fille du brigand *(1844), un roman gothique qui s'inspire de la chronique locale, les brigands de Cap-Rouge.*

*Un épisode de la vie
d'un faux dévot*

I. Le faux dévot

I. UN SAINT ET UN IMPIE À LA FAÇON DU MONDE

Dans une paroisse, voisine de Montréal, vivaient, il y a quelques années, deux hommes au caractère, aux mœurs, aux habitudes diamétralement opposés ; et, providence ou hasard, leurs habitations étaient presque contiguës ; elles n'étaient séparées l'une de l'autre que par une espèce de ruelle, ou cul-de-sac très étroit.

L'un, Paul B..., affectait, en matière de religion, un rigorisme qui eût paru ridicule aux yeux des personnes éclairées ; mais que l'ignorance et le fanatisme de l'endroit regardaient quasi comme un rayon de la sainteté du Christ ! En fait de pratique au moins, jamais homme n'avait été plus assidu, plus régulier, plus irrépréhensible. Aussi, hâtons-nous de le dire, Paul B... tenait bien moins au dogme, dont il se souciait assez peu, qu'au culte : tout son catéchisme à lui n'était qu'une affaire d'apparence : sa religion était toute au dehors. — Ainsi, par exemple, règle invariable, il passait chaque jour des heures entières à l'Église, marmottant d'interminables prières...

— Ce simulacre de piété extérieure avait pourtant suffi pour lui acquérir une réputation de mystique!... Cette réputation le flattait; il ne négligeait rien pour l'accréditer. Chaque fois que l'occasion se présentait, il ne parlait jamais que des choses du ciel — les biens de la terre lui souriaient peu — il avait toujours de pieuses maximes sur les lèvres; il affectait une grande inclination à la pénitence, etc., etc. La nature aussi lui aidait admirablement à jouer son rôle: son teint hâve, cadavéreux, sa figure livide, ses yeux creux, éteints, son front profondément ridé, sa tête chauve, ses mains osseuses, décharnées, sa démarche nonchalante..., tout cela ne contribuait pas peu à raffermir la crédulité du vulgaire. Quand Paul B... avec sa longue redingote rapée — qu'il portait hiver et été, sans doute par esprit d'humilité et de pénitence — traversait le bourg, on voyait les femmes se précipiter aux fenêtres avec leurs enfants et le montrer respectueusement du doigt comme une espèce de Messie! Malheur à qui eût osé toucher à la réputation du saint homme: mieux eût valu toucher à la prunelle de ces bonnes femmes!

Son voisin, Jacques M..., gros gaillard à la tournure carrée, à la figure presque boursouflée, à l'œil vif et étincelant, n'aurait pu, physiquement parlant, afficher un esprit de pénitence aussi impunément que Paul B..., supposant qu'il en eût eu l'intention. Mais il n'y avait jamais pensé. Autant Paul B... avait la réputation d'homme exemplaire, autant Jacques M... avait celle de mauvais citoyen. De fait ce dernier était loin, bien loin d'être extérieurement religieux: il avait bien d'excellents principes; peut-être même était-il intérieurement meilleur catholique que Paul B..., mais malheureusement il ne s'en tenait qu'à la théorie, et négligeait un peu le culte extérieur. Quand on lui en faisait reproche, il disait que la plupart de ces grands dévots en apparence étaient tout simplement des hypocrites qui voulaient en imposer au monde — hypothèse qui n'est pas tout à fait inadmissible au fond, mais qui cependant ne saurait servir d'excuse. — Il était donc bien rare de voir Jacques M... payer d'apparence en fait de dévotion. En fallait-il d'avantage pour lui attirer l'animadversion, l'anathème public, surtout à la campagne.

En résumé, on canonisait Paul B..., puis on réprouvait Jacques M...

Ainsi l'on jugeait ces deux hommes, comme on juge malheureusement tous les autres : sur les apparences. Nous disons malheureusement ; car l'apparence est presque toujours mauvaise conseillère ; et, pour nous servir d'une figure, ce n'est assez souvent qu'un vernis fascinateur qui couvre un bois pourri.

Laissons pour un instant les apparences de côté.

Qui connaissait réellement Paul B...? Il n'était dans la paroisse que depuis une année et personne n'avait eu avec lui de relations quelque peu intimes. Ce pouvait bien être un loup sous la toison de la brebis ? — Impossible, s'écriait le vulgaire, c'était en apparence un grand dévot, donc ce devait être un homme de bien. Raisonnement du monde...

Connaissait-on mieux Jacques M...? Oui : il était né dans l'endroit, né de famille intègre ; jamais on avait eu à lui reprocher le moindre écart et, n'eût été la crainte d'être stigmatisés comme lui par la populace ignorante, on aurait trouvé des hommes qui connaissaient particulièrement Jacques M... et qui auraient pu lui rendre justice. Jacques M... pouvait donc être la brebis sous la peau du loup ? — Impossible, s'écriait le préjugé, c'était un homme sans religion, parce qu'il n'en avait pas au vu et au su de tout le monde ; donc c'était un infâme, etc. Même raisonnement toujours.

Mais voici du fanatisme plus outré :

Jacques M... était veuf. Que supposait et que prônait à haute voix ce fanatisme ? Que Madame M... était morte de chagrin à cause de l'impiété de son mari ; tandis que des personnes mieux informées disaient, mais tout bas, que jamais union n'avait été plus heureuse, plus paisible.

Ce n'est pas tout.

Jacques M... avait une fille nommée Elmire, ange de beauté et de candeur, ce que n'admettait pas le fanatisme, cela se conçoit. En effet, comment admettre qu'un ange pût avoir pour père un démon? Comment concilier le mérite de la jeune fille avec l'infamie du père? Tout cela était impossible dans l'opinion des gens: c'eût été blasphémer que de soutenir le contraire. Le père était un scélérat, la fille devait en tenir : tel père, telle fille, disait-on. *Ergo-glu*!

C'est ainsi qu'un infâme préjugé ternissait ce qu'il y avait assurément de plus pur, de plus angélique, la réputation d'Elmire... Oui, ces prétendus dévots qui ont toujours la prière sur les lèvres et le venin au cœur, ces prétendus dévots avaient fait un monstre de ce qu'il y avait de plus beau, de plus charmant, la jeune Elmire!... Pauvre enfant!... à cette âge de quinze ans, à cet âge des premières émotions, des premiers tressaillements du cœur, où l'on commence à sentir vivement le besoin d'un tendre ami pour épancher ses craintes ou ses espérances, Elmire était donc réduite par la calomnie à vivre seule, isolée! Elle n'avait au monde que son père.

II. COMME QUOI PAUL B... ÉTAIT BIEN UN SAINT HOMME, AUX YEUX DU VULGAIRE

C'était un jour d'automne...

Après une longue prière bruyamment récitée en commun, mère Jeanne avait posé à la poutre noircie une grosse lampe de tôle en forme de cuiller qui répandait dans l'appartement, une clarté blafarde, une fumée nauséabonde. Toute la famille avait fait cercle autour de la lampe; et la conversation, comme un feu roulant alimenté par la médisance et la calomnie, passait en revue toutes les personnes du canton, tous les événements du jour.

La nuit était orageuse : le vent sifflait à travers les fissures du toit et faisait vaciller la lumière de la lampe comme une torche en plein air. Une pluie abondante était poussée par la rafale...

Au plus fort de la conversation, deux coups violents et précipités firent trembler la porte ; et chacun de faire un bond sur son siège...

— Qui ça, fit la vieille Jeanne, d'une voix chevrotante ?

— Des voyageurs. Logez-vous ?

— Des fois... Nous n'avons pas, ajoute la vieille en introduisant les deux étrangers, pour habitude de donner à couvert ; mais par un temps comme celui-là, nous nous considérons obligés de le faire... La Sainte Écriture a dit : «*Frappez et on vous ouvrira*» — Les petites filles, vous coucherez dans le grenier, pour donner votre lit à ces messieurs.

Nos voyageurs ne purent s'empêcher de sourire, entendant cette épithète de petites que donnait la bonne femme à deux grosses paysannes d'un embonpoint des plus robustes.

— Vous êtes de la ville, que je suppose ? demanda mère Jeanne.

— Depuis quinze jours à peu près.

— Ah, vous êtes étrangers ?

— Oui, Madame.

— Vos noms ? s'il vous plaît ; vous allez dire que je suis bien curieuse ; mais il me semble vous avoir déjà vus.

— C'est possible ; nous avons déjà visité la paroisse. Mon nom est Judes... et mon ami se nomme Denis... Nous aurions voulu nous rendre ce soir chez M. Paul B..., mais, voyez ce temps !... Est-ce que nous en sommes bien loin ?

— Mais, chers amis, vous avez passé la maison ; il demeure à six arpents en deçà.

— Alors, nous allons rebrousser chemin de suite.

— À votre goût ; mais il est tout probable que vous le trouverez couché.

— Déjà ? à huit heures ?...

— Oh dam, oui ! je vois bien que vous ne le connaissez pas ; c'est réglé comme dans un cloître chez lui : c'est un saint homme, voyez-vous, que ce M. Paul B...!

— C'est un saint homme, répéta en chœur toute la famille, jusqu'à un petit babouin qui balbutiait à peine !...

— Est-ce que vous n'avez pas entendu parler de lui ? Mais c'est étonnant ! il est connu de tout le monde. Ah, s'il n'est pas sauvé celui-là, nous n'avons pas besoin, nous, de prétendre au paradis !... Savez-vous que la sainte Vierge lui a apparu ?

— Contez donc ça, maman, contez donc ça, dirent les jeunes filles avec le plus vif intérêt.

— Oui, Messieurs, il a vu la sainte Vierge, comme je vous vois là.

— Oh ! oh !...

— Quoi ! C'est une histoire vraie celle-là, par exemple ! On tient ça, nous autres, de la femme à M. Marc, qui est une femme croyable, je suppose... Or, il paraît qu'un jour M. Paul B... priait dans sa chambre avec une dévotion, que c'en était édifiant de le voir ! Tout à coup voilà que le plafond s'entrouvre et qu'il en sort comme une espèce de fumée. En un instant cette fumée disparaît ou plutôt se change en une grande femme tout en blanc et d'une beauté !... oh, mais d'une beauté éblouissante !... Figurez-vous la sainte Vierge enfin !... M. Paul B..., ne pouvant soutenir cette vue, est tombé la face sur le plancher, si bien qu'il porte encore la marque du coup qu'il a attrapé. Alors il paraît que la sainte Vierge lui aurait dit : « Relevez-vous, mon frère. » Et M. Paul s'est relevé en tremblant que ça faisait frayeur de voir ça ! le pauvre homme ! Et pour lors la mère du Sauveur lui aurait parlé longtemps ; mais on ne sait ce qu'elle lui a dit. Ceci est un secret entre elle et lui... Mais, monsieur, ce miracle-là a fait du bruit dans la paroisse !...

Cette narration, toute ridicule qu'elle soit, ne paraîtra nullement étrange aux personnes bien au fait des mœurs et des habitudes de nos campagnes où la crédulité et la superstition sont parfois poussées jusqu'à leurs dernières limites.

— Mais, maman, fit une des jeunes filles, vous contez pas tout : dites donc à ces messieurs ce qui est arrivé à…

— Oh! en effet, la petite m'y fait penser… preuve que l'affaire est véritable! Nous avons dans la paroisse un impie du nom de Jacques M…, un hérétique, un réprouvé, enfin un je ne sais quoi, qui s'est permis de douter de l'authenticité de ce miracle, qui l'a même tourné en ridicule. Savez-vous ce qui lui est arrivé en punition de son impiété!… Il a perdu tous ses animaux en une semaine!…

III. CE QU'ÉTAIT RÉELLEMENT PAUL B…

Tandis que cette bonne femme, interprète fidèle de la grande majorité de la paroisse, faisait si pieusement le panégyrique de Paul B…, voici ce que le brave homme écrivait à un sien ami, vivant en pays étranger :

Cher Marcel,

Je persévère dans mon système d'exploitation ; il réussit à merveille!…

Le Canada est vraiment un excellent pays, en ce qu'il est encore tout neuf et partant facile à exploiter. — Quand je dis le Canada, j'entends parler de ses habitants. — Il est neuf sous tous rapports, mais surtout en fait d'idées religieuses!…

Figure-toi que je t'écris maintenant, enveloppé dans une espèce de robe monacale, au pied d'un grand crucifix… J'ai adopté le masque de l'hypocrisie : il a une puissance de fascination extraordinaire! il me favorise merveilleusement… le succès est vraiment étonnant!… et, si je ne te savais pourvu, je te conseillerais de venir en Canada.

Est dévot qui veut ici, — il est si facile de l'être, vois-tu! Pas nécessaire de renoncer à ses inclinations, quelque vicieuses qu'elles puissent être ; seulement il faut autant que possible les laisser ignorer... Ce n'est pas Dieu qu'il faut servir, c'est le monde ! — Ce n'est pas Dieu qu'il faut craindre, c'est le préjugé ! En un mot, soyez religieux en apparence... peu importe le reste !...

Combien de véritablement, de sincèrement, de sciemment religieux ?... Un sur cent peut-être : les quatre-vingt-dix-neuf autres n'obéissent qu'à une routine...

Un mot sur mon genre de vie te mettra plus au fait...

Tu sais d'abord que je ne suis pas homme à renoncer à mes habitudes qui sont loin d'être en harmonie avec une saine morale, encore moins avec la mysticité. Je les ai toutes conservées sans la moindre altération ; néanmoins je suis dévot, ou je passe pour tel, ce qui revient au même ; je suis l'édification de toute la paroisse ; on va même jusqu'à me donner une place parmi les saints du Paradis et Dieu sait si, à mon décès, on ne s'arrachera pas les lambeaux de mon linceul pour en faire des reliques !...

Voici d'où me vient cette réputation... réputation usurpée, s'il en fut jamais une !

En premier lieu j'ai mis, si je puis ainsi m'exprimer, en pratique ce grand proverbe universellement connu et respecté : l'habit fait le moine... Je me suis fait faire une longue jaquette sans taille qui me donne passablement la mine d'un moine. — Premier prestige ! — Puis je ne manque aucune cérémonie religieuse, chaque jour je passe plusieurs heures au temple, etc., etc., — Second prestige ! — Je fuis le contact du monde ; (ce qui ne m'empêche pas de voir des amis) quand la nécessité me met en relation avec le vulgaire, j'affecte dans la conversation une grande inclination pour les choses du ciel, un dédain outré pour les biens de la terre, etc., etc. Troisième prestige !

C'est à peu près là tout mon catéchisme. Avec cela, je jouis de la confiance publique ; c'est tout dire. Je puis faire les cent coups impunément...

Je te citerai un exemple qui te prouvera toute l'efficacité des apparences religieuses.

J'ai un voisin nommé Jacques M... Un parfait honnête homme, dix fois plus catholique, dix fois plus rangé que moi ; malheureusement il ne se montre nullement dévot aux yeux du monde. — Au fond, son seul défaut, c'est d'être bien moins hypocrite que moi. — Et bien, ce malheureux a quasi la réputation d'un démon, ni plus ni moins que cela ! Il a bien du bonheur d'avoir hérité d'un parent, car je suis persuadé qu'il crèverait de faim !...

Il ne faut pas que j'oublie de mentionner un fait qui n'a pas peu contribué à asseoir sur des bases indestructibles ma réputation de saint homme :

Passant pour un saint, il fallait, pour bien faire, m'illustrer davantage par un miracle ! Je pouvais impunément me servir du mensonge ; j'ai donc prétendu que la sainte vierge m'avait apparu. J'ai su choisir mon monde pour en faire la première confidence ; et j'ai bien choisi ; car l'affaire est déjà loin !... Quand ça n'amuserait que les commères, c'est une engeance qu'il faut ménager !

Mon cher Marcel, si jamais le hasard t'amène en Canada et jusque dans la paroisse St..., n'oublie pas de me voir. Bien qu'ermite pour le monde, je n'en suis pas moins, comme toujours, joyeux vivant avec les intimes comme toi.

Ton ami dévoué,

Paul B...

IV. COMME QUOI PAUL B... DÉDAIGNAIT LES CHOSES DE CE MONDE

Ceci se passait le lendemain de l'arrivée de Judes et de Denis chez la mère Jeanne.

La matinée était magnifique ! Un soleil resplendissant avait succédé à la couche épaisse de gros nuages qui, la veille, voilait le ciel; l'air était doux, tempéré, comme aux plus beaux jours de printemps. Le zéphir avec sa brise légère et parfumée des derniers baumes de la saison ouvrait indiscrètement les rideaux d'une fenêtre pratiquée dans le pignon de la maison de Jacques M... Une belle jeune fille était langoureusement assise dans l'embrasure de cette fenêtre. C'était Elmire.

À quoi pensait-elle, la pauvre enfant! Sans doute, de sinistres pensées traversaient son imagination, car parfois un soupir faisait palpiter son sein; car elle passait la main sur son front comme pour en chasser une douloureuse impression. Et pourtant quelquefois aussi, on eût dit qu'un rayon de félicité dissipait les nuages qui l'assombrissaient, un sourire angélique passait sur ses lèvres! Quelle était divine dans sa rêverie! Il nous semble la voir, cette chère enfant avec ses cheveux d'or flottants, ses yeux bleus comme l'azur des cieux!...

Du fond de sa cellule, notre prétendu ermite Paul B... couvait la jeune fille de son œil fauve et éteint: son cœur battait à se briser!... Dans cet être que le vulgaire divinisait, régnait la plus terrible, la plus indomptable des passions... Les charmes d'Elmire avaient allumé dans le cœur de l'hypocrite dévot un brasier inextinguible!... Cet homme qui feignait d'avoir renoncé aux choses du monde, aurait donné toutes les choses du ciel pour un seul regard d'Elmire!... Paul B... aimait Elmire; non pas d'un pur et chaste amour; mais de cet amour brutal, bestial qui vit dans les estaminets du plus bas étage, dans les lieux de prostitution les plus avilis! Parfois, on eût dit qu'il allait d'un bond s'élancer à travers la fenêtre de son bouge pour aller tomber aux pieds d'Elmire!... On eût dit qu'il allait déchirer sa robe, briser son masque, et mettre à nu toute la turpitude de son hypocrisie pour n'écouter que la diabolique passion qui le dévorait... Tant la tentation était terrible!

Et cela se passait pourtant sur la marche d'un prie-Dieu au pied d'un crucifix... en regard d'une cohorte d'images Saintes...!

Qu'eussent dit les bonnes femmes d'un pareil contraste ?

Tout à coup on frappa ; Paul B... maudit intérieurement l'importun qui venait ainsi l'arracher à sa contemplation lascive ; puis, par un retour subit sur lui-même, il ferma les volets de sa fenêtre et tomba au pied de son crucifix en marmottant une prière...

Judes et Denis entrèrent. Paul B... leur fit signe de s'asseoir et finit son oraison, après quoi il s'approcha d'eux d'un air béat assez contrefait, vu le peu de temps qu'il avait eu pour se composer et se remettre. Mais sa figure portait encore l'empreinte de certaines émotions de malaise qui ne pouvaient échapper à des yeux quelque peu observateurs ; et, comme nous allons le voir dans l'instant, nos deux jeunes gens avaient tout l'intérêt du monde à observer minutieusement le saint personnage, contre lequel ils étaient d'ailleurs fortement prévenus. De prime abord, ils ne crurent nullement à cette grande dévotion apparente. La véritable piété est plus humble et moins pédante !

— Vous êtes M. Paul B...

— Oui, Messieurs.

— Pardon, si nous vous avons troublé.

— Mais pas du tout, j'achevais mes petites heures, dit-il en posant sur le prie-Dieu un gros volume *octavo*, portant couvert de velours avec glands de soie comme le bréviaire d'un prêtre ambulant.

— Vous menez une vie exemplaire, dit Judes, sur un ton passablement sarcastique.

— J'ai renoncé au monde, Messieurs, dit Paul, avec un soupir de componction qui eût fait envie à un trappiste !

— Je m'explique alors la sainte réputation que vous avez.

Paul baissa la vue en signe d'humilité.

— Et quel ne doit pas être votre supplice, de vivre pour ainsi dire côte à côte avec un si mauvais voisin.

— Le malheureux ! que Dieu ait pitié de son âme !

— C'est dommage ! Il a une si jolie enfant !...

Un frisson involontaire faillit trahir le faux pénitent... mais il ajouta avec une indifférence aussi dédaigneuse qu'hypocrite :

— Hélas ! qu'est-ce que la beauté ? Une fleur qui naît le matin et qui meurt le soir. Ô désirs du siècle, que vous êtes futiles ! Que sont les beautés de ce monde, Messieurs, comparées à celles d'en-Haut !

En disant cela, il élevait ses yeux vers le ciel. Regard blasphématoire ! car son ciel à lui, celui auquel il rêvait jour et nuit, celui pour lequel il eût tout sacrifié, c'était l'azur des yeux limpides de la jeune Elmire !

Était-il possible d'être aussi audacieusement hypocrite !

— Avec votre permission, Monsieur, dit Judes fatigué des doléances du saint homme, nous en viendrons au but de notre visite. Vous avez connu un nommé Bernard ?

— Assez imparfaitement, je vous assure, dit Paul B... avec quelque embarras.

— Vous savez qu'il a demeuré aux États-Unis ; qu'il y a acquis une jolie fortune au moyen de fraudes et d'infâmes escroqueries...

— Monsieur, fit Paul B... interrompant brusquement Judes, la charité nous fait un devoir de ne pas juger témérairement les hommes ! Quant à moi, je vous assure que j'avais une tout autre opinion de ce M. Bernard.

— C'est possible ; vous vous trompez, voilà tout ; car il est à la connaissance de tous ceux qui ont vécu dans son temps, que ce Bernard a finalement été obligé de s'enfuir pour échapper aux investigations de la justice. Entre autres dupes qu'il a faites, se trouve une Madame F... Il avait emprunté d'elle une somme de £300 pour laquelle il lui avait donné son billet payable à trois mois. Mais à l'échéance de ces trois mois, il avait laissé le pays.

Judes fixait Paul B... avec un regard d'aigle ; mais celui-ci, avec cette puissance d'hypocrisie, qu'une longue habitude dans le crime donne, conservait une impassibilité inaltérable.

— Je puis vous montrer ce billet, Monsieur, le voici.

Paul B... jeta dessus un regard furtif.

— Je vois bien que c'est un billet promissoire signé « Bernard »... Mais...

— Mais, dit Judes, vous êtes libre de douter de cette signature, c'est votre droit. Notre devoir à nous sera de la prouver, ce sera facile, si vous ne jugez à propos de nous en croire sur parole...

— Et pourquoi cela ?... que voulez-vous dire ?...

— Un instant, il n'y aura plus moyen pour vous d'ignorer... Or, poursuit Judes, cette dame F... était notre mère ; car nous sommes les deux frères : il a plu à Dieu de nous l'enlever : que sa volonté soit faite! Notre pauvre mère serait morte riche; mais elle avait le malheur de ne pas assez se défier du monde. Honnête dans toute la force du terme, elle croyait tous les autres comme elle : elle en a été la dupe ; elle est morte pauvre. Ce Bernard... est un de ceux qui ont achevé de la ruiner. Nous avions mis ce billet promissoire au rang des dettes perdues — Bernard était parti et nous ne savions quels nouveaux parages il avait choisis pour y exercer ses odieuses spéculations. — Nous avions donc fait le sacrifice des £300, et Dieu sait que ce sacrifice a été bien pénible! Nous sommes pauvres, Monsieur, et vous savez tout ce que la pauvreté a de douloureux pour des jeunes gens. Que peut-on sans la fortune ? La fortune, c'est le mobile qui fait agir tous les hommes, c'est le grand pivot sur lequel tourne l'humanité entière! Rien, absolument rien sans argent; et tout avec de l'argent. Triste et grande vérité que celle-là !...

— Pauvre monde! fit Paul B... en élevant les bras au ciel, pauvre humanité! Et dire qu'il y a là-Haut tant de richesses plus dignes d'envie et auxquelles on ne songe pas!

— La fièvre de l'or, continue Judes, émigrée de cette

terre merveilleuse la Californie, commençait à embraser le cœur des nations. Oh! que de vœux n'avons-nous pas faits vers cette terre promise!... Mais à quoi bon? Comment s'y rendre sans argent!... Nous avions presque oublié notre rêve de la Californie, lorsqu'un jour, il y a de ça deux mois à peu près, un incident — un hasard assez heureux — fit renaître plus vivaces que jamais nos espérances. J'étais dans un café : tout près de moi, et sans s'inquiéter du tout si je pouvais les entendre, deux individus conversaient sur le ton le plus animé; et je ne tardai pas à comprendre que Maître Bernard... était le sujet de la conversation. Je compris aussi de suite que les deux individus avaient eu l'honneur de compter parmi les dupes de l'escroc. Il y avait présent un autre personnage d'assez chétive apparence, qui pouvait comme moi tout entendre, mais qui ne paraissait nullement s'en soucier. Je fus donc bien surpris, lorsque ce personnage vint tout à coup à moi et me dit de l'air le plus indifférent du monde :

— Ce Bernard dont ils parlent, eux autres, je l'ai bien connu, moi!

— Oui; et où est-il à présent?

— Il est mort.

— Ainsi ces Messieurs que voilà peuvent se consoler!

— Peut-être que oui, peut-être que non...

La réponse était on ne peut plus vague.

— Comment?

— Il est mort, il a laissé tout ce qu'il avait (et c'était considérable) à un homme...

— À un homme, qui lui ressemble, je suppose!

Je n'eus point de réponse à cela; mais si j'en juge par les apparences, j'avais tort d'avoir ce soupçon.

En disant cela, Judes fixa résolument Paul B... Celui-ci ne fit pas semblant d'avoir compris : il était toujours impassible.

Judes continua :

— Vous concevez que j'étais des plus intéressés à connaî-

tre le nom de l'héritier ou du légataire universel de Bernard...
Si ce légataire était honnête et consciencieux, comme je n'en
doute pas aujourd'hui, toujours à en juger d'après les apparences, il devait nécessairement se faire un scrupule de jouir d'un
bien mal acquis! et un devoir de le restituer. Je pouvais donc
espérer (je l'espère plus que jamais aujourd'hui) le recouvrement des £300 de ma mère.

— Ainsi demandai-je à mon inconnu, vous connaissez le légataire de Bernard ?

— Il demeure aujourd'hui en Canada, près de Montréal : il se nomme Paul B...

Le saint homme, comme s'il ne se fût pas attendu à un tel dénouement, se tordit sur son siège, puis se levant précipitamment, il dit avec quelque humeur :

— Était-ce à cela que vous vouliez en venir ?

— Tout juste, fit Judes sans sourciller ; mais attendez, il faut que je vous rapporte toutes les paroles de cet inconnu :

— Êtes-vous bien sûr de cela, lui dis-je ?

— J'en suis sûr... Et tenez, a-t-il ajouté avec une certaine satisfaction maligne, je connais bien d'autres choses encore.

En disant cela, il me laissa brusquement. Je ne l'ai pas revu depuis.

Ces mots *« Je connais bien d'autres choses encore »* firent quelque impression sur Paul B... il fronça les sourcils ; mais ce fut si rapide, que Judes n'eut pas le temps de s'en apercevoir.

— Nous aurions pu, mon cher Monsieur, dit Paul B... d'un air qui frisait l'ironie, en finir plus tôt. L'affaire est toute simple : on vous a trompé : voilà la vérité pure et entière. S'il est vrai que Bernard... ait laissé des biens considérables — chose dont je doute fort — il est entièrement faux que je sois la seule personne qui en ait hérité ; car le seul legs qui m'a été fait, c'est une modique somme de £150. Et, Dieu m'entende, ajoute Paul B... en élevant les yeux au ciel, je n'ai pas touché une obole de cette somme — je l'ai consacrée aux bonnes œuvres !

En ce disant Paul B... se leva précipitamment... Le tintement de la cloche appelait les fidèles à une cérémonie religieuse.

— Messieurs, dit-il, en prenant son gros bréviaire ; le salut avant toutes choses ! À quoi sert de gagner les biens de la terre, si l'on perd son âme ? Je vous prie donc de m'excuser...

Et il ouvrit la porte toute grande. C'était donner congé à Judes et à son frère, d'une manière assez peu courtoise ; mais très explicite.

V. ELMIRE ET JUDES... AMOUR

Comme Judes et son frère sortaient de chez Paul B..., Elmire d'un pas de gazelle traversait le parterre séparant la maison de son père de la voie publique. Il y eut entre elle et Judes un regard de flamme échangé — comme un courant magnétique qui fit battre à la fois leurs cœurs — Première étincelle d'amour, rapide et piquante, comme l'étincelle électrique !

Paul B..., l'œil braqué dans sa fenêtre, avait aperçu ce trait de feu, parti des yeux du couple heureux... Paul B... était déjà jaloux, mais de cette jalousie outrée qui peut se porter aux plus grands excès !...

Elmire cherchait à se rendre compte d'une nouvelle sensation qu'elle venait d'éprouver pour la première fois, sensation brûlante qui pénétrait dans toutes ses veines !... Que ce regard de Judes l'avait étrangement impressionnée ! que ce regard lui avait fait du bien !... Arrivée sur le seuil de l'Église, elle détourna la tête, vit Judes et ce fut encore le même regard ! Elle sentit battre violemment son cœur... Elmire aimait, mais sans se rendre compte de cette première émotion d'amour !...

Elle entra dans l'Église et se mit à genoux, près du bénitier. Judes vint s'agenouiller près d'elle.

Paul B... entra à son tour et se plaça dans la nef, de manière à pouvoir épier jusqu'au moindre de leurs regards. Étrange dévot! qui choisissait le temple, et le moment d'une cérémonie religieuse pour exercer plus impunément le plus coupable espionnage!

Après la cérémonie, Judes, en sortant de l'Église, glissa dans les mains de la jeune fille un petit papier sur lequel étaient crayonnés ces mots: «Voulez-vous m'aimer?»

Elmire baissa la vue; Judes s'aperçut qu'elle essuyait une larme. Puis elle murmura en frissonnant: Mon Dieu, nous a-t-il vus?

— Que dites-vous, Elmire?
— Nous a-t-il vus, répéta-t-elle?
— Qui!
— M. Paul B...
— Et quand il nous aurait vus?
— Oh! nous l'aurions bien scandalisé, c'est un saint homme!
— Lui saint! quand il passe tout le temps de la messe à espionner les autres, au lieu d'avoir la vue dans ce gros livre qu'il porte sans doute pour en imposer! vous l'avez vu, il n'a pas cessé de nous épier.
— Chut! ne dites pas cela; prenez-garde surtout qu'on ne vous entende; et laissez-moi seule, je vous prie.
— Pourquoi?
— Le monde! le monde!...
— Je vous connais, Elmire; que me fait le monde? Je vous aime! Souffrez donc qu'il y ait dans ce monde méchant et fanatique qui vous méprise, souffrez donc qu'il y ait au moins un homme moins aveugle qui sache vous apprécier... Quand je vous connus il y a deux ans, Elmire, je vous aimai, mais j'eus honte de vous l'avouer. Je me suis repenti de cette faiblesse et je la répare aujourd'hui. Avez-vous lu le petit papier?...

— Judes, vous savez ce que dit l'opinion publique, vous la braverez donc ?

— Je braverai tout pour vous. Et que m'importent à moi les odieuses calomnies du fanatisme ? Ce que je regrette, c'est que vous soyez, vous, ange de candeur et de piété, le point de mire de ces calomnies !

— Ah Judes, je suis habituée maintenant à cette vie de déboires, je suis résignée. Heureusement qu'il y a là-Haut un Juge qui ne pense pas comme le monde qui m'entoure ; c'est en lui qu'est toute mon espérance.

— Et sur la terre ? personne... ? fit Judes en pressant la main veloutée de la jeune fille.

— Jusqu'ici, dit Elmire avec un soupir douloureux, je n'ai eu personne en qui je pus espérer.

— Mais aujourd'hui ?

La belle enfant leva sur Judes ses yeux pleins d'une douce et expressive mélancolie... il y avait un tendre aveu dans ce regard angélique !

En ce moment Paul B... passa si près, que sa redingote frôla la robe-mérinos de la jeune fille qui fit un pas en arrière avec un air moitié superstitieux, moitié craintif.

— Elmire, dit Judes, la vue de cet homme me cause de pénibles et révoltantes impressions : je sens pour lui une aversion invincible ; je le hais, oui je le hais, parce que plus je vais, plus je crois que c'est un de ces misérables revêtus de la livrée religieuse qui exploitent les préjugés populaires.

— Ah ! fi, Judes, dit Elmire, avec une pieuse indignation.

— Que voulez-vous ?...

— Si vous aviez le malheur de répéter cela ici, on vous lapiderait.

— Cela ne prouverait pas grand-chose...

— Chut. Nous arrivons, Judes : et il vaut mieux que M. Paul B... ne nous voie pas arriver ensemble. Laissez-moi seule.

— Mais, vous ne m'avez pas répondu.

— À quoi, dit Elmire avec candeur, à quoi, Judes ?
— Au petit papier...
— Nous verrons cet après-midi ; venez, mon père sera flatté de vous saluer.
À tantôt, Judes.
— Adieu, cher ange, n'oubliez pas le petit papier.

Elmire s'éloigna en le montrant, comme si elle eût voulu dire : « Comment voulez-vous que je l'oublie ! »

VI. COMMENCEMENT DE LA VENGEANCE DIVINE

Paul B... n'était pas entré ; sur le seuil de sa porte, il attendait la jeune fille pour retremper dans un de ses regards son infernale passion. Il la revit plus belle que jamais ; cette fois l'amour naissant avait coloré ses joues d'un bel incarnat, et allumé sous son beau cil noir un nouveau feu qui pénétra jusque dans l'âme du faux ermite. Il y avait sur tous les traits de la jeune fille, dans sa marche et surtout dans ce demi-sourire qui effleurait ses lèvres, une espèce de douce volupté qui eût pénétré le cilice d'un trappiste.

Paul B... frémissait de convoitise, si cela peut se dire. Deux passions frénétiques bourrelaient son cœur : la concupiscence et la jalousie. Il aimait Elmire ; et s'était aperçu qu'un autre l'adorait et, plus heureux que lui, pouvait faire l'aveu de son amour. Mais lui, comment pouvait-il faire le même aveu, dans sa position. Le malheureux ! dans sa rage, il allait jusqu'à blasphémer contre le Christ qu'il portait sur sa poitrine...

Cependant un éclair sinistre parut sous sa paupière : une idée diabolique venait de traverser son esprit, il s'approche d'un pupitre et écrivit :

Cher Marcel,
    C'est la première fois qu'il m'arrive de maudire la position que je me suis faite par la plus insigne hypocrisie : elle

vient de me faire passer un jour d'enfer. Il faut l'avouer, je suis surpris que Dieu ait été aussi patient et ne m'ait puni plus tôt. Mais le supplice pour avoir été retardé, n'en a été que plus affreux. À l'heure où je t'écris, je souffre le martyre !

D'abord, ce matin, j'ai reçu la visite de deux marauds dont Bernard, notre complice, a ruiné la mère, Mme F... Tu connais le fait. — On les a adressés à moi, comme étant le même Paul B... qui a hérité des biens de Bernard. Je ne sais qui a pu leur donner ces informations, toujours qu'elles sont correctes. Ne serait-ce pas par exemple ce damné Thom qui serait ressuscité. Mais non, c'est folie d'y penser ; il n'en reviendra jamais, le pauvre Thom. Certaines paroles de l'informateur m'ont frappé. « Je connais bien d'autres choses encore », aurait-il dit aux deux F... ; cela m'inquiète.

L'attirail religieux dont je me suis environné a momentanément contrarié mes jeunes gens : mais par malheur le doute n'a pas été long, car l'un deux a fait l'histoire du passé de Bernard... avec une imperturbabilité qui m'accablait, avec une exactitude qui me foudroyait, et ce, en me toisant avec un regard puissant pour juger à ma figure. Le diable m'a bien prêté son masque, il est vrai ; j'ai conservé jusqu'au bout un flegme inaltérable ; j'ai nié le legs universel de Bernard, mais je ne crois pas que cela ait suffi pour abuser mes espèces d'inquisiteurs. S'ils allaient revenir à la charge avec cet être maudit qui les a si bien renseignés : si cet être n'a pas menti en disant : « Je connais bien d'autres choses encore... », tout sera donc dévoilé ! Oh, cette pensée me brûle comme un fer rouge !

Et pourtant, c'est la moindre de mes tortures !...

Il y a tout près de moi, si près, si près, qu'en allongeant le bras, je pourrais l'étreindre, un ange qui, je crois, est descendu du ciel pour me donner une idée des félicités que je regretterai d'avoir perdues en enfer ! Il n'y a pas de moyen matériel pour ployer cette petite : c'est un ange de beauté, mais c'est aussi un ange de piété. Ce n'est qu'avec le sentiment qu'on pourrait la gagner... et, dans ma position, avec cette réputation de sainteté qu'on m'a bêtement donnée, comment faire du sentiment avec cette voisine ? Impossible.

Et pourtant ce n'est pas encore la plus terrible de mes tortures !

Je suis jaloux... Un autre aime cette jeune fille, et il en est aimé, je le sais, j'en suis persuadé. Et devine quel est mon rival ? Juste un des fils de notre victime, Mme F..., qui bientôt peut-être déchirera le voile qui me couvre et me livrera à l'anathème public !...

Que faire ? À qui m'adresser ? Ce ne sera pas à Dieu auquel je n'ai jamais pensé, à Dieu dont je me suis servi pour pallier mes iniquités !

Qui pouvais-je donc implorer ? Ceux que j'avais le mieux servis : Satan d'abord, toi ensuite. Le premier est venu de suite à mon secours, en me suggérant le plan : toi, tu m'aideras à le mettre à exécution.

Et voici ce plan : aujourd'hui, qu'il est trouvé, je le trouve tout simple :

Les fils de Mme F..., en réclamant le montant du billet que Bernard lui devait, désirent s'en servir pour aller en Californie. En partant, ils me délivrent de deux ennemis dangereux, parce que, vois-tu, je pourrai conserver impunément mon masque, et je n'aurai plus de rival. Tu conçois que ce serait une excellente affaire ! Je vais donc me décider à leur avancer *bonæ voluntatis* les £300. Je dis avancer ; car nous pourrons les recouvrer, si tu le veux. Nos deux jeunes gens passeront par les États-Unis : je ferai en sorte qu'ils prennent cette route. Tu as des filous à ta disposition ; avec l'habileté qu'ils ont, une bourse a bientôt sauté d'une poche à l'autre. Ceci est intelligible, je suppose, suffit. Le coup fait, il te revient de droit la moitié de la somme.

Et compte sur ma reconnaissance.

Paul B...

II. Correspondances

Trois mois plus tard

1. JUDES À SAMUEL

Quand tu ouvriras cette lettre, mon cher Samuel, je serai déjà loin; et Dieu sait quel sera le terme de mon triste voyage!... Je t'en informerai à temps.

Il y a dans la vie, n'est-ce-pas, de bien terribles événements, des événements d'autant plus terribles qu'ils viennent vous frapper comme la foudre, au milieu de vos plus chères espérances, de vos riantes perspectives! Tu sais, cher ami, combien j'avais foi dans l'avenir; de quels doux rêves je me berçais. Déjà avec une bonne part des faveurs publiques, bien qu'au début de ma carrière, généralement estimé, n'ayant pas d'ennemis à redouter, entouré de bons et véritables amis comme toi, aimé d'un ange comme Elmire dont les tendres sollicitudes, des doux épanchements répandaient un charme indicible sur mon existence et dont j'étais à peu près certain de posséder le cœur plus tard..., qu'avais-je besoin de plus dans la vie? Rien: mon bonheur était, ce semble, aussi parfait qu'il ne peut l'être dans ce monde: et c'est aujourd'hui qu'il m'est ravi, que je peux mieux l'apprécier...

Dis-moi quel démon a pu se rendre si subitement maître de mon pauvre frère, lui toujours si honnête, si sage, si peu ambitieux? Tu l'avoueras, Samuel, il y a là un mystère qui, j'espère, se dévoilera plus tard... Malheureux frère! il ne pensait donc pas qu'en se perdant, il me perdait avec lui; que le stigmate qu'il imprimait à son front allait flétrir le mien aussi?
— Triste et cruel préjugé qui veut que toute une famille soit solidaire de la flétrissure d'un de ses membres! — Mon Dieu! s'il y eût pensé, cela seul l'eût retenu sur la pente du crime et il n'eût pas glissé. Car il était bon frère: tu sais combien il

m'aimait! combien il cherchait mes intérêts! avec quelle ardeur, avec quelle sollicitude il y veillait! Encore une fois, il y a quelque chose que je ne puis m'expliquer.

Je me prends souvent à douter fortement de sa culpabilité bien que les présomptions soient hélas! malheureusement, très fortes contre lui! Dans tous les cas il y a une chose que je ne pourrai jamais croire, mon cœur s'y refusera toujours : c'est que Denis se soit rendu coupable de propos délibéré, librement, sans contrainte et de sang-froid. Non, il faut que quelque force visible ou invisible l'ait entraîné dans l'abîme. Mais il n'en est pas moins vrai que la société ne lui tiendra compte que de son crime : on jettera un voile bien épais sur sa conduite antérieure, toute honorable qu'elle a été : la société le rejettera, le pauvre enfant, loin de son sein, comme un être à jamais déshonoré. Et, par contre-coup, sa honte rejaillira sur moi ; je serai moi aussi le point de mire de tout le monde : je serai l'objet d'une curiosité impudente, dédaigneuse ; et qui sait si la calomnie ne me fera pas un sort plus triste encore. En face de ces probabilités, je n'ai pas hésité à dire un éternel adieu peut-être à mon pays, et pourtant, tu sais quelles affections j'y laisse!...

Je ne te dirai pas, cher Samuel, les angoisses qui m'ont serré le cœur, lorsque j'ai laissé le seuil paternel ; je ne te dirai pas ce que j'ai éprouvé de poignants regrets lorsque, passant devant la maison de M. Jacques M..., il m'a fallu jeter un dernier regard à cette fenêtre où, Elmire et moi, nous avons si souvent vidé à longs traits la coupe du bonheur... Je me suis arrêté quelques instants... j'aurais voulu la revoir une dernière fois avant de partir pour l'exil... Peut-être hélas, aurait-elle eu honte de me regarder, peut-être obéit-elle, aussi elle, à l'influence du préjugé... Tu me le diras, Samuel ; j'espère que tu me mettras au courant de tout ce qui me concerne. Hélas ! je n'ai plus de consolations à attendre que celles que tu m'écriras. Écris-moi, écris-moi souvent, si tu veux prolonger ma vie. Chaque mot au sujet d'Elmire, me vaudra un jour de plus...

Tu auras probablement occasion de voir Elmire prochainement : dis-lui que je suis parti avec mon amour qui me suivra jusqu'au cercueil. Elle comprendra que je devais me soustraire à la honte de mon frère. Puisse-t-elle me plaindre, si elle ne peut plus m'aimer !

Va trouver mon pauvre frère, console-le dans sa prison ; dis-lui que son frère n'a pas eu le courage d'aller le serrer dans ses bras avant de partir ; mais que son frère l'aime toujours, qu'il ne lui en veut pas, malgré le malheur qu'il aurait à lui reprocher...

Donne-moi tous les détails que tu pourras recueillir relativement au crime de Denis : dis-moi quelle impression il a faite sur le public ; ne me cache rien, Samuel ; je pressens tout ce que tu vas me dire ; je suis résigné à tout recevoir.

Je ne t'ai pas vu avant de partir : je n'ai pas osé voir personne... J'avais honte ! Pardonne-moi... Adieu, Adieu.

Judes

II. JUDES À SAMUEL

Cher ami,

Pauvre fugitif, proscrit par le plus cruel des préjugés, je viens de planter ma tente ; et le premier moment disponible, je te le consacre. Je suis arrêté dans la ville de... L'adopterai-je comme ma nouvelle patrie ? ou n'y ferai-je qu'une halte ? Que sais-je ? Dans tous les cas je m'y reposerai quelque temps, assez longtemps j'espère, pour y recevoir de toi quelques nouvelles du Canada et des intérêts que j'y ai laissés. Écris-moi au nom de l'amitié qui nous lie, écris-moi, j'ai besoin de quelques lignes : elles allégeront le poids qui affaisse mon cœur, elles me feront respirer plus librement : elles raviveront quelque peu ma vie qui s'éteint.

Il y a aujourd'hui, mon cher Samuel, des cent lieues qui nous séparent : il me semble que cette épouvantable distance existe depuis un siècle ! cette pensée m'obsède jour et nuit ; cette pensée me tuera ! Chaque nuit des songes agréables qui me reportent au centre de mon bonheur passé, en Canada ; et chaque matin un triste réveil qui dissipe tous ces songes et me ramène impitoyablement à la plus sombre des réalités !... Après tout, il faut bien me résigner aujourd'hui à faire cette amère réflexion : c'est que la félicité humaine n'est qu'une ombre que le moindre souffle dissipe. Quelques réflexions philosophiques comme celle-là ont l'effet d'amortir passagèrement le feu de mes douleurs ; mais la nature ne tarde pas à faire décamper la philosophie, voilà le malheur !...

Puis Elmire ? Toujours elle ! oui toujours ! Instabilité des choses humaines ! une fois je me suis trouvé heureux de l'aimer ; aujourd'hui peut-être serais-je moins malheureux, si je ne l'avais jamais connue !... Mais, hâte-toi de me le dire : comment est-elle ? Et à mon sujet, que t'a dit son regard ? l'as-tu interrogé ? Parle, parle donc... Mais non, ne parle pas, j'ai peur de ce que tu vas me dire... C'est égal, parle, je le veux ; que ce soit pour ou contre moi...

Et mon pauvre frère ? Après Elmire, c'est lui qui m'inquiète le plus ; c'est de lui que j'attends des nouvelles avec le plus d'empressement...

Ma nouvelle patrie, si toutefois je l'adopte, serait assez agréable pour qui aurait le cœur accessible à d'autres sensations que la douleur ; mais moi, je ne puis plus que souffrir : la souffrance me suit partout.

J'ai rencontré hier notre ancien et bon ami Jérémie : il est bien portant et paraît prospérer.

Adieu.

Judes

III. ELMIRE À Mme...

Chère tante,

Cette nouvelle ne vous apprendra rien — la nouvelle du malheur qui vient de me frapper a déjà franchi, il n'y a pas de doute, les quelques lieues de distance qui nous séparent. Hélas! les mauvaises nouvelles vont plus vite que les bonnes!... Depuis quelques jours, ma chère tante, je ne sors plus de ma chambre que pour aller faire semblant de prendre mes repas. C'est que je ne vis aujourd'hui que pour pleurer; et je pleure sans cesse. Si je voyais devant moi toutes les larmes que j'ai versées, peut-être frémirais-je!... Aussi je ne sache pas, que jamais, personne ait éprouvé un aussi épouvantable revers; je ne sache pas que personne ait passé si brusquement de la félicité au malheur... Est-il possible que j'aie mérité un aussi triste sort? Je me fais souvent cette question; et dans ma douleur, j'irais parfois jusqu'à douter de la Providence, si la foi ne me soutenait.

Vous savez combien j'étais heureuse; j'aimais tant Judes! il m'aimait tant lui-même! Et mon père qui dans le principe avait vu notre amour et nos liaisons d'un mauvais œil, mon père! grâce à mes instances, était bien revenu au sujet de Judes. Il le voyait si noble, si loyal, si actif, si laborieux, qu'il ne lui faisait plus un crime de sa pauvreté. Il commençait même à le voir chez nous avec une certaine complaisance, et sans aucun doute, il aurait fini par consentir à notre alliance. Alors, ma chère tante, notre bonheur eût été parfait! Malheureusement Dieu en a décidé autrement.

Vous savez le crime du malheureux frère de Judes! Cet événement a réveillé dans le cœur de mon père l'espèce de mépris qu'il avait manifesté pour Judes au premier abord; cet événement a brisé toutes nos espérances, tout notre avenir. Je n'ai pas besoin de vous dire que la porte de la maison est pour toujours fermée à Judes, qu'il revienne ou non dans le pays, et que je suis condamnée à gémir dans la solitude; et cela, quand on y pense, par suite d'un malheureux événement sur lequel nous n'avons eu aucun contrôle. Pourquoi faut-il que nous soyons obligés d'expier le crime d'un autre! Il est impossible que Dieu puisse sanctionner une pareille injustice! Mais entre Dieu et le monde, il y a un abîme.

L'emprisonnement de Denis a causé une sensation extraordinaire. Ce pauvre jeune homme jouissait à juste titre d'une réputation à l'abri de tout soupçon. Peu de jeunes gens à son âge ont mené une vie plus paisible, plus régulière. On ne lui a jamais vu faire de dépenses frivoles; il n'avait pas d'ambition; on lui reprochait même de l'insouciance. Il avait l'air de ne pas se soucier du monde. Naturellement morose, il ne recherchait aucuns plaisirs, semblait même les fuir. Il n'avait pas d'amis. Enfin chacun se met inutilement l'esprit à la torture pour deviner le motif qui l'a porté au crime... Pauvre Denis!

Et Judes!... Mon Dieu, je ne puis y penser sans frémir; j'ai peur qu'il ne se livre à quelque acte de désespoir, à chaque instant, je crains d'apprendre encore quelque affreuse nouvelle!

Ah! ma chère tante, je souffre horriblement. Ce qu'il y a de plus pénible, c'est que je suis forcée d'enfermer ma souffrance dans mon cœur. Et le moyen de cacher une douleur comme la mienne? C'est impossible. Alors mon père me gourmande, ou m'accable de sarcasmes. Hier, il me dit qu'il fallait absolument que je change de conduite. Il traite mes peines de «folies de jeune fille». N'est-ce pas qu'il est bien sévère, mon père! Heureusement que j'ai la consolation d'en-Haut! Mais il me semble que, pour respirer plus librement, j'aurais besoin d'un cœur dans lequel je pus m'épancher. Vous viendrez, n'est-ce pas, ma tante, vous viendrez partager durant quelques jours ma triste solitude; vous ferez pour une nièce qui vous aime le sacrifice de quelques journées. Venez, je vous en prie, je vous ouvrirai mon cœur et vous y verserez gouttes de ce baume de consolation qui soulage tant. Dites-moi que vous viendrez bientôt.

Votre nièce bien malheureuse,

Elmire

IV. JÉRÉMIE À SAMUEL

Cher ami,

Il y a bientôt cinq ans que j'ai laissé le Canada ; et durant cet intervalle, pas un mot n'a été échangé entre nous. Quand je pense à l'étroite et sincère amitié que nous liait, aux preuves de profonde affection que tu m'as données en plus d'une circonstance, je m'en veux de ne pas avoir rompu le silence avant ce jour. J'ai commis, sans le vouloir, un gros péché d'infidélité, je dirais même d'ingratitude — sans le vouloir, — car assurément, s'il est un péché qui répugne à mon cœur, c'est celui-là. Il ne faut pas que tu croies pour cela, mon cher ami, que la distance qui nous sépare aujourd'hui ait éteint l'amitié dans mon cœur ; non, cette amitié est aussi profonde, aussi vivace que jamais. Et elle ne saurait s'éteindre. Dans ma nouvelle patrie, je me plais à me rappeler souvent les beaux jours que nous avons passés en Canada.

Une lettre de ma part sera sans doute une grande nouveauté pour toi ? c'est qu'aussi j'ai une grande nouveauté à t'apprendre. Avant-hier soir, j'étais sorti pour prendre l'exercice : c'était une soirée poétique : ciel d'azur, brise aromatique, un clair de lune splendide, etc. Et pour compléter le charme, voilà que tout à coup j'entendis comme une lointaine harmonie. En vrai *dilettanti* que j'ai toujours été, je me mis à la recherche et je ne tardai pas à trouver mon fait. C'était la voix d'une jeune fille, accompagnée du piano. Oh, une voix ! une voix à me rendre fou de bonheur ! un timbre d'une suavité, d'une pureté inexprimable ? une voix du ciel enfin ! Parole d'honneur, je te l'avoue franchement, malgré l'aversion que j'ai vouée à la femme — tu sais pourquoi — il me semble que j'aurais donné ma vie pour cette chanteuse. Je l'aurais mariée, rien que pour le plaisir de la faire chanter jour et nuit. J'allais tomber dans l'extase, lorsque je m'aperçus que c'était dangereux, attendu qu'un malheureux voisin, que je n'avais pas aperçu d'abord, était presque en syncope. Il faisait pitié à voir : il était ivre, fou d'admiration. Fou de la voix d'abord, et peut-être fou de la personne ! sans aucun doute ce devait être un amoureux malheureux. La mélodie ayant cessé, je vis le jeune homme qui pleurait. J'approchai en feignant une parfaite indifférence. Je l'examinai du coin de l'œil et je trouvai une ressemblance avec un quelqu'un que j'avais connu. J'approchai de plus près ; la ressemblance devenait de plus en plus frappante — Mais pour Dieu ! me dis-je, ça ressemble à Judes comme deux gouttes d'eau. — Je me hasardai à lui adresser la parole : — Quelle magnifique voix, n'est-ce pas ? — Superbe, répondit-il. — C'était bien aussi la voix de Judes. — Enfin je ne pouvais plus douter : — Est-ce toi, Judes ? — Jérémie, s'écria-t-il, en se jetant dans mes bras.

J'éprouvai une indicible sensation de bonheur en serrant dans mes bras ce vieil ami du Canada. Tu ne saurais croire, mon cher Samuel, quel plaisir c'est pour celui qui s'est expatrié, lorsqu'après quelques années de séparation, il peut rencontrer un ami d'enfance...

J'ai retrouvé Judes le même, physiquement parlant. Mais, bon Dieu ! que lui avez-vous donc fait pour le rendre si mélancolique. Il vit ici en véritable misanthrope, dans une parfaite solitude : il fuit le contact des hommes, le mien même. Il a une physionomie à faire peur — toujours un sérieux de glace... il faut lui arracher les paroles, encore n'a-t-on le plus souvent qu'un oui ou un non. — Qu'as-tu donc, Judes, lui demandai-je ? — Hélas ! je suis bien malheureux ! — Voilà tout ce que j'ai pu savoir.

Je lui ai demandé pourquoi il pleurait l'autre soir! Il me répondit: — Cette voix de femme réveillait dans mon cœur de douloureux souvenirs. — Je ne voulus pas en savoir davantage, ni pousser plus loin l'indiscrétion; d'ailleurs j'avais deviné. Gageons qu'il a laissé des amours en Canada? Le fou! prendre tant de chagrin pour une fillette qui peut-être rit de lui à l'heure qu'il est... Écris-moi donc là-dessus. Je suis en parfaite santé et je fais d'assez bonnes affaires. Le fait est qu'il faut laisser le Canada pour bien gagner sa vie. Le Canada n'est un beau pays que pour celui qui n'a qu'à dépenser. Salut.

Jérémie

V. SAMUEL À JUDES

Cher ami,

J'ai su les deux malheureuses nouvelles à la foi: l'arrestation de ton pauvre frère, et ton départ. C'était trop pour mon cœur: il a failli se briser! tu sais que j'étais à la campagne depuis plusieurs jours; quand je suis revenu, tout était accompli! ton frère emprisonné, toi dans l'exil! C'est de la bouche de ma mère que j'ai appris le triste sort que ton frère s'est fait: ce fut pour ainsi dire le premier bonjour qu'elle m'adressa; on n'est jamais aussi empressé, tu sais, que lorsqu'on a une nouvelle à apprendre; et j'ai remarqué que l'empressement est plus vif, lorsque la nouvelle est mauvaise. Singulier empressement que celui-là! — Et Judes, demandai-je? — Ma mère ne savait pas ton départ. Rien de plus pressé, tu le conçois, de courir à ta maison de pension; je trouvai ta chambre déserte — Parti, me dit l'hôtesse — Je n'avais pas besoin de cette triste information: j'avais tout deviné...

Ton départ, mon cher Judes, a laissé dans mon existence un vide que nul autre ne pourra remplir. Depuis que tu es parti, il me semble que je ne vis qu'à demi. Cela s'explique de suite pour quiconque sait quelle intimité existait entre nous. Deux amis qui se trouvent si brusquement séparés, c'est comme un corps qui se trouve tout à coup privé de l'un de ses bras : La comparaison, si elle n'est pas exacte, exprime suffisamment ma pensée.

Je comprends parfaitement, mon cher Judes, toute l'atrocité du sacrifice qu'il t'a fallu faire — sacrifice de ta patrie, de ta famille, d'une amante adorable et adorée — et, je puis le dire sans présomption, sacrifice de bons amis !... Je ne veux pas discuter les motifs qui te l'ont fait faire, je sais qu'ils sont honorables et nobles...

Tu me demandes quelle impression l'arrestation de ton frère a faite sur le public. Je suis heureux de te dire que le public partage ton opinion et la mienne ; savoir que Denis a été victime de quelques misérables — que le public par conséquent lui accorde, ce qu'on accorde d'ordinaire à une victime : de la pitié, de la commisération. J'ai longtemps hésité avant d'aller le voir dans sa prison : l'idée seule d'une semblable entrevue me brisait le cœur ; mais enfin j'ai vaincu cette faiblesse. Je l'ai trouvé sur son grabat, pâle et souffrant. Sitôt qu'il m'a aperçu, il s'est levé et jeté dans mes bras en versant un torrent de larmes. Je ne pus retenir les miennes. Nous demeurâmes pendant quelques minutes étreints dans une muette douleur. Denis eut plus de force que moi : ce fut lui qui rompit le silence : — Il ne vous a pas répugné, Samuel, de me visiter en prison ?... — Pas du tout, pauvre Denis. — De visiter un malheureux flétri par une odieuse accusation de vol ? — Ne dites pas flétri ; l'accusation tombant à plat, la flétrissure ne saurait exister. — Et vous croyez que l'accusation n'est pas fondée ? — J'en suis certain. — vous avez raison de l'être : Dieu est témoin, je suis parfaitement innocent. Cependant, Samuel, je ne pourrai jamais revenir du coup qu'on m'a porté, ce coup a été mortel : il n'y a pas de guérison possible. — Que voulez-vous dire ? — Que j'en mourrai : je me sens mourir. —

Pourquoi vous arrêter à d'aussi sombres pensées, Denis ? Vous ne mourrez pas ; vous vivrez comme vous avez toujours vécu, avec l'estime de vos amis et du public. — Je ne crois pas cela ; je suis innocent, c'est vrai ; mais les apparences, mais les présomptions sont trop fortes contre moi ; elles me condamneront malgré mon innocence. Telle est la justice humaine ! Que d'innocents n'a-t-elle pas flétris sur des apparences spécieuses ? Vous savez, n'est-ce pas, Samuel, la malheureuse histoire du crime dont on m'accuse ? — Assez imparfaitement. — Et bien, écoutez, je vais vous dire toute la vérité, rien que la vérité, comme je l'ai dite hier au bon prêtre qui est venu m'apporter les consolations de la religion, les seules qui m'aideront à passer les quelques jours qui me restent à vivre... C'était le dimanche. Tout à coup un homme d'assez respectable mine m'apostrophe dans la rue : — Vous avez, me dit-il, un frère qui fait commerce dans la paroisse St... — Oui. — J'aurais à vous communiquer quelque chose de fort intéressant pour lui : voulez-vous entrer ici, nous en causerons. — C'était un hôtel de bas étage : j'ai toujours eu de la répugnance pour ces maisons ; mais il s'agissait des intérêts de mon frère, je n'hésitai pas. Il y avait beaucoup de monde dans la *barre* ; et il n'y avait pas de chambre où nous pûmes nous mettre à l'écart. En entrant, mon compagnon parut être en pays de connaissance, car il serra la main à une couple d'individus avec lesquels il vida quelques verres. Il me fit la politesse de m'inviter à ces libations ; mais vous savez que ce n'est pas dans mes habitudes. J'éprouvais un malaise extraordinaire au milieu de ces personnages inconnus, buvant, chantant, tapageant. C'est comme si j'avais eu un pressentiment du malheur qui allait m'arriver. Et pourtant il n'était guère possible de pressentir un pareil malheur ; j'allais me lasser d'attendre mon individu, et prendre la porte, lorsqu'il vint à moi, se confondit en excuses, et m'entraîna dans un angle de l'appartement. Nous étions assis depuis dix minutes environ, causant sur les affaires commerciales de mon frère, lorsque tout à coup nous entendîmes un des habitués de l'auberge s'écrier : Maître Thomé, on m'a filouté ma bourse et je prétends que tu me la retrouves, entends-tu, où il y aura du *branle-bas*. — Maître Thomé sentit sa dignité d'hôte révoltée : — Tu sauras, mon gros, dit-il avec emphase, qu'il n'y a que des honnêtes gens qui entrent ici : Si tu n'as plus de bourse, c'est que tu n'en avais pas, lorsque tu es entré. Dieu te confonde, vilaine langue ! — Ah je n'en avais pas ? Et bien, nous allons voir ça. — Toute la compagnie, comme de juste, se trouva blessée du soupçon qu'on venait de faire planer sur elle ; et allait se faire justice par elle-même sur l'accusateur, lorsque celui-ci se levant d'un air grave, de toute la hauteur de ses six pieds : — Pardon, Messieurs, dit-il, j'ai eu tort de vous inculper tous indistinctement ; mais je n'ai certes pas eu tort de dire que ma bourse a été volée dans cette enceinte ; la preuve c'est que j'ai découvert le voleur. — Tous, comme vous pouvez le penser, s'entre-regardèrent avec stupéfaction. — Ah ça, mon ami, poursuivit l'accusateur, en s'adressant à un tout petit homme, plein de candeur en apparence, et qui, certes, paraissait digne d'un meilleur rôle que celui qu'il a joué en cette circonstance, ah ça, tu ne m'abuses pas ? tu es bien sûr de ce que tu viens de me dire ? — J'en suis sûr. — Tu l'as vu faire ? — Je l'ai vu. — Prends garde à toi. — Je l'ai vu, répéta le jeune homme. — Le ton d'assurance du témoin, son air de modestie et de candeur dissipèrent tous les doutes de la compagnie ; l'aubergiste lui-même commençait à regretter le ton de fanfaronnade qu'il avait pris. — Tu es sûr, continua l'accusateur, que la bourse est sur lui. — Oui, hormis qu'il l'ait esquivée. — Bien, c'est ce que nous allons voir : suis-moi, tu ne dois pas craindre de dire la vérité. — Et tous deux s'approchèrent de la table auprès de laquelle nous étions, mon compagnon et moi. — Mon Dieu, dis-je en moi-même, serais-je en la compagnie d'un filou !... Hélas ! j'étais encore loin de penser que le filou, c'était moi !...

« Ici, mon cher Judes, ton pauvre frère fut interrompu par des sanglots... Ce paroxisme de douleur calmé, il reprit :
— Voyons maintenant, parle mon garçon ; dis la vérité sans crainte. Qui des deux, m'a volé ? — Celui-là, dit le jeune homme, en me montrant... La foudre ne m'eût certainement porté un plus rude coup ; je restai anéanti... je n'eus pas la force de proférer une syllabe. — Qu'on le fouille alors, s'écria un quelqu'un plus aviné que les autres. — Paix, s'écria l'aubergiste, ce n'est pas comme ça qu'on procède : continue ton interrogatoire, Joe. — Donc, mon enfant, tu es positif, c'est lui qui a volé ma bourse. — Oui. — Tu la lui as vu prendre. — Oui. — Que répondez-vous à cette accusation ? — Monsieur, dit maître Thomé sur le ton d'un juge inexorable, je nie, fis-je avec calme. — Aux preuves alors, s'écria-t-on. — C'est cela, aux preuves, répéta Thomé. — Où a-t-il mis cette bourse, demanda Joe au témoin ? — Dans sa poche. — Dans quelle ? — Dans la poche de sa blouse. — Niez-vous cela encore, Monsieur, fit Thomé. — Je nie, répétai-je avec plus d'assurance que jamais. — Fouillez-le, fouillez-le, criait-on. — Doucement, vous autres *gueulards,* dit Thomé, ce n'est pas votre fait : la justice se chargera de l'affaire, envoyons chercher la police...

Tandis qu'on exécutait cet ordre, je mis indifféremment la main dans la poche de ma blouse... il y avait effectivement une bourse ! De ce moment, j'ai perdu connaissance et quand je suis revenu à moi, j'étais ici. Que la bourse ait été glissée par une autre main que la mienne, je n'ai aucun doute là-dessus ; je le jure devant Dieu qui me jugera bientôt. Mais par quelle main ? Pourquoi ? Dans quel but ? Dieu seul le sait... Voilà toute l'affaire... La bourse était dans ma poche, je l'avoue : mon cher Samuel, seulement elle y a été mise à mon insu : Mais à quoi bon nier ? Me croira-t-on ?... Brisons là-dessus — mon sort est arrêté. Dieu soit béni. Et mon frère ?

— Je lui ai montré tes lettres ; il les a lues avec avidité. — Hélas ! il ne me reverra plus !

Mais vous lui écrirez au moins, promettez-moi-le, Samuel, vous lui écrirez que je suis mort innocent du crime qu'on m'impute : ce sera une consolation dans son exil ?...

Malgré tout ce que j'ai pu dire, il m'a été impossible de chasser l'idée d'une mort prochaine de son esprit : il attend la mort, il l'espère et, puisqu'il faut tout dire, mon cher Judes, j'ai bien peur que son triste espoir se réalise : au moins, c'est l'opinion du médecin. Je vais le voir tous les jours... il dépérit à vue d'œil...

Le lendemain de ton départ, je suis allé chez M. Jacques M... Je vais, sans rien déguiser, puisque tu l'exiges, te rapporter la conversation que j'ai eue avec lui : — Et bien, dit-il, en m'apercevant, ce malheureux Denis... vient de faire un beau coup, n'est-ce pas ? — Je ne crois pas qu'il l'ait fait — Tiens, et pourquoi non ? — L'en auriez-vous cru capable avant ce jour ? — Ta, ta, ta ; la belle raison ! Parce que c'est une première offense, donc il est innocent. Et mon Dieu tous les délinquants, avant d'avoir débuté, n'avaient non plus rien à se reprocher. Le crime a un commencement comme toute autre chose. — Monsieur, permettez-moi de vous dire que vous jugez Denis un peu trop sévèrement ; il a toujours été un modèle pour les jeunes gens de son âge, personne ne le conteste. — Soit, mais enfin, malgré toute sa vertu, il a failli : la preuve est palpable : on a trouvé la bourse dans sa poche : est-ce vrai, oui ou non ? — C'est vrai ; mais est-ce bien lui qui l'y a mise ? — Hormis que ce soient les anges ; et dans quel but, s'il vous plaît, lui aurait-on glissé cette bourse ? Vous voyez bien qu'une pareille hypothèse serait une absurdité. Non, mon cher, il n'y a pas moyen de se le cacher : il a volé la bourse ! Pour vous obliger, je croirai qu'il a péché par étourderie peut-être, qu'il ne péchera plus dorénavant ; mais c'est tout ce que je puis croire ; et vous verrez que la justice ne poussera pas la crédulité plus loin que moi. La chose est impossible. Et son frère Judes ! — Il n'a pu se résoudre à braver le préjugé ; il s'est exilé. — Je le sais : il a prouvé au moins qu'il avait du cœur ; d'ailleurs son propre intérêt lui faisait une nécessité de cette expatriation — Pourquoi ? — Vous demandez pourquoi ? pauvre jeune homme, comme vous êtes vert encore ! Ne savez-vous pas ?... — Je sais bien, comme je viens de vous dire, que le préjugé... — Justement. — Et vous trouvez cela juste ? — Ah ! *pardienne,* mon cher, s'il nous fallait discuter tous les actes, tous les jugements de notre société !... Mais le fait, et le fait impérieux, c'est qu'il faut s'y soumettre, surtout quand on n'a pas les moyens pécuniaires de se faire indépendant de cette société. Si Judes eût été un homme riche, le crime de son frère ne l'eût pas éclaboussé ! Comprenez-vous cela ?

Je ne comprenais que trop, pour pouvoir répliquer ; mais ce que je ne comprends pas, c'est que M. Jacques M..., d'ordinaire si libéral, paraisse tout à coup donner dans les malheureux préjugés du monde. Il faut croire que je ne l'ai pas trouvé dans son assiette ordinaire.

Je n'ai pas vu Elmire ce jour ; mais je la rencontrai le lendemain. Bien que nous n'ayons pu tenir une longue conversation, j'ai néanmoins constaté une chose qui calmera ta douleur : c'est qu'Elmire t'aime comme toujours et qu'elle ne partage pas du tout l'opinion de son père à l'égard de ton frère...

Je suis forcé d'interrompre ici ma lettre ; on requiert ma présence pour affaires pressées . . .

. . . .

Depuis hier, mon cher Judes — je désirerais avoir une plus heureuse nouvelle à te donner, en terminant cette correspondance — depuis hier, ton pauvre frère a beaucoup empiré, tellement que le médecin semble en désespérer ! Je suis allé en prison en toute hâte ; quand je suis entré, il reposait ; mais il s'est éveillé presque de suite. — Vous paraissez plus souffrant, mon pauvre Denis ? — Il me serra la main, en me disant adieu.

— Puis il s'assoupit de nouveau... Je n'ai pas voulu le troubler davantage, je suis parti... Si tu veux le revoir en vie, je crois que tu feras bien de te hâter. Tu peux voyager incognito : personne ne saura que tu es venu. Personne, excepté moi, car j'exige que tu me voies. Adieu — Rien autre chose de neuf depuis hier...

Samuel

VI. PAUL B... À SON AMI MARCEL

Mon cher Marcel,

 Depuis ma dernière, j'ai eu des inquiétudes poignantes : j'ai longtemps craint de ne pouvoir me débarrasser de mes importuns ; mais enfin j'ai réussi ; seulement, cela m'a coûté £300. Ils avaient, comme je te l'ai écrit, l'intention d'aller en Californie. Quelques jours après notre première entrevue, je rencontrai l'un deux, celui qui se nomme Judes. — J'ai réfléchi depuis, lui dis-je, au billet que Bernard a consenti à votre défunte mère. vous me paraissez plein de courage et de zèle ; et je sais que £300 dans les mains d'un jeune homme qui commence, suffisent souvent pour lui créer une position honorable dans le monde. Je voudrais être plus fortuné, je payerais moi-même le billet, bien que je ne sois pas obligé de le faire. Mais je m'intéresserai pour vous ; je crois que, par l'entremise d'un ami, je pourrai vous procurer les £300. Si vous réussissez en Californie, vous me les rendrez, si non, il n'en sera plus question. La seule garantie que j'exige, c'est votre parole d'honneur.

 Tu conçois que le jeune homme ne manqua pas d'accueillir cette proposition avec empressement et reconnaissance. Deux jours après, il eut les £300. Cependant le temps s'écoulait, et mon jeune homme ne se pressait pas de partir. Au contraire, j'appris qu'il avait abandonné ce projet. Je le rencontrai : — Tiens, mais vous n'êtes pas encore parti ? — Non et je partirai pas ; avec £300, je puis commencer ici un petit négoce qui me profitera, j'ai lieu de l'espérer. Puis il se hâta d'ajouter : cela ne me délie pas vis-à-vis de vous, Monsieur ; je vous rendrai les £300, tout comme si j'allais en Californie, et peut-être plus vite que si j'y allais. Je suis prêt à vous consentir une obligation. — J'acceptai, et nous allâmes chez le notaire. Nous ne nous sommes plus revus depuis.

L'inquiétude de perdre mes £300 me pesait sur le cœur ; mais ce n'était pas là le pire : le rival restait ; et je ne tardai pas à apprendre qu'il avait gagné les bonnes grâces de la fille et du père. J'étais jaloux de son bonheur ! Je voyais la belle enfant tous les jours, cela augmentait de plus en plus ma passion. L'idée qu'un autre posséderait tôt ou tard ce trésor, me brûlait... Le dépit est excessivement égoïste ! Aujourd'hui qu'elle va s'enterrer dans un cloître, aujourd'hui que je suis à peu près certain que personne ne l'épousera, croirais-tu que je respire plus librement, que la passion s'émousse considérablement ! Tel est, tel a toujours été l'homme.

Voulez-vous, me dit Fred un soir (je t'ai déjà parlé de Fred, un fin canard s'il y en a un), voulez-vous que je vous débarrasse de ce rival ? — Comment ? Par un moyen tout simple qui m'a déjà réussi parfaitement. Son frère reste à Montréal ; je le connais de vue. Je le rencontre, et le fais entrer dans une auberge ; chez Thomé par exemple, où il y a toujours beaucoup de chalands. J'ai un camarade nommé France qui est très adroit ; il sera du rendez-vous avec son neveu, — un petit bonhomme qui fera son chemin ! — Tandis que je converserai avec le frère de votre rival, France glissera une bourse dans la poche de ce dernier ; puis quelques instants après, il s'écriera qu'on l'a volé. Là-dessus son neveu désignera le prétendu voleur, en disant qu'il l'a vu prendre la bourse. Vous devinez le reste... Votre rival se trouvera déshonoré dans la personne de son frère : et s'il n'est pas répudié par la fille, il le sera indubitablement par le père: il aura honte de donner sa fille au frère d'un voleur!

Qui fut dit, fut fait; le frère de Judes a été pris en flagrant délit; il ne pouvait en être autrement: on l'a emprisonné; et s'il ne meurt pas (il est bien malade), il sera condamné sans aucun doute. Judes accablé sous le déshonneur de son frère, a laissé le pays... Je n'en suis pas plus avancé relativement à la jeune fille, c'est égal, j'ai toujours une torture de moins: la jalousie...

Quand tu m'écriras, dis-moi donc si tu as réussi avec ce Fitz... dont tu me parlais. Est-il dans le piège, ce serait une fameuse affaire.

Tout à toi,

Paul B...

VII. ELMIRE À SA TANTE

Chère tante,

Je n'ai qu'un instant pour vous apprendre que mon père a enfin accédé à mes instances. Demain, je dis un éternel adieu au monde: je le laisse sans regret...

Adieu, priez pour moi,

Elmire

P.S. — Ce pauvre Denis a cessé de souffrir ce matin... il est mort en protestant comme toujours de son innocence. Espérons qu'il est au ciel maintenant.

E.

III. La vérité dans tout son jour

1. LE FAUX DÉVOT DANS TOUTE SA LAIDEUR

Nous allons nous transporter à New York; mais nous n'y serons que quelques instants.

Le temps est excessivement chaud; cherchons l'ombre et le frais: allons au Parc... Nous y trouverons, sur un banc isolé, un jeune homme remarquable de pâleur, et paraissant affaissé sous le poids de quelque grande douleur. Nous n'avons pas besoin de vous le nommer: c'est Judes F... Il a probablement cherché la solitude pour mieux se livrer au chagrin, c'est le faible de tous les malheureux: au lieu de chercher les distractions, ils ne cherchent qu'à se trouver face à face avec leur douleur. Plus ils pleurent, plus ils veulent pleurer!...

Au plus fort de ses sombres et creuses réflexions, Judes sentit tout à coup une main lourde sur son épaule. Il leva la tête et reconnut l'individu qui, quelques mois auparavant, lui avait appris la résidence de Paul B...

— C'est vous! s'écria Judes, sur le ton familier d'un ami qui revoit son ami après une longue séparation.

— C'est moi, fit l'autre sur le même ton: je n'ai pas changé; mais vous! mille bombes!... vous êtes méconnaissable!...

— Vous me laissâtes trop vite, l'autre jour, interrompit Judes.

— Pourquoi?

— Parce je n'eus pas le temps de vous remercier.

— Tiens, c'est moi que me fiche bien de cela. Et pourquoi me remercier?

— Vous m'avez rendu un véritable service en m'indiquant la résidence de Paul B...

— Alors, je vous l'ai rendu sans le savoir: ainsi je ne mérite pas de remerciements... Vous étiez donc bien intéressé à savoir cela?

— Plus que vous ne le pensiez. Voici l'histoire en deux mots : Bernard que vous connaissez devait £300 à ma mère : il ne les lui a jamais payés.

— Belle affaire que £300 : s'il n'avait volé que cela !...

— C'était beaucoup pour nous, mon frère et moi. Or, vous m'avez dit que Paul B... avait hérité de tous les biens de Bernard.

— Des biens, il n'en avait pas ; mais de tout son argent.

— C'est ce que je comprends. Paul B... a nié cela cependant.

— Je m'y attendais bien, fit l'inconnu, avec un geste de dédain : de sorte que vous n'avez rien eu...

— Si fait, j'ai eu les £300 à titre de prêt, et Paul B... m'a bien fait comprendre que c'était une faveur...

— Une faveur ! s'écria l'inconnu avec un gros éclat de rire, une faveur ! Écoutez, mon ami, je savais tout ce que vous venez de me dire.

— Comment cela ?

— Je vous le dirai tout à l'heure. Vous rappelez-vous que, lorsque nous nous rencontrâmes la première fois, je vous dis en vous laissant, au sujet de Paul B... *Je connais bien d'autres choses encore.* Vous rappelez-vous de cela ?

— Sans doute.

— Je vais vous prouver que je n'ai pas menti ; ce ne sera pas long. Vous connaissez ce qu'était Bernard... je n'ai pas besoin de vous le dire : et bien, Paul B... était un de ses complices.

— Mon Dieu ! fit Judes : et lui qui passe quasi pour un saint !

— Tiens, et Bernard donc ! ce n'est que sur les derniers temps qu'on a commencé à le connaître. Avant cela, on lui aurait donné le bon Dieu sans confession ! Bernard, Paul B... et tous les autres — car c'est une espèce de société — agissent de même. — Bernard dressait les plans et avait des subalternes qui les mettaient à exécution. Comme cela, il était à l'abri. J'ai été moi-même un de ces subalternes, ils m'appelaient Thom. Que cela ne vous effraye pas, mon ami, je l'ai été sans le vouloir. Je vous expliquerai cela dans une autre circonstance. Sitôt que je compris quels maîtres je servais, j'ai fait mon paquet. Bernard et Paul B... craignant que je ne les découvrisse, complotèrent ma mort, et à l'heure qu'il est, Paul B... me croit rendu dans l'autre monde depuis longtemps. Je vous dirai plus tard par quel singulier hasard j'ai échappé à la main des misérables qu'on avait lâchés à ma poursuite...

Il y a longtemps, mon ami, que je rêve une vengeance ; je l'ai trouvée : elle sera terrible ! Par une singulière coïncidence, cette vengeance vous servira en me servant.

— Moi ?

— Vous et votre frère, ce dernier surtout.

Un vague soupçon traversa l'esprit de Judes : ce soupçon parut lui faire du bien : il murmura : mon Dieu, s'il en était ainsi !

— Oui elle sera terrible cette vengeance ! ajouta Thom avec un geste effrayant. Puis, tirant trois lettres de son portefeuille :

— Tenez, dit-il, il y a dans ceci de quoi mettre à nu la scélératesse, toute l'odieuse hypocrisie de Paul B... Ces trois lettres sont de sa main, signées de son nom et adressées à un nommé Marcel, autre misérable qui se cache sous la peau de l'agneau pour faire plus impunément le loup.

— Et comment vous êtes-vous procuré ces lettres ?

— Question inopportune pour le moment, mon cher ; plus tard, on vous y répondra... Vous me disiez, il y a un instant, que Paul B... en vous prêtant £300 a prétendu vous faire une grande faveur.

— Oui.

— Vous allez voir quelles sont les faveurs de ce misérable ; il n'en accorde jamais d'autres. Avec ces £300, vous aviez dessein d'abord d'aller en Californie ?

— Oui.

— Vous l'aviez dit à Paul B...

— Oui.

— C'est pour cela qu'il vous a prêté les £300.

— Et dans quel but ?

— Parce qu'il voulait se débarrasser de vous : votre présence le gênait.

— Comment ?

— Il était jaloux.

— Jaloux ?

— Comment donc. N'aimiez-vous pas une jeune fille du nom d'Elmire ?

— Ce que vous allez me dire, est-il bien possible, dit Judes en frissonnant !

Thom donna à Judes la première lettre de Paul B... à Marcel, que nous avons communiquée à nos lecteurs (chap. III, première partie).

— Lisez : ceci vous convaincra que l'homme est non seulement susceptible de l'odieuse passion que vous devinez, mais qu'il est capable de tous les crimes.

— Et tout cela, sous le manteau de la religion ! murmura Judes avec une douloureuse indignation, après avoir lu la lettre. Mon Dieu ! c'est effrayant le rôle qu'on joue avec votre saint nom ici bas ! Qu'on : c'est une mauvaise expression...

— Pas si impropre que vous le croyez mon cher...

— Oui, impropre, j'aime à le croire, de pareils hypocrites sont des exceptions...

— Nombreuses exceptions que celles-là ! peut-être pas toutes aussi monstrueuses que ce Paul B... mais enfin...

— Et vous êtes bien sûr que c'est Paul B..., le même qui m'a prêté les £300, et qui a la réputation d'un saint...

— Je le suis : vous le serez vous-même, quand vous aurez lu cette seconde lettre (voir chap. VI, première partie).

Judes ne pouvait douter... tant d'infamies l'épouvantaient ! et dans l'âme d'un prétendu dévot encore ! dans une âme que le vulgaire envoyait tout droit au ciel !

— Comprenez-vous, maintenant, dit Thom, avec une amère et terrible ironie, comprenez-vous l'insigne faveur que vous a accordée Paul B... Appréciez-vous dignement la pureté de ses motifs, la philanthropie de ses intentions : les voici, admirez ! 1° il craignait, comme il le dit, ce damné Thom, — et vous concevez aujourd'hui qu'il avait quelque raison de le craindre ; 2° il voulait se débarrasser d'un rival — et que dites-vous des moyens qu'il prit ? que dites-vous du sacrifice qu'il faisait en vous donnant les £300, ou plutôt, en vous les avançant, pour me servir de son expression ? — expression vraie, s'il en fut une, car il est certain que son ami Marcel ne lui eut pas fait défaut. Ces hommes-là, croyez-vous, se trompent rarement dans leurs calculs ; une fois qu'ils ont désigné une victime, il est bien rare qu'elle leur échappe.

Judes gardait un morne silence.

— Tout cela, dit Thom avec exaspération, tout cela vous effraye, vous stupéfie ; cela ne m'étonne pas — vous êtes jeune, vous connaissez peu le monde, vous commencez à le connaître aujourd'hui ; vous le connaîtrez mieux plus tard. — En attendant, finissons-en avec le panégyrique de notre saint homme ! Il va le compléter lui-même, dans cette troisième lettre que vous allez lire. Comme de raison — je vous préviens de ceci, en cas que vous le taxiez de présomption, défaut tout à fait contraire à la sainteté, — il n'aurait jamais écrit ceci, s'il eût craint la publicité.

Thom déplia la lettre, en jetant un gros éclat de rire plein d'un amer sarcasme.

— Quand Paul B..., ajouta-t-il, vous eut donné les £300, et qu'il vous vît décidé à ne pas aller tenter les mines d'or de la Californie, cela, vous le concevez, l'incommoda beaucoup — tous ses plans se trouvaient brisés du coup, ou à peu près.

D'abord et surtout vous restiez, vous, son rival, et, plus tard (il le sut), son rival triomphant. C'était-là le plus aigu de sa souffrance ! Il trouva un complice qui le tira d'embarras — ce complice se servit d'une innocente et inoffensive victime ; cette victime, ce fut votre pauvre frère... Maintenant vous devinez tout le reste ; mais lisez : il vous faut de la conviction...

Judes lut la dernière lettre de Paul B... à Marcel (chap. VI, deuxième partie).

Tant qu'il n'avait été question que de ses propres intérêts, Judes, naturellement et excessivement placide et patient, s'était contenu ; mais l'innocence flétrie de son frère, flétrie dans le but de servir une passion aussi détestable que celle de Paul B..., fit momentanément naître en son cœur le ressentiment à la vengeance.

— Ce fait-là, dit-il en grinçant des dents (l'action de France qui avait mis la bourse dans la poche de Denis), ce fait-là est inouï dans les annales du crime.

Thom était de nature passablement physionomiste ; craignant quelque excès inopportun de la part de Judes, il sentit la nécessité d'un prompt calmant, et ajouta avec indifférence.

— Et non ! ce fait-là n'est pas inouï ; je l'ai vu répété bien des fois.

Thom avait raison ; nous avons été personnellement témoin du même fait à Québec.

— Au surplus, ajouta-t-il, qu'est-ce qu'il y a donc d'invraisemblable là-dedans ?

Heureusement chez ces natures promptes à s'enflammer, la Providence a mis, par compensation, un précieux contrepoids. Comme nous venons de le dire, Judes était naturellement ce que l'on peut appeler un bon enfant : il est vrai que parfois un rien l'exaspérait ; mais aussi, si l'expression est permise, un rien, une ombre de réflexion le ramenait promptement à son état naturel, c'est-à-dire bon enfant.

Aussi, Judes ne fut-il qu'une seconde sous l'empire de l'emportement que nous venons de remarquer : le malheur immérité de son pauvre frère l'absorba bientôt complètement et lui inspira de plus douces émotions ; il versa un torrent de larmes.

Thom, malgré son aspérité ordinaire, respecta et parut même partager cette douleur fraternelle. Il y eut un silence de plusieurs minutes. Ce fut Thom qui le rompit.

— Moi, dit-il, je ne connais pas ce qu'on appelle dans la société les formules de condoléance ; sans cela, je vous ferais de grandes phrases pour vous consoler de votre chagrin ; je n'ai pas été élevé dans cette sphère-là mais par exemple, au lieu de ces factices consolations de bouche, j'en ai de plus solides à vous offrir ; moins pompeuses, moins fastueuses, moins luxueuses, elles seront plus solides, plus efficaces, plus profitables. Nous autres, gens du bas du peuple, nous ne connaissons pas ce que peut avoir de prix le luxe, l'apparat, le clinquant ; ce que nous apprécions, c'est le solide, et nous nous en trouvons bien. Et c'est du solide, c'est-à-dire un service et non pas du superficiel, c'est-à-dire des paroles que je vous offre. Acceptez-vous ?

— J'accepte, fit Judes en serrant avec transport, les mains de Thom.

— Eh bien, il faut dévoiler Paul B..., lui arracher cette peau de brebis : cela fait, je suis vengé, et vous êtes réhabilités, vous et votre frère. Mais il me faut d'autres preuves que ces lettres... promettez-moi que dans un mois à pareille date et à pareille heure, nous nous retrouverons au même lieu, ici.

— Je vous le promets.

— Touchez-là, dit Thom en présentant sa main ; nous réglerons alors les détails de notre plan...

II. L'ÉVEIL

Revenons au Canada...

Le même jour de l'entrevue de Judes et de Thom, Paul B... avait reçu la lettre suivante de son digne ami, Marcel ; l'écriture était à peine lisible, tant il avait écrit à la hâte.

« Mauvaises nouvelles, mon cher ! Ton pressentiment n'était que trop fondé ! Thom vit encore ; il est ressuscité, je ne sais par quel miracle. Toujours qu'il vit, je l'ai vu de mes propres yeux...

« Ce n'est pas le pire : on m'a volé avant-hier une cassette renfermant plusieurs bijoux appartenant à diverses personnes... et puis, pour comble de malheur, les trois dernières lettres que tu m'as écrites et que, par une négligence damnable, j'avais oublié de mettre plus en sûreté. C'est, tu le conçois, plus qu'il n'en faut pour nous perdre.

« Je soupçonne maître Thom, puissé-je ne pas me tromper et l'atteindre ; cette fois, je te le promets, il n'aura pas la vie si dure. Et j'espère l'atteindre... mais en tout cas, le plus sûr pour toi, c'est de changer de patrie ; nous sommes habitués à ce déménagement... Fais la chose sans éclat, car nous n'avons pas seulement à éviter les coups de la justice ; mais notre bonne réputation à conserver. Aussitôt que tu seras fixé, tu m'écriras sans délai.

Très à la hâte,

Marcel »

Cette lettre, on le conçoit bien, fut un coup de foudre pour Paul B... Un cœur moins endurci, qui n'eût pas été entièrement inaccessible au remords, aurait reconnu dans cette foudroyante missive le doigt vengeur de la Providence ! et eût tremblé ! Paul B... se redressa furieux, en blasphémant contre ce coup du ciel qui venait briser ses coupables perspectives !...

Il lui en coûtait de laisser le Canada : nulle part ailleurs l'hypocrisie vêtue des apparences de religion ne lui avait mieux profité ; il n'avait trouvé nulle part ailleurs des dupes plus faciles et en plus grand nombre. Cependant il fallait décamper ! Quelque appétissante que soit la proie, la bête la plus vorace l'abandonne, quand elle se voit pressée de trop près.

Et comme il ne fallait pas déserter comme un voleur, et couvrir ce départ inattendu de quelque prétexte plausible, conformément aux instructions de Marcel... Paul B... souffla à l'oreille de certaines commères qu'il partait pour un pèlerinage en Terre-Sainte ! — C'était admirable de piété ! — En un instant ce fut connu publiquement ; — une langue de commère vaut une presse qui imprime 20 000 feuilles à l'heure. — Et puis, conséquence toute naturelle, ce fut, si l'expression n'est pas trop hardie, une véritable épidémie de chagrin dans toute la paroisse. Le départ de Paul B... fut considéré quasi comme une calamité dont chacun grossissait les conséquences, suivant sa dose de superstition... Paul B... était le veau d'or, moins la dorure, de la paroisse ! c'est tout dire. Avec cela, nous aurions dû le dire plus tôt, il était un peu charlatan ; on lui croyait le secret de tout guérir ; il ne guérissait pourtant pas toujours, tant s'en faut ; mais il inspirait toujours de la confiance : or, la confiance est une précieuse chose !... Vous voyez qu'on avait raison de le regretter !...

Paul B... voulut signaler son départ par un acte d'abnégation qui lui coûtait peu cher à la vérité, mais qui n'en fit pas moins une profonde impression : il fit annoncer à la porte de l'église que son mobilier — ce n'était pas un mobilier de prince — serait vendu publiquement et que le profit serait versé entre les mains des pauvres. Ce n'est pas tout : il distribua aux plus ferventes ses objets de dévotion : celle-ci eut un cadre, celle-là, un chapelet, une autre, une médaille, une quatrième, un livre, qui un crucifix, qui un scapulaire — toutes reliques que chacune, cela se devine, a conservées avec une religieuse attention !...

En un mot, le lecteur s'en doute bien, Paul B... partit pour ainsi dire écrasé sous le poids des bénédictions de la paroisse.

Contraste navrant ! Un homme qui, dans l'ombre, sans fanfaronnade et sous le véritable voile de la pitié, eût fait en actes de bienfaisances et de charité, ce que Paul B... sous le masque d'une fausse religion, avait commis en turpitudes et en crimes, n'aurait pas eu le demi-quart de l'estime, de l'admiration, nous dirions presque de la vénération, qu'apportait avec lui Paul B... Il y a dans ce triste contraste, pour quiconque sait voir les choses à leur véritable point vue, un champ immense d'amères réflexions que nous n'avons pas le courage d'exploiter. Nous l'abandonnons ; chacun peut y entrer et y récolter librement...

Le même jour que Paul B..., emportant les vœux les plus ardents de la paroisse, partait pour accomplir son prétendu pèlerinage à la Terre Sainte, on enregistrait dans les annales du crime dans la cité de New York, l'assassinat d'un homme inconnu. — Effectivement personne n'avait réclamé le cadavre. — On ne connaissait pas plus l'assassin, disaient les journaux...

Avons-nous besoin de dire que la malheureuse victime était Thom, et l'assassin, Marcel, le confrère de notre pieux pèlerin Paul B...

Thom portant toujours sur lui les lettres écrites par Paul B..., lettres tant et si justement redoutées par Marcel, nous n'avons pas non plus besoin d'ajouter qu'elles avaient disparu avec la vie du porteur...

III. CONCLUSION

Le lecteur aurait aimé, nous n'en doutons pas, que les lettres de Paul B... eussent vu le grand jour: il ne devait pas trop s'y attendre; car il est de fait que Dieu permet assez souvent que ces grands hypocrites poursuivent impunément leur odieuse carrière jusqu'à la fin. À quiconque ne voit pas au-delà des étroites limites de la vie terrestre, cette tolérance divine peut paraître injuste; mais il ne faut pas oublier qu'il y a une vie future où tout se compensera, se pèsera, se mesurera strictement et impartialement; il ne faut pas oublier que, dans cette vie future, on tiendra compte rigoureux de cette apparente impunité dont le crime se targue en cette vie. — Le châtiment viendra tôt ou tard, comme la récompense!... Triste ou consolante vérité, suivant qu'on est bien ou mal préparé!...

Heureusement, et comme légère compensation, nous causerons une surprise agréable au lecteur, en lui annonçant que le dénouement a été plus heureux qu'il ne s'y attendait, pour Judes et Elmire, tous deux victimes jusqu'à présent, inexplicable fatalité! Comme le lecteur ne pouvait guère, d'après les événements que nous venons de raconter, s'attendre à un pareil dénouement, il nous en demandera raison: nous allons satisfaire en quelques mots.

Le seul obstacle au mariage de Judes et d'Elmire, on l'a présumé, était la disgrâce, pour ne pas dire plus, dans laquelle était involontairement tombé le frère de Judes, le malheureux Denis, mort en prison, victime d'un affreux guet-apens? La disparition des lettres écrites par Paul B... avait ôté au lecteur tout espoir de voir cette hideuse intrigue dévoilée et partant l'obstacle levé. Mais nous comptions tous ensemble sans le malheureux France, celui qui avait glissé la bourse dans la poche de Denis. Ce pauvre France — il le faut dire à son avantage, — n'avait pas cédé à l'appas du crime par inclination; c'était la misère qu'il fallait accuser!... Quelque temps après les événements que nous venons de raconter, France tomba malade; et, sur son lit de mort, il avoua comment il avait servi d'instrument au nommé Fred. On chercha ce dernier; mais il avait disparu; ce qui confirma les aveux de France et réhabilita justement la mémoire du malheureux Denis.

Le reste se devine: Judes revint: Elmire laissa le cloître; Jacques M... les unit; et, si la mort n'est pas venue les séparer, ils jouissent encore de toutes les pures consolations d'un hymen basé sur la plus sincère affection.

*
* *

Il y a quelques mois des affaires professionnelles nous appelèrent dans la paroisse St... Coïncidence très remarquable, — nous fûmes surpris en chemin par une bourrasque des plus impétueuses qui nous força de faire halte et de frapper à la première porte venue. Nous reçumes l'hospitalité dans la même maison qui avait abrité quelques années avant, et dans les mêmes circonstances, Judes et Denis. Le local était le même, sauf quelques dépérissements de plus, causés par le temps; mais le personnel était complètement changé. Mère Jeanne était morte; ses petites filles, comme elle les appelait, étaient mariées et avaient laissé la paroisse; et le babouin avait suivi une de ses sœurs... La cahute était habitée par un jeune couple quelque peu en parenté avec la ci-devant propriétaire mère Jeanne: et qui nous accueillit, nous éprouvons à le reconnaître un sensible plaisir, — plaisir de gratitude, — avec une franche et cordiale hospitalité qui de tout temps a témoigné hautement en faveur du cultivateur Canadien.

Durant la soirée, faute de sujet plus actuel, nos hôtes nous racontèrent ce que nous venons de raconter nous-mêmes... À la tête du lit nuptial, nous vîmes un petit bénitier de faïence dans lequel trempait une branche de buis bénit: ce bénitier était un cadeau de Paul B... à feue mère Jeanne qui à son tour l'avait donné en souvenir et comme relique, à notre hôtesse, sa filleule. — Mère Jeanne, cela va sans dire, était morte en vénérant son donateur.

Nous avons vu le lendemain matin le prétendu bouge monastique de Paul..., — misérable et chétive bicoque trop délabrée aujourd'hui pour être habitable : ce n'était plus que le refuge des animaux les plus immondes sans abri. Nous avons vu la maison de Jacques M... ; on nous a montré la fenêtre où Elmire avait tant surexcité les sens de Paul B... Tout était bien changé dans cette habitation aussi. Jacques M... était mort, Elmire, comme nous l'avons dit plus haut, était mariée et nos hôtes ne purent nous dire où elle était avec son digne époux Judes F...

Et Paul B... où est-il à l'heure qu'il est ?

Rendu en Terre Sainte, infailliblement — dirait mère Jeanne, si elle vivait encore — Elle avait une grande Foi, mère Jeanne ; elle doit être sauvée !... Par malheur, nous ne sommes pas aussi crédule qu'elle : nous craignons fortement que Paul B... avec les dispositions que nous lui connaissons, ne touche le gibet, avant de toucher le sol de la Palestine...

Un dernier mot !

Il y a des bonnes âmes, comme mère Jeanne, qui ont une excessive confiance dans les apparences, qui s'imagineront que notre Paul B... est un personnage fictif, de notre invention. Pour convaincre ces bonnes âmes du contraire, nous n'avons qu'une question à leur poser :

Se rappellent-elles de feu le *Docteur L'Indienne*[1] qui disait son chapelet au pilori (ce fait est connu), qui, après avoir passé pour un grand dévot, est mort sur le gibet, à Québec, écrasé sous le poids de ses crimes...

---

1. Sobriquet donné au nommé Marois trouvé coupable du meurtre le plus atroce sur la personne d'un colporteur du nom de Guilmet, et qui a été pendu à Québec il y a plusieurs années.

Entre cet affreux esculape et notre Paul B… où est la différence ? — Il n'y en a pas de perceptible.

Et d'ailleurs combien d'autres faux dévots comme Paul B… que nous touchons, que nous coudoyons chaque jour, à chaque instant, rien que dans notre bonne ville de Montréal… Les Paul B… pullulent ; ils ne se servent pas tous des mêmes moyens ; mais ils ont tous le même but : *Exploiter le vulgaire sous le masque d'une fausse piété !*

Joseph-Charles Taché

Fils de Charles Taché et de Louise-Henriette Boucher de La Broquerie, Joseph-Charles Taché naît à Kamouraska le 24 décembre 1820. Orphelin dès l'âge de cinq ans, il fréquente d'abord l'école du village, puis le Séminaire de Québec. Admis à l'école de Médecine à la fin de sa rhétorique, il obtient son diplôme le 16 novembre 1844. Il se fixe alors à Rimouski et y épouse le 1er juillet 1847 Françoise Lepage. Élu député conservateur à la Chambre des communes en 1847, il assume, dès son premier mandat, la charge de correspondant parlementaire pour L'Ami de la religion et de la patrie. *Le 24 mars, il devient directeur de la Société d'agriculture, nomination qui l'oblige à publier dans* Le Journal de l'Instruction publique *plusieurs articles destinés aux agriculteurs. Il participe en 1854 au débat sur la tenure seigneuriale et publie* De la tenure seigneuriale et son projet de commutation. *En 1855, on le nomme représentant du Canada à l'Exposition universelle de Paris. Avant son départ, il s'est attaqué au rougisme et à ses tenants en publiant* La pléiade rouge, *sous la signature de « Gaspard LeMage ». Renonçant à la politique active, il fonde le 2 février 1857* Le Courrier du Canada *avec Hector-Louis Langevin et Alfred Garneau. Il participe, en 1861, à la fondation des* Soirées canadiennes, *qu'il dirige seul à partir de 1863, à la suite d'un désaccord avec les autres membres de la direction. Il publie* Trois légendes de mon pays *(1861) et* Forestiers et voyageurs *(1863). Le 3 août 1864, il devient sous-ministre de l'Agriculture et des Statistiques, et, en 1878, docteur en médecine. Il entretient, dans* La Minerve, *une polémique avec Benjamin Sulte à partir du*

27 mars 1883, puis avec l'abbé Henri-Raymond Casgrain, en juin de la même année. En 1885, il publie Les Sablons et l'île Saint-Barnabé *et* Les asiles d'aliénés de la province de Québec et leurs détracteurs. *Le 30 juin 1888, il remet sa démission au gouvernement canadien et meurt à Ottawa le 16 avril 1894.*

Un compérage

Le père Michel, qui n'avait dit mot depuis le repas et qui semblait absorbé dans ses pensées, prit alors un poste convenable et commença ainsi.

Il y a juste ce soir soixante-cinq ans de cela, un seizième enfant venait de naître chez un des *gros habitants*[1] de la paroisse de Kamouraska, dans la concession de *l'Embarras*.

C'était dans le temps des *bonnes années*, il y avait plus de blé alors qu'il n'y a d'avoine aujourd'hui; les habitants de *huit cents minots* n'étaient pas rares. Mais un bon nombre abusaient de cette abondance, ne pensant qu'à manger, à boire et à s'amuser: ils croyaient que ça durerait toujours et n'avaient pas l'air à s'occuper d'autre chose. J'ai connu des habitants qui achetaient une tonne de rhum et un baril de vin pour leur provision de l'année: la carafe et les verres avec les *croxignoles* étaient toujours sur la table, tout le monde était invité, on ne pouvait pas entrer dans une maison sans *prendre un coup*. On avait même fait un refrain, que le maître de la maison chantait dès que ses visiteurs faisaient mine de partir:

> *Les Canadiens sont pas des fous:*
> *Partiront pas sans prendre un coup!*

---

1. Il est bon que les étrangers qui pourraient lire ces lignes sachent qu'en Canada ces mots, *un gros habitant*, veulent dire un cultivateur à l'aise.

C'est pour cela qu'on dit aujourd'hui d'un homme ivre et sans raison : « *il est soûl comme dans les bonnes années* ».

Les fêtes étaient presque continuelles, il n'y avait, pour ainsi dire, que dans les saisons des semences et des récoltes qu'on travaillait. J'ai vu des habitants, pour n'avoir pas réparé les ponts des fossés de traverse dans la *morte-saison*, jeter dans le fossé la première charge de gerbes pour passer les autres par-dessus.

Ça ne pouvait pas durer ; mais aussi plusieurs se sont ruinés et, si les vieux de ce temps-là revenaient, il y en a beaucoup qui trouveraient des faces étrangères dans leurs maisons... C'est malheureux qu'on n'ait pas plus tôt établi les sociétés de tempérance !

Les bonnes années sont rares depuis ce temps-là : presque tous les ans depuis, il y a des vers qui mangent le blé, et, surtout dans les paroisses d'en haut, il n'y a quasiment plus moyen d'en cultiver. Des savants ont cherché à découvrir des *estèques* afin d'arrêter ce fléau ; je leur souhaite bien de la chance ; mais il m'est avis que les mouches et les vers obéissent au bon Dieu, et qu'il les fait piquer ceux qui ont du mauvais sang pour les guérir.

Tenez, prenez ma parole, c'est une punition, et tant qu'on n'aura pas fait pénitence, ça durera.

Je parlais de ça, l'autre jour, à un de ces Canadiens que je ne peux pas souffrir, qui ont toujours des objections, et ont l'air de ne croire au *Grand-Maître* que malgré eux ; il me répondit :

— Mais comment cela se fait-il que les Américains et les gens du Haut-Canada, qui ne sont pas de la religion, récoltent du blé ?

— Cela se fait comme ça, que je lui dis, on corrige ses enfants, parce qu'on les aime, parce qu'on est leur père, et on ne corrige pas les enfants d'un autre !...

Mais pour en revenir à mon histoire, dans ce temps-là il

n'y avait pas de tempérance, et il y avait à *l'Embarras* trois habitants qui achevaient de manger et de boire leurs biens ; comme je vous l'ai dit, chez l'un d'eux à pareil jour qu'aujourd'hui, il y a soixante-cinq ans, survenait un enfant, le seizième de la famille. Il n'y avait pas six heures que l'enfant était au monde, que la maison était déjà pleine. La table était mise dans *la chambre de compagnie*, et on trinquait d'importance : on chantait force chansons, et surtout la chanson favorite des lurons de ce temps-là :

> *Les enfants de nos enfants*
> *Auront de fichus grands-pères :*
> *À la vie que nous menons,*
> *Nos enfants s'en sentiront !*
> *Donne à boire à ton voisin ;*
> *Car il aime, car il aime*
> *Donne à boire à ton voisin ;*
> *Car il aime le bon vin.*
> *Ah ! qu'il est bon, ma commère,*
> *Ah ! qu'il est bon, ce bon vin !*
>
> *Si l'temps dur' nous mang'rons tout,*
> *La braquette, la braquette :*
> *Si l'temps dur' nous mang'rons tout,*
> *La braquette et les grands clous !*
> *Donne à boire à ton voisin,*
> *Car il aime, car il aime*
> *Donne à boire à ton voisin,*
> *Car il aime le bon vin.*
> *Ah ! qu'il est bon, ma commère,*
> *Ah ! qu'il est bon, ce bon vin !*

Le dîner commençait à durer un peu et la relevée était entamée, sans qu'on songeât à autre chose qu'à s'amuser, lorsque la malade fit venir son mari et lui dit :

— Il est temps d'aller faire baptiser l'enfant.

— Parbleu! c'est bien vrai: allons, il faut aller mettre les chevaux sur les voitures, répondit le maître de la maison. Puis ouvrant la porte de la chambre où l'on s'amusait: Ah! ça, vous autres là, on va aller faire baptiser l'enfant... Toi, Baptiste, tu seras compère et tu peux choisir Madeleine pour ta commère. Allons, vous autres, les femmes, préparez le petit pour le compérage. Les *jeunesses*, allez atteler, vous prendrez la Bégonne. Tu n'as pas besoin de t'en mêler, Baptiste, les garçons mettront bien ton Papillon sur ta *carriole*. On finira le *snaque*, quand on sera de retour!

Chacun faisant sa part de besogne, tout fut bientôt prêt, et les deux carrioles partirent *grand train* dans la direction de l'église de la paroisse. Le père, seul dans sa voiture, battait la marche; par derrière venaient le compère et la commère portant l'enfant: Baptiste menait sa commère sur le devant, parce que Madeleine était pas mal large et que, de plus, les chemins étaient un peu *boulants*.

À part du petit nouveau, les autres étaient joliment *gris*, en quittant la maison; mais arrivés à l'église, heureusement, il n'y paraissait plus. Il est bien sûr même qu'ils firent des réflexions sur leur manière de vivre, et que leur conscience dut alors leur donner de bons avis: ces choses-là font toujours du bien.

Après le baptême, M. le curé, qui était désolé de voir une partie de la paroisse ainsi livrée à l'ivrognerie, leur dit:

— J'espère qu'en présence de ce nouveau chrétien, de cette créature régénérée, vous ne commettrez pas de ces excès si fréquents aujourd'hui dans les fêtes de famille.

Nos gens firent une mine penaude qui ne dut pas trop rassurer le curé sur l'avenir, lui qui connaissait un peu le passé des trois paroissiens auxquels il parlait.

Au sortir de la sacristie, le compère conduisit sa commère chez le marchand, pour acheter des rubans, des dragées et autres babioles.

De là on passa chez l'hôtelier, en compagnie d'un ami qui demeurait sur le chemin de *l'Embarras*. Les hommes prirent chacun une couple de coups, on fit avaler à la commère une *bonne ponce*, et on partit; l'ami en tête et les autres à la suite. Pas besoin de dire que ça filait grande écoute.

Arrivés à la *montée* qui conduisait à la maison de l'ami, celui-ci arrêta sa voiture et ne voulut pas permettre aux autres de passer outre sans entrer chez lui.

— Les femmes aimeront à voir le petit nouveau, dit-il, puis vous prendrez une petite goutte pour vous réchauffer.

— Ce n'est pas possible, dit la commère, qui, se sentant la tête déjà légère, avait peur d'une autre *ponce*, et se rappelait un peu les recommandations de M. le Curé.

— Tiens, je te dirai bien, Marcel, dit le père, j'ai peur de la *poudrerie*, voilà le vent qui s'élève...

— Ta, ta, ta, répond le maître de la maison, tout ça, ça ne veut rien dire; on ne passe pas ainsi à la porte d'un ami sans entrer; suivez-moi, ou bien je n'irai jamais chez vous. Marche, Pigeon!

Les trois voitures enfilent la montée à pleines jambes et... houo! houo! houo! on arrive les uns sur les autres à la porte.

De la maison on avait vu venir les amis et on avait facilement reconnu que c'était *un compérage*. En un instant la commère est entourée, dans sa voiture, par les grandes filles du logis qui viennent prendre l'enfant.

— Est-ce une fille?
— Non, c'est un garçon.
— A-t-il les yeux bleus?
— Ma foi, j'en sais rien.
— La mère est bien?
— Oui, elle est bien vigoureuse pour le temps.
— Entrez, entrez! criait Marcel. Voulez-vous qu'on fourre vos chevaux dedans un instant? Les garçons sont ici, c'est l'affaire de rien?

— Merci, merci, nous ne voulons être qu'une minute.
— Allons... entrons. Et les voilà dans la maison.

On secoue la neige des habits, la maîtresse aide la commère à enlever son grand châle de dessus. Déjà l'enfant est en partie développé et fait entendre ses cris, du fond du cabinet où les jeunes filles l'ont emporté pour en prendre soin.

— Ma femme, dit le maître, le poêle chauffe-t-il dans la chambre de compagnie ?

— Oui. Eh bien ! fais entrer Madeleine et prépare-lui un *bon sangris*. Allons, les hommes, venez prendre un coup avec une bouchée de *croxignoles*.

La commère se défend ; mais il n'y a pas à dire, il lui faut, bon gré mal gré, prendre un grand bol de *sangris*, bien sucré, bien chaud et surtout diantrement fort. Les hommes prennent un coup, deux coups, trois coups, on jase un peu, on s'oublie...

— Sapristi, dit le père au bout de quelque temps, voilà la brunante... Il faut s'en aller. Allons, bonjour mes amis !

On se lève, et voilà bientôt nos gens prêts à partir.

En ouvrant la porte, une rafale fait entrer la neige jusque dans la maison. En descendant le perron, la commère glisse sur le croupion, mais les os sont loin, il n'y a rien de cassé, et *bonheureusement* ce n'est pas elle qui porte l'enfant en ce moment.

Les voitures et les chevaux qui tremblent à la bise sont déjà couverts de neige par la poudrerie : le vent souffle dur.

— Bigre de temps ! dit Baptiste, mais heureusement qu'il n'y a pas loin !

Les hommes tournent leurs chevaux du côté du chemin, on installe la commère du mieux possible dans la voiture, l'on dépose le petit bien soigneusement enveloppé sur ses genoux, et... peti-petan, peti-petan, peti-petan... voilà qu'on gagne le logis.

Il ne fait pas encore tout à fait noir ; mais le vent soulève la neige et la chasse devant lui; on distingue à peine les maisons et les granges à travers le brouillard épais. La poudrerie tourbillonne dans les champs et sur la route.

La neige s'amoncelle le long des clôtures, le chemin s'emplit. Il y a des instants où l'on ne voit que les balises de chaque côté de la voie tracée, et d'autres instants où l'on ne voit rien du tout.

Les voitures ne touchent plus la neige battue et durcie que par intervalles; le reste du temps, elles sont bercées sur l'élément floconneux et mobile amoncelé par petits monticules.

Le grésil, porté par le vent, se joue comme un lutin de tous les êtres exposés à ses tracasseries: il frappe les joues, pince le nez, s'introduit dans les yeux, dans les oreilles; il siffle, bourdonne, s'éloigne, revient en pirouettant, fait les cent coups, sous lesquels les plus fiers sont obligés de courber la tête.

Et durant tout ce temps nos gens sont à peine capables de se rendre compte d'eux-mêmes, pendant que, *le cou en roue*, Bégonne et Papillon affrontent bravement l'orage.

À la maison on commence à être inquiet et à se demander:

— Que font-ils? Mais les chevaux canadiens sont de fines bêtes et les voitures et les attelages de nos habitants les meilleurs.

Enfin le père arrive le premier.

— Mais qu'avez-vous fait, lui demande-t-on? La pauvre mère est inquiète; où sont donc les autres avec l'enfant?

— Ils viennent par derrière, Dame, la Bégonne ne se laisse pas piler sur les talons; c'est qu'elle en débite du chemin cette jument-là, quand on la laisse faire.

Quelques instants après quelqu'un crie:

— Les voilà, les voilà! En effet la voiture s'installe devant la maison: la commère a un peu, beaucoup même de peine à *débarquer,* elle entre cependant conduite par son compère.

— Mais comment te voilà équipée ; tu a de la neige partout... ! Et le petit, le petit, où est donc le petit?

La commère abasourdie et n'y tenant plus ne savait que répondre, lorsque Baptiste, un peu plus à lui-même, expliqua :

— Tiens, je m'en étais pas aperçu : il faut que Madeleine l'ait laissé tomber, par mégarde, dans le *banc de neige*. Dame, Papillon avait le diable au corps et il n'y avait pas moyen d'en venir à bout. Mais ce n'est pas loin que nous avons *versé*, c'est à la barrière en prenant la montée.

Cinq ou six hommes partirent à l'instant, et revinrent, je ne sais pas si je dois dire heureusement, avec l'enfant trouvé dans la neige, qui dormait encore tranquilement quand on l'apporta à la maison. Le petit ne s'était pas plus aperçu de sa chute que son parrain et sa marraine.

Il y a de cela soixante-cinq ans ce soir, répéta encore le vieux conteur, et ce petit nouveau-là... C'était moi!

L'histoire de mon compérage, ajouta le Père Michel, a été l'histoire de ma vie. Ballotté de côté et d'autre, j'ai fait bien des plongeons et des culbutes pour arriver où j'en suis ce soir, pas plus riche que vous voyez!... Mais après tout, qu'est-ce que cela fait? « On n'en emporte ni plus ni moins dans l'autre monde. »

Le Père Michel se tut et alluma sa pipe qu'il n'eut pas le loisir de fumer bien longtemps. Nous le priâmes bientôt de continuer son histoire, ce à quoi il consentit avec sa bonne humeur et sa complaisance ordinaires.

(*Forestiers et voyageurs*,
Montréal, Fides 1946)

Charles Leclère

―⁂―

Quatrième enfant de Pierre-Édouard Leclère et de Josepte Castonguay, Charles-Alfred-Napoléon Leclère naît à Montréal le 4 août 1825. Il fait ses études au Séminaire de Saint-Hyacinthe. Reçu avocat, après avoir été l'élève de l'éminent juriste montréalais Henry Driscoll, il exerce sa profession tour à tour à Saint-Hyacinthe, à Arthabaska et à Saint-Paul-de-Chester. Il collabore à plusieurs journaux et revues, notamment La Revue canadienne, Le Courrier de Saint-Hyacinthe et Le Défricheur. Il meurt à Saint-Paul-de-Chester le 9 septembre 1870. Il a épousé en décembre 1859, à Saint-Hyacinthe, Élizabeth Archambault.

Tic Toc

ou

Le doigt de Dieu

*Dédié à Messieurs L. H. Frechette et
Faucher de St-Maurice, amis de l'auteur.*

> Go, deceiver, go.
> Some days, perhaps thou'lt waken
> From pleasures dream to know
> The grief of hearts for saken!
>
> Moore

I

Le fils de Jean-Marie Toc était décidément, et au dire de tous, un des plus chétifs garnements de la chrétienté — du moins, c'était là l'opinion générale — et, si par hasard cette opinion était mise en doute, la grande masse des habitants du village de..., était sûre de se récrier.

Non seulement le fils de Jean-Marie Toc était le plus méchant garçon, mais la même autorité authentique, assurait d'une manière péremptoire, que cela ne pouvait se faire autrement en considérant la lignée du susdit petit Toc.

C'eût été un crime de lèse-bon sens que de penser autrement.

En effet, n'était-ce pas rendu à l'état de proverbe, dans le village de..., que tous les Toc, de génération en génération, avaient été de père en fils, suivant l'énergique expression populaire..., des vraies *rognes*?

Tout le monde ne savait-il pas, que le vieux Toc, le père du grand-père du père du petit Toc actuel, avait été tué et scalpé par un sauvage, à qui il avait filouté quatre peaux de castor et six peaux de loutre?

Tout le monde ne savait-il pas, que Paul Toc, le tailleur, avait passé un des plus beaux mois d'un délicieux printemps en prison, par suite de sa faiblesse proverbiale pour les choux et pour les poules de ses voisins?

Puis, il y avait Zacharie Toc, le maquignon, qui s'était envolé *pianissimo*, avec la femme d'un de ses amis, les plus intimes.

Quant à Jean-Marie Toc, le père du petit Toc dont nous allons raconter l'histoire, il était, lui, depuis quinze ans, l'ivrogne breveté du village, et faisait autant partie des meubles de l'auberge du coin que l'enseigne criarde qui grinçait sur les gonds de fer de son pignon délabré.

À tout prendre il y avait décidément du sang mauvais dans toute la race des Toc; et, comme le disait Monsieur Sébastien Deschamps, le riche aubergiste du village : « Un crocodile ne pouvait pas être le père d'un lapin. »

Les démérites de la famille Toc, depuis le vieux Toc original, jusqu'au Toc présent, étaient le thème de conversations bien ordinaire du coin du feu. Les bonnes vieilles du village, à la langue acerbe et preste, s'essayaient à qui mieux mieux, celle-ci à calomnier, celle-là à médire, cette autre à inventer sur le compte de tous les Toc passés, présents et futurs.

À en juger par son apparence personnelle, ainsi que par la réputation colossale dont il jouissait, l'on était logiquement porté à croire que tous les vices qui avaient distingué les Toc, s'étaient donnés rendez-vous, s'étaient concentrés dans la personne malpropre et répugnante de notre jeune Scapin. À part sa dépravité précoce, il était doué d'une finesse de renard, jointe à une activité physique étonnante.

Paraissant jouir de don d'ubiquité si quelque méfait arrivait, soit dans le village, soit dans un rayon de deux lieues autour du village, le fils de Jean-Marie Toc était certain d'être accusé, soit comme principal, soit comme instigateur, soit comme accessoire.

S'il y avait une bataille de chien dans la rue, il était toujours le premier rendu sur le champ de carnage. Un cirque s'arrêtait-il au village de..., le fils de Jean-Marie Toc était le premier à découvrir un trou dans la toile de la tente, et assistait ainsi, gratis, au spectacle. Un joueur de serinette passait-il avec son singe, le petit drôle le suivait tout le jour, braconnant quelques-unes des noix que les amateurs jetaient au quadrumane. Tout le monde le connaissait, tous le boudaient, le bafouaient, le taquinaient, le bousculaient, lui donnaient des coups de pieds, suivant l'humeur d'un chacun. Tous l'appelaient « Tic Toc » sans s'occuper jamais s'il avait une autre appellation.

Quelles qu'aient été les peccadilles de ses ancêtres, il est constant que si ce plus jeune rejeton de la célèbre maison des Toc était coupable de la dîme des péchés qu'on lui imputait, il avait un fardeau assez lourd sur ses épaules d'enfant, sans y entasser encore les fredaines de feus les siens.

Une basse-cour était-elle raflée de ses volailles durant la nuit... bien sûr... c'était par Tic Toc. Un chien revenait-il à la maison la queue coupée..., c'était encore Tic Toc que l'on accusait de ce grave méfait. Un chat mangeait-il la crème dans une laiterie..., pour vrai..., c'était Tic Toc qui était le chat. Trouvait-on une vieille carcasse dans un puits..., vite... ce mortel Tic Toc était au fond.

Mauvais sujet de Tic Toc, va!

Étant universellement connu comme l'Attila du village,

depuis le jour où il avait pris la responsabilité de ses propres jambes, il était facile aux malfaiteurs, de jeter sur ses épaules le poids de leurs délits. Ainsi, il arrivait souvent que Tic Toc était inculpé de cinq ou six offenses différentes, commises à cinq ou six différents endroits et à cinq à six époques parfaitement identiques.

Le ruisseau bourbeux trouve toujours un débouché ; la plus misérable existence trouve aussi un terme.

Il advint une époque, dans la vie de ce triste enfant.

Maintenant il était devenu un grand garçon de douze ans, fort et robuste, à l'esprit présent artificieux et subtile au point de rendre la découverte de ses fredaines presque impossible. Et puis, il avait rarement mis les pieds à l'Église, jamais au catéchisme, peu ou point à l'école, et n'avait entendu prononcer le Saint Nom de Dieu, qu'au milieu des blasphèmes de ses compagnons de vices.

À cette époque, son père mourut…, mourut lentement empoisonné, lentement calciné par les terribles effets de l'intempérance.

C'était par une froide et sombre nuit de décembre, avec son vent gelé, soufflant par rafale, avec sa neige fine, poudrant à travers les interstices des pièces disjointes de la cabane qui servait d'abri à lui et à son fils.

Jean-Marie Toc avait été jadis un bon et laborieux menuisier, et une faible réminiscence de son brave passé adoucissait seule les angoisses de sa dernière heure. Sa femme, humble et douce créature, était morte le cœur brisé, durant l'enfance de son fils Joseph (car tel était le véritable nom de Tic Toc), qu'elle aurait mieux élevé que son père, si elle eût vécue.

Celui-ci, avant de mourir, reçut tous les Sacrements que l'Église dans sa bonté prodigue à ceux qui vont partir pour un autre et meilleur monde. Puis, il fit venir son jeune fils, et lui parla d'abondance d'âme, comme savent parler ceux qui sont sur le seuil de la tombe. Jamais le pauvre garçon s'était trouvé l'objet des caresses paternelles ; pour la première fois de sa vie, il entendit son nom prononcé avec affection, et il écouta, avec respect et reconnaissance, les précieuses paroles écoulées du cœur que lui adressa son vieux père mourant. Le souvenir de ces bonnes paroles, ainsi que celui de la dernière et tremblante bénédiction du vieillard, resta toujours gravé dans sa mémoire en caractères indélébiles.

Quelles résolutions nouvelles jaillirent là et alors du cœur de cet enfant sans amis, sans asile, sans pain, sans protecteur ; quelles émotions poignantes se firent là et alors sentir dans l'âme de l'orphelin honni...? Personne ne le sait... hélas !... personne non plus tenait à le savoir... !

Pour le bien petit nombre de ceux qui suivirent le cercueil de bois brut de son père, de sa chétive cabane à sa tombe, il était lui, le pauvre enfant délaissé, il était, lui disons-nous, toujours Tic Toc l'incorrigible, Tic Toc le polisson, Tic Toc le gueux !!

Pauvre, pauvre Tic Toc !!!

Mais :

« *Aux petits des oiseaux, Dieu donne la pâture.* »

Aussi, il y avait un homme au village, un homme bon et religieux, un homme qui avait puisé ses principes dans l'Évangile, ce livre d'un Dieu : dans l'Évangile qui ouvre une ère nouvelle, rattache l'homme à l'homme, la famille à la patrie, les peuples aux peuples pour sauver l'humanité.

Il eut l'angélique charité de prendre l'orphelin par la main pour essayer, malgré les reproches et les récriminations mauvaises de ses voisins, à mettre la brebis égarée dans le droit chemin, et à en faire un honnête artisan.

Cet homme, ce vrai chrétien, que Dieu bénisse ! était le cordonnier, Jérôme Bonneville.

Jérôme amena le pauvre garçon dans son échoppe, et l'introduisit dans le sein de sa famille.

Au bout d'un mois, à force de patients ménagements,

d'admonitions sages, de conseils d'ami, il réussit à courber un peu cette nature sauvage qui semblait indomptable. Deux mois après, le jeune Toc savait parfaitement son alphabet, chiffrait d'une manière étonnante, et soudait une soie au bout de son ligneul, aussi bien que son protecteur. Le bon Jérôme Bonneville fut autant surpris que satisfait de la facilité avec laquelle il pétrissait cette âme indomptée et neuve. Aussi, se sentait-il intérieurement orgueilleux du bon résultat de son expérience et du bon succès de ses soins constants.

Mais, hélas! l'homme propose et Dieu dispose.

Les espérances du cher brave homme étaient destinées à une triste déchéance, à un lamentable échec, à un désastreux naufrage!

Par une sombre et tempétueuse relevée de la fin de février, tous les apprentis et les compagnons, qui travaillaient dans la boutique de Jérôme Bonneville, furent électrisés par l'apparition soudaine, parmi eux, de Madame Deschamps, l'hôtesse de l'auberge du coin.

Elle tomba dans l'atelier comme une aérolithe, tête nue, les cheveux ébouriffés, les manches de son mantelet retroussées au-dessus des coudes, les mains, les bras, la figure enfarinés. Palpitante, haletante et soufflant comme un marsouin qui sombre, sa ronde, obèse, grosse et rubiconde personne roula, pour ainsi dire, au milieu du groupe laborieux; puis, levant sa main potelée, elle menaça le pauvre Tic Toc de son index et s'écria d'une voix fêlée par la colère:

« Là... là... Jérôme Bonneville, ne vous ai-je pas toujours dit,... ne vous ai-je pas toujours assuré, que vous ne pourriez jamais rien faire d'un Toc? Bon chien tient de race, allez. J'ai connu, moi, du premier au dernier, toute cette sainte famille des Toc, depuis le vieux Zoël Toc, jusqu'à ce garnement-ci. Mais, il y a un bout; maître Tic Toc est dedans cette fois, vrai comme mon nom est Anastasie Brunelle, la digne femme de Sébastien Deschamps. Ce Tic a toujours été un fin matois, mais les plus futés finissent toujours par se faire prendre dans leur propre piège. Si celui-là ne se fait pas mettre dans un lieu plus sûr qu'un banc de cordonnier, je jette mes jupons par dessus les moulins et je crache sur la loi des hommes. Ah! mon Tic, tu n'as pas besoin de faire l'innocent avec ton air hébété et hypocrite, toi qui as... »

« Tiens, Stâsie! que diable! es-tu folle, femme? Retourne à l'auberge: c'est moi qui me charge de ce petit coquin. »

C'était le vaillant époux de la bonne Anastasie qui parlait de la sorte, Monsieur Sébastien Deschamps.

L'excitation du moment lui avait fait oublier son cagotisme [sic] et sa politesse mielleuse d'ordinaire.

Se tournant ensuite vers Tic Toc pétrifié de frayeur, il lui dit de sa voix cuivrée, froide et sifflante:

— Mon garçon, pour cette fois tu as dépassé ton bas. Tu a été surpris, et par devoir, tant pour moi en particulier, que pour le public en général, je vais te livrer entre les griffes de fer de la justice.

— Mais qu'a-t-il donc fait, ce pauvre garçon? s'écria Jérôme, dès qu'il eut retrouvé son sang froid.

— Ce qu'il a fait?... j'en ai vraiment honte... et j'en tremble encore! J'en suis très fâché pour vous, Monsieur Bonneville..., très fâché! Je crains fort, que l'hospitalité que vous avez donnée si généreusement à ce coquin vous porte malheur et gâte votre commerce. C'est-à-dire... vous me comprenez... les gens sont si méchants...

— Mais vous me faites mourir à petit feu... vite, dites-moi ce qu'il a fait, ce pauvre Joseph? Le brave Jérôme appelait toujours Tic de son nom de baptême.

— Ce qu'il a fait?... ce qu'il a fait? Il a volé de l'argent dans mon tiroir, à l'auberge, voilà tout... rien que ça?

Bonneville se retourna lentement, et regarda d'un œil inquisiteur mais doux son petit protégé qui sanglotait sur son banc mais qui, maintenant que l'accusation était nettement formulée, s'avança d'un pas sûr, la tête haute, le dédain sur les lèvres, la franchise au front, son œil étincelant de pitié et de défi.

C'était chose si étrange, un fait si nouveau de voir Tic Toc prendre sa propre défense ou résister à ceux qui le malmenaient, que Deschamps fut pris par surprise.

Cette contradiction l'irrita.

— Vil petit scélérat! comment oses-tu nier? mon fils Édouard ne t'a-t-il pas vu par la fenêtre, et ne sait-on pas que partout où entre un Toc, il y a vol? Il y avait ton père avant toi... il aurait dansé sur la potence s'il eût eu ce qu'il méritait. Le gueux... le vieux vaurien, il m'a volé aussi de...

— Vous en avez menti! lâchement, lâchement menti, Monsieur!

Tous ceux qui se trouvaient dans la boutique, Sébastien Deschamps même, ainsi que sa digne moitié qui était encore là, tous, disons-nous, furent frappés de l'audace sans précédent de Tic Toc. La tête haute, le regard en feu, sa petite taille redressée, ses poings fermés, il revendiqua la sanglante insulte et vengea la mémoire de son père. La victime avec laquelle tout le monde jouait venait enfin de tourner ses griffes contre ses assaillants.

— Oui, vous en avez menti par la gorge! Mon père n'a jamais, jamais volé... ni moi non plus depuis que le bon Monsieur Jérôme m'a fait comprendre que c'était mal. Et, plus que tout cela, si vous ne lui aviez pas versé le rhum à plein verre, pour lui sucer son argent, mon père ne serait pas mort, non, il serait à cette heure un honnête et brave ouvrier. Il serait un aussi bon homme que... que... que... qui que ce soit. Vous, vous avez fait de mon père, ce qu'il était... vous, vous m'avez fait ce que je suis.

— C'est comme il le dit, murmura Bonneville à ses apprentis.

— Tu me traites de menteur, petit fripon! Je vais te briser tous les os de ta maudite carcasse, vilain serpent que tu es!

— Tout doux, tout doux, Monsieur Deschamps, ne lui faites pas de mal. S'il est coupable, c'est à la loi à le punir, non pas à vous, dit Jérôme, d'une voix ferme.

En ce moment un huissier entra, fouilla sans cérémonies les poches de Tic Toc, et en retira trois pièces d'argent, marquées telles que Deschamps les lui avait décrites. L'aubergiste ne put cacher la satisfaction que lui causa cette découverte, car, la culpabilité de l'enfant devait être désormais regardée comme certaine... irréfutable.

Il fut donc conduit devant les magistrats pour l'instruction, et envoyé à *** où il fut emprisonné, en entendant les assises prochaines.

Lors du procès, le principal témoin de la couronne, fut Édouard Deschamps le fils aîné de l'aubergiste du coin, jeune homme d'une quinzaine d'années. Il donna son témoignage d'une manière franche et honnête. Mais, malgré l'effort faite par la défense, effort presque triomphant de prouver un *alibi* ; malgré que l'argent volé n'avait pas été trouvé sur sa personne ; le témoignage du jeune Deschamps, ajouté au fait de pièces d'argent marquées, trouvées sur le prisonnier, dont la réputation était très mauvaise, le jury le trouva *coupable,* et il fut condamné.

La sentence de la Cour, en considération de la jeunesse du coupable, fut comparativement légère : trois mois de prison et les frais de la poursuite. Le juge accompagna son jugement de considérations morales, calculées à faire une impression salutaire sur le cœur du délinquant.

Depuis l'instant de la trouvaille des pièces marquées sur sa personne, Tic Toc était tombé sur sa vieille taciturnité, garda un sombre silence durant l'instruction et, pendant la grave admonition du juge, pas un muscle de son visage ne vint trahir ses émotions. Tout le monde remarqua cette conduite, et tous partirent en disant : « En voilà un gueux incorrigible ! »

Le bon Jérôme Bonneville, lui, n'abandonna pas son protégé, soutint courageusement son innocence et le conduisit en l'encourageant jusque dans sa cellule.

L'après-midi, il vint avec sa petite fille Emma, dire adieu à Tic Toc avant son départ pour la prison.

Durant le court séjour de Tic chez Jérôme, il était né une touchante affection entre les deux enfants, et cette visite à Tic était autant pour satisfaire les vœux de sa fille que pour contenter son propre cœur.

Ils trouvèrent le petit prisonnier assis par terre dans un coin sombre de son humide cellule, les coudes appuyés sur ses genoux et la tête cachée dans ses mains, comme absorbé dans une immense douleur. Lors de leur entrée, il ne releva pas la tête, mais resta immobile, froid, silencieux.

—Jos!

L'enfant leva lentement la tête, regarda autour de lui d'un air hébété, le front perlé de sueur, ses larmes tombant brillantes et drues sur sa petite figure pâle et bouleversée.

Il se lisait là, un volume de désespoir!

—Joseph, voici Emma qui vient te dire adieu avant ton départ. N'es-tu pas heureux de la voir? Qu'as-tu mon garçon?

— Est-ce bien elle qui voulait me voir? dit l'enfant d'une voix tremblante que Jérôme eut de la difficulté à reconnaître.

— Certainement, que c'est elle qui voulait te voir. Pourquoi pas? N'avez-vous pas toujours été de bons amis?

— Oh que si, Monsieur Jérôme, mais je croyais, voyez-vous, que me haïrait,... je croyais que vous me haïriez aussi... comme tout le monde...

— Non, non, mon enfant, nous t'aimons toujours, toujours, nous autres, car nous te croyons innocent, nous. Mais il y aura quelqu'un qui aura un compte terrible à rendre, soit en ce monde, soit dans l'autre. Ne te décourage pas, Joseph, tout tournera pour le mieux un de ces jours, seulement continue à faire le bien.

— Faire le bien? Ça ne sert à rien de faire le bien. N'ai-je pas essayé de toutes mes forces à faire le bien, depuis que je suis chez vous, Monsieur Jérôme ? Quelle différence ça fait-il ? Tout le monde est contre moi... comme avant. Oh ! pourquoi suis-je né si méchant que tous me détestent ?... Moi qui essayais de me faire bon... bon... comme Édouard Deschamps. Ils disent que... que..., c'est un brave garçon..., cependant... je lui ai vu faire... des choses... bien plus méchantes que... que j'en faisais, moi... et le monde trouvait cela beau... trouvait cela drôle... bien, bien drôle... on riait... c'était bien fait... ils disaient qu'Édouard était futé... fin... au lieu que moi !...

— Arrête, arrête, mon garçon ! Ne parle pas ainsi. Que t'importe ce que font ou ce que disent les hommes ? Fais toujours le bien et mets le reste entre les mains de ton père céleste. À propos, te souviens-tu de la prière que je t'ai montrée ?

— Oui, Monsieur, oh ! oui.

— Eh ! bien mon ami, promets-moi de la dire à genoux, chaque soir, avant de te coucher, chaque matin, en te levant, veux-tu ?

— Oui, pour sûr, Monsieur Jérôme.

— Joseph, dis-le-moi, sais-tu où vont ceux qui ne disent pas la vérité ?

— Ils vont dans le mauvais lieu.

— Et lorsque l'on te pose une question que faut-il que tu dises pour aller dans le bon lieu ?

— Il faut que je dise la vérité.

— Eh ! bien, de même que tu désires rencontrer Emma et moi dans le bon lieu, après la mort... sais-tu comment ces pièces marquées se sont trouvées sur toi ?

— Non, Monsieur Jérôme, je vous l'assure sur l'âme de ma mère !

Le brave Bonneville plongea son regard scrutateur dans l'œil bon, honnête et franc de l'enfant, et dans cet œil limpide, il y lut la vérité, la vérité belle, grande, immaculée.

— Que le bon Dieu te bénisse, mon ami, fit-il en portant son mouchoir à ses yeux, toussant pour cacher son émotion.

— Mais tiens, j'oubliais, continua-t-il en se retournant ; Emma t'apporte un présent. Ici Emma ! Mais quoi ! la voilà qui pleure aussi ! Assez, enfant, pourquoi pleurer ainsi ? Où est ton présent pour Joseph ? L'as-tu oublié ?

L'enfant ne l'avait pas oublié. Elle tira de sa poche de tablier un petit livre aux tranches dorées... c'était l'*Imitation de Jésus-Christ*.

— Oh ! que c'est beau ! Dis donc, as-tu acheté ce joli livre pour moi ? s'écria le pauvre prisonnier avec une joie indéfinissable.

— Oui, et regarde ! elle a écrit ton nom, *Joseph Toc,* de sa propre main sur la première page. Tu sais maintenant tes lettres et tu peux épeler les mots toi-même. Tu trouveras certainement des expressions que tu ne pourras pas déchiffrer : mais d'un autre côté, il y en a grand nombre que tu comprendras. Puis, tu demanderas au geôlier de t'aider, par-ci par là. Dans tous les cas, fais du mieux que tu pourras, et, quand ton temps sera fini, tu me feras voir tes progrès. Ce n'est que trois mois après tout... c'est bien vite passé... Quand tu seras libre, reviens chez nous, tu y trouveras du moins que des amis qui t'aiment.

— Adieu !

L'expression morose de Joseph était maintenant complètement disparue... fondue sous le doux rayon de franche affection, le cœur, que la froideur du monde avait presque broyé, ce cœur était chaud, et le malheureux garçon couvrait les mains de son bienfaiteur de brûlants et respectueux baisers.

Ils étaient partis.

La porte massive de la cellule se referma bruyamment entre lui et ceux qu'il aimait ; les gonds de fer grincèrent à ses oreilles, semblables aux sarcasmes et aux railleries dont l'abreuvaient les gens du monde ; et les murailles de pierre qui l'entouraient, n'étaient ni plus froides, ni plus dures qui semblaient l'attendre.

Pauvre Tic Toc!!

Jérôme et la petite Emma s'étaient éloignés du pauvre orphelin, semblables au soleil qui disparaît aux yeux du voyageur glacé, mais, comme ce soleil, ils avaient laissé un rayon d'or derrière eux, et ce rayon d'espérance éclairait le sombre cachot comme une lumière céleste.

Les trois mois de détention s'écoulèrent.

Le bon Jérôme Bonneville, à force de travail et d'économie, amasse assez pour payer les frais de la poursuite et ainsi Tic Toc devint libre.

Mais Tic Toc ne revint pas... il avait disparu... allant, personne ne savait où... personne ne s'occupant où...!

Quelques années s'écoulèrent, et le souvenir de Tic Toc, le fils de Jean-Marie Toc, s'effaça peu à peu de la mémoire des bons habitants du village de ***, ou plutôt y resta à l'état de légende.

II

Vingt-cinq ans: quelle infinité de changements est condensée dans ce court laps de temps? Combien de millions d'êtres humains sont nés et enterrés? Combien de fortunes faites et dissipées? Combien d'âmes sauvées et perdues? Combien de joies et de douleurs, d'amour et de haine, de vengeances et de rétributions, de lumière et d'ombre, d'amertume et de miel sont comprimés dans cette période? Combien d'êtres ont été plongés du pinacle des grandeurs de la terre, jusqu'aux profondeurs de la pauvreté et du désespoir? Combien ont été hissés de l'égout de la rue, aux positions sociales les plus élevées?... Nulle part au monde, comme sur ce continent, la roue de la fortune ne tourne avec une plus merveilleuse rapidité. Ici, l'on naît riche et l'on meurt pauvre : l'on naît pauvre et l'on meurt riche. Ici, les hommes se font et se défont avec une célérité étonnante.

Avec la gracieuse permission de nos charmants lecteurs, nous allons laisser le pays natal, notre cher Canada, pour les conduire, sur les ailes agiles de l'imagination, vers les plages lointaines mais magnifiques de la Californie, cette terre promise de l'or.

Dans la grande et opulente cité de San Francisco, en face des quais croulants presque, sous le poids de tous les produits du globe, trône une maison élégante et aristocratique, dont les quatre étages en granit semblent défier la lime du temps et la dent de la tempête.

C'est la résidence d'un millionnaire :

Son nom est Charles Dumontier.

Un magnifique équipage s'arrête à la porte. Un valet en livrée court ouvrir à la portière et déployer le marchepied. Un gentilhomme à l'air grave, presque sévère, mais dont la belle figure annonce la bienveillance en descend.

C'est le millionnaire.

Bourrelé d'affaires, il gravit lentement les marches de marbre sans faire attention à la pauvre petite enfant de charité qui lève ses faibles bras vers lui, tantôt s'avançant avec un courage d'emprunt, tantôt se cachant derrière une des colonnes crénelées du portique.

En ce moment un joueur de harpe accompagne de son instrument biblique une jeune fille qui chante en italien des tirades de tous les opéras connus. La richesse mélodieuse de la voix et des accords attirent un instant l'attention du gentilhomme préoccupé, il se retourne pour mieux voir, pour mieux entendre.

À peine avait-il vu le groupe de ménestrels, qu'un méchant gamin passe à la course et jette le joueur de harpe sur le dos, brisant presque toutes les cordes de l'instrument sonore. Souple et agile comme l'écureuil, le petit farceur disparut en riant au milieu de la foule, avant que le musicien, victime de son espièglerie eût pu connaître la cause de sa chute. En se relevant, le premier objet qui frappa son regard courroucé fut la petite mendiante dont nous venons de parler. Semblable à un tigre furieux, le joueur de harpe s'élance sur la pauvre enfant, la tire de sa cachette provisoire et l'inonde d'un torrent d'invectives. Encore quelques instants et il allait traîner la pauvresse devant le magistrat le plus voisin.

Mais, Charles Dumontier avait tout vu et vint au secours de la mendiante. Il s'explique dans la langue de Dante, et le harpiste, pacifié par le contact magique de quelques pièces d'or, qui tombent dans sa main comme compensation pour ses cordes brisées et ses côtes endolories, s'éloigne avec la chanteuse.

Alors, Charles Dumontier s'occupa de la petite pauvrette qui sanglotait. Au milieu de ses sanglots, la jeune quêteuse laissa tomber quelques paroles en langue française.

— Ainsi, ma bonne enfant, dit presque tout haut le millionnaire, toi aussi, tu allais souffrir par la faute d'un autre : Le monde est toujours le même : Quel est ton nom, petite ?

— Emma, Monsieur, répondit l'enfant, levant vers lui ses beaux yeux bleus, dans lesquels pétillait la reconnaissance.

Il devait y avoir une étrange puissance, soit dans ce regard bleu, soit dans ce doux timbre de voix, soit encore dans les deux mots de cet être déguenillé et affamé, — car la figure d'ordinaire si calme de l'homme d'affaires se bouleversa, sa respiration devint haletante, ses yeux se rivèrent sur ceux de la chétive créature comme pour pomper les secrets de son âme, et sa haute taille se courba, se courba, petit à petit, jusqu'à ce que sa belle tête touchât les cheveux bouclés de la petite.

— Emma... qui ? fit-il, après un effort surhumain.

— Emma Deschamps, monsieur.

Si un scorpion eût jailli des lèvres minces de l'enfant, s'il eût frappé le millionnaire en pleine face, il n'eût pas fait un bond si prodigieux, et il n'eût pas éprouvé une douleur si poignante. Couvrant son visage de ses deux mains, il s'appuya sur une colonne pour ne pas tomber. La foule hétérogène et affairée le coudoya, mais, comme une statue de marbre, il n'avait nul sentiment de ce qui se passait autour de lui. Quant à la pauvresse, elle le regardait sans pouvoir se rendre compte de son immobilité subite, de la pâleur livide de sa figure, du tremblement convulsif et nerveux de tous ses membres.

— Où demeures-tu ? demanda enfin le gentilhomme, d'une voix étouffée, tes parents... sont-ils... vivants... ?

— Oui, monsieur, mais papa est bien, bien malade, allez... et maman est usée de fatigues et de veilles... je crains bien qu'elle meure aussi... alors, je serai seule, toute seule au monde.

— Viens, viens, tout de suite me conduire chez vous. Je te suivrai, j'irai avec toi, vite, dit le protecteur.

Au bout d'une demi-heure de marche, ils arrivèrent tous deux, la mendiante et le millionnaire, dans une ruelle étroite et malpropre, et s'arrêtèrent devant une maison basse délabrée et croulante.

— C'est ici, fit Emma en montrant de sa petite main brunie et tannée, un escalier en limaçon, aux degrés disjoints et vermoulus, dont la rampe, brisée et tordue, n'offrait qu'un appui problématique aux téméraires qui osaient s'y aventurer.

Ils descendirent tous deux une douzaine de marches, et arrivèrent dans une petite salle à dix pieds au-dessous du sol.

Cette salle n'était éclairée que par une étroite croisée au-dessus de la porte, ne fournissant que juste assez de lumière pour distinguer faiblement les objets. Une odeur putride s'exhalait de ce taudis : tout y décelait la misère et le dénuement.

Dans un coin, étendu sur un tas de vieille paille d'emballage, gisait un homme maigre et rachitique, se tordant et se lamentant à faire pitié.

Avancez avec nous, chers lecteurs, et nous reconnaîtrons difficilement chez cet individu malade, défiguré et mourant qui souffre sur ce fumier, le jeune homme de promesse... le témoin inattaquable d'il y a vingt-cinq ans... Édouard Deschamps ?

Mais, à coup sûr jamais nous supposerions que la jeune femme exténuée et flétrie qui se penche au-dessus de l'agonisant, avec un air de résignation, de patience et de dévouement, jamais nous supposerions que cette femme est... l'enfant aux cheveux d'or et aux yeux bleus que nous avons laissée disant adieu à Tic Toc dans sa cellule... Emma Bonneville...

Charles Dumontier resta comme frappé de stupeur et n'osa entrer dans ce rendez-vous de misère.

Il demeura sur le seuil de la porte.

De terribles souvenirs déchiraient son âme, son cœur impressionnable saignait, car de grosses larmes roulaient dans ses yeux et, de sa voix étouffée, il ne put dire que difficilement par quel concours de circonstances il se trouvait là.

Emma Bonneville, maintenant Madame Édouard Deschamps, le remercia de sa bonté envers sa fille, et le pria de s'asseoir sur l'unique chaise boiteuse de la pièce.

Charles Dumontier ne put rester longtemps dans ce triste lieu, mais il y resta assez cependant pour entendre une courte mais poignante histoire, touchante comme une élégie vraie.

Son mari gisait là, dit sa pauvre compagne, depuis l'époque de son triste accident.

Comment avait-il été blessé si grièvement ?

Il s'était trouvé en mauvaise compagnie, il avait été frappé, battu, assommé, jeté sur le pavé de pierre de la rue et foulé aux pieds.

Voilà quel fut la charitable version de la pauvre femme.

Des informations, tirées d'autres sources, révélèrent à Charles que c'était dans une rixe d'ivrognes et de joueurs débauchés qu'Édouard avait reçu ces blessures mortelles, rixe de canaille dont il était le chef et l'instigateur.

Degré par degré, la pauvre créature, trouvant de la confiance et du courage dans la sympathie de l'étranger, développa pli par pli la triste histoire de son existence. Versant le trop plein de son cœur brisé, dans le cœur de cet ami inconnu, elle se sentait moins souffrante, plus forte à mesure qu'elle le faisait lire à livre ouvert dans son fatal passé !

Elle s'était mariée à vingt ans, alors que l'amour est plein de ces antithèses que l'homme plus avancé dans la vie traite orgueilleusement d'enfantillages et de puérilités. Après son mariage les époux laissèrent le Canada pour les États-Unis et se fixèrent à Burlington, où Édouard Deschamps fit un assez bon commerce.

Mais il ne paraissait pas heureux, toujours l'air inquiet et morne, la nuit il avait de mauvais rêves, le jour il semblait souffrir de quelques peines morales.

Ils passèrent quelques années dans cette ville, puis se rendirent à la Nouvelle-Orléans. Là, n'ayant éprouvé que des revers, Édouard s'embarqua pour la Californie où l'épouse dévouée le suivit, avec toute l'abnégation et le courage d'une femme.

Cependant le malheur semblait s'acharner au pas du fils de l'aubergiste. Joueur incorrigible, libertin éhonté, buveur insatiable, il négligea ses affaires et sa famille et, petit à petit, tomba, tomba dans la plus abjecte des misères, dans le profond dénuement.

Depuis neuf ans qu'ils étaient à San Francisco, son mari avait toujours été malheureux. C'était là l'expression la plus dure qu'elle put trouver. Avec l'admirable délicatesse de la femme, elle évita avec soin toutes épithètes désagréables, toutes réflexions acerbes devant l'étranger relativement à son époux dénaturé.

Oh ! cœur sublime de la femme chrétienne, il n'y a que toi qui puisses trouver cette force ! Il n'y a que toi qui puisses trouver cette divine vertu du pardon des injures, de l'oubli des injustices!

Mais les noires pages de son passé, dont elle cachait les plus tristes, furent devinées par Charles Dumontier.

Sa figure à elle décelait une longue chaîne de souffrances, dont chaque maille était une torture nouvelle; on y lisait le chagrin et l'abandon, de longues journées de peines, de faim et de larmes; de longues nuits de veilles, de cruelles inquiétudes, de disgrâce et de désespoir.

Celle de son mari trahissait une vie fondue dans de honteuses licences, et défigurée par de brutales débauches. L'homme avait fait place à la brute.

Emma Deschamps parla de la mort prochaine de son époux avec sang-froid, avec calme. Tout ce qui l'affligeait, c'est qu'Édouard ne voulait pas voir un prêtre. L'amour, si jamais il avait existé entre eux, avait été depuis longtemps étouffé dans les miasmes de l'atmosphère fétide au milieu de laquelle elle avait vécu. Il était évident que le devoir seul, que la conscience seule, que la religion seule rivaient cette sublime martyre au chevet de son bourreau.

Avant de laisser cette chambre de malheur, le millionnaire glissa en sous-main quelques pièces d'or à la petite Emma, en promettant à sa mère de la venir revoir.

Le lendemain dans la matinée Charles Dumontier revint suivant sa promesse.

Deschamps avait passé une meilleure nuit, il était plus tranquille, plus calme, moins souffrant: il avait la conscience de son état, ne se faisait pas d'illusions et savait qu'il allait mourir.

Lorsque sa femme lui dit qu'un Canadien était là, près de lui, il demanda vivement à le voir pour lui parler... il semblait heureux. Ô! amour sacré de la patrie, tu ne t'étioles jamais; tu fleuris toujours, même au fond du cœur du plus vil des hommes!

Le millionnaire s'approcha doucement du malade — s'agenouilla sur la paille fétide, tout près du malheureux qui le regarda avec des yeux pleins de feu en le fixant longtemps en pleine figure. Les mourants sont parfois doués d'une perspicacité surnaturelle. Il semblait que la physionomie de Charles Dumontier ravivait les souvenirs du malade.

Lentement, lentement l'agonisant passa sa main décharnée sur ses yeux caves, puis se levant sur un coude avec un suprême effort, il regarda encore et encore, avec une terrible fixeté, la figure calme de l'étranger.

Cet examen lui fut fatal, car un tremblement convulsif secoua ses membres grêles, ses dents claquèrent dans sa bouche, ses yeux s'injectèrent, son front se rida et des spasmes saccadés vinrent franger ses lèvres d'une écume sanguinolente.

— Qui êtes-vous? demanda-t-il d'une voix forte et brève.

— Charles Dumontier, votre compatriote et votre ami.

— Mon ami, mon ami!... vous!... je n'ai plus d'ami, moi... plus de patrie... plus rien! Je crois que vous mentez!... Vous vous êtes exprès échappé du tombeau pour venir me maudire...! Que me voulez-vous, vilain spectacle?... mon âme?... prenez-la et laissez-moi tranquille. Je sais que vous me haïssez... c'est bien... c'est juste!... C'est moi qui avais volé l'argent de mon père... j'ai fait croire au vieux fou que c'était vous... j'ai glissé les pièces d'argent marquées dans votre poche, pendant que vous travailliez sur votre banc.

Ha! ha! ha! que j'étais fin et rusé... Tout le monde me le disait... Puis l'affaire a été plaidée... c'est moi qui étais le témoin... mais j'étais trop fin pour les magistrats... trop fin pour le juge... trop fin pour les avocats... trop fin pour tous... car j'ai envoyé Tic Toc... en prison... ha! ha! ha!... Et puis il y avait au village... la petite Emma, vous savez... nous étions tous des enfants, c'est vrai... mais je l'aimais, moi... je voulais en faire ma femme... je savais bien alors... qu'elle préférait ce Tic Toc déguenillé... ha! ha! je fus encore plus fin que lui... elle m'épousa pour mon argent... ha! ha! ha! la jolie farce.

— Dites donc, est-ce elle qui vous a fait venir?... Vous a-t-elle aidé à sortir de la prison?... Appelez le shérif... vite... Tenez, prenez cet homme... c'est un filou... Je l'ai vu... je le jurerai sur l'Évangile... Je l'ai bien vu par la fenêtre... Qui dit que j'ai juré faux... qui dit que je suis... un maudit parjure?...

Puis après un moment d'un effrayant silence:

— Ah!, c'est là ta vengeance, à toi, hein!... arrière... arrière... damné!... arrête... tu me crèves les yeux avec tes doigts longs et pointus... tu me déchires la poitrine avec tes dents de sanglier... tu fouilles mon cœur avec un fer rouge... tu me brûles... tu m'étouffes, maudit... va-t-en... va-t-en... prenez le Shérif... vite... prenez-le... et que... le diable...

Le misérable était épuisé! il tomba comme une masse sur sa couche de paille fétide... ouvrit les yeux démesurément grands, sembla repousser avec ses mains quelque terrible apparition, les muscles de son visage se détendirent, une forte convulsion secoua tout son corps, un blasphème horrible s'échappa de sa gorge embarrassée, sa mâchoire inférieure tomba, puis un râle sourd... puis... plus rien!... il était allé rendre ses comptes au Dieu vengeur!!

Cette scène émouvante s'était passée si vite; le pécheur endurci, le parjure hideux était mort si soudainement, que tous deux, le millionnaire et la pauvre veuve, se tenaient debout, mornes et silencieux, immobiles et comme pétrifiés.

Un soupir de la petite Emma les réveilla de leur apparente léthargie.

Dumontier se retourna et rencontra le regard vitré et la pâle figure de la femme martyre.

Le marque d'un quart de siècle tomba!

La large et puissante poitrine de Charles se souleva sous l'émotion et des larmes, des larmes d'honnête homme coulèrent sur ses joues bronzées; larmes silencieuses mais éloquentes de joie et de bonheur, que la certitude de pouvoir payer une dette sacrée de reconnaissance, faisait jaillir douces et brillantes.

— Mon Dieu! qui... êtes-vous?...

Cette fois la question fut posée d'une voix émue et tremblante, comme si la réponse devait décider du sort de celle qui la posait.

Alors Charles Dumontier tira dévotement de la poche de son habit un petit livre tout usé et le présenta avec respect à la jeune femme.

Ce fut sa seule réponse.

Ce petit livre, c'était l'*Imitation de Jésus-Christ*. Sur la page de garde étaient écrits de la main inhabile et mal assurée d'un enfant, ces mots:

TIC TOC

par son amie,

EMMA BONNEVILLE

— Vous... êtes...?

— Je suis... Tic Toc...!

Le cœur trop plein, hélas oui, plein outre mesure de la pauvre femme, ne put soutenir ce choc; le souvenir du passé avec ses joies, ses espérances et ses tortures; sa situation actuelle, la présence de son ami d'enfance, tout cela était au-dessus de ses faibles forces; elle battit l'air de ses bras, poussa un cri déchirant et tomba sans connaissance sur le plancher...

Deux semaines après cette scène dramatique, un gros vaisseau marchand, toutes voiles dehors, sortait majestueusement de la magnifique baie de San Francisco, en route pour New York, la grande métropole de l'opulente république américaine.

La veuve Deschamps était à son bord, pauvre tourterelle blessée, revenant avec sa petite Emma se jeter dans les bras de sa bonne vieille mère du Canada.

Charles Dumontier, car nous l'appellerons encore ainsi, Charles Dumontier, disons-nous, avait généreusement pourvu aux besoins de la veuve et l'avait de plus mise sous les soins d'un ami dévoué.

Une année après, lui-même arrangea ses affaires et fit voile pour la terre bénie de la patrie.

Un quart de siècle avait apporté de grands changements dans le petit village de *** qui se vantait à cette heure d'être ville.

Maintenant, il y avait un chemin de fer, une ligne télégraphique, un évêché, un théâtre, un collège, un des plus beaux des Amériques, et, au lieu de l'antique lampe de fer suspendue au plafond fumeux, le gaz éclairait de ses mille becs toutes les habitations. Le vieux marché de planches avait donné sa place à une halle spacieuse en brique, d'une architecture moderne, et les rues, dans lesquelles on pataugeait jadis étaient à présent belles, solides et gaies. Sur la place où se cramponnait anciennement avec effort la vieille boutique de Jérôme Bonneville, s'élevait une belle maison de pierre de taille à trois étages, dont tout le bas servait de riches magasins.

Quant à l'auberge du coin de Sébastien Deschamps, elle n'était plus qu'une vieille baraque disloquée et effondrée, n'ayant pour tout souvenir de son glorieux passé que l'antique enseigne badigeonnée, suspendue comme une loque à l'unique gond qui la retenait encore comme à regret.

Le sieur Sébastien Deschamps et sa grosse moitié, Anastasie, vivaient encore. Vieux et infirmes, les regrets que le vieil âge apporte toujours, n'étaient mitigés par aucune consolation. Leurs vieux cœurs brisés, l'amertume du souvenir des jours meilleurs, abandonnés de leurs enfants, banqueroutiers, le dernier objet qui leur était cher, leur vieille maison, devait être bientôt vendu par autorité de justice.

Le bon vieux Jérôme Bonneville était mort depuis plusieurs années et avait sans doute reçu là-haut la récompense de ses grandes vertus. Sa veuve jouissait, malgré son âge, d'une heureuse vieillesse et d'une honnête aisance, fruit du travail et des économies de son excellent époux. Ah! avec quel bonheur, quel délice, elle reçut sur son sein de mère, sa fille bien aimée ainsi que son enfant.

C'était par une soirée balsamique du délicieux mois de septembre que Charles Dumontier arriva au pays.

Comme il n'avait plus d'amis, plus de parents, son premier soin fut de se rendre au *cottage* de Madame Bonneville. Il savait qu'il y avait là des cœurs qui l'aimaient et qui l'attendaient avec empressement.

Aussi, lorsqu'il entra chez son ancienne maîtresse, il n'y eut point d'exclamations bruyantes et hypocrites; mais, il y eut de la joie véritable, du cœur sur la main, un bon souper, et la longue et intéressante histoire d'un honnête homme luttant vaillamment contre mille obstacles et en devenant vainqueur.

Cette histoire datait de l'époque où la belle jeune Emma, accompagnée du brave Jérôme, avait quitté le pauvre Tic Toc, abattu et désolé, au fond d'une cellule, emprisonné pour le crime d'un autre.

« Et, tout ce que je suis, disait Charles Dumontier avec enthousiasme, je le dois à ce précieux petit livre, à l'*Imitation de Jésus-Christ*, que Madame m'a donné. » L'*Imitation de Jésus-Christ* est véritablement le livre d'un saint inspiré. L'*Imitation* veut la victoire après la lutte, elle concentre les rayons de l'âme en dedans de la créature pour la ramener au ciel, parée de tout l'éclat de sa pureté primitive. Si l'Évangile nous montre le prix des souffrances, l'*Imitation* nous apprend comment on l'obtient.

Ce bon livre avait été son compagnon inséparable depuis vingt-cinq longues années. Il dit avec quelle dévotion il le lisait, avec quelle ardeur il essayait à en bien comprendre toute la sublimité mystique.

Il dit comment, après sa mise en liberté, il s'était décidé à partir... pour où?... lui-même l'ignorait. Il raconta combien il lui avait coûté de s'éloigner sans revoir ses amis du village de ***, la petite Emma, surtout.

Ici, les yeux de la veuve Deschamps se baissèrent vers le tapis, et une rougeur subite colora sa belle figure que le repos et le calme avaient rendue à sa primitive beauté.

Il dit que, ne voulant plus vivre en Canada où il lui semblait que tout le monde le méprisait, il mendia son passage à New York, là, il vécut longtemps à cirer les bottes, dormant tantôt sur le pavé de la rue, tantôt dans des caves désertes ; jusqu'à ce qu'un bon jour il entrât comme galopin chez un marchand épicier.

C'est à cette époque qu'un saint prêtre lui fit faire sa première communion, action qui, disait-il, lui avait porté bonheur.

Il employa systématiquement, durant plusieurs années, le peu d'argent qu'il économisait à acheter des livres et de la chandelle pour lire durant la nuit.

Enfin, il se fit naturaliser citoyen américain, et obtint de la Législature de l'État, de changer son nom de « Tic Toc », en celui de Charles Dumontier.

Le nom de Tic Toc qui lui avait toujours été fatal, il le jeta aux gémonies.

Plus tard, la Providence le protégeant, il s'engagea comme commis de confiance chez un des riches négociants de Broad Way. Le négociant, dont il s'était fait un ami dévoué, mourut au bout de deux ans ; Charles acheta son fonds de magasin, à longs termes, s'embarqua avec ses marchandises pour San Francisco et, Dieu aidant, il était maintenant possesseur d'une fortune princière et pouvait compter son argent par centaines de mille dollars.

Durant ces vingt-cinq années toutes entières, il avait toujours devant les yeux l'image d'une sombre cellule ; dans l'arrière plan de ce tableau, se tenait un homme humblement vêtu, aux mains calleuses par le travail, mais dont la physionomie douce et sympathique, peignait la tristesse la plus profonde. Devant cet homme, une petite fille aux yeux bleus, aux cheveux blonds, à la figure angélique, présentait au prisonnier encore enfant un petit livre aux tranches dorées, petit livre rempli d'espérance et de promesse pour les malheureux. Il n'aurait pas voulu pour toutes les richesses du monde voir s'effacer ce charmant tableau de son âme. Avec cette douce image pour égide, les agaceries de la beauté, les appâts de l'or et des grandeurs ne le touchaient pas plus que s'il n'avait pas eu de cœur. Ce n'était pas dans l'espérance de rencontrer Emma en ce monde qu'il avait vécu, car il avait appris son mariage, sans connaître le nom de son époux; mais c'était seulement dans l'espoir de se rendre digne d'elle, afin de la rencontrer là-haut, dans le ciel.

Et elle?

Avait-elle oublié l'amour de son enfance? s'était-elle rendue digne de lui?

Il est vrai qu'elle s'était laissée éblouir par l'appât des richesses… qu'elle avait épousé un homme qu'elle n'aimait pas, mais elle n'avait été poussée dans ce gouffre fatal que par les conseils de jeunes et obsédieux amis, sans expérience comme elle. Puis la pauvre enfant avait été bien cruellement punie de son faux pas, disons le mot, de sa folie…

Quelques semaines après, il y avait une grande fête dans la petite ville de ***. L'église était luxueusement parée, et un mariage s'y célébrait avec toute la pompe et la solennité possibles. Les amoureux d'enfance, dans la force de leur âge, dans la force de leur expérience, furent unis devant Dieu et les hommes par un lien qui était la perfection de l'union intime de deux cœurs.

Le lendemain la propriété du vieil aubergiste fut vendue par le shérif. Ce fut Charles Dumontier qui en fit l'acquisition pour la donner à Sébastien Deschamps, le sauvant de la misère et laissant à lui et sa femme une demeure pour terminer leurs vieux jours en paix.

Grande fut la surprise des anciens habitants de la petite ville lorsque, par suite de l'indiscrétion d'une servante bavarde, ils apprirent un bon matin que Charles Dumontier, le millionnaire, n'était autre que le trop fameux ci-devant Tic Toc. Tous les doutes furent bientôt soulevés et les vieilles gens vinrent en masse serrer la main, plutôt deux fois qu'une au fils de Jean Marie Toc, Tic Toc, alias Joseph Toc, alias Charles Dumontier.

Le vieux Sébastien Deschamps avec sa grosse et grasse moitié, la mère Anastasie, ne furent pas les derniers à proclamer bien haut la générosité du nabab Charles Dumontier, la bonne vieille assurant à tout le monde qu'elle avait toujours prédit que Tic Toc deviendrait un grand homme.

Après quelques mois de séjour dans la petite ville de ***, Charles et son heureuse épouse, la bonne dame Bonneville, et sa petite fille partirent pour San Francisco. Depuis Dieu a béni l'union de Charles avec la veuve Deschamps. Un petit garçon de deux ans, blond, rose, un échappé du ciel, se trémousse dans leur salon ayant la petite Emma pour bonne. Ils jouissent tous d'un bonheur sans ombre, en attendant que le ciel ouvre ses portes d'or pour les recevoir au séjour céleste de la félicité éternelle.

Arthabaskaville, juin 1866.

(*Le Courrier de Saint-Hyacinthe*,
25 novembre 1848)

Narcisse-Henri-Édouard Faucher de Saint-Maurice

Narcisse-Henri-Édouard Faucher de Saint-Maurice, écrivain, journaliste, député, naît à Québec, le 18 avril 1844, de Narcisse-Constantin Faucher, avocat et seigneur de Beaumont, et de Catherine-Henriette Mercier. Après des études classiques au Séminaire de Québec, il entre en qualité de clerc chez les avocats Henri Taschereau et Ulric-Joseph Tessier. En 1864, il part pour le Mexique où il sert comme officier dans les troupes françaises. Blessé, fait prisonnier et même condamné à mort, il peut finalement revenir au Bas-Canada en 1866. Dès son retour au pays, il participe activement à la vie littéraire en collaborant aux journaux et en publiant par la suite plusieurs volumes, dont De Québec à Mexico *(1874)*, À la brunante. Contes et récits *(1874)*, Choses et autres *(1874)*, De tribord à bâbord *(1877)*, Joies et tristesses de la mer *(1888)* et Loin du pays *(1889)*. En 1867, il devient greffier des bills privés au Conseil législatif. Élu député du comté de Bellechasse *(1881)*, il siège à l'Assemblée législative jusqu'en 1890, sans pour autant délaisser la vie journalistique ; d'abord rédacteur au Journal de Québec *(1883)*, il passe au Canadien en 1885. À l'expiration de son mandat, en 1890, il se fait nommer greffier des procès-verbaux au Conseil législatif, poste qu'il occupe jusqu'à son décès, survenu à Québec le 1er avril 1897. Il a épousé en 1867 Joséphine Berthelot d'Artigny, nièce de Louis-Hippolyte LaFontaine.

Madeleine Bouvart

I

Honnie !

Elle s'appelait Madeleine, et probablement que ce nom lui avait porté malchance ; car en ville tous les commérages disponibles étaient entassés sur sa jolie personne.

Était-ce calomnie ou médisance ?

Je n'en sais rien, et il serait difficile de remonter jusqu'à la vérité, puisque pour cela il faudrait se frayer un chemin et coudoyer les quatre-vingt-seize années qui me séparent maintenant du minois chiffonné de Madeleine Bouvart.

Ce qu'il y a de positif, c'est qu'en 1775 elle avait vingt-sept ans, la taille svelte, le pied busqué, les dents fraîches, le rire agaçant, la main fine, la langue déliée et la plaisanterie gauloise.

Combien de femmes n'ont-elles pas été compromises par une seule de ces mignonnes choses ?

Sans doute c'était ce que devaient se murmurer deux bourgeois qui en ce moment s'attardaient, bon gré mal gré, sur le chemin Saint-Louis.

La neige était molle et épaisse, et ils allaient, retirant péniblement leurs pieds de la masse blanche, pour les y enfouir de nouveau, à la manière des oiseaux pris à la pipée. La mauvaise humeur, la crainte et l'apoplexie pesaient sur ces honnêtes figures ; mais tout cela fit place au dédain et à l'ironie, lorsque, sous leurs nez bourgeonnés, passa, tiré par un pur-sang anglais, le joli traîneau de la sémillante Madeleine Bouvart.

Vers cette époque, le chemin du Cap-Rouge était déjà le rendez vous aristocratique des belles et des mignons du temps.

Madeleine n'était pas la dernière rendue à cette course au clocher, où qui le voulait, et surtout qui le pouvait, venait étaler l'élégance de ses fourrures et la fraîcheur de ses équipages, sous les yeux des éternels badeaux de ma ville natale.

Chaque jour, à heures fixes, on voyait ainsi passer le gracieux *sleigh* de Madeleine, glissant sans bruit sur la neige soyeuse, ne laissant derrière lui que les deux minces filets tracés par ses légers patins, et se faisant précéder par le son argentin des petites clochettes qu'agitait fièrement son magnifique coursier.

Alors les envieux disaient :

— Est-elle heureuse cette petite Bouvart !

Les compatissants murmuraient :

— Quel malheur n'a-t-elle pas eu de perdre son père ? un si honnête homme !

Madeleine n'en tenait pas moins fièrement ses rênes.

Son traîneau filait, puis disparaissait au loin sur la route blanchie, et autant en emportait le vent.

Ce jour-là, elle allait encore plus grand train que d'habitude.

La tête penchée en avant, le corps gracieusement incliné sur la chaude fourrure d'ours noir qui empêchait le froid de décembre d'arriver jusqu'aux petits pieds de Madeleine, elle laissait toute liberté d'allure à son cheval.

Il fallait que le diable fût à ses trousses, car autrement mademoiselle Bouvart n'aurait certes pas oublié de servir une verte semonce à son cocher John qui, l'œil au guet, l'oreille tendue, oubliait irrévérencieusement depuis un quart de lieue de se croiser les bras, comme cela se pratique d'ordinaire chez les porteurs de livrée dans les bonnes maisons.

C'est que, voyez-vous, l'ennemi était signalé aux approches du bois Gomin, et le général Montgomery arrivait, tambours battants, précédé de la terrifiante nouvelle qu'il n'avait fait qu'une seule bouchée du Fort Saint-Jean et des villes de Montréal, de Sorel et des Trois-Rivières.

On avait bravé Arnold ; mais devant le terrible général tout le monde sentait la panique l'envahir.

Au loin, dans la campagne, si loin que l'œil pouvait aller, il n'entrevoyait que bourgeois importants et gourmés, renfoncés dans leurs petites carrioles et devisant sur un ton bourru de la perspective d'être privés, pour quelque temps, de leur promenade favorite ; paysans, tirant péniblement derrière eux leurs traînes surchargées d'effets, de linge et de pauvres meubles, presque tous des souvenirs de famille ; élégants, oublieux pour ce jour-là, de la pose et de leur coupe d'habits ; officiers et soldats se repliant des avant-postes.

Tous ces gens criaient, juraient, se bousculaient et semaient devant eux la consternation et l'effroi.

Seul, le cheval de Madeleine habilement manœuvré, passait au milieu de ce tohu-bohu sans rien heurter, et s'avançait grand train vers la porte Saint-Louis.

Déjà il s'était engagé dans le labyrinthe fortifié qui, hier encore, en défendait les approches, lorsque tout à coup il fallut s'arrêter.

La foule était devenue si compacte qu'il n'y avait plus possibilité d'avancer, et, les naseaux fumants, le jarret finement cambré, le coursier de Madeleine se mit à faire queue au milieu de cette mer humaine qui montait toujours autour de lui.

Sous l'arche grisâtre et massive de la porte Saint-Louis, deux compagnies de grenadiers anglais faisaient haie, l'arme au bras.

Entre leurs files silencieuses passaient, une par une, toutes les personnes qui, sous les yeux de l'officier commandant, donnaient preuve qu'elles étaient munies de provisions pour huit mois, et promettaient de faire le service de la place.

L'interrogatoire n'était pas long ; mais il faisait froid, et, tout en battant de la semelle, de groupe en groupe on se décochait des interpellations.

— Aïe ! dites-donc, là-bas, maître Chabot, est-ce vrai que le gouverneur Carleton a failli se faire pincer à la Pointe-aux-Trembles par MM. les Bostonnais ?

— Comment, si c'est vrai, père Lépine ! mais il sortait par un bout du village, tandis que Montgomery entrait par l'autre. Le gouverneur filait roide, paraît-il, soit dit sans aucune responsabilité de ma part, car c'est le petit Blanchet qui nous a rapporté ça.

— Ah! tout de même, il devait avoir de fières jambes, notre Anglais, observa le gros Dionne ; car on nous assure qu'il faut aller dru pour ne pas tomber entre les longues pattes de ces *Congréganistes*[1].

— Nous verrons bien si la chance le suivra toujours, notre gouverneur ; dans huit mois tout sera fini, si l'on en croit l'ordonnance qui nous prescrit de faire des provisions pour ce temps de vacances. Dans huit mois nous saurons donc qui aura gagné.

— Oui, je l'espère, monsieur Landry ; quant à moi, je suis en règle de ce côté. Je les mangerai tranquillement, mes vivres ; car je crois qu'il vaut mieux ne pas se mêler de ces quatre sous-là, et laisser ces gens se débrouiller entre eux. Que les Anglais se grugent entre Anglais, c'est leur affaire ; et depuis que j'ai laissé ma jambe au moulin Dumont[2], si d'un côté je

---

1. La verve gauloise des Canadiens français avait donné ce nom aux partisans du Congrès.
2. Le moulin Dumont se trouvait situé près de la propriété de M. Chouinard, sur le chemin Sainte-Foye, sur le petit ruisseau qui coule à gauche du Monument des Braves.

ne souffre plus qu'on me marche sur le pied, de l'autre, je n'écrase plus les orteils de personne.

Et pendant que ces conversations couraient au milieu des francs rires de la foule, elle s'écoulait lentement, sous les yeux scrutateurs du capitaine anglais.

Déjà, le tour de Madeleine Bouvart était venu, et même elle avait penché hors de son traîneau sa petite tête d'hirondelle, pour mieux mignarder une jolie parole à l'oreille de l'officier, lorsque celui-ci lui dit brusquement :

— Mademoiselle, j'ai ordre de ne pas vous laisser entrer en ville.

— Moi, capitaine, fit-elle d'un air étonné ; mais M. le gouverneur craindrait-il plus mes yeux que les balles d'Arnold ?

— Je ne saurais vous dire, mademoiselle, ce que M. le gouverneur craint le plus ; mais ce que je puis vous exprimer, c'est l'immense regret que va me laisser l'exécution d'une consigne formelle.

La voici :

Il sortit de la doublure de sa tunique un papier scellé aux armes de Sir Guy Carleton, et le lut lentement, en pesant sur chaque mot :

Le gouverneur, désirant se mettre à l'abri de la trahison, et se débarrasser des bouches inutiles, défend jusqu'à nouvel ordre l'entrée de la ville aux personnes suivantes ;

Et l'officier, plaçant son doigt sur une des lignes de la nomenclature, s'inclina légèrement en disant :

— Eh bien ! mademoiselle ?

Madeleine ne répondit pas.

Il fut pris et repris pendant la dernière bataille des Plaines d'Abraham et cinq compagnies de grenadiers commandées par le capitaine d'Aiguebelles y périrent presque entièrement. Il ne serait peut-être pas mal à propos de rappeler ici ce que Garneau dit à propos de cette dernière victoire française près de Québec :

« Les Français n'avaient que les trois petites pièces de canon qui avaient pu passer le marais de la Suète à opposer aux 22 bouches de l'ennemi. »

Une larme brilla, et descendit lentement le long de ses joues rougies, ce qui ne lui était pas arrivé depuis longtemps ; et, faisant effort pour contenir sa honte, elle dit tout simplement :

— John, tournez le cheval vers le Cap-Rouge.

Le cocher fit ce que Madeleine commanda ; puis, lui remettant les rênes en mains, il s'inclina en essayant un de ses sourires les plus gracieux :

— Mademoiselle, lui dit-il, on est mieux en dedans, qu'en dehors des murs par un temps pareil, et comme je ne suis pas compris dans la liste de son Excellence, j'en profite pour rentrer en ville.

Madeleine resta impassible sous le coup de ce nouvel affront ; d'une main ferme elle fouetta vigoureusement son cheval, et bientôt femme et coursier se perdirent sous la nuit qui s'allongeait noire et pleine d'alerte sur la campagne canadienne.

En arrière, fier et superbe, se dressait le vieux Québec, encore une fois resté seul face à face avec l'ennemi de la patrie.

En avant courait la ceinture des bivouacs de Montgomery et d'Arnold.

Tout était morne et grave entre ces deux lignes de feu où, côte à côte depuis tantôt quinze ans sommeillaient paisiblement sous la neige, les grenadiers du Béarn et les montagnards écossais.

Bientôt un qui-vive sonore retentit au milieu de ce calme sinistre ; puis, tout rentra dans le terrible silence.

C'était la femme honnie qui arrivait au camp américain, et Madeleine Bouvart venait de passer à l'ennemi.

II

Entre la poire et le fromage

Depuis bientôt près d'un mois l'état de siège durait sans amener aucun résultat définitif.

Par-ci par-là, un maraudeur se faisait pincer.

De fois à autres, on tirait une salve à boulets sur les murs de la ville.

Des éclaireurs, cachés dans des trous de loups, lançaient sur le rempart des flèches au bout desquelles on avait attaché des lettres adressées aux bourgeois influents de la ville.

Puis, c'était tout; l'assiégeant se bornait à ces démonstrations plus bruyantes qu'hostiles.

En revanche, il faisait longue et douceureuse sieste, à la maison Holland, où Montgomery avait su retrouver des délices de Capoue.

Chaque soir on buvait sec et l'on mangeait bon, au quartier général américain, et bien que la plupart des officiers bostonnais eussent été en peine de justifier leur seize quartiers de noblesse, ils posaient pour le torse et déchiraient de l'Anglais à pleines dents [3].

Madeleine s'était faufilée en haute faveur auprès de ces messieurs. Elle posait en victime, coquettait avec celui-ci, enjôlait celui-là, souriait à tous; ce qui l'avait rendue la coqueluche de l'état-major, le général inclus.

C'était elle qui tenait la droite de la table du mess, à côté de Montgomery, et ce soir-là quelqu'un qui serait entré dans la grande salle de l'*Holland-House*, l'aurait aperçue faisant scin-

---

3. *You can have no conception what kind of men composed their officers. Of those we took, one major was a black-smith, another a hatter; of their captains there was a butcher, a —, a tanner, a shoemaker, a tavern keeper, etc. Yet they pretend to be gentlemen.* (Lettre du colonel Caldwell)

tiller son verre plein de Xérès à la blanche clarté d'un candélabre emprunté sans bruit à la villa du colonel Caldwell[4].

Madeleine écoutait distraitement le général lui dire :

— Oui, mademoiselle, c'est comme j'ai l'honneur de vous le confier. À la Noël, ce qui sera après demain, je vous invite à venir dîner aux quartiers-généraux du vieux Carleton[5].

— Pardon, mon général, de l'interruption ; mais je crois que l'invitation est un tant soit peu prématurée. Arnold ne sera pas prêt ; la petite vérole commence à se propager dans son camp, et les Canadiens refusent de prendre l'argent du congrès, ce qui rend les vivres difficiles pour la troupe ; ne vaudrait-il pas mieux retarder ?

— Vous êtes un pessimiste, colonel Levingston, et vous voyez tout en noir. Je sais que vous détestez Arnold, et vous n'êtes pas le seul ; c'est ce qui vous empêche de voir que ses troupes sont animées du meilleur esprit. D'ailleurs, il faut que cela finisse. J'ai pris une résolution, et puisque vous étiez absent du conseil de guerre tenu ce matin, je suis heureux de vous mettre au courant de la situation.

À la prochaine giboulée de neige, Arnold, avec son contingent, se glisse du côté de Saint-Roch et enlève les barricades et les batteries du Sault-au-Matelot ; vous, colonel, vous dirigez une fausse attaque contre la porte Saint-Jean ; le major Brown en fait autant du côté de la citadelle, et moi je me faufile sous le cap par la rue Champlain et j'enlève la batterie de Près-de-Ville. Québec est ouvert du côté de la basse-ville ; Arnold et moi, nous faisons jonction et nous arrivons tambours battants au centre de la place, pendant que la garnison attirée

---

4. La villa du colonel Caldwell s'appelait *Sans Bruit*. Elle fut pillée et brûlée par les troupes américaines.

5. *Montgomery had declared his intention of dining in Quebec on Christmas Day.* (Lettre du colonel Caldwell)

sur le rempart par tout votre tintamarre et celui de Brown, n'y verra que du feu. Est-ce clair et précis?

— Halte-là! mon général, reprit un vieux médecin major qui passait pour être le plus érudit de l'armée. Québec n'est ni Saint-Jean, ni Montréal, ni Sorel, ni Trois-Rivières. Il faut le mâcher tout doucement; car la digestion en est pénible, et Murray a failli y gagner la dispepsie.

— Bah! major, faites manœuvrer vos pilules comme vous l'entendrez, et laissez-moi mes balles et mes boulets. Si cela ne suffit pas, je ferai goûter des Plaines d'Abraham au vieux Carleton. Ça me connaît, les Plaines d'Abraham; j'y étais jadis.

— Mais savez-vous, général, que vous n'êtes pas aussi jeune que je le croyais, interrompit l'agaçante Madeleine.

— Que voulez-vous, mademoiselle, le harnais blanchit vite celui qui le porte. Alors, je n'étais que capitaine: depuis, pour monter en grade, il m'a bien fallu en voir d'autres.

— Mais, Dieu me pardonne, vous devenez vantard et coquet, général. Quel était l'heureux régiment qui recélait un pareil capitaine, don Juan?

— Le 43e, mademoiselle. Ah! c'était un fier régiment, qui n'eut qu'un tort à mes yeux, celui de ne pas s'être rangé sous le drapeau du Congrès.

— Mais, mon général, reprit l'intrépide érudit, il me semble que cela aurait été difficile en 1759; le Congrès dormait alors paisiblement dans le néant, tandis que son père Washington était encore tout engourdi des suites de la capitulation du Fort Nécessité.

— Vous me tenez le langage d'un loyaliste, major, et si vous continuez, cela pourrait finir par une bonne dose d'arrêts de rigueur. Rien de tel pour changer le cours des idées. Quant à vous autres, messieurs, puisque le bal va bientôt s'ouvrir, n'oubliez pas les instructions que le Congrès nous a données. Respectez les croyances religieuses du pays, payez libéralement tous les vivres et les objets qui vous seront indispensables, punissez avec rigueur les soldats qui commettront quelques désordres, poursuivez et harcelez les troupes anglaises ; mais évitez de vexer le peuple et de rien faire qui puisse le rendre hostile à la cause américaine.

— Vous êtes bon, général, interrompit Madeleine, et je voudrais que tout Canadien français vous entendît prononcer ces paroles de conciliation.

— Mademoiselle, j'accepte vos compliments, bien que je ne les mérite pas, car je ne connais qu'une chose, moi : c'est la consigne. Pour preuve, c'est qu'en 1759, — ce qui commence à se faire loin — je ne songeais guère à écrire des protestations de dévouement aux Canadiens français. J'étais alors cantonné dans un petit village de la côte-nord, à Saint-Joachim, et là...

— Comment ? Vous êtes allé à Saint-Joachim ? Mais contez-moi ça général, cela doit être curieux, reprit Madeleine d'une voix légèrement tremblotante.

— Mon Dieu, ce récit ne sera pas long ; et le petit voyage d'agrément que je fis alors peut se résumer aussi laconiquement que le tour des Gaules de César.

Sur mon passage, j'ai tout brûlé, tout pillé, tout massacré. Mille tonnerres ! c'était ma consigne qui le voulait ainsi, et elle me rend furieux ou sentimental à son gré. À preuve, c'est qu'elle faillit me brouiller avec un lieutenant du 78e Highlander.

Ce jeune freluquet s'arrogeait le droit de grâce, et déjà deux paysans, le père et le fils, s'étaient mis sous sa haute et puissante protection.

Il me semble encore les voir, les mains dans leurs poches d'habit tout déchiré, le père avec ses grands cheveux blancs friselant au vent, le fils portant, tête basse, sa tuque rouge, et se faufilant tous deux dans un champ de blé que mes hommes avaient oublié de saccager.

Je tenais à faire un exemple et à montrer au jeune lieutenant Fraser que l'on ne bravait pas impunément les ordres du général Wolfe.

Je fis donc prendre le jeune homme par un sergent de confiance et le fis tuer à coup de tomahawk, sous les yeux paternels.

Puis ce fut le tour du vieux.

Ah! pour celui-là, je fus miséricordieux.

Je me contentai de le faire fusiller, ce qui n'empêcha point mon sous-officier en verve de les scalper tous deux[6].

Quels temps c'était là! Saint-Joachim, Sainte-Anne, le Château-Richer, l'Ange-Gardien, Montmorency, tous ces villages flambèrent comme s'ils eussent été construits en tondre[7].

On savait faire la guerre alors! c'étaient le canon, la fusillade, la torche qui commandaient, tandis qu'aujourd'hui il faut y aller prudemment à grands coups de proclamations.

Madeleine n'avait pas entendu ces dernières paroles du général.

Elle s'était péniblement glissée hors de table, prétextant la fatigue, et avait regagné le fond de ses appartements.

Pourtant qui l'aurait vue se traîner le long du corridor, le front haut, l'œil humide et plein de lueurs fauves, n'aurait guère trouvé l'énervement sur ce visage pâle.

Dans sa pensée, le général Montgomery n'était plus qu'un vil meurtrier, et un étrange frisson passait sur cette frêle charpente de femme.

---

6. *There were several of the enemy killed, and wounded, and a few prisoners taken, all of whom the barbarous Captain Montgomery, who commanded us, ordered to be butchered in a most inhuman and cruel manner particularly two, whom I sent prisoners by a sergeant, after giving them quarter, and engaging that they should not be killed, were one shot, and the other knocked down with a Tomahawk (a little hatchet) and both scalped in my absence.* (Journal of Lieut. Malcolm Fraser 1759)

7. *We burned and destroyed upwards of 1400 fine farm houses, for we during the siege where masters of a great part of their country along shore and parties were almost continually kept out ravaging the country; so that it will take them half a century to recover the damage.* (Journal of the expedition up the river St. Lawrence publié dans le *New York Mercury* du 31 décembre 1859)

Deux cadavres muets se dressaient devant elle.

Les deux paysans, qui, sans tombes et sans prières, gisaient enfouis sous les guérets de Saint-Joachim, étaient le père et le frère de Madeleine Bouvart!

Implacables, ils lui montraient qu'avant tout on se devait à la patrie.

III

La nuit du 31 décembre 1775

La neige tombait drue et floconneuse.

Un vent de nord-est passait lugubre et mugissant, tordant le faîte des chênes et des pins qui se dressaient jadis le long du chemin Saint-Louis.

En haut, il faisait sombre et noir partout, et sur le sol, aussi loin que l'œil pouvait s'étendre, on ne voyait qu'un immense linceul blanc s'allonger devant lui.

On aurait dit que le ciel écroulé s'en venait demander un point d'appui à la terre.

Les feux du bivouac étaient enfouis sous les draperies de la tempête, les chiens de ferme hurlaient au néant qui semblait les envelopper; tout était triste et poignant dans cette terrible nuit du Nord, et pourtant une femme s'en allait au milieu du chaos.

Seule, en tête-à-tête avec la tourmente, elle allait toujours.

Le vent glaçait son voile, ses cheveux se roidissaient sous le givre, ses mains étaient bleuies par les étreintes de l'onglée, son petit pied se retirait péniblement d'un abîme pour retomber dans un abîme, et, sans souci de l'ouragan, isolée dans cet isolement, la pauvrette allait toujours.

Il fallait être trempé d'une volonté d'acier pour sortir par un temps pareil, et tantôt trébuchante, tantôt se relevant, elle allait toujours droit devant elle, lorsque tout à coup elle s'arrêta sous un des enlacements de la rafale.

Un qui-vive imperceptible venait de traverser la tempête.

Alors des ombres se rapprochèrent; un chuchotement se fit entendre, et des groupes se perdirent au milieu des immenses spirales de neige que chassait devant lui le terrible nord-est.

On faisait maigre et monotone vie dans le vieux Québec assiégé, bien que ses habitants dussent commencer à en prendre l'habitude, car leur ville en était à son cinquième siège[8].

Ce soir-là, la tête courbée sur un monceau de cartes et de paperasses, le général Carleton dépouillait les rapports de grand'gardes et d'avant-postes.

Son front était soucieux, ses joues ridées, et à mesure qu'il lisait, il paraissait s'être plongé dans la plus profonde des perplexités. L'ennemi ne faisait pas un mouvement; en ville on sait qu'il manquait d'argent, de vivres, de munitions, que la maladie et la défection décimaient ses rangs, que la population restait neutre et indécise; et, malgré ces informations précises, le général Carleton, en homme prudent, s'était décidé à ne pas remuer.

En ce moment d'inquiétude il se demandait si son rival, le général Montgomery, serait du même avis que lui.

Tout surchargé du poids de ce dilemme, le général anglais s'était levé, avait fait quelques tours dans sa chambre, tisonnant son feu et faisant tout ce qu'un honnête homme peut faire quand il a l'esprit mal à l'aise, lorsqu'un léger coup retentit à la porte.

Un aide de camp entra.

— Mon général, dit-il, une femme désire vous parler.

---

8. Le siège de 1629 par Daniel Kertk; en 1690 par l'amiral Phips; en 1759 par le général Wolfe, en 1760 par le chevalier de Lévis et en 1775 par le général Montgomery.

— Diable ! il se fait tard, capitaine, pour écouter encore des réclamations ; la journée s'est passée à cette besogne et voilà que l'on me gruge ma nuit.

Savez-vous ce qu'elle veut, cette femme ?

— Elle assure qu'elle a quelques importantes révélations à vous faire, et vous prie de l'admettre sur l'heure, mon général.

— C'est différent alors ; faites entrer, capitaine.

Madeleine Bouvart, toute frissonnante de froid et de vengeance, apparut sur le seuil.

— Quoi ! mademoiselle, s'écria Carleton, vous ici ! mais à quel heureux hasard dois-je attribuer l'honneur de cette visite ?

— Veuillez le croire, ce n'est pas à votre proclamation, général ; mais comme je ne viens pas vous apporter ma rancune, vous me permettrez d'aller droit au but de ma visite. Cette nuit l'ennemi tente l'assaut de la ville ; à l'heure qu'il est, ses colonnes sont en marche, et comme le temps presse, je serai laconique, ce qui vous surprendra de la part d'une femme.

Alors Madeleine se prit à lui donner les détails du plan que Montgomery avait communiqué au colonel Levingston.

À mesure qu'elle parlait, le front du vieux général devenait radieux.

Si Carleton avait la prudence, je ne dirai pas de Fabius, ce qui sent un peu l'antique, mais j'écrirai de plus d'un ministre de ma connaissance, en revanche, à ses heures, il ne détestait pas de humer les parfums de la poudre. Depuis trois jours déjà, il flairait cette attaque ; mais son caractère indécis ne pouvait s'arrêter sur une certitude.

Madeleine Bouvart venait de la lui faire toucher, et, revêtant aussitôt son caban en fourrures et passant son épée, il se mit en devoir de sortir.

— Quant à vous, mademoiselle, dit-il, en lui offrant galamment le bras, je vais vous remettre aux soins bienveillants de madame Campbell, une brave femme qui se mettra en quatre pour vous.

Et comme sous la broderie de son dolman il sentait battre le petit cœur de Madeleine, il ajouta tout affectueusement :

— Vous qui avez été si brave, n'allez pas du moins vous effrayer du tintamarre de cette nuit. Nous ferons bonne et loyale garde ; puis, demain, s'il fait beau, en faisant la promenade, je vous montrerai comment on a su repousser les traîtres et les déserteurs du vieux drapeau anglais.

— Général, répliqua gravement Madeleine, soyez sans inquiétude sur mon compte ; une amie m'attend précisément dans cette maison blanche que vous voyez près du château Saint-Louis. Bonsoir, général.

— Bonsoir, mademoiselle, rêvez que nous avons la victoire et la paix.

Et le vieux général s'éloigna.

Madeleine tira alors de dessous sa mante un pistolet d'arçon et l'examina en se disant :

— Allez toujours, général ; vous n'avez affaire qu'au général Montgomery, tandis que moi, j'ai à faire justice de l'envahisseur de mon pays et du meurtrier de ma famille.

Et elle descendit par la côte de la Montagne, vers la rue Champlain.

À quatre heures du matin, toutes les colonnes ennemies étaient parvenues au rendez-vous assigné.

Rien à l'intérieur de la ville ne décelait que l'on s'était aperçu de leur présence. Rien au dehors n'indiquait à l'ennemi que l'éveil était donné, et que partout les postes avaient été doublés.

Tout à coup, deux fusées montèrent dans le ciel noir, et ce fut là le signal.

Alors la ville s'enveloppa dans une ceinture de fer et de feu.

Partout les détonations se croisaient.

La porte Saint-Louis tremblait sur ses gonds, le Sault-au-Matelot versait la mitraille sur Saint-Roch. La porte Saint-Jean s'éclairait de sinistres lueurs. Une pluie de balles et de boulets s'engouffrait par la rue Champlain, et, frappant les rocs et les aspérités du cap Diamant, fractionnait projectile sur projectile.

Québec tout rajeuni sentait couler fièrement son sang dans sa veine large et généreuse, et retrouvait enfin son indomptable ardeur militaire.

La canonnade mêlait ses notes basses aux crépitements de la fusillade, et la mort semblait planer suspendue au haut de l'aile de la tempête qui passait toujours, emportant dans ses replis l'année qui finissait et mêlant à la poussière de ses vanités beaucoup de sang et beaucoup de sanglots.

Il en fut ainsi jusqu'à la matinée; puis tout se refit paix et silence.

Québec était sauvé des horreurs du sac et du pillage.

Dans la journée, on déblaya la neige autour des morts.

Presque au pied de la barricade de Près-de-Ville, on trouva le général Montgomery, tout ensanglanté et tout roidi par le froid. À ses pieds gisaient onze cadavres, et parmi eux une femme qui avait eu l'épaule arrachée par un boulet.

C'était Madeleine Bouvart.

Elle était morte pour une grande cause, en priant Celui qui pardonna sa sainte patronne, la blonde Madeleine de la Thébaïde.

Dieu, sans doute, a su la juger plus haut que les hommes; ceux-ci lui donnèrent l'oubli des vivants.

Carleton négligea l'humble nom dans ses dépêches; Québec ne fut pas reconnaissant, et l'histoire est restée muette sur l'héroïsme de la pauvre femme qui, sans guide, sans protection, sans conseil, ne trouva devant elle que la flatterie, la méchanceté, le mensonge ici-bas, et ne put vraiment donner sur terre que ce qu'elle avait au fond de l'âme, une prière suprême et le dévouement à la patrie.

(*À la brunante*, Duvernay et Dansereau, 1874)

Benjamin Sulte

Né à Trois-Rivières le 17 septembre 1841, Benjamin Sulte est le fils de Benjamin Sulte, navigateur, et de Marie-Antoinette Lefebvre. En 1851, il doit quitter l'école pour subvenir à ses besoins. Tantôt commissionnaire, tantôt comptable ou commerçant, il exerce divers métiers jusqu'en 1863. Attiré par la vie militaire, il s'engage dans une compagnie d'infanterie (1863), participe à quelques campagnes, étudie à l'École militaire de Québec (1865) et, finalement, est libéré en juillet 1866. Pendant ce temps, ses articles paraissent régulièrement dans les revues et journaux. À Ottawa, en 1866, il devient rédacteur au Canada, *mais passe bientôt à la fonction publique, d'abord comme traducteur à la Chambre des communes (automne 1867) et ensuite comme chef de division au département de la Milice (mai 1870). Il prend sa retraite en 1903 et meurt à Ottawa le 6 août 1923. Il a épousé le 3 mai 1871 Augustine Parent, fille d'Étienne Parent. Président de l'Institut canadien-français d'Ottawa (1874), président fondateur de l'Institut littéraire de Trois-Rivières, membre-fondateur de la Société royale du Canada en 1882, il a dispersé ses poèmes, ses articles de critique, chroniques, études historiques et nouvelles dans une centaine de périodiques, dont quelques-uns de langue anglaise. Il a également publié plusieurs ouvrages, dont* Les Laurentiennes *et* L'histoire des Canadiens français.

Le loup-garou

Ah! les histoires merveilleuses, surnaturelles, incroyables, je les adore!

Les récits de vrais revenants qui vous donnent la chair de poule à gros grain, c'est cela qui captive l'attention!

Les aventures mystérieuses, horribles, *cauchemardesques*, ne les aimez-vous pas comme moi?

Je vais vous narrer ce qui, à ma connaissance, a eu lieu dans les bois du Saint-Maurice, voilà un peu plus de trente ans.

J'ai vu, je le répète — vu de mes yeux.

Le lecteur va se dire:

— Enfin! je rencontre un conteur qui n'a rien emprunté à un autre conteur, car il a été témoin du fait — ce qui est bien le merle blanc à trouver lorsque l'on parle d'histoire de loup-garou. Soyons tout oreilles.

C'est très aimable de votre part, ami lecteur, très aimable, aussi vais-je faire de mon mieux pour mériter votre confiance.

Entrons en matière, c'est un de mes amis qui parle:

J'étais en tournée dans les chantiers du haut de la rivière aux Rats, dit-il, et je venais de me débotter devant la cambuse de Pierre Miron, contremaître de chantier, lorsque le cuisinier, me tirant à part, me confia une grande nouvelle.

Le diable rôdait dans les environs en personne naturelle!

Tout ce qu'il peut y avoir de plus diable et de plus vivant!

— Bah! tu badines, lui dis-je.

— Badiner, Monsieur? moi badiner avec ces choses-là! le bon Dieu m'en préserve! Ce que je vais vous dire est «hors du commun». Écoutez-moi un instant, je vous prie.

— Parle, parle, tu m'intéresses déjà rien qu'avec tes airs et ta mine effrayée.

— Eh bien, Monsieur, je dois vous dire que, voilà une semaine, le gros Pothier est parti «de la campe» le soir pour tirer de l'eau à la fontaine, à deux petits arpents d'ici. Il n'était pas à cinquante pieds qu'il revint en courant comme un homme poursuivi et nous assura qu'il avait reçu un coup de bâton sur la tête. En effet, il avait une écorchure au cou près de l'oreille. Comme son casque était tombé et qu'il n'avait pas pris le temps de le ramasser pour s'enfuir, et comme d'un autre côté on voulait savoir d'où venait l'attaque, plusieurs hommes se rendirent sur les lieux, mais sans succès. Il fallut revenir. Je suivais les autres, et sans m'en apercevoir, je me trouvais le dernier, lorsque tout à coup je fus aveuglé par une «claque» sur chaque œil et je sentis qu'on me saisissait aux cheveux. Vous pensez si je criais! Quand on me releva, je n'avais presque pas de connaissance...

— Tu avais donc été frappé bien fort?

— Pour ce qui est de ça, oui, une paire de «claques» terribles, mais c'est tout... excepté que mon casque avait disparu; c'est en me l'enlevant que le manitou m'avait tiré les cheveux.

— Comment expliques-tu cela?

— Personne ne peut l'expliquer. Il y a des gens qui prétendent que nous avons affaire à l'âme d'un charretier de bœufs, mort en reniant Dieu dans ces endroits ici, il y a plusieurs années; d'autres disent d'autres choses, mais c'est une affaire effrayante tout de même. Demain, nous quitterons tous le chantier.

Comme le cuisinier achevait ces mots et que je me récriais contre la décision qu'il venait de m'annoncer, Pierre Miron, suivi de tous ses hommes, entra dans la «campe».

— Qu'est-ce que cela veut donc dire, Pierre? vous parlez de départ! En plein mois de janvier, vous n'ignorez pas la perte que cela devra occasionner.

— Ah! M. Charles, ce n'est pas un badinage — je suis resté le dernier à méconnaître le sortilège, mais hier soir, je me suis rendu à l'accord général. C'était le sixième casque qui partait...

— Le sixième casque, celui de France Pigeon.

— Le cinquième était celui de Philippe Lortie.

— Le quatrième, celui de Théodore Laviolette.

— Le troisième...

— Ah ça! leur dis-je en cherchant à me montrer un peu en colère, êtes-vous tous devenus fous! Quel conte bleu me faites-vous là; on croirait, à vous entendre, que le diable loge ici.

— M. Charles, reprit Miron d'un air grave et convaincu, c'est une affaire sérieuse comme personne n'en a vu.

— Eh bien! mes amis, leur dis-je à tous, si vous voulez rester ici ce soir, je tâcherai de me convaincre par moi-même de ce que l'on dit. Demain avant-midi, Olivier Lachance, contremaître en chef, doit me rejoindre; nous déciderons alors ce que nous aurons à faire.

— Convenu! mais pas plus tard que demain.

— Pas plus tard que demain. Le souper fut servi au crépuscule, ce qui était nouveau au chantier, où le travail dans la forêt durait d'ordinaire «jusqu'aux étoiles». Personne ne voulait plus rester hors du campement à l'heure où la nuit succède au jour, comme disent les gens qui s'expriment en belles paroles mesurées par cadence, avec des rimes au bout des lignes.

Quand ce fut sur les huit heures, je proposai d'accompagner celui qui voudrait se rendre à la fontaine, puiser de l'eau.

Je promettais de «couper» l'eau avec le contenu d'un flacon de genièvre, *vulgo* «gin».

Personne ne répondit à l'invitation.

Je ne voulais cependant pas en démordre. Je me levai tranquillement, coiffai mon casque avec un soin que je désirais que l'on remarquât, et prenant en main une chaudière, je me dirigeai vers la porte en disant :

— J'irai bien tout seul! Rendu dehors, tous les hommes étaient sur mes talons, protestant de leur bonne volonté, mais soutenant aussi que le diable allait encore nous jouer quelque nouveau tour.

— Bah! leur dis-je en plaisantant, pour voir à quel point le sentiment de cette terreur extraordinaire les dominait, — j'ai déjà «délivré» un loup-garou; il ne me sera pas difficile d'en rencontrer un second.

Nous allâmes à la fontaine. C'était une claire fontaine comme toutes celles que vous connaissez. Le cuisinier rapporta la chaudière pleine d'eau. Nous l'escortions en masse serrée; — rien d'étrange ne signala notre marche, soit en allant soit en revenant.

Le genièvre coula jusqu'à la dernière goutte du flacon. À la ronde finale, les plus nerveux parlaient de sortir et de provoquer en combat singulier le manitou du Saint-Maurice. En homme rusé, je soutenais que personne n'oserait accomplir cette prouesse. Au plus fort de la contestation, la porte s'ouvrit brusquement et Olivier Lachance entra.

— Bonsoir la compagnie, dit-il. Je suis venu plus tôt que vous ne m'attendiez, parce qu'au chantier voisin j'ai entendu raconter des histoires qui ne me vont pas du tout.

Pierre Miron l'invita à s'asseoir. Je lui dis que l'affaire en question me paraissait prendre une tournure alarmante. Bref, nous lui contâmes tout ce qui pouvait l'éclairer sur la situation. Olivier est un homme tout d'une pièce, physiquement et moralement. Il eut bientôt pris un parti.

— Pierriche, dit-il, en s'adressant au petit garçon qui dans les chantiers sert de marmiton et d'aide au cuisinier, tu vas aller tout seul, puiser de l'eau à la fontaine, et moi je vais te suivre de l'œil, mais de l'œil seulement. Ne crains rien. Et vous autres, reprit-il, en se tournant vers les hommes, restez tranquilles — je défends que l'on cherche même à savoir ce que je vais faire.

Le petit garçon ne paraissait pas du tout rassuré.

— Voyons, lui dit fermement Olivier, tu n'as que faire de t'épeurer, je sais ce que c'est, et je te promets qu'il ne te sera pas fait de mal. À présent, prends la chaudière et surtout mets le plus gros casque du campement, c'est le point principal. Vous, M. Charles, veuillez rester ici à surveiller les hommes; je ne veux pas qu'ils me voient agir. Viens, mon garçon, termina-t-il en emmenant Pierriche. Et la porte se referma sur eux. Ils étaient dehors. Pendant dix minutes personne ne souffla mot autour de moi. Un malaise indéfinissable accablait tous les esprits. Ce silence fut rompu par des cris de détresse poussés par Pierriche et le gros rire de Lachance qui rentra presque sur le coup en tenant l'enfant par la main.

Le mystère était expliqué. Olivier avait vu le manitou!

Nous n'avions pas assez de paroles pour formuler toutes nos questions. Peine inutile, Olivier prétendait garder son secret jusqu'au lendemain.

Quant à l'enfant, interrogé, il répondit qu'il n'avait rien vu.

— En sortant, dit-il, M. Lachance se cacha, et moi je marchai vers la fontaine; je savais qu'il ne me perdait pas de vue: la nuit n'était pas très noire. Tout à coup, je l'entendis qui me disait: «Vite, vite, Pierriche, reviens!» C'est alors que je criai, car, en l'entendant m'appeler ainsi, j'eus peur qu'il y eût du danger; mais lui, il riait.

C'était tout. Impossible d'en savoir plus long. Je ne tentai même pas de faire parler Lachance sur ce sujet, car sa première parole en réponse aux interpellations des hommes du chantier avait été : « Vous saurez cela demain, soyez tranquilles ! »

*
* *

Le lendemain arriva. Dès sept heures du matin l'ouvrage recommençait dans la forêt pour se continuer jusqu'au soir.

Lachance, Pierriche et moi, nous restions au chantier.

Vers huit heures, Lachance avait chaussé ses raquettes, et une hachette à la main il allait d'un arbre à l'autre, choisissant les plus gros autour de notre logis, et frappant sur le tronc avec le dos ou la tête de son arme. Après chaque coup il levait les yeux vers le faîte de l'arbre et attendait un instant.

Au cinquième arbre, il poussa un cri de triomphe :

— Nous le tenons !

— Qui ?

— Le diable ! Le loup-garou. Tenez, regardez dans la fourche, là-haut. Nous regardons. Effectivement, dans une grosse fourche du dernier arbre frappé par Lachance, il y avait un être vivant, dont les gros yeux et la mine renfrognée manifestaient une mauvaise humeur mal contenue.

C'était un très gros hibou gris.

Lachance eut bientôt saisi sa carabine de chasse et abattu le gibier, qui à l'examen se trouva être prodigieusement fort, un roi de l'espèce.

— Hier soir, nous dit Lachance, quand je l'aperçus tout à coup qui planait au-dessus de la tête de Pierriche, j'eus peur pour cet enfant. Vrai, je le trouvais si puissamment découplé que je le croyais capable d'enlever le petit marmiton tout grandi. Mais au son de ma voix, il tarda de s'abattre et Pierriche eut le temps de revenir à moi. Du reste, en écoutant les récits des gens du chantier, j'avais déjà acquis la certitude qu'il devait y avoir du hibou là-dedans. Ces animaux-là sont plus effrontés qu'on ne le pense, et les plus gros comme celui-ci, ont une force surprenante. Regardez ces ailes, ces pattes, ces serres. C'est ça qui vous décoiffe un homme ! Sans compter qu'en s'abattant sur sa victime le hibou frappe, comme l'aigle, un double coup de ses ailes qui peut étourdir l'homme le plus solide. C'est ce qui est arrivé à nos gens.

— Vous pensez donc qu'ils retrouveront leurs coiffures ?

— Hé ! dardine, oui ! Dans le nid de l'oiseau vous les trouverez toutes les sept, mais laissez-moi faire, n'en dites rien aux hommes.

*
* *

Le soir arriva. Chacun au retour de l'ouvrage de la journée s'informait du résultat des recherches de Lachance.

— Soupez, dit celui-ci : après cela je vous le ferai voir.

L'art avec lequel notre contremaître en chef conduisait jusqu'au bout cette mystification défie toute tentative de description. L'apparente tranquillité d'esprit que sa figure revêt d'ordinaire était plus marquée que jamais au milieu des angoisses de ceux qui l'entouraient et que sa position et son air d'autorité tenaient en respect. Il mettait son plaisir à ne pas paraître s'occuper de cette terrible affaire, et feignait de la traiter avec le dernier mépris.

Le souper fini, il appela quelques-uns des bûcherons, leur fit prendre des haches, et accompagné de tout le monde, il marcha droit à l'arbre du hibou.

— Abattez-moi ça, commanda-t-il. Sans hésiter, les bûcherons se mirent à l'œuvre. Ils se perdaient en conjectures sur le but de ce singulier travail. Enfin l'arbre tomba.

— C'est bon, dit Lachance, en regardant les hommes. rentrons au chantier maintenant. Ceux qui ont perdu des casques pourront les reprendre dans le trou de la grosse fourche.

Et il désignait du doigt la partie de l'arbre où était cette fourche, très visible d'ailleurs.

On se figure aisément si la surprise fut grande. Le cuisinier se mit le premier à fouiller dans l'immense nid de hibou ; il en tira les sept casques en peu de temps.

Le diable s'était fait là un nid bien rembourré, bien capitonné, bien chaud !

Figurons-nous la gaieté des hommes pendant que le cuisinier retirait leurs couvre-chefs de la cachette de l'oiseau, et durant le trajet, depuis l'abre abattu jusqu'au campement.

La troupe joyeuse fit irruption autour de la cambuse en ciant : Hourra pour M. Lachance !

Lachance fumait tranquillement sa pipe et les regardait impassiblement.

À terre devant ses pieds était le corps du hibou que les hommes n'avaient pas encore vu.

— Hourra pour M. Lachance !

— Oui-dà ! riposta Lachance, une belle affaire ! Ça valait bien la peine de me presser tant de venir ici hier soir !

(E.-Z. MASSICOTTE, *Conteurs canadiens-français du XIXe siècle*, Montréal, C.O. Beauchemin, 1902)

Napoléon Legendre

Fils de François-Félix Legendre et de Marie-René Turcotte, Napoléon Legendre naît à Nicolet le 13 février 1841. Il fait ses études chez les frères de la doctrine chrétienne, à Lévis, et au collège Sainte-Marie, à Montréal. Admis au barreau en 1865, il délaisse peu à peu sa profession pour s'intéresser surtout à la littérature et au journalisme. Assistant-rédacteur du Journal de l'Instruction publique, *en 1873, il y fait paraître, entre autres textes, une série de nouvelles didactiques qu'il réunira en 1875 dans un recueil,* À mes enfants. *Il quitte son poste en 1875 et entre finalement dans la fonction publique provinciale comme greffier des journaux français du Conseil législatif (1876). Il collabore à plusieurs périodiques, dont* L'Opinion publique, L'Électeur *et* Le Soleil. *Il a laissé des romans (*Sabre et scalpel, *1872-1873, et* Annibal, *1898), des nouvelles, un recueil de poésie (*Les perce-neige, *1886), des chroniques (*Échos de Québec, *2 vol., 1877, et* Mélanges, Proses et vers, *1891) des essais (*La langue française au Canada, *1890,* Nos asiles d'aliénés, *1890). Membre fondateur de la Société royale du Canada, dont il fut vice-président, docteur ès lettres de l'Université Laval (1900), Napoléon Legendre meurt à Québec le 16 décembre 1907. Il a épousé, le 7 octobre 1867, Marie-Louise Saint-George Dupré.*

Le voyageur

I

À quelques lieues en deçà de la frontière des États-Unis, dans le comté de Shefford, se trouve un petit lac aux flots bleus, perdu dans la forêt. Ce lac, ou plutôt cet étang, comme son nom l'indique d'ailleurs, *Roxton Pond*, occupe un espace d'environ trois milles de circonférence, boisé de tous les côtés, et n'a, pour toute issue, qu'une petite rivière, ou mieux un ruisseau qui a conservé son nom sauvage de *Makouke*.

Rien de plus pittoresque, au clair de la lune, que cette nappe unie, reflétant dans ses eaux dormantes les sombres bois qui l'entourent.

Aujourd'hui, l'endroit est colonisé; un joli village s'est élevé à l'embouchure de la petite rivière qui alimente plusieurs manufactures florissantes. La hache infatigable du colon a déjà fait des percées qui laissent apercevoir, çà et là, le miroir du lac. Le bruit commence à se faire autour de ces solitudes poétiques que le souffle envahissant de l'industrie transformera bientôt en un foyer de fiévreuse activité. À mesure que le village augmente, la nature y perd de ses sauvages beautés, et le caquetage des commères remplace la chanson du chasseur et le bruit de sa pagaie qui seuls éveillaient les échos du lac.

Il y a trente ans, cependant, Roxton-Pond était encore une solitude, où trois ou quatre colons seulement, plus hardis que les autres, avaient élevé leur *log house*, au milieu de la forêt. Le printemps, toutefois, cette petite colonie s'augmentait d'une dizaine d'habitants *des bas* qui venaient, au commencement d'avril, passer une quinzaine dans le bois pour faire *les sucres*.

Ce territoire était alors composé, en partie, de lots blancs c'est-à-dire de terres qui étaient censées n'avoir pas de propriétaires, et sur lesquelles le premier venu, pouvait à un moment donné, s'établir, pour exploiter, soit les bois francs, en y faisant du sucre et du sel de potasse, soit les pruchières où les cèdrières en y faisant de l'écorce ou des perches. Plusieurs même s'établissaient définitivement sur un lot blanc, quitte à l'acheter plus tard du propriétaire, si jamais ce dernier se présentait.

Or, en l'année 1846, le nommé Joseph Jean était venu s'établir de bon printemps, sur un de ces lots blancs, dans une petite cabane en troncs d'arbres, bâtie en pleine forêt, à quelques arpents du lac. Jean était un cultivateur ruiné des anciennes paroisses.

Nous avons, Dieu merci, de belles et bonnes qualités, mais nous avons aussi, et malheureusement, de grands et de sérieux défauts. L'un de ces défauts, le principal, est l'entêtement dans la routine, et une horreur inexplicable pour tout ce qui ressemble, de près ou de loin, à une amélioration. «Mon père a fait ainsi, je dois faire de même.» Quand un de nos cultivateurs a lâché cette phrase suprême, c'est son dernier mot, sa raison finale, il n'en revient plus.

Ainsi, vous voyez une foule d'*habitants*, qui, depuis trente, quarante, et même cinquante ans, sèment toujours le même grain dans la même pièce de terre, et mettent leur mauvaise récolte sur le compte des mauvaises années, quoi que vous puissiez leur dire au contraire. D'autres laboureront avec un couteau à la charrue, dans les terrains pierreux, ou feront des planches de six pieds de large, dans les terres élevées et bien égouttées, où des planches de trente pieds leur donneraient moins d'ouvrage et plus de profit. D'autres enfin, au lieu de mettre les pierres de chaque côté du champ et en faire une muraille sèche, ce qui est d'une grande économie sans guère plus d'ouvrage, s'obstineront à les mettre en tas au milieu du champ, et à labourer chaque année autour de cet obstacle grossissant, avec une constance désespérante. Indiquez-leur l'amélioration, tâchez surtout de la leur faire adopter : autant vaudrait leur parler de marcher sur la tête.

Joseph Jean était malheureusement un de ces hommes encroûtés.

Possesseur d'un bien considérable, mais à demi épuisé par une mauvaise culture il avait toujours persisté à suivre la vieille routine ; et la récolte, de mauvaise qu'elle avait été d'abord, avait fini par devenir à peu près nulle. Comme, cependant, sa femme et ses deux grandes filles, moins routinières que lui, avaient adopté toutes les améliorations survenues dans les robes, les ombrelles et les chapeaux, il arriva ce qui arrive toujours : la chandelle, brûlée par les deux bouts, s'éteignit d'elle-même. Les chapeaux de haute couleur et les jupes à volants, au lieu d'attirer les maris, ouvrirent la porte aux hypothèques. Une fois qu'un cultivateur est réduit à emprunter, généralement, c'est un homme fini.

La terre de Joseph Jean fut vendue. Il prit alors le chemin du bois : triste fin pour les chapeaux à plumes des deux filles Célestina et Adamanta, et pour le superbe *castor* du fils unique Adjutor. Joseph Jean ressentit durement le coup qui le frappait ; mais il refoula les larmes du découragement prêtes à jaillir, et fit bonne contenance en face du malheur.

— Il est pénible, se disait-il, d'être mis dans le chemin à quarante-cinq ans ; mais avec du courage, et surtout avec l'aide de Dieu, je pourrai peut-être arriver à me tirer d'affaire.

Il y avait six mois qu'il était établi sur son lot, à Roxton

Pond, le soir du deux novembre, où nous prenons la liberté de faire pénétrer notre lecteur sous son modeste toit.

Durant l'été, Jean et son fils avaient abattu trois ou quatre arpents de bois et avaient vendu du sel de potasse pour une valeur de quatre dollars.

On ignore peut-être ce qu'était alors cette petite industrie. Le colon choisissait un endroit bien fourni en bois francs. Il en abattait les arbres qu'il réduisait en cendres. C'est avec ces cendres que se fait le sel qu'il fallait aller vendre à neuf milles, et souvent à quinze ou vingt milles de l'endroit, aux commerçants qui en font de la perlasse.

Le colon faisait ce trajet à pied, à travers les bois, avec une auge remplie de sel, sur la tête. Le voyage durait de deux à trois jours et ne rapportait que quelques chelins.

Pendant ce temps, la famille se nourrissait de fruits et de gibier, l'été; mais l'hiver, on jeûnait de deux jours l'un, et souvent on n'avait pour toute nourriture qu'une fort vilaine soupe faite avec des bourgeons de liard ou de bois-blanc.

La famille de Jean, cependant, avait été un peu moins à plaindre.

Autour du lac, les fruits et le gibier abondaient, et c'était une ressource précieuse pour les temps de gêne, qui forment la plus grande partie de toute l'année.

Les finances de Joseph Jean, néanmoins, étaient loin d'être prospères, et il voyait s'approcher, avec une certaine anxiété, la rude saison de l'hiver, pendant laquelle les fruits manquent, et la chasse rapporte peu.

Or, le soir du deux novembre, comme nous l'avons dit, la famille était réunie autour du poêle en tôle qui occupait le centre de la maison, et Joseph Jean fumait mélancoliquement sa pipe de terre cuite, pendant que sa femme, assise sur une pile de bois, s'occupait à raccommoder le linge de la maison.

Il était huit heures.

Au dehors, il faisait nuit noire, et une pluie froide, poussée par un vent violent, battait avec fureur contre la porte mal assujettie.

Les grands arbres craquaient sous l'effort de la bourrasque et mêlaient leurs plaintes monotones à tous les bruits sinistres du dehors.

Tout à coup, la porte s'ouvrit, — dans ces modestes demeures, on entre presque toujours sans frapper, — et un homme pénétra dans la maison, en refermant vivement la porte derrière lui.

— Tiens! c'est Grignon, dit Jean, qui avait relevé sa tête; entre, mon ami, et viens te réchauffer un peu. Quelles nouvelles?

Grignon était le plus proche voisin, demeurant à un mille sur la route.

— Il fait un temps de chien, dit-il, en secouant son bonnet tout trempé; ce n'est pas de refus; car le poêle s'endure, ce soir.

Il prit une bûche, et s'assit dessus, près du feu.

— Hum? dit-il, tout en bourrant et allumant la pipe traditionnelle, des nouvelles, il n'y en a pas beaucoup; seulement que je voudrais nous voir rendus au mois d'avril; l'hiver s'annonce dur.

— C'est justement, ce que me disait, tout à l'heure, ma femme Hélène, fit Jean; il y a bien du pauvre monde qui va souffrir. Encore, si le sel pouvait payer un peu; mais en hiver, on n'en fait pas beaucoup, et on ne va pas le vendre comme on veut.

— Les deux gars de Michel à Pierre partent de demain en quinze pour les hauts. On dit qu'il va se faire bien du bois, cet hiver, à Bytown, et qu'il y aura de l'argent à gagner.

— Oui, oui; j'ai entendu parler de ça, dit Jean, pas plus tard qu'hier, par le p'tit Cabana qui a envie d'y aller. Il paraît que les bourgeois veulent faire gros d'ouvrage. On parle de dix piastres par mois, avec la nourriture.

Les petits Michel m'ont dit douze ; mais dix est déjà beau ; quoique, au fond, c'est rudement gagné. Même que j'étais venu pour vous dire un mot, quoique ma bonne femme soit contre.

— Et elle a bien raison, dit Hélène, en s'approchant ; pour les jeunesses, passe ; mais pour les gens de votre âge, c'est pas un métier.

— Voyons, voyons, la femme, dit Jean, d'un ton doux, c'est pas par plaisir ; mais faut vivre, ça c'est une chose sûre.

— Moi, j'aime mieux plutôt aller travailler dans les facteries, dit Adamanta.

— Et moi aussi, dit Célestina ; ça fera deux bouches de moins, et on gagne gros par là...

— Pas toujours tant que je vivrai, interrompit Jean. Il en part plus sages qu'il n'en revient. Et puis, d'ailleurs, qu'est-ce que dirait Pitre, s'il te voyait partir pour là-bas ?

Adamanta, à qui s'adressait cette dernière remarque, rougit jusqu'aux yeux et pencha la tête sur son ouvrage.

Les deux hommes se mirent ensuite à l'écart et parlèrent longtemps. La nuit était fort avancée et toute la famille était couchée lorsqu'ils se séparèrent.

Joseph Jean avait été reconduire Grignon jusqu'en dehors du seuil.

— Ainsi, dit ce dernier, en donnant une poignée de main à Jean, c'est entendu ; quoi qu'en disent les femmes, je puis compter sur toi.

— Tu as ma parole, et tu sais ce que ça vaut.

Grignon s'éloigna en sifflotant, et Jean alla se coucher sur une peau de buffle, près du poêle dans lequel il mit une bûche de hêtre sec.

II

Quinze jours après, Joseph Jean et Grignon, accompagnés de Pitre et d'Horace, les deux fils de Michel à Pierre, après avoir fait leurs adieux à leurs familles, laissaient Roxton-Pond et descendaient, à travers les bois, par la route de pied qui conduisait au Grand-Maska (Saint-Hyacinthe).

Il était neuf heures du matin.

Le temps était froid et sec, et une légère couche de neige, tombée durant la nuit, couvrait partout le sentier.

Les quatre hommes, portant chacun ses hardes et ses provisions de voyage sur l'épaule, dans un petit sac passé au bout d'un bâton, marchaient allègrement, en causant des chances de leur expédition.

À cause des détours qu'ils devaient faire, ils avaient au moins huit lieues pour se rendre au Grand-Maska, où ils comptaient arriver sur les six heures du soir.

À deux heures ils atteignirent le village de Saint-Pie, qui se trouvait sur leur route.

Ils entrèrent dans une petite auberge pour se reposer un peu et manger un morceau.

Pendant qu'ils prenaient tranquillement leur repas sur un banc, près de l'immense poêle *à deux ponts* qui occupait le centre de la salle, la porte s'ouvrit brusquement pour livrer passage à un nouvel arrivant.

C'était un homme de six pieds, gros et carré en proportion.

Il portait un habillement complet en étoffe du pays, et ses reins étaient serrés par la traditionnelle ceinture fléchée du voyageur canadien. Sa barbe noire, à tous crins et ses cheveux de même couleur, plantés dru et un peu crépus, donnaient à sa physionomie un air dur et même féroce.

Il entra sans cérémonie, déposa son sac et son bâton dans

un coin et demanda un verre de rhum, avec l'accent d'un homme accoutumé à se faire obéir.

— Ah! ah! du monde *des hauts,* dit-il en avisant nos quatre voyageurs; bonjour ces m'sieus! Ma'm Friquet! cinq verres de rhum, puisqu'il y a des amis; c'est moi qui régale; et vous, mes vieux, j'espère que vous ne me ferez pas celle de me brûler la politesse.

— Ça n'est pas de refus, dit Grignon, qui avait déjà voyagé et qui connaissait les usages; d'autant plus que le pain n'est pas mou comme du pain bénit.

— Et où donc que vous allez, comme ça, mes vieux? dit l'homme après que les verres furent vides.

— Dam! pas mal loin; on se rend à Bytown.

— Pas possible! Dans ce cas-là, nous allons faire route ensemble. Avez-vous un bourgeois?

— Pas encore; mais il paraît que l'ouvrage ne manque pas.

— C'est égal; c'est toujours mieux d'avoir son homme d'avance. Voulez-vous travailler pour mon *boss?*

— Qui ça? vot'boss.

— Un homme propre, je vous en réponds, aussi vrai que je m'appelle William Lafarge; ça n'est pas trop dur au pauvre monde, et ça paye comme un Anglais. Tel que vous me voyez, je suis un de ses *foreman*; et les bons hommes sont bien traités. M'am Friquet me connaît pour un homme qui ne ment pas.

— Je ne dis pas non, dit Grignon; seulement, il faut que j'en parle avec mes amis et qu'on voye les prix. Et puis, si nous faisons la route ensemble, il y aura toujours moyen de s'arranger.

— À votre aise, dit Lafarge; pensez-y; j'aime les gens qui soignent leurs affaires et qui ne brodent pas leur nom sur un papier, sans voir ce qu'il y a au-dessus.

Une demi-heure après, les cinq hommes reprirent ensemble le chemin du Grand-Maska, où ils arrivèrent sur les sept heures et où ils se couchèrent.

Bref, huit jours après, nos quatre amis entraient dans la petite ville de Bytown, toujours sous la conduite de Lafarge, lequel, en route, les avaient bien et dûment engagés au service de son bourgeois, Jeremiah-John-James Fusting, à raison de douze piastres par mois ; ce qui faisait dire à Grignon qu'il n'y a rien comme un marché fait en marchant.

Que voulez-vous, Grignon passait pour un homme spirituel ; il fallait bien qu'il fît honneur à sa réputation.

Du reste, Lafarge avait été parfait à l'égard de ses recrues ; et, pendant le voyage, sa présence leur avait souvent épargné de sérieux embarras.

Lafarge les conduisit dans une auberge de la rue Rideau, où, à leur entrée, ils trouvèrent une nombreuse compagnie.

Il était sept heures du soir, et nos gens avaient faim.

Lafarge, après avoir salué l'honnête assistance, s'approcha de l'hôte qu'il semblait connaître depuis longtemps, et demanda à souper pour cinq.

— Le souper n'est pas encore fini, dit l'hôte, passez dans la salle, vous trouverez tout ce qu'il faut.

Lafarge et ses quatre compagnons pénétrèrent dans la salle à manger, qui n'était séparée de la chambre d'entrée que par une porte vitrée, ornée d'un rideau rouge un peu fané.

Après le souper, qui ne fut pas long, mais consciencieusement englouti, nos cinq amis revinrent dans la chambre d'entrée où ils s'établirent sur les bancs, au milieu des groupes pour fumer leurs pipes.

Une épaisse fumée de tabac qui remplissait toute la salle, et la chaleur d'un gros poêle auraient suffi pour semer une profonde perturbation dans des estomacs moins robustes et moins aguerris que ceux de nos voyageurs.

Sur deux ou trois tables des groupes bruyants jouaient aux cartes, aux dés et à d'autres jeux de hasard.

L'enjeu de la partie, dans tous les cas, était une *traite,* payée par le perdant.

Dans un coin, à cheval sur un banc en chêne, deux voyageurs tiraient au poignet. Immobiles depuis cinq minutes, les deux lutteurs faisaient, chacun de son côté, des efforts surhumains, pour se renverser. Les nerfs violemment tendus craquaient, pendant que deux groupes faisaient des gageures sur le résultat impatiemment attendu.

À la fin, l'un des hommes donna un léger coup de faiblesse. Ceux qui avaient parié pour lui devinrent pâles; un murmure approbateur partit de l'autre groupe:

— Tiens bon, Michel, tu l'as!

— Force, force; disait-on de l'autre côté, il ne l'a pas encore.

Michel fit un suprême effort. Le poignet de son adversaire craqua et vint s'abattre avec un bruit sec sur la planche du banc. On respira d'un côté; de l'autre, on soupira. Puis, des hourrahs, poussés par vingt poitrines vigoureuses, proclamèrent le résultat de la lutte. Michel se leva tout radieux, pendant que son adversaire, l'oreille basse, conduisait les parieurs vers le comptoir où la *traite* fut bue avec enthousiasme.

Ce n'était pas la première: les esprits étaient échauffés.

Le nommé Michel, — un gaillard de six pieds, charpenté comme un hercule — ne se souciait pas de cacher la satisfaction que lui causait sa victoire. Les bras relevés au-dessus des coudres, montrant ses muscles durs et saillants, il promenait sur la foule un regard triomphant. Puis, dans un moment d'enthousiasme, après avoir vidé son verre, il asséna sur le comptoir un coup de poing formidable qui fit trembler et tinter toutes les verreries de la buvette.

— C'est moi qui suis le coq, s'écria-t-il; et il n'y en a pas pour moi dans tout le chantier. S'il y en a un ici, qu'il se présente! Il trouvera à qui parler.

Ce défi resta quelque temps sans réponse.

Cependant, dans le coin de la salle où s'étaient réunis nos

amis, Grignon semblait activement engagé auprès de Pitre. Il le tirait par le bras.

— Viens donc, fou, lui disait-il ; je gage que tu es meilleur que lui. Essaye toujours ; pour une jeunesse, il n'y a pas d'affront, si on ne bat pas du premier coup.

Pitre se défendait de son mieux, et voulait s'éclipser. Mais déjà les regards avaient été attirés de ce côté, et un groupe se forma autour d'eux. — De quoi, de quoi ? disait-on de toutes parts ; est-ce un *tireur* ?

— Ce n'est pas une mauvaise jeunesse, dit Grignon, et s'il voulait, mes amis, je crois qu'il pourrait donner du fil à retordre à l'autre.

— Ça ! dit Michel qui s'était approché à son tour, ça ! Est-ce que vous croyez que je tire avec les enfants ? Plus souvent il tourna le dos d'un air dédaigneux, et allait s'éloigner majestueusement, lorsque des récriminations unanimes se firent entendre.

— Essayez ! essayez ! Avance, le *nouveau* ; il faut que tu tires avec Michel. Attendez ! ça ne peut pas finir comme ça !

— Puisque vous y tenez, dit Michel, ce sera vite fait ; avance jeunesse, que je te sèvre, une fois pour toutes ; mais, par exemple, le perdant paiera une ronde double à tout le monde ; ça y est-il ?

— Je la tiens pour Pitre, dit Grignon.

Aux yeux de tous, la lutte était évidemment disproportionnée. Pitre n'avait que dix-neuf ans. Il était loin d'être grand et ses membres étaient plutôt grêles que robustes. Aussi, Michel s'assit-il avec un sourire narquois sur le banc qui venait d'être le théâtre de son premier triomphe.

— Préparez les verres, dit-il, ça va être fait dans un crac !

Cependant, Pitre, poussé par Grignon, s'était rapproché du banc et avait pris place en face de Michel.

Les deux mains s'étreignirent. Celle de Pitre était presque complètement perdue dans la patte velue de Michel et l'avant bras de ce dernier avait au moins trois bons pouces de plus que son adversaire.

— Y êtes-vous ? dit Grignon ; alors, je compte ; un, deux, trois !

Les muscles se tendirent, les os craquèrent ; mais Pitre demeura immobile. Un frisson parcourut la foule et Michel sentit une chaleur lui passer sous les cheveux.

Les deux lutteurs s'étreignirent en silence, pendant une douzaine de secondes qui parurent autant d'heures.

Personne ne soufflait ; on aurait entendu voler une mouche.

À la fin, un léger mouvement se fit, et le poignet de Michel se mit à incliner sensiblement vers la droite.

Ses yeux devinrent blancs.

Pas un muscle de la figure de Pitre n'avait bronché.

Tout à coup, cependant, on le vit rougir un peu, comme s'il eût fait un effort. Au même moment, le robuste poing de Michel vint s'abattre avec un bruit sourd sur le banc de chêne. Pitre était vainqueur.

Il y eut un immense cri dans toute la salle :

— Hourrah ! pour le nouveau ; Michel a perdu !

Ce dernier était atterré.

— Attendez un peu, dit-il ; j'ai ce bras-là fatigué. Ce n'est pas du peu ; prenons l'autre main.

— C'est juste, dit un des amis de Michel, prenez la main gauche.

Pitre ne dit pas un mot. Il se mit en position et présenta sa main gauche. Au moment où Michel allait l'étreindre, cependant, il retira sa main :

— Ce n'est pas juste, dit-il.

— Comment ! cria Michel, il a peur, il refuse ! Et tous les assistants de crier la même chose.

— Ce n'est pas cela, dit-il, mais je suis gaucher.

Pitre était aussi honnête que robuste. Mais Michel s'était trop avancé pour pouvoir reculer.

— Ça ne fait rien, dit-il, je n'ai pas peur d'un gaucher.

Il eut tort : car, cette fois, le résultat ne se fit pas longtemps attendre.

À peine les deux mains s'étaient-elles empoignées que le poing de Michel descendit sur le banc comme s'il y avait été poussé par un ressort.

Cette fois, l'enthousiasme n'eut plus de bornes. On porta Pitre en triomphe jusqu'au comptoir.

Michel se sentit perdu ; cependant, comme il était rusé, il alla tendre la main à Pitre :

— Jeune homme, dit-il, celui qui renverse Michel Béliveau n'est pas un petit garçon ; je ne dis que ça ! Je ne t'en veux pas, d'autant plus que tu m'avais averti, comme une honnête jeunesse. C'est moi qui paye, les amis ; deux rondes pour le nouveau venu !

Ces paroles furent accueillies par un tonnerre d'applaudissements.

Lorsque les verres furent vides, l'hôte annonça que l'heure du coucher était venue et qu'il allait éteindre les lumières.

La cérémonie ne fut pas longue : chacun s'étendit tout vêtu sur le plancher, dans le meilleur endroit qu'il put trouver.

Au moment où Pitre allait s'endormir, il se sentit tirer pas la manche.

— Mon gars, lui dit une voix qu'il reconnut pour celle de Michel, tu te souviendras de moi, je ne te dis que ça.

Pitre venait de se faire, sans le vouloir, un ennemi mortel.

III

Quinze jours après cette soirée, nos quatre amis étaient dans la forêt, bûchant et équarrissant le bois, sous la conduite de William Lafarge.

L'ouvrage était rude et incessant; mais le camp était bien pourvu; la nourriture était bonne, et la gaieté, cette bonne gaieté canadienne, soutenait les courages et faisait prendre la fatigue en patience.

Le soir, après le repas, les travailleurs se réunissaient par groupes, dans la cabane, autour d'un feu réjouissant. Les pipes s'allumaient; puis les chansons, les contes de fées et les histoires de *revenants* allaient leur train.

Il y avait les beaux *conteux* et les beaux *chanteux*; on se les disputait dans les *camps*.

Notre ami Pitre, à part la réputation de fort-à-bras qu'il s'était acquise par sa victoire sur Béliveau, avait en outre, la renommée d'un brillant chanteur de *complaintes*. C'est-à-dire qu'il pouvait crier, de la voix la plus haute et la plus forte, le plus grand nombre de couplets.

Depuis la fameuse soirée de la rue Rideau il n'avait pas revu Michel, qui travaillait dans un camp plus éloigné. Il avait presque complètement, d'ailleurs, oublié les menaces de ce dernier.

Un soir, cependant, comme il s'étendait sur son lit, il sentit quelque chose de dur sous les branches de sapin qui lui servaient de matelas.

En cherchant avec sa main, il découvrit que c'était une hache.

— Diable ! se dit-il, qu'est-ce que ça veut dire ?

Il allait éveiller Grignon, pour l'interroger à ce sujet, lorsque la porte de la cabane s'ouvrit pour livrer passage à Lafarge, Michel et un autre homme.

— Nous le tenons! s'écria Michel en sautant sur la hache et s'en emparant. Voilà le voleur! c'est ma propre hache, vrai comme vous êtes tous là.

Pitre avait l'air tout décontenancé.

— Mon garçon, lui dit Lafarge, d'une voix sévère, je n'aurais pas cru cela de vous. Ça va faire du dommage à tout votre monde.

— Comment! Qu'est-ce qu'il y a donc! s'écria Grignon que le bruit avait éveillé.

— Il y a, dit Michel, que votre Pitre est un voleur.

— Voleur! moi! cria Pitre en pâlissant; voleur de quoi?

— Il est inutile de nier, mon pauvre garçon, dit Lafarge; la hache de Béliveau a été volée hier au chantier voisin. Il a vu quelqu'un qui vous ressemblait se sauver hier soir derrière sa cabane, et aujourd'hui nous trouvons la hache entre vos mains.

— Il me semble que c'est assez clair, insinua Michel.

Pitre était véritablement hébété.

— Mais parle donc! lui dit Grignon.

— Qu'est-ce que vous voulez que je dise, répond Pitre. Tout à l'heure en me couchant, j'ai trouvé cette hache sous les branches de sapin; c'est tout.

— Oui, oui, dit Michel, des histoires; la hache ne s'est pas transportée là toute seule. On connaît son homme; et ce n'est pas la première fois que je trouve du louche. Moi, d'abord, si ce gars-là ne s'en va pas, je ne travaille plus ici. Il y a d'autres bourgeois, Dieu merci, qui emploient des honnêtes gens. J'en parlerai à M. Fusting.

Pitre dit tout ce qu'il put pour se défendre. Malheureusement, les circonstances étaient contre lui, et Michel jurait ses grands dieux qu'il parlerait au *boss* et qu'il s'en irait si le voleur n'était pas chassé.

Lafarge ne savait plus que faire.

À la fin, Grignon prit la parole:

— Il doit y avoir quelque vilain tour là-dessous, dit-il ; je suis sûr que Pitre est un honnête homme. Cela pourra s'expliquer plus tard, peut-être ; mais, pour le moment, les apparences sont contre lui. Nous ne voulons pas causer de troubles : puisque cela gêne, nous allons nous en aller.

Lafarge dressa l'oreille. Michel était un bon bûcheur ; mais les quatre autres, et Pitre surtout, le valaient bien.

— Ce n'est pas une raison, dit-il, pour que tout le monde s'en aille, et peut-être pourrions-nous arranger l'affaire...

— Non, dit Grignon ; on n'a pas coutume de nous prendre pour des voleurs ; et, après cela, on nous regarderait de travers ; ce n'est pas une vie : changeons de place.

Michel eut peut-être un remords. Peut-être, aussi, ce qui est plus probable, craignit-il que Lafarge ne le sacrifiât aux quatre autres :

— C'est bon, dit-il ; puisque ça va si loin, n'en parlons plus. Après tout c'est peut-être un tour. Mais que ça n'arrive plus !

Il fut entendu que l'affaire en resterait là et ne serait pas ébruitée.

Le lendemain l'ouvrage fut repris comme à l'ordinaire.

Personne ne souffla mot à Pitre de son aventure. Mais plusieurs fois il surprit des regards drôles, ou quelques allusions détournées qui lui firent croire que, si Michel n'avait pas conté la chose, il avait du moins fait quelques insinuations à ce sujet.

Pitre pensa toutefois, et ce fut aussi l'avis de Grignon, qu'il valait mieux n'y pas faire attention et laisser au temps le soin ou d'éclairer l'affaire ou de la faire oublier complètement.

Le temps des fêtes approchait. C'est l'époque où le voyageur, éloigné de sa femme, ressent plus vivement les ennuis de son exil. Il pense aux siens, que son absence attriste également, de leur côté ; il songe aux douceurs du foyer domestique, à ces bonne veillées de familles et de voisins, que le caractère gai et sympathique du Canadien rend si pleines de charmes. La Noël, le jour de l'an, les Rois! Voilà autant de fêtes que nos compatriotes chérissent et dont ils cultivent les bonnes traditions avec un soin religieux.

Aussi nos voyageurs, éloignés de leur hameau, tâchent-ils dans la forêt de se refaire les douces émotions du foyer.

On se réunit dans le chantier; on organise des soirées, où les longues heures de l'hiver passent rapides sous le charme d'un chanteur de complaintes ou d'un conteur à l'imagination féconde et fantastique. Plusieurs de nos meilleures chansons canadiennes ont eu leur origine dans ces primitives réunions.

Quelquefois aussi, il se trouve, parmi les voyageurs, un *jouar* de violon ou de fifre. Alors la danse se met de la partie et le musicien racle son instrument ou souffle dans son fifre jusqu'à l'aurore, avec un tapage des pieds dont la vigueur et la durée sont un véritable mystère des muscles fécoraux [*sic*]. Dans bien des cas même, à défaut d'instrument, le *tambourinage* des pieds seul conduit la danse, avec de temps en temps un étrange accompagnement de la voix qui rappelle les anciennes sérénades des sauvages. Il a, toutefois, un ton plus vif et plus léger. C'est ce qu'on appelle, dans le langage populaire, un *bal à gueule*. Il y a des hommes, et surtout des femmes qui peuvent ainsi turlutter, en sabotant le plancher, toute la nuit durant, sans apparence de fatigue. Souvent on turlutte à deux, et même à trois. C'est alors que le bal à gueule est le maximum de l'enivrement et touche presque au vertige. On a vu plusieurs fois, vers la fin de la soirée, ou plutôt vers le commencement de la matinée, toute une horde de danseurs enthousiasmés se mettre aussi à turlutter en *battant à quatre,* et les *jouars,* poussés comme par un ressort, entrer eux-mêmes en danse avec une énergie incroyable, c'est alors une ronde extravagante, fantastique, impossible dans son ensemble et dans ses détails. La poussière et la chaleur agissant, les habits tombent, les chapeaux et les bottes volent dans les coins, pendant que les danseurs, avec seulement leur chemise et leur pantalon décrivent les courbes et exécutent les sauts les plus ébouriffants qui ne se terminent que par l'épuisement complet des figurants.

Notre ami Pitre, à part sa réputation de chanteur, passait pour avoir un talent de *turluteux* très sortable.

La veille de Noël, il y avait réunion dans la plus grande cabane de chaque chantier. Pitre avait été mis en réquisition pour trois endroits différents; mais l'honneur de sa présence était naturellement réservé au chantier de Lafarge, où il travaillait et qui comptait quarante-cinq hommes tous alertes et pas du tout difficiles à mettre en jeu. À sept heures, tout le monde était réuni. Les pipes furent allumées, et une cruche de whisky, due à la munificence de Lafarge, fit le tour de l'assemblée en matière de préambule.

Puis, une complainte fut demandée à Pitre par l'unanimité des voix. Il ne se fit pas prier. C'est un détail sur lequel j'appelle l'attention de mes lectrices, si ce sexe charmant me fait l'honneur de me lire. Plusieurs de mes lecteurs en pourraient peut-être également faire leur compte.

Pitre entonna donc, sur un très haut ténor, la fameuse complainte :

> *Dans un jardin planté de fleurs*
> *Dieu créa l'homme à son image*

Le premier couplet s'acheva sans encombre, et reçut une salve d'applaudissements. Pitre, excité par ces bravos, prit le second sur un ton d'une élévation vertigineuse, qui fit frissonner les assistants. Il est présumable, néanmoins, vu la puissance de son gosier, qu'il serait arrivé à la fin sans *fioler*, lorsque, soudainement, au milieu du couplet, il lui prit un éternuement opiniâtre doublé d'une toux violente qui l'arrêta court. Le plus étrange est que tout l'assistance se mit à l'accompagner. La toux et l'éternuement devinrent universels. Il ne faut pas difficile d'en découvrir la cause, aux pétillements qui se firent entendre sur le poêle que l'on avait relégué, pour la circonstance, près d'une fenêtre, à l'extrémité de la cabane. Mais il fut impossible de trouver le plaisant qui avait joué ce tour pendable. Seulement, en approchant de la fenêtre on s'aperçut qu'elle était légèrement entr'ouverte, et l'on vit comme l'ombre d'un homme disparaître entre les souches, au bout du chantier.

Lafarge ôta immédiatement le poivre qui rôtissait encore sur le poêle et l'on fut obligé d'ouvrir partout pour renouveler l'air.

Pitre ne fut que médiocrement peiné de cet échec: il n'était pas vain du tout. Mais Grignon s'en montra vexé outre mesure, d'autant plus que, dans son esprit, il reportait sûrement le plan et l'exécution de ce tour à leur ennemi commun Michel Béliveau.

Au bout d'une demi-heure, néanmoins, l'incident était complètement oublié. Mais Pitre ne put pas recouvrer sa voix, même pour turlutter, et l'on fut obligé de danser avec la musique des pieds seulement. Ce qui n'empêcha pas la soirée de se prolonger jusqu'au grand jour.

Le lendemain de Noël, au matin, lorsque Pitre voulut mettre ses bottes, il s'aperçut qu'elles étaient pleines d'eau.

Décidément, l'ennemi s'affirmait. Jusqu'après les Rois, il y eut plusieurs veillées; on se visitait d'un chantier à l'autre. Mais il est remarquable que partout où Pitre se trouvait, il se jouait quelque tour à ses dépens. La chose fut poussée à un tel point qu'il en fut véritablement affecté. On commençait d'ailleurs à éviter de le demander, car sa présence donnait invariablement lieu à des aventures désagréables pour tout le monde.

Grignon enrageait: mais que faire contre un ennemi qui, bien que connu, était véritablement introuvable? Mieux valait se résigner: c'est ce que firent nos amis.

William Lafarge, d'ailleurs, était plein de complaisance pour eux, et tâchait, par ses bons traitements, de leur faire oublier ces petits déboires.

Enfin, la saison se passa.

Au printemps, dès que les rivières furent libres, les *cageux* commencèrent à descendre.

Nos quatre compagnons partirent sur une cage de bois, avec, chacun, une jolie somme en poche.

C'est une rude chose que la descente des bois, à travers les remous et les rapides de l'Ottawa et du Saint-Laurent. Dans les endroits difficiles tous les hommes sont mis en réquisition et les longues rames qui dirigent la cage battent l'eau sans relâche. Plus d'un *voyageur,* emporté par la vague, tombe dans un remous et y perd la vie. Nos quatre amis arrivèrent cependant sains et saufs à Montréal, où ils furent définitivement *déchargés.*

Après avoir passé une journée à visiter et à admirer cette grande métropole du commerce bas-canadien, ils reprirent en toute hâte le chemin de leurs foyers.

IV

C'était par une soirée pluvieuse du mois de mai.

Grignon, Joseph Jean, et les deux fils de Michel à Pierre, lourdement chargés de provisions et de *présents* qu'ils avaient achetés à la ville, cheminaient dans la boue et sous la pluie à travers le sentier qui monte du Coteau-Rouge à Roxton-Pond.

Ils avaient encore quatre bons milles pour arriver à destination ; mais, malgré leur fatigue, la pensée de *la maison* leur donnait des forces et ils marchaient d'un pas rapide.

Enfin, vers dix heures du soir, Joseph Jean arriva au seuil de sa maison, avec ses trois compagnons.

Tout semblait dormir, à l'intérieur. Il souleva la clenche de la porte et ils entrèrent.

Madame Jean, son fils et ses deux filles se réveillèrent en sursaut. Mais la peur fut bientôt passée et ce furent des joies, des embrassades à n'en plus finir.

La chandelle avait été allumée.

Au milieu des accolades générales, Pitre s'approcha d'Adamanta, lui jeta sournoisement sur le cou un beau collier de perles bleues qu'il avait acheté à son intention et attendit l'effet.

Adamanta le regarda froidement, prit le collier, le jeta par terre et détourna la tête.

Une flèche empoisonnée traversa le cœur de Pitre. Il eut froid jusque dans les cheveux.

— Ah! dit-il, je n'aurais pas dû partir. Grignon parut tout étonné.

— Voyons, demanda-t-il, qu'est-ce qu'il y a? Adamanta l'entraîna dans un coin.

— Il y a, dit-elle, que Pitre a volé, voyez plutôt!

Et elle tendit à Grignon un morceau de papier tout froissé où ce dernier put déchiffrer, en substance, l'histoire de la hache.

— Ce n'est que cela? dit-il; dans ce cas, tu peux embrasser Pitre et prendre son collier. Cette lettre est une nouvelle *mauvaiseté* de Michel Béliveau qui est fieffé coquin. Brûle-moi ça; je réponds de Pitre.

Adamanta ne demandait pas mieux que de croire. Les préliminaires de la paix furent arrêtés. Nous ne savons pas si Pitre put définitivement se blanchir au *parfait*; mais tout ce que nous pouvons dire, c'est que, un mois après, l'existence d'Adamanta était attachée à celle de Pitre par un lien plus durable que le collier de perles bleues.

*
* *

Joseph Jean est mort depuis longtemps et Célestina, malgré qu'elle en fit, a coiffé la sainte Catherine, en dépit de ses atours remarquables. Mais Pitre est encore l'un des cultivateurs les plus aisés de Milton où il a pris une terre nouvelle et où Adamanta trouve déjà la maison trop petite pour loger sa nombreuse lignée.

Malgré son âge avancé, il est encore robuste, et il ne craindrait pas, dit-il, de se mesurer encore avec Michel Béliveau, si, toutefois, ce coquin n'a pas péri de malemort, comme il a dû le mériter cent fois.

L'encan

C'était une belle matinée du mois de mai.

L'air était chaud, le soleil brillant, et il y avait quelque chose d'extraordinaire sur le calendrier, puisque, au lieu d'être enfermé dans le bureau, je me trouvais dehors à dix heures du matin. Ce n'était pourtant pas un dimanche, ni un jour férié, ni un jour de fête légale; du reste, cela importe peu.

Je suivais donc tranquillement la principale rue de l'un de nos faubourgs, lorsqu'un chiffon rouge attira mon attention. Ce *chiffon* que, par respect pour tout ce qui touche à la justice de mon pays, j'appellerai du nom de *pavillon*, essayait de flotter au bout d'un bâton qui projetait hors de la fenêtre ouverte d'un entresol de pauvre apparence. Sur le trottoir, en face de la porte, sept ou huit personnes causaient d'un air ennuyé. Ceux qui avaient des montres les consultaient de temps à autre, puis se regardaient d'un œil intrigué, comme on fait au théâtre lorsque le lever du rideau est retardé plus que de raison, c'est-à-dire plus d'une demi-heure après l'heure de l'affiche.

La situation menaçait de même de devenir grave; car, en m'approchant, poussé par la curiosité, j'entendis des murmures, d'abord contenus et discrets, puis hauts et provocateurs, qui trouvaient des échos d'approbation dans cette petite foule. Heureusement, un homme s'approcha de la croisée ouverte, se pencha en dehors d'un air important, et fit tinter une sonnette qu'il tenait à la main.

Les sept ou huit personnes du trottoir se précipitèrent à l'intérieur, et je les suivis.

Si vous avez vécu quelque peu, vous avez déjà compris qu'il s'agissait d'une vente par autorité de justice.

L'appartement se composait de quatre pièces, tendues de vieux journaux, sur lesquels l'humidité s'était chargée de faire les dessins les plus bizarres. Le mobilier était vieux et maigre, mais luisant de propreté. Au fait, ce n'est pas le nombre ni la couleur des fauteuils qui fait le bonheur.

L'huissier, avec des bottes sales, monta sur une table et s'adressa à nous comme un candidat à ses électeurs :

— Messieurs, la vente va commencer tout de suite ; les conditions sont : *cash*, pas de crédit ; et dépêchez-vous de me donner des *bids*[1], car j'ai deux autres *engagements* c'te matinée ! Le premier article que nous allons offrir, Messieurs, est une huche, presque toute neuve. À combien la huche ?

Le mobilier était distribué dans les deux chambres de devant ; la troisième était vide ; quant à la quatrième, la mise à l'enchère du premier objet me permit de voir ce qu'elle contenait ; car aux dernières paroles de l'huissier, la porte s'entrebâilla doucement, et la tête pâle d'un enfant de cinq ou six ans se montra par l'ouverture.

D'abord, je ne vis que cela, car cette chambre était un cabinet noir ; mais peu à peu, la porte s'ouvrit davantage et je pus distinguer tout l'intérieur.

Je puis vous raconter cela aujourd'hui, car douze mois se dont déjà passés depuis ; et, dans douze mois, les larmes se sèchent et les sentiments s'émoussent. Mais je vous assure que, ce jour-là, j'aurais mieux aimé ne pas avoir vu.

Dans un coin du cabinet, sur un grabat, était étendu un homme jeune encore, mais brisé par la maladie et les privations. Près de lui, sa femme était assise sur une chaise de bois, et tenait un petit enfant sur ses genoux. Deux autres enfants,

---

1. Enchères (n.d.l.r.).

un peu plus âgés, dont l'un avait ouvert la porte, se tenaient près du lit, les yeux rouges. Tout ce monde avait pleuré et pleurait encore; mais ce n'est pourtant pas cela qui me fit le plus de peine. Ce qui était le plus navrant, c'était de voir le petit s'amuser et rire en cherchant à prendre les larmes qui coulaient lentement sur les joues de sa mère. Ce rire du bébé, au milieu de l'affliction de toute cette famille, avait quelque chose de poignant. Pauvre chéri! au moins, il ne comprenait pas ce qu'il faisait et jusqu'à quel point son rire était cruel! Hélas! combien de personnes raisonnables affichent ainsi une joie inconvenante en présence d'une douleur qui aurait droit à plus de sympathie! Combien de dames riches vont, en grande toilette, et couvertes de bijoux, porter leur obole au pauvre qui meurt de faim dans sa mansarde!

La huche fut adjugée, pour une somme insignifiante, à un homme qui n'en avait aucun besoin, et qui ne l'achetait, disait-il, que pour rendre service.

C'était un premier déchirement dans la famille; car cette humble huche, qui sait quels souvenirs elle renfermait? Comme ses possesseurs, elle venait, sans doute, de quelque campagne voisine; elle avait été la première pièce du ménage; combien de bouches ses flancs généreux n'avaient-ils pas nourries, jusqu'au jour où, comme tout le reste, la famine l'avait atteinte? De quels petits drames intimes n'avait-elle pas été témoin? Quels pleurs n'avait-elle pas vus couler? — Pleurs de joie ou de tristesse, car c'est dans les larmes que tous nos sentiments viennent se fondre et se mêler.

On mit successivement à l'enchère la table autour de laquelle la petite famille s'était si souvent réunie, après une journée laborieuse, pour le repas du soir; les chaises de bois qui avaient guidé tour à tour les pas mal assurés de chacun des enfants; les chaises, ces objets qui peuvent faire tant de choses, qui servent de tables, de maisons, de voitures et même de coursiers fringants ou rétifs!

On vendit encore une petite armoire vitrée à deux compartiments, dont l'un contenait le linge et l'autre, la vaisselle ébréchée; le tiroir du milieu renfermait un contrat de mariage et deux lettres précieusement conservées, feuilles légères qui avaient surnagé sur le gouffre où s'étaient englouties une à une les illusions d'autrefois.

Puis, passèrent tour à tour, sous les yeux profanes et indifférents de ce petit public, vingt autres objets dont chacun était lié intimement à cette vie intérieure que la main de la justice venait ainsi disséquer toute palpitante encore: un pauvre violon, criard, affreux, mais admirable aux oreilles des enfants qui avaient confiance en lui quand le père le faisait grincer; un livre à gravures coloriées, qui ne s'ouvrait que dans les grandes occasions; la pendule qui avait marqué toutes les phases de cette vie, courant rapidement sur les minutes joyeuses et lentement sur les heures tristes; silencieuse maintenant, car elle ne sonnait plus depuis que la maladie et l'insomnie étaient venues s'asseoir au chevet du lit.

Enfin, la voix de l'huissier s'arrêta; tout ce que la loi ne peut saisir avait été vendu, et, au chiffre que j'avais noté, le produit ne dut pas couvrir plus de la moitié des frais. Une voiture, qui stationnait à la porte, transporta les meubles les plus lourds; quant au reste, chacun emporta sous son bras ce qu'il avait acheté.

Une demi-heure après, il ne restait plus, dans cette maison, naguère souriante et chaude, que l'horreur et le froid des murs et des planchers dégarnis et souillés. Je me trompe, il restait encore la maladie et le désespoir, qui sont peut-être allés, le lendemain, élire domicile dans la chambre somptueuse du propriétaire dont la cupidité venait, aujourd'hui, de commettre cette infamie. Car, il ne faut pas s'y tromper, après la justice des hommes, il y a encore, et heureusement, la justice de Dieu.

(*Les Nouvelles Soirées canadiennes*, juillet 1887)

Hubert Larue

—✦—

François-Hubert-Alexandre Larue naît à Saint-Jean, île d'Orléans, le 25 mars 1833, de Nazaire Larue et Adélaïde Roy. Il fait ses études classiques au Séminaire de Québec puis ses études médicales à l'Université Laval. Il séjourne à Louvain puis à Paris pour se préparer à l'enseignement universitaire. Professeur à l'Université Laval dès son retour en 1857, il soutient en 1859 une thèse intitulée Du suicide *et devient de ce fait le premier docteur en médecine de l'Université Laval. En 1861, il participe à la fondation des* Soirées canadiennes *et du* Foyer canadien *et y fait paraître plusieurs écrits dont son* Voyage autour de l'île d'Orléans. *Il publie plusieurs manuels scolaires, une histoire du Canada destinée aux enfants et, en 1879, une œuvre fantaisiste,* Voyage sentimental sur la rue Saint-Jean. *Il meurt à Québec le 25 septembre 1881. Il a épousé le 10 juillet 1863 Alphonsine Panet.*

Épisode du choléra de 1849

Un revenant

Dans la même maison, où mon ami venait de me faire lecture de sa composition, avait eu lieu un singulier épisode en 1849.

Quatre amis veillaient un mort et la conversation suivante eut lieu entre eux.

L'un prétendait que les morts ne lui avaient jamais inspiré aucune frayeur.

Un autre avouait qu'il en avait eu peur pendant longtemps, mais que, peu à peu, cela s'était passé, et qu'aujourd'hui il pourrait aller se promener, sans aucune douleur, au beau milieu du cimetière en plein cœur de minuit. Le troisième disait tenir de sa bisaïeule une recette infaillible pour se débarrasser de cette crainte puérile, cette recette consistait à toucher de la main, la main, le pied ou la joue du mort. Le quatrième qui n'avait pas encore pris part à la conversation, raconta ce qui suit :

Une nuit, je veillais auprès d'un mort avec un de mes amis, paroisse de...

Le mort était étendu sur son lit funèbre, et recouvert d'un drap blanc, sous lequel se dessinaient confusément la tête d'abord, les mains ensuite, croisées sur la poitrine, et les pieds.

Auprès du lit était une petite table recouverte d'un drap blanc, et sur cette table deux chandelles fumeuses projetaient dans l'appartement une lueur incertaine. Sur la même table, entre les deux chandeliers, on voyait une soucoupe remplie d'eau bénite dans laquelle plongeait une branche de rameau bénit.

Mon compagnon était assis dans l'angle de la cheminée, moi j'étais assis à l'autre extrémité de la chambre en face du lit funèbre.

Nous conversâmes pendant quelque temps de choses et d'autres, des bonnes qualités du défunt, du vide que sa mort laissait, au milieu de sa famille et de ses amis; nous répétâmes toutes ces banalités que l'on répète à propos de tous les morts et que l'on oublie l'instant d'après.

Une vieille horloge — couronnée de trois boules de cuivre — horloge du temps des Français comme disait mon compagnon, se mit à sonner une heure. Cinq minutes plus tard, un ronflement vigoureux m'annonça que mon compagnon de veille n'était plus là que pour la forme. «Après tout, me dis-je, à moi-même, il a peut-être raison; le mort n'en sera pas plus mal pour tout cela et mon compagnon s'en trouvera bien mieux demain matin. Pourquoi n'en ferais-je pas autant!»

Je fermai les yeux, j'essayai de dormir. Mais le voisinage du mort, les sifflements sinistres de la rafale qui s'engouffraient dans la cheminée, le pétillement de la grêle et de la neige sur les vitres me tenaient éveillé malgré moi.

Mille idées bizarres, mille réflexions me tourmentaient l'esprit. «Un jour, je serai comme cela, moi aussi... Des parents, des amis, viendront jeter un peu d'eau bénite sur mon corps, faire une courte prière à mon intention... Qui veillera auprès de moi la dernière nuit?... Puis le service... puis six pieds de terre, et plus rien...»

La neige et la grêle fouettaient toujours les vitres, le vent mugissait dans la cheminée, et mon compagnon continuait à ronfler.

J'ouvre les yeux, mais, qu'aperçois-je, grands dieux!... Le drap funèbre qui se soulève, et les pieds du mort qui s'agitent!... Un frisson d'horreur me glace les veines... je ferme les yeux malgré moi.

Je les rouvre au bout de quelques secondes, je regarde, voulant me convaincre que c'est une hallucination, une illusion de la vue. Hélas! je n'ai que trop bien vu. Cette fois, ce ne sont pas les pieds, mais bien les genoux qui se meuvent.

De deux choses l'une, pensai-je en moi-même, ou ce mort n'est pas bien mort, ou il va ressusciter; alors, il vaut mieux me tenir prêt à toutes les éventualités; je fixai les yeux sur le lit, décidé à épier tous les mouvements du mort et à me mettre en garde.

Tout à coup, voilà les mains qui se soulèvent.

C'en est fait, me dis-je, il va se lever. J'aurais voulu crier, appeler mon compagnon; j'avais peur de l'écho même de ma voix; une sueur froide perlait sur mon front. Je regarde autour de moi, cherchant une issue pour sortir. La porte me semblait cent fois trop loin; tout auprès de moi était une fenêtre, mais il fallait le temps pour l'ouvrir... si je pouvais passer à travers!

Enfin, redoublement de frayeur! voilà la tête qui s'agite. Je n'y tiens plus. Je bondis sur mes pieds, saisis ma chaise à deux mains, résolu de me défendre jusqu'au bout et de tuer ce mort s'il n'était pas bien mort...

Heureusement, je ne fus pas contraint d'en venir à cette extrémité; l'instant d'après je vis sortir de dessous le drap... *un gros chat gris!!*

(*Voyage sentimental sur la rue Saint-Jean*, Québec, C. Darveau, 1879)

Charles-Marie Ducharme

——≈≈≈——

Charles-Marie Ducharme, fils de Prosper Ducharme et d'Elmina Turcotte, naît à Trois-Rivières le 30 juin 1864. Il fait ses études au collège Sainte-Marie de Montréal et devient par la suite notaire. Associé à Narcisse Pélodeau, à Montréal, il abandonne l'exercice de sa profession vers la fin de 1889 et meurt à Montréal le 10 novembre 1890. Il a collaboré à plusieurs périodiques, dont L'Étendard, Le Monde illustré, Le National, La Revue canadienne *et* L'Électeur. *Il a publié (1889)* Ris et croquis, *un recueil de récits et d'études littéraires.*

Monsieur Bouquet

Irons-nous au théâtre ou au bazar ? Serons-nous frivoles ou charitables ?

Il est très gênant, quelquefois
D'avoir l'embarras du choix.

Mais ici la gêne doit disparaître, et l'embarras n'être plus qu'un vain mot. Entre l'actrice qui promène sa suffisance sur la scène et la jeune fille modeste et charmante, qui sacrifie ses loisirs et les charmes du foyer pour les fatigues d'un bazar d'un mois, il y a tout un océan. Aussi cette dernière doit-elle cueillir tous nos suffrages.

Et bien, il y a encore des esprits assez légers pour accorder une préférence intempestive à l'actrice.

Oscar Bouquet appartenait à cette catégorie, s'il devint plus sage par la suite, et oublia le théâtre pour le bazar, il devait en remercier son nez grec. On méprise souvent cet appendice ambitieux qui, chez certains politiciens, est toujours au vent, mais il a bien plus de tact qu'on le croit généralement, et n'est que juste, messieurs :

…qu'il partage
Les éloges que vous donnez ;
Que serait le plus beau visage
Si l'on n'y voyait pas de nez ?

Oscar Bouquet venait donc de poser, pour la dernière fois, devant son miroir. D'un coup de peigne, il avait mis la dernière touche à une raie fillette des plus artistiques, puis s'étant bien assuré, par une série d'oscillations et de pirouettes familières aux muscadins, que son monocle, son mouchoir de soie et son petit bouquet de géraniums étaient bien en vue, il avait franchi gravement le seuil de son logis, faisant un élégant moulinet avec sa badine de roseau et exaltant en lui-même la supériorité, comme lieu d'amusement, du théâtre sur les bazars.

— Oui, se disait-il, c'est bien décidé. Je vais au théâtre. C'est bien plus économique que ce méchant bazar. Pour cinquante centins, du moins, au théâtre on s'amuse, et l'on n'a pas à redouter le lendemain les grimaces de son tailleur. Je ne suis point du calibre de Pietro[1], moi, pour oublier mes créanciers devant un sourire de fillette. Qu'a-t-on pour cinquante centins au bazar? Un remerciement banal, un rire ébauché et c'est tout. Belle consolation, vraiment. Si une piastre suffisait encore, mais non! Seule, elle s'ennuie, il lui faut une compagne, puis la bisbille éclatant, il en faut une troisième pour faire cesser les hostilités, puis une quatrième pour protéger la plus faible et ainsi de suite jusqu'à la ruine complète d'un gentilhomme correct et désintéressé. C'est la comédie des prunes qui se répète, ni plus ni moins, et je la connais trop pour donner dans le panneau.

Il est d'une probité rare, n'est-ce-pas, ce monsieur Bouquet. Il aime ses créanciers, et pour les satisfaire, il poussera l'héroïsme jusqu'à oublier les frais minois du bazar!

Don Quichotte est enfoncé, les moulins à vent sont vaincus. Mais hélas! Achille était vulnérable au talon et Oscar Bouquet à son appendice... nasal! Ses oreilles étaient bien en sécurité, ses yeux noirs aussi; il lui était donc inutile de s'attacher au siège du premier véhicule venu, pour passer devant

---

1. Nom d'un chroniqueur du *Bazar*.

la cathédrale, tout comme certain héros de l'âge mythologique se faisait attacher au mât de son navire, pour échapper au chant fatal des Sirènes, mais il avait oublié son nez... son nez aristocratique, qui ne flairait que les émanations les plus exquises et les plus aromatiques, son nez qui ne pût résister aux émanations parfumées qui s'échappaient par les ouvertures de la grande cathédrale : parfums de mets savoureux, parfums de fruits vermeils, parfums de roses épanouies, parfums de ramilles de sapins.

Que lui faisaient, à lui, les œillades et les riches toilettes des belles des fauteuils d'orchestre, les périodes amoureuses d'un Roméo et d'une Juliette, ou leurs baisers à l'ombre des feuillées factices de la scène ? Il n'y voyait rien, n'y entendait goutte et ne sentait que trop les particules de l'air réchauffé de la salle de théâtre. Il se moquait bien d'Oscar et de ses créanciers. Étant à l'avant-garde, il savait bien que ce dernier le suivrait bon gré, mal gré. En vain Oscar supplia-t-il son nez d'être raisonnable, d'avoir pitié de ses résolutions et surtout de ses écus, ce dernier fut inflexible, et notre héros dut le suivre dans la vaste cathédrale. Mais ici, une surprise des plus agréables l'attendait. L'aventure tient tellement du roman et semble si invraisemblable pour être vraie, que je vous la donnerais en mille, vous ne devineriez rien. Un débiteur !... oui, un débiteur repentant qu'Oscar n'espérait plus revoir et qui vint lui remettre poliment, en belles pièces luisantes, le plein montant d'une créance considérée perdue !

Oscar fut si touché de cette merveilleuse restitution, qu'il se crut en dette avec le bazar, et se décida à recevoir les hommages des nombreuses jeunes filles en robe noire, à coiffe blanche et à brassard aux couleurs épiscopales, qui portaient celle-ci une brioche, celle-là un coussin et cette autre un volume.

— Ah, monsieur Bouquet, dit une jolie blonde portant une poupée, c'est la Providence qui vous amène à ce bazar.

Vous cherchiez une compagne, en voici une. Prenez un coup sur ma blondinette, et vous verrez bientôt votre demeure embellie, égayée, parfumée.

— Mais mademoiselle, que vais-je faire avec une poupée qui ne sait ni parler ni marcher, et qu'on dirait importée de la ville de Lilliput? J'avais rêvé une autre compagne que celle-là.

— C'est celle qui vous est destinée, vous dis-je, voyez comme elle vous aime déjà. Ses yeux sont tous brillants d'amour, ses lèvres semblent murmurer de douces choses et ses joues ont la teinte rougissante d'une fiancée. Ne craignez rien, monsieur Bouquet, prenez un coup sur cette poupée et vous serez surpris de la métamorphose, l'amour que vous éprouvez déjà pour elle suffira pour la faire *vivre et grandir.*

Et Oscar, presque convaincu, de s'inscrire sur le livret traditionnel en n'oubliant point toutefois sa spirituelle interlocutrice et la poupée... amoureuse.

Il serait trop long d'énumérer les escarmouches dont Oscar fut par la suite l'objet, soit pour des albums, pour des bannières en peluche brodées avec chenille, pour des pelottes bleu pâle et des bonnets de satin rose.

Il croyait avoir enfin payé tribut à toutes les exigences, à tous les caprices, mais il avait oublié les bouquetières qui l'assaillirent comme un essaim d'abeilles, et firent pleuvoir sur lui tant de petits bouquets, que son habit en était tout émaillé, et qu'il en avait même à foison jusque sur son digne couvre-chef; bref, on aurait dit un bouquet vivant!

Cela coûta à Oscar bien des quinze centins, mais aussi, que d'honneurs cela lui valut, et comme il pouvait répéter avec raison, après Sedaine:

Dans ce cercle nombreux, de bonne compagnie,
Quels honneurs je reçus! quels égards! quel accueil!

Les demoiselles et les dames sur son passage, lui faisaient leurs plus aimables sourires et leurs plus gracieuses révérences.

Il était choyé, dorloté, caressé. C'était monsieur Bouquet par ici, et monsieur Bouquet par là. On vantait sa générosité, sa bonne mine, son esprit. On murmurait sur tous les tons qu'il était vraiment le *bouquet* de la soirée, et Oscar, on ne peut plus flatté de multiplier ses bons mots, ses spirituelles réparties :

> *Et chacun riait,*
> *Et chacun disait :*
> *Ah ! ce m'sieu Bouquet*
> *Dieu ! qu'il est coquet,*
> *Et bien fin sera*
> *Qui l'attrapera*
> *Bien malin sera*
> *Qui l'attrapera !*

Oscar était bel et bien converti. Aussi, en sortant triomphalement du bazar, répétait-il à qui voulait l'entendre :

« Mes amis, ne craignez rien, allez au bazar, non pas seulement un soir, mais tous les soirs. N'avez-vous que cinquante centins entrez quand même, et vous m'en direz des nouvelles. Qui sait si vous ne pourrez pas, comme moi, conserver votre écu et obtenir l'insigne honneur d'être l'un des *bouquets* du grand bazar de la cathédrale Saint-Pierre, honneur que je ne voudrais pas échanger pour mille billets d'admission aux meilleurs opéras. Décidément, et je m'empresse de le reconnaître, on s'amuse plus au bazar qu'au théâtre, et pour le moment, il vaut mieux être charitable que frivole ! »

(*Ris et croquis*, Montréal,
C.O. Beauchemin et fils, 1889)

Octave Crémazie

Fils de Jacques Crémazie, marchand, et de Marie-Anne Miville, Claude-Joseph-Olivier-Octave Crémazie naît à Québec le 16 avril 1827. Après ses études au Séminaire de Québec (1836-1843), il opte pour le commerce et fonde une «librairie ecclésiastique» à Québec (1844), avec l'aide de son frère Joseph. Il fait quelques voyages d'affaires en France en 1851, 1854 et 1856, mais s'intéresse surtout à la poésie et néglige peu à peu l'état du commerce. En 1862, acculé à la faillite, il s'exile en France. Sous le nom de Jules Fontaine, il vit tantôt à Paris, tantôt dans des villes de province, dont Bordeaux et Le Havre. Il meurt, célibataire, au Havre le 16 janvier 1879. Membre fondateur (décembre 1847) de l'Institut canadien de Québec, dont il est nommé secrétaire archiviste en 1849. Octave Crémazie a laissé des poèmes dans les journaux entre 1849 et 1862. Il a également collaboré aux Soirées canadiennes *en 1861-1862. On doit à son ami l'abbé Henri-Raymond Casgrain la publication de ses* Œuvres complètes *(1882). C'est ce même abbé Casgrain qui a découvert dans les papiers du poète deux nouvelles qu'il a publiées dans* L'Opinion publique, *en 1882.*

Un ménage poétique

A. M. A. D. DeCelles,
Rédacteur de L'Opinion publique.

Mon cher ami,

Lisez les deux anecdotes humoristiques qui suivent, écrites ou plutôt ébauchées sur des feuilles volantes, par Octave Crémazie, et que j'ai trouvées parmi ses papiers ; vous jugerez vous-même si vous devez les publier. Dans l'étude biographique que j'ai écrite sur lui l'année dernière dans la Revue canadienne, je n'ai fait qu'indiquer en passant un des traits saillants de son esprit, la note gaie, le sentiment du haut comique. Ce rare esprit était un diamant à plus d'une facette, et celle-là n'en était pas une des moins brillantes. Les ennuis de l'exil n'avaient pas détruit en lui cette tendance naturelle. Dans la solitude qu'il s'était faite au milieu de la forêt humaine qu'il habitait, il se tenait toujours à l'affût, à l'exemple de ces chasseurs canadiens de nos bois auxquels il se comparait assez souvent. Un mot, une attitude, un geste, rien n'échappait à son observation que nul ne venait distraire. Le côté comique des situations était une de ses plus délicates récréations, et il le relevait avec une finesse d'ironie que Molière n'eût pas désavouée. On en trouvera quelque chose *dans les deux ébauches*[1] *suivantes, qui font connaître Crémazie sous un jour que la plupart de ses admirateurs ne soupçonnent guère.*

★
★ ★

En 1864, j'habitais le Marais. Pendant l'hiver, j'allais, après mon dîner, lire les journaux dans un café de la rue Saint-Louis, aujourd'hui rue de Turenne. La clientèle de l'établissement se composait de petits rentiers et d'employés qui venaient chaque soir faire leur partie de dominos ou de piquet en dégustant leur demi-tasse.

Ce café était calme comme un cabinet de lecture, pas d'éclats de voix, pas de rires bruyants; on y parlait peu et bas. Les personnes qui faisaient le plus de bruit étaient deux joueurs de bésigue, le mari et la femme, placés à la table voisine de celle que j'occupais habituellement. Le mari paraissait avoir cinquante-cinq ans. La femme, sèche et jaune, accusait tout aussi bien soixante hivers que quarante-cinq printemps. Ce qui attirait l'attention sur mes voisins, c'était leur manière étrange de jouer le bésigue. Quand le mari disait: Quarante de bésigue, la femme répondait:

*Aux petits des oiseaux il donne leur pâture
Et sa bonté s'étend sur toute la nature.*

La femme annonçait-elle quatre-vingts de roi, le mari reprenait:

Soupire, étend les bras, ferme l'œil et s'endort.

Un soir, intrigué par ce mélange de bésigue et de poésie, je prêtai une oreille attentive à la conversation des deux joueurs:

---

1. L'autre nouvelle s'intitule «Un homme qui ne peut se marier».

— Je te le répète, disait le mari. Jamais tous ces *poétaillons* de nos jours ne pourront faire un vers comme celui-ci :

Tremblez tyrans, vous êtes immortels.

— Soixante de dames, reprit la femme. Mon ami, j'aime mieux le vers de la strophe suivante :

Consolez-vous, vous êtes immortels.

— Cinq cents, fit le mari. Ah ! l'abbé Delille, quel grand poète ! et dire qu'on ose lui préférer ces auteurs contemporains qui riment en dépit des lois de la poésie et du bon sens.

Racine, Boileau, Delille, voilà les trois génies qui sont la gloire de notre belle patrie. Eugénie, tu sais que je suis poète et que mon poème *Eugénie, ou le triomphe de la beauté et de la vertu,* fera une révolution complète dans la poésie. Et bien, entre nous, je suis certain que dans la postérité mon nom sera aussi célèbre que celui de l'abbé Delille.

— Cent d'as, répondit Eugénie. Oui, mon ami, je le crois et je suis toute fière d'avoir contribué pour une bonne part à ce poème qui doit immortaliser notre nom.

Et la conversation entremêlée de citations des auteurs classiques, continua ainsi toute la soirée.

Le lendemain, je trouvai l'occasion de faire quelques compliments à Mme Rubin (le garçon de café m'avait appris le nom de mes voisins) sur sa mémoire prodigieuse, et surtout sur la grâce avec laquelle elle disait les vers. Je déclarai hautement que Hugo, Lamartine et Musset n'étaient que des paltoquets à côté de l'abbé Delille, et, quand je quittai le café, j'étais dans les meilleurs termes avec le couple poétique.

Pendant deux jours, la table de mes voisins ne fut point occupée. Le troisième soir, quand j'entrai dans le café, M. et Mme Rubin étaient à leur poste. Nous nous serrâmes la main comme de vieilles connaissances, et j'appris que, l'avant-veille, ils avaient reçu quelques amis à qui madame avait lu les trois premiers chants d'*Eugénie, ou le triomphe de la beauté et de la vertu.* Le lendemain, ils avaient passé la soirée chez un ancien tailleur de la rue Saint-Claude, qui leur avait lu une tragédie en neuf actes dont il était l'auteur.

Tout en faisant leur bésigue comme d'habitude, M. Rubin m'apprit qu'il avait fait fortune dans l'épicerie. Comme ils n'avaient point d'enfants, ils avaient vendu leur fonds de commerce aussitôt qu'ils s'étaient vus à la tête de 6000 francs de rente. Depuis dix ans qu'ils avaient quitté les affaires, ils ne s'occupaient plus que de poésie.

Dès leur enfance, ils avaient professé tous deux le culte de la langue des dieux, et cette passion avait su résister pendant trente ans à l'influence prosaïque de la canelle et du clou de girofle.

— Vous me croirez si vous voulez, continua M. Rubin, même quand je pesais une livre de sucre, je répétais en moi-même une scène d'*Athalie* ou un passage de la traduction des *Géorgiques,* par l'abbé Delille, et je songeais à la réforme que je dois apporter dans la poésie.

— Et moi, ajouta Mme Rubin, quand je faisais mes entrées, je récitais l'*Ode à l'immortalité de l'âme,* de l'abbé Delille.

Quelle était donc la révolution que ce ménage poétique devait introduire sur le Parnasse? J'osai en toucher un mot, mais je vis que l'on se défiait de moi. Cependant, après avoir réfléchi longtemps et avoir consulté sa femme du regard, le mari me demanda si j'étais journaliste.

— Moi! journaliste! répondis-je d'un air indigné. Ah! monsieur!

— Pas même homme de lettres, ajouta la femme.

— Mais pour qui me prenez-vous donc?

— Alors, nous pouvons avoir confiance en vous. Je ne connais pas, continua le mari, de plus effrontés voleurs d'idées que ces journalistes. Je vais vous donner deux exemples du sans-gêne de ces messieurs:

« Un jour, j'assistais, sur le Champ-de-Mars, à une revue de la garnison de Paris. La journée était très belle. Je dis à mon épouse : Le temps est magnifique. Le lendemain, qu'est-ce que je vois dans le journal ? L'article consacré à la revue de la veille commençait par ces mots : Le temps était magnifique. Il est évident qu'un mouchard de journaliste avait entendu ce que j'avais dit à Eugénie, et, comme il avait trouvé mon expression rare, et, je peux le dire, choisie, il se l'était appropriée. »

« Une autre fois, j'étais au spectacle avec mon épouse, car je ne sors jamais sans elle. Notre Souveraine occupait la loge impériale. Comme toujours, elle était mise avec un goût exquis. Rempli d'admiration et en même temps de respect, je me fais une gloire de le dire, pour la compagne du chef de l'État, je ne pus m'empêcher de dire à mon épouse : L'impératrice est ravissante avec cette toilette bleu ciel. Dans le journal du lendemain, savez-vous ce qu'on lisait à l'article Théâtre ? L'impératrice était ravissante avec sa toilette bleu ciel. Ma phrase mot pour mot. Après deux plagiats aussi éhontés, je dirai même aussi infâmes, vous comprenez que j'ai bien le droit de me méfier des journalistes et des hommes de lettres. Il se fait tard, dix heures viennent de sonner. Demain, je vous expliquerai en peu de mots la réforme que je prétends opérer dans le monde de la poésie. »

À sept heures, le soir suivant, j'étais au café, et M. Rubin, après m'avoir fait promettre sur l'honneur de ne jamais révéler ce qu'il allait me dire, m'expliqua enfin son fameux projet.

— Approchez-vous, me dit-il, car je ne veux pas que mes paroles tombent dans l'oreille de quelque journaliste égaré dans le Marais :

« La poésie connaît deux espèces de rimes, les masculines et les féminines. Jusqu'à présent, les auteurs n'ont pas compris le but de cette division des rimes en deux sexes. Il est pourtant évident que l'on doit employer les rimes masculines quand on parle du sexe mâle, et les rimes féminines quand le sujet que l'on traite appartient au beau sexe. Cette idée, si simple et si lumineuse, doit enfanter un monde nouveau. Comprenez-vous quel avantage immense ce nouveau système a sur l'ancien! On ouvre un volume de poésie et l'on voit immédiatement par les rimes si le sujet traité par le poète est mâle ou femelle. D'après la nouvelle poétique que je veux introduire dans le monde littéraire, les rimes masculines doivent être réservées pour les sujets mâles. Pour vous donner un exemple, je vous dirai un quatrain que j'ai composé sur le roi de Portugal:

> *On demandait un jour au roi de Portugal*
> *S'il aimerait à voir les bords du Sénégal*
> *Ma foi, répondit-il, cela m'est bien égal.*
> *Pourvu qu'en arrivant je trouve un bon régal.*

«Voyez comme cette succession de quatre rimes masculines se grave bien dans la mémoire. Ces quatre rimes riches en *gal* sonnent virilement à l'oreille et, quand on a entendu ce quatrain, on ne l'oublie jamais.

«Il ne suffit pas que les rimes ne soient employées que pour chanter des sujets de leur sexe, il faut encore qu'elles soient d'une richesse extrême. Dans quel poète trouverez-vous des rimes aussi riches que dans ces quatre *gal* qui feront la gloire de mon nom?»

«Voulez-vous maintenant un exemple de la beauté des rimes féminines riches? Mon épouse va vous dire son quatrain sur l'impératrice. Entre nous, je vous dirai que j'aime beaucoup l'impératrice. Elle s'appelle comme ma femme, c'est un titre à mon admiration.»

— Eugénie, dis-nous ton quatrain.

— Voici les vers que j'ai faits, répondit madame Rubin, en baissant modestement les yeux:

> *Amour, honneur et gloire à notre impératrice,*
> *De tous les malheureux aimable bienfaitrice !*
> *De l'or de son époux sainte dispensatrice,*
> *Des pauvres orphelins elle est la protectrice.*

— Les vers faits par ma femme, reprit M. Rubin, sont plus harmonieux que les miens. Cette rime en *trice* est charmante et flatte agréablement l'oreille. Dans notre grand poème, tous les vers à rimes féminines sont composés par Eugénie.

— Et les vers à rimes masculines par mon époux, interrompit madame Rubin ; car il serait tout à fait indécent pour une femme de faire des vers à rimes masculines.

« Maintenant que vous connaissez notre secret, continua M. Rubin, si vous voulez nous faire le plaisir de passer la soirée avec nous, demain, vous entendrez les trois premiers chants de mon grand poème : *Eugénie, ou le triomphe de la beauté et de la vertu*. Nous avons invité quelques amis, et nous serons heureux de vous voir à notre soirée littéraire. »

J'acceptai l'invitation.

La nuit porte conseil, dit-on. Écouter trois mille vers de la force des rimes de M. Rubin me parut une chose formidable.

Le lendemain matin, j'écrivis à M. Rubin que des événements imprévus me privaient du plaisir d'assister à sa soirée littéraire.

Je me gardai bien de remettre les pieds au café de la rue Saint-Louis.

J'avais oublié ce couple poétique quand, en passant sur le boulevard des Filles du Calvaire, je rencontrai un habitué de ce café qui m'apprit que M. Rubin était mort du choléra en 1866, et que sa femme était morte six mois après d'une maladie de poitrine causée par le chagrin.

Je pense que la mort de ces braves gens m'a relevé de la promesse que j'avais faite de ne jamais parler de leur merveilleux projet de réforme poétique.

En le livrant à la publicité, je crois accomplir le plus cher de leurs vœux. Qui sait! peut-être un poète inspiré du Parnasse contemporain saura-t-il perfectionner et mener à bien cette triomphante découverte de M. Rubin. »

★
★ ★

Cette scène de mœurs parisiennes a évidemment été prise sur le fait et dessinée d'après nature. Crémazie n'a fait qu'en rehausser le piquant en accentuant les détails.

Sans avoir l'air d'y toucher, il ridiculise un abus qu'il a vu naître en poésie: la tendance à trop sacrifier à la richesse de la rime. S'il faut en croire l'école nouvelle, la poésie française est à refaire. Les plus grands maîtres du romantisme n'ont pas plus connu la prosodie que ceux de la vieille école classique. Crémazie croyait voir venir le temps où l'on n'aurait d'admiration que pour les jeux de mots et les tours de force de l'époque de Ronsard et de sa pléiade. Pour lui, il restait fidèle aux immortels génies qui ont fait la révolution littéraire de 1830. Cette pensée se reflète au fond du badinage qu'on vient de lire.

Joseph Marmette

Né à Montmagny le 25 octobre 1844, du docteur Joseph Marmette et de Claire-Geneviève-Élisabeth Taché, Joseph Marmette fait ses études au Séminaire de Québec (1857-1864) et au Regiopolis College de Kingston (1864-1865). Il s'inscrit ensuite à la faculté de droit de l'université Laval, mais accepte bientôt un poste de commis au bureau de la Trésorerie du gouvernement provincial. Il épouse en 1860 Joséphine Garneau, la fille de l'historien. Fatigué de poursuivre un travail pour lequel il est peu fait — celui de comptable —, Marmette doit prendre du repos, en janvier et février 1882. Pendant un mois, il parcourt les États-Unis avec l'abbé Casgrain, se rendant même jusqu'à Saint-Augustine, en Floride. Ce voyage est le prélude à une seconde carrière. Quelques semaines après son retour, il est nommé, par le gouvernement fédéral, agent spécial de l'immigration en France et en Suisse. Le 27 mai, il part pour l'Europe. C'est pendant ce séjour qu'il passe au service des archives du même gouvernement. Sa mission consiste désormais à faire transcrire les documents concernant l'histoire du Canada conservés dans les dépôts d'archives français. Le reste de sa vie, il se consacrera à cette tâche, effectuant trois autres stages à Paris entre 1884 et 1887. En outre, il est chargé de constituer la bibliothèque du pavillon canadien à l'Exposition coloniale de Londres de 1886. À partir de 1887, Marmette ne quittera guère Ottawa où il meurt le 7 mai 1895. Il a publié plusieurs romans historiques, tels Charles et Eva *(1866-1867)*, François de Bienville *(1870)*, L'intendant Bigot *(1872)*, Le Chevalier de Mornac *(1873)*, « La fiancée du rebelle » *(1875)*, et un recueil de nouvelles, Récits et souvenirs *(1891)*.

Le dernier boulet

Au milieu du quinzième jour de mai 1760, la route qui mène de Beauport à Québec offrait à l'œil le spectacle le plus étrange et le plus triste qui se puisse voir. Sur le chemin rompu en maints endroits par la lutte du printemps contre l'hiver à peine terminé, à travers les flaques d'eau, dans les ornières boueuses où elles s'enfonçaient jusqu'à mi-jambe, se traînait une longue file de créatures humaines qui s'avançaient péniblement dans la direction de la ville. Courbées vers la terre, pliant sous le poids d'un fardeau, tirant ou poussant de petites charrettes à bras, chargées de victuailles, elles allaient comme des âmes en peine, chancelant presque à chaque pas sur la route devenue frondrière.

Pour traîner ces voitures, pour porter ces comestibles, pas un cheval, pas une bête de somme. Il y avait longtemps que le dernier cheval de la côte de Beaupré avait été mis en réquisition pour le service du roi de France, massacré ou brûlé avec les bestiaux par les soldats du roi d'Angleterre. Deux grands souverains s'en mêlant, vous comprenez que la ruine de ces petites gens avait été bientôt consommée ! Donc, pour toutes bêtes de somme des vieillards infirmes, hors d'état de porter les armes, des femmes, des enfants au-dessous de quatorze ans. Quant aux jeunes gens et aux hommes faits qui avaient pu survivre aux dernières campagnes, qui n'étaient point restés sur les champs de bataille de la Monongahéla, de Chouéguen, de William-Henry, de Carillon, de Montmorency, des plaines d'Abraham ou de Sainte-Foye, ces rares survivants de nos miliciens — trois mille hommes à peine — poussaient encore le dévouement, la sublime folie, jusqu'à assiéger Québec, avec les trois ou quatre régiments décimés qui achevaient de mourir pour le service du roi Louis XV dit le Bien-Aimé, qui s'en souciait vraiment comme d'un fétu.

Après la bataille du 13 septembre, à laquelle il n'avait malheureusement pu prendre part, le chevalier Lévis, retourné aussitôt à Montréal pour y organiser la résistance suprême, était redescendu au printemps sous les murs de la capitale, où, avec un peu moins de six mille hommes manquant de tout, épuisés par des marches forcées dans les neiges fondantes, il avait accablé d'une défaite humiliante les sept mille hommes de troupes anglaises bien reposées et repues. Terrifié, Murray s'était renfermé dans la ville que le général français tenait maintenant assiégée, depuis le 29 avril, avec un corps d'armée réduit à moins de six mille hommes. Les nôtres n'avaient, pour tout matériel de siège, que quinze mauvais canons, dont le plus gros ne portait que douze livres de balle. Encore avait-on si peu de munitions, que chacune de ces pièces ne tirait guère que vingt projectiles par vingt-quatre heures. Les provisions qu'on avait recueillies en descendant de Montréal à Québec, étaient épuisées depuis plusieurs jours. Après avoir dévoré les maigres vivres qu'on avait pu glaner chez les habitants de Sainte-Foye, de Lorette et de Charlesbourg, l'armée, pourtant réduite par les pertes du dernier combat, allait voir le spectre de la famine tendre sa main de squelette au fantôme à tête de mort qui plane au-dessus des champs de bataille, lorsque M. de Lévis s'était avisé de rançonner à leur tour les habitants de Beauport et de l'Ange-Gardien. Quoique la côte de Beaupré eût été dévastée l'année précédente, bien que ses habitants eussent tout perdu, habitations, récoltes, meubles et bestiaux, et qu'ils eussent été obligés — après avoir vécu plusieurs mois comme des fauves dans la forêt — de se cabaner durant l'hiver comme des sauvages, à la lisière du bois, ces misérables devaient pourtant bien avoir encore quelque chose à [se] mettre sous la dent, puisqu'ils n'étaient pas encore morts de faim! Eh bien, cette bouchée dernière qui leur restait, M. de Lévis n'avait pas craint de la leur demander, à ces infortunés que nous avons vus charroyer, à force de bras, vers le camp français, à peu près tout ce qu'ils avaient de provisions de bouche. Ces besogneux sublimes allaient porter le viatique aux braves prêts à périr en livrant la dernière bataille. Il est vrai que, pour tous, mourir paraissait la dernière action qui leur restât à faire, et chacun s'y préparait sans murmure, tout simplement avec un stoïcisme amené du reste par la succession ininterrompue des malheurs précédents.

Et, pendant que ces gueux héroïques agonisaient pour leur roi, Sa Majesté Louis XV filait d'heureux jours dans les petits appartements dorés de Versailles, avec la belle marquise de Pompadour, enchantée que la perte du Canada pût dérider le front de son royal amant.

N'était-ce pas la plus navrante des misères que celle de ces êtres débiles changés en bêtes de charge, et venus de si loin, par des chemins atroces, ravitailler les débris de troupes que la cour abandonnait à la mort avec une si coupable indifférence!

Ahanant sous l'effort des fardeaux longtemps portés, ou des pieds tirés avec peine de la boue épaisse, ces pauvres créatures allaient toujours sans s'arrêter jamais, de peur de n'avoir plus la force de se remettre en marche. C'est ainsi, dans ces temps admirables, que ceux qui ne pouvaient pas se battre s'en allaient redonner quelque force à ceux-là qui de leur corps faisaient un dernier rempart à la patrie.

En tête de convoi, attelé à une petite charrette, marchait un invalide. C'était un homme de soixante ans, mais vert encore, à l'attitude martiale quand il se redressait. Pour le moment, il était tout courbé, tirant le véhicule, et sa jambe de bois donnant comme des tours de vrille dans le sol, à chacun de ses pas ; ce qui imprimait à son corps un déhanchement pénible, qui aurait dû l'épuiser depuis longtemps, s'il n'avait eu des muscles de fer, une volonté d'acier. Mais sa respiration stridente, ses cheveux collés aux tempes, la sueur qui lui ruisselait sur la face, témoignaient de ses efforts.

Derrière la charrette et la poussant de ses deux mains — pas bien fort, la pauvre ! — suivait une femme de vingt ans, la bru du vieillard. Et, dans la voiture, sur des lièvres et des perdrix entassés pêle-mêle, était couché un enfant au maillot, celui de la femme. Malheureuse créature, âgée d'un mois et conçue dans les larmes, au mois de juillet précédent, entre deux batailles, dont l'une fut notre avant-dernière victoire, et l'autre un irréparable désastre.

Jacques Brassard, le père de l'enfant, milicien incorporé dans une compagnie de la marine appelée sous les armes au commencement du printemps, avait laissé sa famille à l'Ange-Gardien. À peine y avait-il quelques semaines que les troupes étaient campées à Beauport, que Brassard y avait vu arriver son père et sa jeune femme, obligés de fuir devant les soldats anglais, et de laisser derrière eux leur maisonnette avec tout ce qu'ils possédaient au monde. Quelques jours plus tard, au mois d'août, Brassard avait été dirigé sur Québec, pour servir dans l'artillerie de rempart. Depuis lors on ne l'avait point revu. Vivait-il encore, avait-il été tué à la bataille du 13 septembre, ou faisait-il partie de ceux-là qui maintenant tenaient à leur tour la capitale assiégée ? Les infortunés n'en savaient rien. Après avoir passé le plus terrible des hivers à l'Ange-Gardien, évacué par l'ennemi, et dans une cabane de branchages élevée par le vieux sur l'emplacement de leur maison, que les soldats de Montgomery avaient brûlée ; après avoir donné le jour à son enfant dans une hutte plus pauvre encore que l'étable où naquit le Christ, cette faible femme, ce vieillard infirme, profitaient de l'occasion du convoi pour aller s'informer si le cher absent vivait encore ou ne les avait pas quittés pour toujours. Vous comprenez donc que pour eux il n'y avait pas de fatigue qui les pût empêcher d'arriver là-bas, sur ces collines désormais fameuses où se jouait la partie suprême qui allait décider du sort de tout un peuple.

À mesure qu'ils approchaient, le grondement des canons qui tonnaient sur les hauteurs leur parvenait de plus en plus distinct. Mais c'était du côté de la ville qu'ils étaient plus précipités, les Anglais tirant dix coups de feu contre les nôtres un seul. Sur les remparts qui regardaient la plaine, à chaque instant éclatait un éclair, suivi d'un gros flocon de fumée couleur de soufre, qui bondissait, s'arrêtait, se tordait sur lui-même, et s'élevait lentement en blanchissant dans l'espace.

On arriva au pont de bateaux jeté l'été précédent par les Français sur la rivière Saint-Charles. Non détruit par ceux-ci après la retraite précipitée du 13 septembre, et conservé par les Anglais, qui, au dire de Knox, y entretinrent une garde tout l'hiver, jusqu'à l'arrivée des troupes françaises, ce pont volant avait bien un peu souffert de la débâcle. Mais le général Lévis l'avait fait réparer suffisamment pour permettre au convoi de passer l'eau. Il va sans dire que nos troupes étaient maîtresses non seulement des plaines d'Abraham et de Saint-Foye, mais encore de tout le terrain qui s'étendait depuis les dernières maisons de Saint-Roch, alors groupées dans les environs de l'Intendance, jusqu'à l'Hôpital-général et au-delà, l'ennemi se terrant dans la ville. Pour prendre la muraille de la place à revers, une de nos cinq petites batteries de siège était même élevée sur la rive gauche de la rivière Saint-Charles, quelque part où le Saint-Roch actuel mire ses usines et ses quais dans l'eau qui coule au pied du pont Dorchester.

Du côté de la ville, une redoute s'élevait à la tête du pont volant. Une garde française l'occupait. Quand le vieux qui marchait toujours en tête fut à portée de voix:

— Eh! père Brassard, est-ce bien vous? lui-cria-t-on de la redoute.

Lui, à qui cette voix semblait familière, mettant sa main au-dessus de ses yeux pour mieux distinguer celui qui lui parlait :

— Est-ce toi, Jean Chouinard?

— Oui, père.

— Tu vas donc — et la voix du vieux se prit à trembler — tu vas donc pouvoir me donner des nouvelles de mon gars?

Derrière le vieillard, la jeune femme était secouée par un frisson d'angoisse, comme une feuille de tremble agitée par le vent.

— Votre garçon, père Brassard, il est en haut, sur le coteau, de service à la première batterie que vous y rencontrez.

— Ah!... fit le vieux avec un long soupir de soulagement!

— Le bon Dieu soit béni! dit la jeune épouse.

— Allons! reprit gaiement l'invalide en se remettant en marche avec des demi-tours plus vifs de sa jambe de bois. Et le reste du convoi de suivre, car c'était au quartier général, là-haut, qu'il fallait porter les vivres.

Le chemin qu'ils suivaient passait à travers champs, à peu près à l'endroit où se joignent maintenant Saint-Roch et Saint-Sauveur, et grimpait sur les plaines par la côte Sauvageau.

D'où ils cheminaient, les gens du convoi apercevaient distinctement à gauche les maisons de la ville, dont le grand nombre, incendiées par les Anglais lors du premier siège, dressaient leurs cheminées calcinées vers le ciel, comme, dans un élan de désespoir, de grands bras décharnés, tandis que les embrasures des fenêtres crevées regardaient comme des yeux morts. Au-dessus s'étendait un ciel triste sans soleil, où se traînaient de longues nuées basses et brumeuses, que le vent fauchait en les emmêlant avec l'épais nuage de fumée de poudre, qui largement montait de la plaine et des remparts. Et, maintenant, après chaque décharge d'artillerie, on entendait les rauques grondements des boulets qui se croisaient là-haut en hurlant la mort.

Il était quatre heures quand le convoi enjamba la crête du coteau. Déviant un peu sur la gauche, une parallèle couronnait les mamelons qui faisaient face à la ville, à huit cents verges des murailles. C'était le camp des assiégeants. Derrière les épaulements en terre, grouillait cette misérable armée de moins de six mille désespérés, qui persistaient, avec quinze méchants canons, à bombarder une place défendue par cent cinquante bouches à feu du plus fort calibre. Et depuis deux semaines, chacun de ces hommes avait dû se battre et vivre avec une ration d'un quart de livre de viande et d'une demi-livre de pain par jour[1].

L'artillerie anglaise faisait rage. Ses projectiles pleuvaient dru comme grêle et labouraient le sol jusqu'à deux milles au delà du camp français. Comme les gens du convoi auraient été trop exposés, à s'aventurer plus loin que le bord du coteau, le général envoya au-devant d'eux pour recevoir les provisions qu'ils apportaient.

Le père Brassard, une fois débarrassé des siennes, demanda à l'officier qui commandait le détachement, la permission de pousser jusqu'à la batterie la plus rapprochée, où se trouvait son fils. Au même instant un boulet vint s'enterrer à cent pieds de là, et fit, en crevant le sol, jaillir des cailloux jusque sur les gens du convoi, dont la majeure partie, composée de femmes et d'enfants, prit panique et courut se mettre à l'abri dans la côte.

— Vous voyez à quoi vous vous exposez ? dit l'officier à Brassard, resté avec sa bru et quelques autres.

— Bah ! mon lieutenant ça me connaît les boulets, fit l'invalide en montrant sa quille de bois.

— Raison de plus pour veiller à conserver l'autre, mon brave.

---

1. *Journal de Knox*, vol. II, p. 307.

— Oh! je n'ai qu'un regret, repartit le vieux en se frappant la poitrine, c'est de ne l'avoir pas reçu là! Il y a bien des choses tristes que je n'aurais pas été forcé de voir.

— Vous persistez donc?

— Oui; je voudrais embrasser encore une fois mon garçon.

— Allez...

Le vieux partit en sautillant avec sa jambe de bois. Sa bru le suivait.

— Mais pas vous, au moins, lui dit l'officier en l'arrêtant par le bras.

— Son garçon c'est mon mari, dit-elle.

— Alors, allez-y donc, à vos risques et périls, fit le lieutenant avec un haussement d'épaules.

La jeune femme suivit le vieillard, son enfant serré contre son cœur. Un, par exemple, qui ne se doutait guère du danger, celui-ci, qui, les lèvres avides au sein de sa mère, puisait inconscient la vie au milieu de la mort. Car ils marchaient sur des fosses tout fraîchement remplies des malheureux récemment tués. Et puis, au-dessus, autour d'eux, la mort insatiable poussait dans l'air de sinistres clameurs.

Ils touchèrent pourtant sans encombre les derrières de la première batterie. Mais quand ils voulurent passer outre, on les arrêta. Ils exposèrent l'objet de leur désir.

— Braves gens, leur dit la sentinelle, savez-vous que ça n'est pas sain du tout par ici? Voilà aujourd'hui notre dix-septième tué qu'on emporte là-bas.

— Oh! dites-moi, s'écria la jeune femme, est-ce que Pierre Brassard...?

Elle ne put finir, les mots s'étranglaient dans sa gorge.

— Pierre Brassard? reprit le soldat, je l'ai vu servant sa pièce, il y a dix minutes.

— Oh! Monsieur! laissez-moi le voir, je vous en supplie!

— Eh! bonnes gens, je n'y peux rien, moi. Mais, tenez, voici mon capitaine; adressez-vous à lui.

Un éclair de joie illumina la figure du vieillard.

— Pardon, mon commandant, dit-il à l'officier qui passait distrait, ne me reconnaissez-vous pas?

— Tiens Brassard!... Que diable viens-tu faire ici mon vieux? Tu n'es guère propre au service!

— Hélas! non, mon capitaine. Mais j'ai profité du convoi de vivres pour tâcher de revoir un peu mon garçon, dont on était sans nouvelles depuis l'automne passé. Et c'est sa femme que voici. Nous refuserez-vous, mon commandant?

— Il est de service à sa pièce, et ça chauffe où il est, je vous en avertis!

— Oh! s'il vous plaît, Monsieur! murmura la jeune femme de sa voix la plus douce.

— Venez-donc, fit l'officier, qui les guida lui-même vers l'embrasure de l'épaulement dans laquelle était la pièce du canonnier Brassard. Avisant un artilleur assis sur une pyramide de boulets, et qui se reposait de son tour de service:

— Noël, lui dit le capitaine, remplace un peu Brassard, que son père et sa femme viennent voir. Eh! là-bas, Brassard, avance à l'ordre!

L'artilleur, en train d'amorcer le canon, se retourna. En apercevant sa femme et son père, la face lui blanchit sous la couche de poudre qui la recouvrait en partie, et, un instant il s'appuya sur l'affût pour ne pas chanceler.

— Viens donc, dit l'officier. Noël te remplace.

Il y eut trois cris délirants qui se perdirent dans une détonation voisine, et puis des bras qui s'enlacèrent, et des lèvres sur lesquelles trois âmes se pâmèrent avec des spasmes d'ivresse.

La première effusion passée, l'artilleur s'aperçut du danger que couraient les siens, et s'empressa de les entraîner plus près de l'épaulement. Il fit asseoir sa femme par terre, à l'endroit où ces sortes de travaux ont le plus d'épaisseur. Le vieux ne voulut pas, lui. Ça ne lui allait pas de baisser la tête devant les boulets anglais — trop d'honneur à leur faire.

Ce qui se dit alors entre ces trois êtres aimants que séparait la guerre maudite, vous le pouvez deviner. Paroles bien simples, mais tellement accentuées par les battements du cœur, et soulignées par la caresse inexprimable du regard, que des mots écrits n'en sauraient jamais rendre la poignante expression.

— Et ce petit...? dit le soldat, qui, les yeux humides, regarda l'enfant.

Entre deux coups de canon, celui-ci s'était endormi sur le sein maternel, et souriait, sa mignonne bouche entr'ouverte où perlaient des gouttes de lait.

— C'est vrai, tu ne le connais pas encore, et pourtant c'est notre enfant. Tu te souviens...?

— Oui..., fit-il.

— Embrasse-le Pierre.

Il se baissa, prit avec précaution dans ses grosses mains ce tout petit être fait de son sang, et le baisa sur la joue. La barbe du soldat, imprégnée de poudre, fit deux taches noires sur le visage de l'enfant; ce qui les fit rire tous trois.

— Est-ce un garçon? demanda-t-il.

— Oui.

— Tant mieux!

— Oui! gronda le vieux, pour faire encore de la chair à boulet comme nous!

Il y eut entre eux un moment de silence. Car ces pauvres gens connaissaient assez tout ce que la guerre a d'effroyable pour les humbles que la gloire en courant écrase sous son char.

— Enfin, reprit le vieillard, puisse-t-il vivre en des temps meilleurs que ceux-ci! Car depuis des années, c'est à jalouser ceux qui ont eu la chance de partir avant nous.

Le jour baissait. Le vieillard fut le premier à s'en apercevoir.

— Ma fille, dit-il, voici l'heure de nous en aller. On ne nous souffrirait pas longtemps ici : tu sais que le pain et la viande y sont rares, et nous sommes des bouches inutiles.

Et puis, comme il voyait que la seule idée de leur départ bouleversait son fils, il ajouta pour le distraire un peu :

— Je vois qu'on va tirer ta pièce. Demande donc à celui qui tient la mèche de me laisser mettre le feu. Ça me rappellera l'ancien temps, où, comme toi, j'étais canonnier.

Pierre s'approcha du canon avec son père et parla au soldat, qui tendit la mèche au vieil invalide :

— Volontiers, l'ancien, dit-il, si ça peut vous être agréable.

Au commandement : « Haut la mèche ! » le vieux se redressa comme autrefois.

— Feu ! cria l'officier.

Le canon tonne et se cabre. Mais en même temps, un boulet venu de la ville frappe la pièce, et, ricochant, coupe le vieillard en deux et fracasse la poitrine du fils. Le vieux tombe comme une masse inerte, tandis que Pierre, frappé de flanc, tourne sur lui-même, et, pantelant, s'abat à côté de sa femme qu'il inonde d'un flot de sang.

D'abord paralysée par l'éprouvante, celle-ci resta sans mouvement, sans voix. Et puis, avec un cri qui n'avait rien d'humain, elle se jeta sur le corps de son mari. Le cœur emporté, il était étendu sur le dos, les yeux démesurément ouverts. Tout auprès, l'enfant, échappé des bras de sa mère et roulé dans le sang de l'aïeul et du père, poussait de pitoyables vagissements.

Comme on se précipitait vers ce lamentable groupe — la guerre est sans merci — trois coups de clairon retentirent.

— Cessez le feu ! commanda l'officier.

Un aide de camp accourait.

— Qu'on encloue les pièces, cria-t-il, et qu'on se prépare à battre en retraite ! Une demi-heure pour enterrer les morts !

M. Lévis venait d'apprendre que Vauquelain, écrasé par le

nombre, avait eu nos derniers vaisseaux foudroyés par l'Anglais. C'était l'espérance suprême que nous arrachait le ciel.

Comme la nuit venait, dans une fosse creusée en toute hâte, pêle-mêle on jeta les morts de la journée. Ils tombaient avec un bruit mat, l'un couvrant l'autre, et mêlant leur sang dans un dernier holocauste à la France.

Autour du trou béant, muets comme des fantômes, s'inclinait un groupe d'hommes qui pleuraient. Son surplis se détachant lumineux au premier rang sur ces ombres confuses, un prêtre doucement bénissait les martyrs. À son côté, soutenue par un sergent à barbe grise, la femme du canonnier Brassard s'affaissait sous le poids de sa désolation.

Enfin, on entassa la terre sur cet amas confus de cadavres, et ce fut tout pour eux, ici-bas.

Là-haut, dans l'air qui s'obscurcissait toujours, une volée de corbeaux tournoyaient, jetant leurs croassements moqueurs au-dessus du plateau bondé de la chair des victimes de deux grandes batailles; tandis qu'au loin, sur les remparts de la ville où l'artillerie se taisait, les vainqueurs, informés de la perte de nos navires, poussaient dans l'ombre montante des hurlements de triomphe. Vautours et corbeaux unissaient leurs voix discordantes avant de se ruer sur la dépouille des vaincus.

Les funérailles terminées, le sergent qui soutenait la veuve voulut l'arracher du bord de la fosse maintenant comblée, où la malheureuse semblait voir encore celui qui pour toujours dormait dans la terre des braves.

Mais elle résistait.

— Ma pauvre dame, vous ne pouvez pas rester ici, dit-il; voici que la retraite a commencé.

Elle remua la tête, mais ne bougea point.

— Où demeurez-vous?

— À l'Ange-Gardien, murmura-t-elle.

— Mais comment allez-vous faire pour y retourner?

— Je ne sais pas, moi. Avant de me tuer mon mari et le

père, ils avaient brûlé notre maison... Je n'ai plus rien au monde.

— Et votre enfant...? dit la voix grave du prêtre.

— Ah! c'est vrai! s'exclama la mère en embrassant son fils.

— Sergent, dit l'aumônier, vous allez la conduire jusqu'aux premières maisons de Sainte-Foye. Elle y trouvera bien un asile jusqu'à ce qu'elle puisse retourner vers ceux qui la connaissent.

Quelques instants plus tard, l'arrière-garde qui couvrait la retraite, tournait le dos à la ville et s'engageait à son tour sur la route enténébrée de Sainte-Foye. Soutenue par son guide, la mère emportant son fils s'en allait avec eux.

Cette veuve de soldat qui portait cet orphelin dans ses bras, et qui, ployant sous le faix de la douleur et de la détresse complètes, s'enfonçait dans la nuit de l'inconnu, c'était l'image du Canada français vaincu par le nombre et la fatalité. À cette heure terrible, il semblait bien que c'en était fini de nous comme race. Et pourtant, merci à Dieu! nous sommes la postérité, nombreuse et vivace, de cet orphelin français abandonné dans l'Amérique du Nord.

Au temps présent, où quelques énergumènes osent rêver tout haut de notre anéantissement, il est peut-être bon de rappeler ce que nous fûmes... et ce que nous sommes aujourd'hui.

Ottawa, mai 1885

(Récits et souvenirs,
Québec, C. Darveau, 1891)

Georges-A. Dumont

———

Il n'existe que peu de renseignements sur Georges-A. Dumont que Germain Beaulieu s'amuse à présenter non sans ironie dans Nos immortels *(1931)*. Né dans les environs de Saint-Timothée, vraisemblablement dans les années *1860*, il arrive à Montréal au début des années *1880*. Amateur d'histoire, la petite surtout, il fait paraître une série d'articles dans les journaux de Montréal et des États-Unis sur des sujets divers, dont l'émigration, la relance économique du Canada, la question irlandaise, etc. Il regroupe ces articles, auxquels il ajoute quelques nouvelles ou récits brefs, dans un recueil, Les loisirs d'un homme du peuple *(1888)*. Il a été membre de l'École littéraire de Montréal et de la Société historique de Montréal. Il a aussi fait paraître Les lettres d'un étudiant, Un disparu *(1894)*, L'École littéraire, Réminiscences *(1917)* et Étude historique sur le Club Letellier.

Le solitaire

Légende[1]

Par une belle matinée de juillet ***, je me promenais en fumant un pur havana, sur le chemin de la Côte-des-Neiges. Fatigué des bruits de la ville, j'avais formé le projet de faire l'ascension du Mont-Royal, afin d'y trouver un air frais et vivifiant, le silence de la solitude, et d'admirer en même temps le splendide panorama qui s'y déroule aux yeux du visiteur.

Je me promenai longtemps en silence, aucun bruit ne venant troubler le calme complet qui m'entourait.

La chaleur était très intense, pas un souffle de vent ne venant agiter les feuilles des arbres et le soleil étant comme un globe de feu.

J'éprouvai bientôt, au bout d'une heure de marche, le besoin que provoque la chaleur: la soif.

Par ma connaissance des lieux, je savais qu'il y avait un petit ruisseau au pied du mont. Je quittai, en conséquence, le chemin et m'aventurai à travers champs, pour atteindre plus tôt le but désiré.

---

1. Cette légende a paru en 1885 dans le *National* de Plattsburgh (État de New York, États-Unis), journal publié par M. Benjamin Lenthier.

Un moment après, j'arrivais auprès du ruisseau et déjà je me disposais à me désaltérer lorsqu'un bruissement de branches se fit entendre derrière moi et me fit détourner la tête.

Je poussai une exclamation de surprise et de terreur...

Je me trouvais en présence d'un ours qui descendait de la montagne et qui se dirigeait en droite ligne vers moi. Mon premier mouvement, comme on le pense bien, fut de faire un bond de côté et de me préparer en conséquence.

Chose singulière et qui me surprit, c'est que cet ours semblait se préoccuper fort peu de moi ; au lieu de se hâter pour arriver plus tôt à moi, comme je le pensais d'abord, il continuait, au contraire, à descendre de son pas lent ordinaire. Bientôt, je devinai son but — ce que la suite confirma — il venait se désaltérer au ruisseau. Quant à moi, après m'être muni d'une forte branche que je ramassai à mes pieds, je me préparais à me défendre. Au moment où j'allais frapper sur l'intrus qui arrivait, toujours dans sa même impassibilité, près de la source d'eau, une voix forte se fit entendre au-dessus de ma tête.

— Arrêtez ! mon bon ami, me cria-t-elle ; ne le frappez pas !

Oubliant l'ours pour un instant, je levai aussitôt la tête. Je vis alors sur une petite éminence et à l'extrémité d'un étroit sentier conduisant à une maisonnette, un homme appuyé sur un bâton. Sa longue barbe blanche, sa figure ridée, ses habits en haillons, montraient que ce solitaire était très âgé. J'en étais tout à ma surprise, lorsque la voix du vieillard se fit entendre de nouveau.

— N'en ayez pas peur, monsieur, me dit-elle encore. Veuillez monter jusqu'ici, et je vous expliquerai le mystère qui paraît m'entourer à vos yeux.

J'acceptai immédiatement, car j'avais hâte de connaître cet étrange personnage.

Le site choisi par le vieillard pour y bâtir son ermitage

était un des plus beaux du Mont-Royal. De là, on voyait d'un seul coup d'œil Montréal, jeune ville alors, et plus loin, de l'autre côté du majestueux Saint-Laurent, aussi loin que la vue pouvait porter, une immense terre verdoyante d'où s'élançaient par-ci par-là quelques clochers de village.

En entrant dans la maisonnette, l'ermite m'offrit poliment de m'asseoir sur un tronc d'arbre, unique siège de cet humble réduit.

À peine étais-je assis, que l'ours fit son apparition de nouveau.

— Boursiki, va te reposer et fais bonne garde, s'empressa de lui dire le solitaire en le voyant entrer, et en lui indiquant un petit châssis ayant vue sur un jardinet.

Sans plus tarder et sans plus s'occuper de moi que précédemment, l'ours prit la direction de l'endroit désigné et s'y mit en vedette.

— Ainsi, monsieur, vous voulez bien me faire le plaisir d'entendre mon histoire ? reprit le vieillard en s'adressant à moi.

— Oui, père, lui répondis-je.

— Merci. Mais, comme ma narration sera quelque peu longue, ajouta-t-il, nous allons prendre un petit verre d'eau-de-vie.

Sur ce, il me laissa seul. Pendant l'absence du vieil aventurier, j'examinai le lieu où le hasard m'avait conduit. La petite maisonnette, construite de troncs d'arbres, était bâtie sur un plateau étroit et en occupait toute la superficie, à l'exception du petit jardin. À l'intérieur, un lit fait de feuilles et quelques pots en terre cuite en composaient tout l'aménagement.

Le retour de l'ermite vint interrompre mon inspection ; il apportait avec lui un pot d'eau-de-vie. Après que nous en eûmes bu, il commença le récit de sa vie.

*
* *

Je naquis, me dit-il, dans cette ville qui s'étend à nos pieds et qui n'était, lors de ma naissance, qu'un modeste petit village ne laissant pas prévoir un aussi bel avenir que maintenant.

À l'âge de vingt ans, âge où la force physique est à peu près à son complet développement, je quittais, en compagnie d'un vieux chasseur, la ville qui m'avait vu naître, pour aller chasser dans les immenses territoires du Nord-Ouest. Ce théâtre d'aventures et de faits d'armes avait attiré en premier lieu mes regards, et dès mon enfance, j'avais désiré partir pour ces lieux si fertiles en faits de guerre et de chasse.

Je partis donc, et au bout de plusieurs mois de marches pénibles à travers bois et après avoir bravé mille fois la mort, nous arrivions, mon compagnon et moi, au bord de la rivière Rouge.

La nuit venue, après avoir soupé de quelques poissons rôtis au-dessus d'un petit feu, nous nous couchâmes sur l'herbe, afin de goûter quelque repos.

Aux premières lueurs du jour, le lendemain, après avoir fait disparaître toutes traces de notre passage, nous nous disposions à continuer notre marche, quand nous vîmes surgir devant nous une troupe nombreuse de sauvages.

Ayant reconnu que nous avions affaire à des sauvages ennemis, nous nous jetâmes sur nos armes. Mais nous n'eûmes pas le temps de nous en servir; en un instant, nous fûmes désarmés.

*
* *

Quelques instants après notre arrestation, nous étions liés solidement et adossés tous deux à un arbre. Devant nous se tenait un Indien prêt à mettre le feu aux broussailles amassées sous nos pieds. Cet Indien n'était pas le chef de la tribu — ainsi que nous l'apprîmes plus tard — mais il devait avoir l'insigne honneur accordé au chef, c'est-à-dire mettre le feu au bûcher et commencer les tortures.

C'est à ce moment que me revint à la mémoire tout ce qui m'avait été raconté à propos des tortures horribles infligées par les Indiens à leurs prisonniers. C'est alors aussi que je pensai aux paisibles soirées du foyer; que me repassaient par la tête les paroles bienveillantes de mon père et de ma mère. Il me semblait encore les voir, les yeux pleins de larmes, me bénissant et énumérant devant moi, lors de mon départ, les dangers de la vie aventureuse que j'allais entreprendre.

Mais je n'eus pas le temps de faire de longues réflexions. Déjà on allait mettre le feu au bûcher, lorsqu'un grand bruit se fit parmi les sauvages; presque aussitôt, un autre Indien, de taille herculéenne, au front fier et à la physionomie dure, que je devinai être le chef, fit son apparition. En nous apercevant, un éclair de joie féroce passa dans ses yeux. D'un bond, il sauta près de nous. Alors prenant le feu que tenait l'Indien et, s'adressant à moi particulièrement, il commença un de ces discours imagés si chers aux Peaux-Rouges et dont je ne me souviens que des paroles suivantes:

— L'homme blanc, me dit-il, a franchi les limites de mon territoire; il est venu tuer le gibier qui habite mes domaines; respirer l'air de ces grands bois qui abritent les mânes sacrés de mes aïeux. Ces offenses doivent être punies par la mort de celui qui s'en rend coupable. En conséquence, moi, Soleil-Brûlant, je condamne l'homme blanc à mourir au milieu des tortures.

À peine eut-il prononcé la dernière parole, qu'il mit le feu aux broussailles et commença à nous torturer. Les autres Indiens vinrent ensuite, et bientôt notre corps ne fut plus qu'une blessure.

*
* *

Nous sentions la mort s'approcher peu à peu, et cela nous remplissait de joie, car elle nous paraissait, à cette heure, comme le seul terme de nos souffrances, lorsque le fils du chef, Flèche-Agile, en venant pour me frapper, se jeta avec tant de précipitation que son arme dévia dans sa main et le blessa gravement. Un flot de sang jaillit de sa blessure et il tomba lourdement sur le sol.

Les autres sauvages en voyant tomber le jeune chef, nous laissèrent aussitôt et ils l'entourèrent pour lui prodiguer leurs soins. La figure de Soleil-Brûlant changea immédiatement; de farouche qu'elle était, elle devint empreinte d'une grande expression de douleur et de désespoir. Il saisit son fils et le pressa contre son sein, comme s'il eût voulu lui rendre la vie prête à le laisser.

Alors une pensée que l'amour de la liberté provoqua sans doute, me vint à l'esprit, et, sans même connaître la gravité de la blessure que s'était infligée le jeune homme, je dis à Soleil-Brûlant:

— Soleil-Brûlant, roi de la forêt, si tu promets de me remettre en liberté ainsi que mon compagnon, je suis prêt à rendre la vie à ton fils.

— L'homme blanc dit-il vrai? me demanda-t-il d'un air méprisant en se retournant vers moi.

— Il ne peut mentir, lui répondis-je.

— Soit! le grand chef veut bien l'écouter. S'il guérit son fils, il sera son ami. Mais qu'il apprenne bien aussi que, s'il ment, il subira mille fois plus de tortures qu'il vient d'en souffrir.

Tout en parlant, il commanda à quelques-uns de ses guerriers de nous délier, et, après qu'ils eurent couché mon malheureux ami sur l'herbe, ils revinrent à moi et me conduisirent auprès de Flèche-Agile, en me soutenant sous les bras, car ma faiblesse était trop grande pour me permettre de marcher.

La blessure du jeune chef était grave et elle aurait été probablement mortelle, si elle n'avait eu d'autres soins que ceux prodigués par ses guerriers ; mais moi qui connaissais les vertus médicinales de certaines plantes, je pus le guérir en quelques jours de traitement.

Un mois après — alors Flèche-Agile était en pleine convalescence, — je demandai à Soleil-Brûlant de remplir sa promesse en me rendant à la liberté ainsi que mon compagnon.

Le chef fut fidèle à sa parole. Après m'avoir chaleureusement remercié et assuré de son amitié et de sa protection, il me permit de quitter son camp. Plus tard, dans mes pérégrinations à travers les Prairies, j'eus plusieurs fois l'occasion de rencontrer Soleil-Brûlant, et je trouvai toujours en lui un ami et un protecteur.

★
★ ★

Environ quarante années s'écoulèrent après cette aventure mémorable, quarante années de combats et de chasses, sans que la pensée de revoir ma ville natale me vint à l'esprit ; les mille incidents de ma vie aventureuse ne m'ayant pas laissé le temps de penser à ce qui avait fait la joie de mon enfance. Mais un soir que je me reposais au bord de la Saskatchewan, tout en regardant rêveur l'onde couler, le souvenir du pays se présenta tout à coup à moi.

Tous les heureux souvenirs de mon enfance, que ma vie de chasseur m'avait fait oublier, revinrent en foule à ma mémoire. Je pensai à mon père, à ma mère, si bons et si dévoués pour moi, et à qui mon départ avait brisé le cœur ; au toit natal ; aux grands arbres à l'ombre desquels j'avais essayé mes premiers pas ; au magnifique fleuve sur les eaux duquel j'avais égayé tant de fois mes jeunes ans.

En même temps que tous ces chers souvenirs se pressaient dans mon esprit, la pensée de retourner au pays me vint aussi. Las de la vie de chasseur, n'ayant plus aucun attrait pour ces Prairies où j'avais tant souffert et où j'avais vu tomber mon malheureux compagnon sous les flèches des sauvages, je me décidai sur-le-champ à partir.

Dès le lendemain, je pris le chemin de Montréal. À mon arrivée, j'eus peine à reconnaître la petite ville, tellement elle était métamorphosée. Plus de rues étroites, mais de larges voies bordées de belles maisons et de magnifiques églises. L'humble chaumière de mes parents avait eu le même sort que les autres: elle avait été démolie pour faire place à une jolie villa.

Ne désirant pas vivre au milieu de la grande ville, je me suis bâti cette petite maison où je suis maintenant.

Ici, du haut de ce promontoire, ajouta le vieillard en terminant, ma vie s'écoule paisiblement. Éloigné de tous, vivant de tous les souvenirs de mon passé, j'attends la mort avec calme, tout en regardant grandir sous mes yeux la ville de Maisonneuve.

★
★ ★

Plusieurs années se sont écoulées depuis le jour où je rencontrai le vieillard à qui je dois le récit que je viens de faire. L'ermite est mort depuis et son corps repose à l'endroit où s'élevait autrefois sa maisonnette.

Lecteur, lorsque, dans vos promenades à travers la montagne, votre pied heurtera une croix de bois noir que le temps achève de détruire, agenouillez-vous et priez Dieu, car là gît, sous l'herbe, le solitaire du Mont-Royal.

Édouard-Zotique Massicotte

Né à Montréal le 24 décembre 1867, fils d'Édouard Massicotte, marchand de chaussures, et d'Adèle Bertrand, Édouard-Zotique Massicotte fait des études commerciales à l'académie du Plateau, puis il entre au collège Sainte-Marie. Dès 1883, il s'intéresse au folklore et consigne d'innombrables légendes, contes et chansons. Attiré par le théâtre, il fait partie du cercle Molière en 1885, et de la Troupe franco-canadienne en 1892. Une de ses comédies, Les cousins du député, publiée en 1896, connaît un vif succès. En 1890, il suscite la création d'un cénacle littéraire, la Pléiade, et, en 1895, il devient membre du groupe des « Six Éponges », à l'origine de l'École littéraire de Montréal dont il sera conseiller, membre du comité de critique et secrétaire. Reçu avocat en 1895, Massicotte semble n'avoir pu se fixer dans sa profession, qu'il n'exerce que pendant trois ans. En 1898, il s'oriente vers le journalisme : il assume la direction du Monde illustré et du Samedi, et fonde La Revue populaire. Il publie, en 1906, Cent fleurs de mon herbier. Après avoir été bibliothécaire de la municipalité de Sainte-Cunégonde, il est nommé, en 1911, archiviste au Palais de justice de Montréal. Il est un collaborateur assidu du Bulletin des recherches historiques et de plusieurs autres revues d'histoire. Membre de la Société royale du Canada et de la Société des Dix, il poursuit des recherches historiques jusqu'à sa mort, survenue le 8 novembre 1947. Il a épousé Alice Godin, de Trois-Rivières, en 1899. Il a publié Conteurs canadiens-français du XIXe siècle (1892), anthologie rééditée en 1908, à laquelle il ajoute deux autres séries, en 1913 et en 1924.

Un drame en 1837[1]

Montréal — surnommée l'orgueilleuse métropole du Canada — était devenue dès le commencement des troubles de 1837-38, un des principaux foyers de l'insurrection. Plusieurs de ses orateurs parcouraient les campagnes, faisaient des assemblées un peu partout, et cherchaient à soulever le peuple. Ils excitaient les cultivateurs à résister aux menées tyranniques des représentants de la fière Albion.

Du matin au soir, et du soir au matin, on voyait dans les divers quartiers de la ville, des groupes de Montréalais discutant politique, devisant sur les actions de Papineau, de Nelson et des autres chefs patriotes.

★
★ ★

Au nombre des plus chauds partisans, se distinguait monsieur Boriau, ou plutôt le père Boriau, comme on l'appelait d'habitude. Âgé de cinquante ans environ, petit de taille, vif, alerte, ayant une bonne instruction, il possédait un de ces caractères qui demeurent toujours jeunes en dépit des ans. Aussi s'était-il lancé dans le mouvement révolutionnaire avec une ardeur juvénile.

---

1. Publié sous le pseudonyme d'Édouard Massiac.

Le père Boriau était veuf. Marié dès le début de sa majorité avec une femme qu'il adorait, il avait eu le chagrin de perdre successivement trois enfants, trois amours d'enfants, et après une dizaine d'années de mariage, son épouse était morte en donnant le jour à une fille qui ressemblait à sa mère, trait pour trait.

Cependant, monsieur Boriau ne s'était pas laissé abattre par la douleur, et il avait élevé avec un soin tout particulier celle qui lui rappelait la compagne de ses joies et de ses peines.

★
★ ★

Mademoiselle Ernestine Boriau était, à cette époque, une adorable blonde de vingt ans et tous ceux qui l'avaient approchée la disaient une des plus gentilles demoiselles de la bonne société de Montréal.

Son père se trouvait à la tête d'une jolie fortune, et il n'avait rien épargné pour en faire ce qu'on appelait alors une fille accomplie. Pas n'est besoin de dire que les prétendants étaient nombreux.

Parmi ces derniers, celui qu'elle préférait était un employé du ministère, Raoul Morand, jeune homme de beaucoup de talent. Il avait une figure sympathique qui plaisait, et sa conversation était attrayante, car ses connaissances étaient variées. Enfin, il avait pour seul tort aux yeux du père de ne pas partager ses idées. Autant l'un était patriote, autant l'autre était bureaucrate.

Mais, Raoul s'était montré toujours si aimable, si gai, si empressé auprès d'Ernestine qu'elle l'autorisa un jour à demander sa main à son père.

Le lendemain, Morand alla voir le père Boriau, et lui fit sa demande. Quand il eut fini de parler, le vieux patriote le regarda un instant, puis froidement, il répondit en appuyant sur chaque mot :

— Votre demande m'honore beaucoup, monsieur Morand, mais je me vois forcé, à mon grand regret, de la décliner.

— Pourquoi donc, demanda Raoul, que craignez-vous ? Que votre fille soit malheureuse ? C'est impossible, je l'aime trop, et elle aussi m'aime. C'est avec son assentiment que je fais cette démarche. D'ailleurs vous ne pouvez séparer deux cœurs que Dieu a probablement unis.

— Vous croyez me fléchir par vos belles paroles ? J'ai dit et je le répète, ma fille n'épousera jamais un homme qui s'est fait le valet de nos oppresseurs, elle ne s'unira pas à un membre du Doric Club... à un bureaucrate !

Morand était atterré ! Quoi, parce qu'il ne suivait pas le même chemin politique, monsieur Boriau refusait de consentir à son mariage ? C'était absurde, c'était du fanatisme ! Et un sentiment de haine le poussait à bondir sur cet homme, qu'il méprisait, qu'il haïssait maintenant, à lui arracher, par la menace, ce « oui » qui mettait obstacle à ses projets pour l'avenir. Il se contint néanmoins, et d'une voix sourde, il ajouta :

— Monsieur, vous êtes injuste ! Parce que je ne pense pas comme vous, faut-il pour cela que vous brisiez l'avenir de deux personnes... vous n'avez donc pas de cœur ?... Songez monsieur, que de vous seul dépend le bonheur de votre fille...

— Cessez, vous dis-je, interrompit le père Boriau tout tremblant de colère, cette discussion a déjà trop duré. Je ne reviendrai jamais sur ma parole... Par conséquent, vous êtes libre de partir.

— Soit, dit Raoul en se levant, brisons là, il ne me plaît pas de me traîner à vos genoux ; je me retire donc, mais nous nous reverrons.

Resté seul, monsieur Boriau fit appeler sa fille, lui raconta l'entrevue et lui signifia qu'elle eût à oublier cet indigne jeune homme. « J'essaierai, mon père », balbutia Ernestine qui s'enferma dans sa petite chambre, où elle donna un libre cours à ses larmes.

*
* *

Deux semaines se sont écoulées depuis les événements racontés plus haut. Nous sommes au 6 novembre 1837. Une excitation intense règne par toute la ville de Montréal ; on craint des troubles. Les boutiquiers se hâtent de mettre les contrevents et de verrouiller les portes. Ils ont agi prudemment, car ce fut durant ce jour[2] qu'eut lieu l'échauffourée entre le « Doric Club » et les « Fils de la Liberté ».

Morand et Boriau s'y rencontrèrent... Deux secondes après, ce dernier tombait lourdement sur le sol, frappé à la tête d'un coup de bâton. Des patriotes le relevèrent et il fut conduit à sa résidence. La blessure qu'il avait reçue était mortelle et le brave homme expira dans la nuit, en prononçant ces mots : « Je pardonne à mon assassin... je pardonne... à Raoul... Morand. »

Sa fille seule l'entendit.

À quelque temps de là, Morand se présenta chez mademoiselle Boriau. Il voulut engager la conversation, mais aux premiers mots, elle l'arrêta.

— Monsieur Morand, dès que je vous ai vu, je vous ai aimé et j'espérais pouvoir fléchir mon père en votre faveur. Dieu aidant, j'aurais réussi peut-être, mais la tombe qui vient d'être creusée nous sépare pour toujours. Je vous avais cru celui que la Providence me destinait, je me suis trompée ; car comment croire que Dieu, juste et bon, voudrait que... je fusse l'épouse du meurtrier de mon père !

La jeune fille éclata en sanglots.

Les derniers mots avaient fait tressaillir le jeune homme et une pâleur mortelle envahit sa figure. D'une voix saccadée, tremblante, il put dire :

---

2. F.-X. Garneau dit qu'ils en vinrent aux mains le 7 novembre, mais L.-O. David fixe la date au 6.

— Comment, chère Ernestine, vous pourriez croire ?

— Assez monsieur. Je n'aurais eu que des doutes, qu'ils auraient été confirmés par votre contenance. Allez ! ne souillez pas plus longtemps cette maison. Entre nous maintenant rien de commun. Vous ne me verrez plus en ce monde, et d'un geste impérieux elle lui indiqua la porte.

Qu'elle était belle en ce moment ! Le peintre qui aurait pu saisir la pose, l'expression eût fait un chef-d'œuvre.

Morand restait là, humble, soumis. Il admirait involontairement cette jeune fille que la douleur rendait sublime. Il chercha dans ses yeux une lueur d'espérance, mais rien. Le pauvre homme sortit lentement, sans prononcer une parole, foudroyé par le regard de celle qu'il avait aimée plus que sa vie, plus que tout au monde.

Découragé, presque fou, il fit une action lâche, il se suicida.

Ernestine, en apprenant ce nouveau malheur, s'évanouit. Elle reprit bientôt ses sens, mais à l'étonnement des personnes qui l'assistaient la jeune fille ne versa pas une larme. Sa douleur était si grande qu'elle ne pouvait pleurer.

Mademoiselle Boriau voulut se sacrifier à Dieu, et souffrir dans le silence. Elle abandonna ses biens et se fit religieuse. Sa santé déjà ébranlée ne put supporter le régime ascétique et le dernier personnage de ce drame disparut de la scène du monde.

★
★ ★

La servante du Seigneur dort maintenant son dernier sommeil, sous la chapelle où le Très-Haut avait écouté ses prières et ses plaintes, et qu'Il avait exaucée en la retirant de cette vallée de larmes.

Mathias Filion

Jacques le voleur

Bonne chance !

Il était onze heures du soir ; la pluie tombait par torrent, une pluie froide, glacée, du mois de novembre. Le vent mugissait avec violence, les arbres de la forêt s'entrechoquaient avec un bruit sinistre.

De la misérable cabane cachée au milieu des taillis, un homme, couvert d'un long manteau, sortit et s'enfonça brusquement dans la forêt.

— Bonne chance ! répéta la vieille mégère en refermant la porte.

Où va-t-il, cet homme, dans cette campagne sauvage, à cette heure de la nuit ? Pourquoi cache-t-il sous ses vêtements un long couteau bien aiguisé et une lanterne sourde ?

Il manquera quelque chose demain, dans les fermes du voisinage.

L'homme que nous venons de voir, c'est Jacques le voleur ; cette femme qui l'accompagne à la porte, c'est sa mère.

★
★ ★

Jacques était un garçon solide et robuste ; une espèce de géant. La figure sombre, les yeux méchants, c'était la terreur du canton, et quand le soir au coin du feu, on parlait de lui, on disait : Jacques le... vous savez ! On n'osait jamais ajouter le qualificatif, car Jacques avait le poignet solide et la vieille... jetait des sorts.

Il n'avait pas toujours été méchant, ce Jacques ; la vieille n'avait pas toujours été sorcière — d'ailleurs elle ne l'a jamais été. Cette famille avait été honorée dans le pays alors que le père était honnête, mais un jour, un malheur, un accident, il n'y avait pas de sa faute... il avait été provoqué... l'huissier qui voulait saisir les meubles avait été insolent... et le couteau, le long couteau... s'était égaré, avait plongé trop avant dans sa poitrine... il était sorti tout rouge... dégouttant de sang... et les juges... la cour... le pénitencier pour la vie...

Jacques, à l'âge de onze ans, avait pour mère la femme d'un assassin ; il était le fils d'un forçat.

C'était fini. Les enfants, ses amis de la veille, s'éloignaient de lui avec horreur en criant : « Ne nous tue pas. » Les bonnes voisines lui demandaient par la fenêtre : « As-tu des nouvelles de ton père ? » etc., etc. À l'école du village, le maître, une bonne pâte d'homme, lui donna vertement son congé. Il voulut travailler et on lui refusa de l'ouvrage. Il souffrait sans se plaindre, pleurait sans verser de larmes.

Un matin, il se leva métamorphosé. Bon la veille, il s'était éveillé méchant.

— Le monde me méprise, dit-il, et bien, je me vengerai.

Et chaque jour il errait dans les campagnes, dans la forêt, serrant sur sa poitrine le couteau, le long couteau qui avait servi à son père. Il mûrissait un plan de voyage ; il lui fallait tuer dix, vingt, cent personnes, et ensuite !... Mais un soir, comme il revenait fatigué, brisé, d'une longue course, il dit à sa mère :

— J'ai faim.

Et elle, les yeux brillants, sauvages, lui répondit :

— La bourse est vide, il n'y a plus de pain ici, mais il y en a chez les voisins.

Jacques sortit, et le lendemain on faisait bombance dans la chaumière.

D'assassin qu'il voulait être, Jacques était devenu voleur!

★
★ ★

Chaque soir, nouvelles visites, bien fructueuses; l'argent s'entassait rapidement dans la grande armoire; les vivres ne manquaient jamais. La mère encourageait son fils, elle était devenue méchante, elle aussi. Chose étrange! ces deux êtres misérables et méprisés, complices en tout, s'aimaient comme une bonne mère aime son fils, comme un fils aime sa mère. C'était plus que cela même: comme une lionne aime le lionceau traqué par le chasseur. Ses yeux devenaient rouges quand elle regardait son fils.

★
★ ★

Mais ce soir, la mère, la lionne, était inquiète. La nuit était propice, il est vrai, car la lune ne brillait pas, mais elle avait un pressentiment... un malheur est si vite arrivé... les voisins se tenaient si bien sur leurs gardes.

Jacques s'avançait toujours; il avait son but, il connaissait le chemin. Il y avait bon exploit à faire; comme besogne, la mère serait contente.

Le hangar, bien rempli de grain, était situé loin de la maison... du propriétaire. Il y avait du blé en abondance, des légumes, etc. Ouvrir la porte, peu de choses, c'est si facile. Se mettre à la besogne, c'est si facile encore. Les sacs, les fameux sacs, déjà éprouvés tant de fois, s'emplissaient rapidement.

Tout à coup, un bruit sec, un cri de douleur péniblement comprimé. Un piège avait été tendu par le fermier défiant. Piège solide qui retenait la jambe du malheureux Jacques comme dans un étau. Les dents de fer s'enfonçaient dans la chair, le sang coulait, et pour comble de malheur Jacques, au moment du choc, avait laissé tomber sa lanterne, le verre s'était brisé, le feu s'était communiqué à la paille, l'incendie commençait.

Jacques eut des crispations nerveuses, effrayantes; il avait la figure d'un démon. Dans une seconde, il entrevit ce qui allait arriver. Dans cinq minutes, dix au plus, les flammes perceraient le toit; les murs, planches minces, allaient s'effondrer, les voisins accourraient, environneraient l'établissement en feu, et ils le verraient, lui, Jacques, retenu par des ressorts d'acier, au milieu des flammes; ils verraient le feu s'acharner à sa chair, la graisse pétiller, brûler comme la poudre; ils entendraient ses cris de douleur, et lui, Jacques, entendrait à son tour leurs cris de malédiction, d'imprécation, il entendrait leurs ricanements, leurs cris de joie, et partout: Mort au voleur, à l'incendiaire.

Et quand il serait mort, on irait à la cabane: on ferait des perquisitions, on trouverait l'argent, on comprendrait le vol, et la mère, sa mère, serait arrêtée, sa mère qu'il aimait tant serait arrêtée, jugée, enfermée pour toujours peut-être.

Oh! non, cela n'arrivera pas. Il y a encore un moyen, mais il faut se hâter. N'a-t-il pas son couteau?... le couteau de son père... et vite il tire cette lame, acier brillant, acier bien tranchant. Vite, vite, le feu se propage ... allons... un peu de courage!...

Froidement — Jacques était revenu lui-même — regardant son couteau avec *respect*, il l'embrassa avec passion, et il entreprit de se... couper la jambe, la jambe prise dans l'étau d'acier.

Le couteau est bien aiguisé et pénètre facilement dans la chair. Le sang coule, la douleur est horrible, mais qu'importe!... la mère sera sauvée.

Le feu prend à ses cheveux, à ses vêtements, qu'importe,

le couteau travaille toujours. Il faut se maîtriser, se raidir... la faiblesse... c'est si dangereux. Les os de la jambe se brisent, craquement sinistre, les flammes pétillent, les paysans ne sont pas loin, on entend leur cri : Au feu !

Il faut se hâter. Vite ! encore un effort, le toit va crouler, les flammes deviennent ardentes, la chair grille. C'est fait ! En avant !

Jacques se vautre sur le sol ; il ne peut marcher, il n'a qu'une jambe. Rempant comme une vipère, il s'enfonce lentement dans la forêt et arrive à la chaumière.

Il était temps.

Tout était brûlé. Il fallait trouver le coupable, et c'était facile. En suivant la trace de sang, on ne devrait pas se tromper.

L'huissier, les aides, les citoyens en furie, pénètrent dans la maison et restent anéantis, épouvantés.

Devant eux, Jacques, couché sur le ventre, l'écume à la bouche ; et une vieille femme, couchée également, les yeux d'une bête fauve, la figure rouge, léchait, de sa langue de lionne, la chair saignante et meurtrie, et se grisait du sang qui s'échappait encore de la jambe coupée de son fils.

Jacques était mort.

Sa mère était folle.

Honoré Beaugrand

―⁂―

Honoré Beaugrand, né à Lanoraie le 24 mars 1848, de Louis Beaugrand dit Champagne, capitaine et batelier, et de Joséphine Marion, fait ses études au Collège de Joliette, qu'il quitte après quatre ans pour entrer à l'école militaire. Enrôlé volontaire à dix-sept ans, il participe à la campagne du Mexique (1865-1867) avec Faucher de Saint-Maurice, qu'il rencontre là-bas. Après les hostilités, il accompagne en France le corps expéditionnaire français et découvre, pendant deux ans, le libéralisme, le radicalisme et l'anticléricalisme. Rentré aux États-Unis en 1869, il se consacre au journalisme. Il collabore à L'Abeille *puis fonde en 1873, avec le docteur Alfred Mignault,* L'Écho du Canada. *Il quitte Fall River (Massachusetts) au printemps de 1875 et se dirige vers St. Louis où il occupe le poste de rédacteur du* Golf Democrat. *À l'automne de la même année, Beaugrand publie à Boston* La République, *qu'il transporte de ville en ville. En mars 1878, il publie à Ottawa* Le Fédéral *et, en octobre de la même année, il lance, à Montréal,* Le Farceur, *autre journal éphémère. En 1879, il fonde* La Patrie, *organe du Parti réformiste, pour succéder au* National *qui vient de disparaître. Maire de Montréal en 1885 et 1886, il abandonne la vie politique en 1887 et publie* The Daily News *dont il quitte rapidement la direction. Il parcourt de nouveau l'Europe et adresse aux lecteurs de* La Patrie *ses* Lettres de voyage. *En 1896, il cède* La Patrie *à Joseph-Israël Tarte et, à quarante-neuf ans, se retire de la vie publique. Il consacre les loisirs de sa retraite au folklore et aux voyages et meurt à Westmount le 7 octobre 1906. Il* a épousé en 1873 Eliza Walker, de Fall River. Il a publié d'abord un roman, Jeanne la fileuse *(1878)*, quelques récits de voyages et un recueil de contes, La chasse-galerie. Légendes canadiennes *(1900)*, d'abord parus dans les journaux et revues de l'époque.

Le père Louison

I

C'était un grand vieux, sec, droit comme une flèche, comme on dit au pays, au teint basané, et la tête et la figure couvertes d'une épaisse chevelure et d'une longue barbe poivre et sel.

Tous les villageois connaissaient le père Louison, et sa réputation s'étendait même aux paroisses voisines; son métier de canotier et de passeur le mettait en relations avec tous les étrangers qui voulaient traverser le Saint-Laurent, large en cet endroit d'une bonne petite lieue.

On l'avait surnommé le *Grand Tronc* et c'était généralement par ce sobriquet cocasse qu'on le désignait lorsqu'on glosait sur son compte. Pourquoi le *Grand Tronc*? Mystère! car le père Louison n'avait rien pour rappeler cette voie ferrée qui provoquait de si acrimonieuses discussions dans les réunions politiques de l'époque. Quelques-uns disaient que le nom provenait de la longueur de son canot creusé tout d'une pièce dans un tronc d'arbre gigantesque.

Si tout le monde, au village, connaissait le *Grand Tronc*, personne ne pouvait en dire autant de son histoire.

Il était arrivé à L..., il y avait bien longtemps — les anciens disaient qu'il y avait au moins vingt-cinq ans — sans tambour ni trompette. Il avait acheté sur les bords du Saint-Laurent, tout près de la grève et à quelques arpents de l'église, un petit coin de terre grand comme la main, où il avait construit une misérable cahute sur les ruines d'une cabine de bateau qu'il avait trouvée, un beau matin, échouée sur une batture voisine.

Il gagnait péniblement sa vie à traverser les voyageurs d'une rive à l'autre du Saint-Laurent et à faire la pêche depuis la débâcle des glaces jusqu'aux derniers jours d'automne. Il était certain de prendre la première anguille, le premier doré, le premier achigan et la première alose de la saison. Il faisait aussi la chasse à l'outarde, au canard, au pluvier, à l'alouette et à la bécasse avec un long fusil à pierre qui paraissait dater du régime français.

On ne le rencontrait jamais sans qu'il eût, soit son aviron, soit son fusil, soit sa canne de pêche sur l'épaule et il allait tranquillement son chemin, répondant amicalement d'un signe de tête aux salutations amicales de la plupart et aux timides coups de chapeaux des enfants qui le considéraient bien tous comme un croquemitaine qu'il fallait craindre et éviter.

Si l'on ignorait sa véritable histoire, on ne s'en était pas moins fait un devoir religieux de lui en broder une, plutôt mauvaise que bonne, car le père Louison aimait et pratiquait trop la solitude pour être devenu populaire parmi les villageois. Il se contentait généralement d'aller offrir sa pêche ou sa chasse à ses clients ordinaires: le curé, le docteur, le notaire et le marchand du village, et si le poisson ou le gibier était exceptionnellement abondant, il allait écouler le surplus sur les marchés de Joliette, de Sorel et de Berthier.

Si on se permettait parfois de gloser sur son compte, on ne pouvait cependant pas l'accuser d'aucun méfait, car sa réputation d'intégrité était connue à dix lieues à la ronde. Il avait même risqué sa vie à plusieurs reprises pour sauver des imprudents ou des malheureux qui avaient failli périr dans les eaux du Saint-Laurent, et il s'était notamment conduit avec la plus grande bravoure pendant une tempête de serouet qui avait jeté un grand nombre de bateaux à la côte, en volant à la rescousse des naufragés avec son grand canot.

M. le curé affirmait de plus que le père Louison était un brave homme qui s'acquittait avec la plus grande ponctualité de ses devoirs religieux. Toujours prêt à rendre un service qu'on lui demandait, il se faisait toutefois un devoir de ne jamais rien demander lui-même et c'était là probablement ce qu'on ne lui pardonnait pas. Le monde est si drôlement et si capricieusement égoïste.

Chaque soir, à la brunante des longs jours d'été, le vieillard allait mouiller son canot à deux ou trois encâblures de la rive, dans un endroit où il tendait son *varveau* ou ses lignes dormantes. Assis au milieu de son embarcation il restait là dans la plus parfaite immobilité jusqu'à une heure avancée de la nuit. Sa silhouette se découpait d'abord nette et précise sur le miroir du fleuve endormi, mais prenait bientôt les lignes indécises d'un tableau de Millet, dans l'obscurité, alors que l'on n'entendait plus que le murmure des petites vagues paresseuses qui venaient caresser le sable argenté de la grève.

La frayeur involontaire qu'inspirait le père Louison n'existait pas seulement chez les enfants, mais plus d'une fillette superstitieuse, en causant avec son amoureux, sous les grands peupliers qui bordent la côte, avait serré convulsivement le bras de son cavalier en voyant au large s'estomper le canot du vieux pêcheur dans les dernières lueurs crépusculaires.

Bref, le pauvre vieux passeur était plutôt craint qu'aimé au village et les gamins trottinaient involontairement lorsqu'ils apercevaient au loin sa figure taciturne.

II

Il y avait à L... un mauvais garnement, comme il s'en trouve dans tous les villages du monde, et ce gamin détestait tout particulièrement le père Louison dont il avait cependant une peur terrible. Le vieux pêcheur avait attrapé notre polisson un jour que celui-ci était en train de battre cruellement un pauvre chien barbet qu'il avait inutilement tenté de noyer. Le vieillard avait tout simplement tiré les oreilles du gamin en le menaçant de faire connaître sa conduite à ses parents.

Or, le père du gamin en question était un mauvais coucheur nommé Rivet, qui cherchait plutôt qu'il n'évitait une querelle, et un matin que le père Louison réparait tranquillement ses filets devant sa cabane, il s'entendit apostropher :

— Eh! dites donc, vous là, le *Grand Tronc!* qui est-ce qui vous a permis de mettre la main sur mon garçon?

— Votre garçon battait cruellement un chien qu'il n'avait pu noyer et j'ai cru vous rendre service en l'empêchant de martyriser un pauvre animal qui ne se défendait même pas.

— Ça n'était pas de vos affaires, répondit Rivet, et je ne sais pas ce qui me retient de vous faire payer tout de suite les tapes que vous avez données à mon fils.

Et l'homme élevait la voix d'un ton menaçant et quelques curieux s'étaient déjà réunis pour savoir ce dont il s'agissait.

— Pardon, mon ami, répondit le vieillard tranquillement. Ce que j'ai fait, je l'ai fait pour bien faire, et vous savez de plus que je n'ai fait aucun mal à votre enfant.

— Ça ne fait rien. Vous n'aviez pas le droit de le toucher, et il s'avança la main haute sur le vieux pêcheur qui continuait tranquillement à refaire les mailles de son filet. Le vieillard leva les yeux, alors qu'il était trop tard pour parer un coup de poing qui l'atteignit en pleine figure, sans lui faire cependant grand mal.

Il fallut voir la transformation qui s'opéra dans toute la physionomie du père Louison à cet affront brutal. Il se redressa de toute sa hauteur, rejeta violemment le filet qu'il tenait des deux mains, et bondit comme une panthère sur l'audacieux qui venait de le frapper sans provocation.

Ses yeux lançaient des éclairs de colère, et avant qu'on eût pu l'en empêcher, il avait saisi son adversaire par les flancs et le soulevant comme il aurait fait d'un enfants au-dessus de sa tête, et à la longueur de ses longs bras, il le lança avec une violence inouïe sur le sable de la grève, en poussant un mugissement de bête fauve.

Le pauvre diable, qui avait pensé s'attaquer à un vieillard impotent, venait de réveiller la colère et la puissance d'un hercule. Il tomba sans connaissance, incapable de se relever ou de faire le moindre mouvement.

Le père Louison le considéra pendant un instant, un seul, et, se précipitant sur lui, le ramassa de nouveau, en s'avançant vers les eaux du fleuve, le tint un instant suspendu en l'air et le rejeta avec force sur le sable mouillé et durci par les vagues. La victime était déjà à demi morte et s'écrasa avec un bruit mat comme celui d'un sac de grain qu'on laisse tomber par terre.

Les spectateurs, qui devenaient nombreux, n'osaient pas intervenir et regardaient timidement cette scène tragique.

Avant même qu'on eût pu faire un pas pour l'arrêter, le vieux pêcheur s'était encore précipité sur Rivet et cette fois, le tenant au bout de ses bras, il était entré dans l'eau, en courant, dans l'intention évidente de le noyer.

Une clameur s'éleva parmi la foule :

— Il va le noyer! Il va le noyer!

Et, en effet, le père Louison avançait toujours dans les eaux qui lui montaient déjà jusqu'à la taille. Il n'allait plus si vite, mais il continua toujours jusqu'à ce qu'il en eût jusqu'aux aisselles; alors, balançant le pauvre Rivet deux ou trois fois au-dessus de sa tête, il le plongea dans le fleuve, à une profondeur où il aurait fallu être bon nageur pour pouvoir regagner la rive.

Le vieillard parut ensuite hésiter un instant, comme pour bien s'assurer que sa victime était disparue sous les eaux, puis il regagna le rivage à pas mesurés et alla s'enfermer dans sa misérable cabine, sans qu'aucun des curieux qui se trouvaient sur son passage eût osé lever la main ou même ouvrir la bouche pour demander grâce pour la vie du malheureux Rivet.

Dès que le père Louison eut disparu, tous se précipitèrent cependant vers les canots qui se trouvaient là, pour voler au secours du noyé qui n'avait pas encore reparu à la surface. Mais l'émotion du moment empêchait plutôt qu'elle n'accélérait les mouvements de ces hommes de bonne volonté et le pauvre Rivet aurait certainement perdu la vie, si des sauveteurs inattendus n'étaient venus à la rescousse.

Une *cage* descendait au large avec le courant et un canot d'écorce contenant deux hommes s'en était détaché. Il n'était plus qu'à deux ou trois arpents du rivage lorsque le père Louison s'était avancé dans le fleuve pour y précipiter son agresseur. Les deux hommes du canot avaient suivi toutes les péripéties du drame, et au moment où le corps du pauvre Rivet reparaissait sur l'eau après quelques minutes d'immersion, ils purent le saisir par ses habits et le déposer dans leur embarcation aux applaudissements de la foule qui grossissait toujours sur la rive.

Deux coups d'aviron vigoureusement donnés par les deux voyageurs firent atterrir le canot et l'on débarqua le corps inanimé du pauvre Rivet pour le déposer sur la grève en attendant l'arrivée du curé et du médecin qu'on avait envoyé chercher.

Ce n'était pas trop tôt, car l'asphyxie était presque complète, et il fallut recourir à tous les moyens que prescrit la science pour les secours aux noyés, afin de ramener un signe de vie chez le malheureux Rivet dont la femme et les enfants étaient accourus sur les lieux et remplissaient l'air de leurs lamentations et de leurs cris de désespoir.

Le curé avait pris la précaution de donner l'absolution *in articulo mortis*, mais l'homme de science déclara avant longtemps qu'il y avait lieu d'espérer et l'on transporta le moribond chez lui, où il reçut la visite et les soins empressés de toutes les commères du village.

III

S'il était vrai que le père Louison jouissait de la réputation d'un homme paisible et inoffensif et que Rivet, au contraire, passait pour un homme grincheux et querelleur, une vengeance aussi terrible pour un simple coup de poing ne pouvait manquer, néanmoins, de produire une émotion générale chez tous les habitants de L...

Le curé, le notaire, le médecin et les autres notables de l'endroit se réunirent le même soir chez le capitaine de milice qui était en même temps le magistrat de la paroisse, pour délibérer sur ce qu'il convenait de faire dans des circonstances aussi graves.

Il fut décidé de tenir une enquête dès le lendemain matin et d'appeler le père Louison à comparaître devant le magistrat, en attendant que le médecin pût se prononcer d'une manière définitive sur l'état du malade qui paraissait s'améliorer assez sensiblement, cependant, pour écarter toute idée de mort prochaine ou même probable.

Le bailli du village fut chargé d'aller prévenir le vieux pêcheur d'avoir à se présenter le lendemain matin à neuf heures à la salle publique du village où se tiendrait l'enquête préliminaire et cette nouvelle, jetée en pâture aux bonnes femmes, eut bientôt fait le tour du *fort*, comme on dit encore dans nos campagnes.

Le père Louison n'avait pas reparu depuis qu'il s'était renfermé dans sa cabane. Aussi n'était-ce pas sans un sentiment de terreur que le bailli s'était approché pour frapper à sa porte, afin de lui communiquer les ordres du magistrat.

— Monsieur Louison! monsieur Louison! fit-il, d'une voix basse et tremblante.

Mais à sa grande surprise la porte s'ouvrit immédiatement et le vieillard s'avança tranquillement;

— Qu'y a-t-il à votre service Jean-Thomas?

— Monsieur le magistrat m'a dit de vous informer qu'il désirait vous voir, demain matin, à la salle publique pour... pour...

— Très bien, Jean-Thomas, dites à M. le magistrat que je serai là à l'heure voulue.

Et il referma tranquillement la porte comme si rien d'extraordinaire n'était arrivé et comme s'il avait répondu à un client qui lui aurait demandé une brochée d'anguilles ou de *crapets*.

IV

Le lendemain, à l'heure dite, la salle publique était comble et le médecin annonça tout d'abord que Rivet continuait à prendre du mieux. Un soupir de soulagement s'échappa de toutes les poitrines et l'enquête commença.

Le père Louison avait été ponctuel à l'ordre du magistrat, mais il se tenait assis, seul, dans un coin plié en deux, les coudes sur les genoux, et la tête dans les deux mains.

À l'appel du magistrat qui lui demanda de raconter les événements de la veille, tout en lui disant qu'il n'était pas forcé de s'incriminer, il se leva tranquillement et récita, les yeux baissés, et d'une voix navrante de regret et de honte, tout ce qui s'était passé, sans en oublier le moindre incident. Il termina par ces mots :

— Je me suis laissé emporter par un accès de colère insurmontable et je me suis emporté comme une brute et non comme un chrétien. Je vous en demande pardon, M. le magistrat, j'en demande pardon à Rivet et à sa famille et j'en demande pardon à MM. les habitants du village qui ont été témoins du grand scandale que j'ai causé par ma colère et par ma brutalité. Je remercie Dieu d'avoir épargné la vie de Rivet et je suis prêt à subir le châtiment que j'ai mérité.

— Heureusement pour vous, père Louison, répondit le magistrat, que la vie de Rivet n'est pas en danger, car il m'aurait fallu vous envoyer en prison. Il faut cependant que votre déposition soit corroborée et je demande aux voyageurs qui ont sauvé Rivet de raconter ce qu'ils ont vu, ce qu'ils ont fait et ce qui s'est passé à leur connaissance, pendant l'affaire d'hier.

Le plus âgé des voyageurs, qui était un enfant de la paroisse revenant de passer l'hiver dans les chantiers de la Gatineau, raconta simplement les faits du sauvetage et corrobora la déposition du père Louison. Son compagnon qui était aussi un homme de la soixantaine, s'avançait pour raconter son histoire lorsqu'il se trouva face à face avec l'accusé qu'il n'avait pas encore vu. Il le regarda bien en face, hésita un instant, puis d'une voix où se mêlait la crainte et l'étonnement :

— Louis Vanelet !

Le père Louison leva la tête dans un mouvement involontaire de terreur et regarda l'homme qui venait de prononcer ce nom, inconnu dans la paroisse de L...

Les regards des deux hommes s'entrecroisèrent comme deux lames d'acier qui se choquent dans un battement d'épée préliminaire, puis s'abaissèrent aussitôt ; et le vieil *homme de cages* raconta le sauvetage auquel il avait pris part et le drame dont il avait été témoin, sans faire aucune autre allusion à ce nom qu'il venait de jeter en pâture à la curiosité publique.

Il était évident qu'en dépit des pénibles événements de la veille, les sympathies de l'auditoire se portaient vers le père Louison et personne ne fit trop attention, si ce n'est le magistrat, à l'*a parte* qui venait de se produire entre le témoin et l'accusé. D'ailleurs, on est naturellement porté à l'indulgence chez nos habitants de la campagne, et l'enquête fut promptement terminée par le magistrat, qui enjoignit simplement au vieux pêcheur de retourner chez lui, de vaquer à ses occupations et de se tenir à la disposition de la justice.

La foule se dispersa lentement et le père Louison retourna s'enfermer dans sa cahute pour échapper aux regards curieux qui l'obsédaient.

Le magistrat, avant de s'éloigner, s'approcha du dernier témoin et lui intima l'ordre de venir le voir, chez lui, le soir même, à huit heures. Il voulait lui causer.

V

Fidèle au rendez-vous qui lui avait été imposé, le vieux voyageur se trouva, à l'heure dite, en présence du juge, du curé et du notaire qui s'étaient réunis pour la circonstance.

Il se doutait bien un peu de la raison qui avait provoqué sa convocation devant ce tribunal d'un nouveau genre. Aussi ne fut-il pas pris par surprise lorsqu'on lui demanda à brûle-pourpoint :

— Vous connaissez le père Louison depuis longtemps et vous lui avez donné le nom de Louis Vanelet, ce matin, à l'audience.

— C'est vrai, monsieur le juge, répondit le voyageur sans hésiter.

— Dites-nous alors où, quand et comment vous avez fait sa connaissance.

— Oh! il y a longtemps, bien longtemps. C'était au temps de mon premier voyage à la Gatineau. Nous faisions chantier pour les Gilmour et Louis Vanelet et moi nous bûchions dans le même camp. C'était un bon travaillant, un bon équarrisseur et un bon garçon. Tout le monde aimait surtout à lui entendre raconter des histoires, le soir, autour de la cambuse. Un jour, une escouade de travailleurs nous arriva pour partager notre chantier et il y en avait un parmi les nouveaux arrivants qui connaissait Vanelet et qui venait de la même paroisse que lui, aux environs de Montréal. Ils se saluèrent à peine et il était évident qu'il y avait eu gribouille entre eux. Rien d'extraordinaire ne vint d'abord troubler la bonne entente, jusqu'à ce qu'un jour, Vanelet vint me trouver et me demanda de lui servir de témoin dans une lutte à coups de poings, qu'il devait avoir le lendemain avec son coparoissien. « Nous aimons, me dit-il, la même fille, au pays, et comme nous ne pouvons l'épouser tous deux, nous voulons régler l'affaire par une partie de boxe. » La proposition me parut assez raisonnable, car on se bat volontiers et pour de bien petites raisons dans les chantiers. J'acceptai donc et le lendemain matin, de bonne heure, avant l'heure des travaux, les deux adversaires étaient face à face dans une clairière voisine. La bataille commença assez rondement; mais à peine les premiers coups avaient-ils été portés que Vanelet était absolument hors de lui-même, dans un accès de fureur noire. Plus fort et plus adroit que son adversaire, il lui portait des coups terribles sous lesquels l'autre s'écrasait comme sous des coups de massue. J'essayai vainement, avec l'autre témoin, d'intervenir pour faire cesser la lutte, mais Vanelet, fou de rage et fort comme un taureau, frappait toujours jusqu'à ce que son adversaire, les yeux pochés et la figure ensanglantée perdît connaissance et ne pût se relever. Alors Vanelet le saisit et le balançant au bout de ses bras, le lança sur la neige durcie et glacée qui recouvrait le sol. Le pauvre diable était sans connaissance et le sang lui sortait par le nez et par les oreilles. Vanelet allait de nouveau se précipiter sur sa victime lorsque nous nous jetâmes sur lui et c'est avec la plus grande peine que nous réussîmes à empêcher un meurtre. Jamais je n'avais vu un homme aussi fort, dans une fureur aussi terrible. Il se calma cependant après quelques instants et s'enfuit comme un fou à travers la forêt. Mon compagnon se rendit au chantier pour obtenir un traîneau afin de transporter le corps inanimé de notre camarade. Bien que nous fussions au mois de février et en pleine forêt, très éloignés de toute habitation, Louis Vanelet disparut du chantier. Je l'ai revu hier pour la première fois depuis cette époque mémorable, car aucun de nous ne savait ce qu'il était devenu. Le pauvre homme qu'il avait presque assommé resta pendant longtemps entre la vie et la mort et nous le ramenâmes, au printemps, dans un pitoyable état, pour le renvoyer dans sa famille. J'ai appris depuis qu'il s'était rétabli et qu'il avait fini par épouser celle pour qui il avait failli sacrifier sa vie.

Le magistrat, le curé et le notaire, après avoir écouté attentivement cette histoire, se consultèrent longuement et finirent par décider que, vu le caractère irascible du père Louison, de ses colères terribles et de sa force herculéenne, il fallait faire un exemple et le traduire devant la Cour Criminelle qui siégeait à Sorel.

Le bailli recevrait des instructions à cet effet.

VI

Lorsque le représentant de la loi se rendit, le lendemain matin, pour opérer l'arrestation de Louis Vanelet, il trouva la cabane vide. Le vieillard, pendant la nuit, avait disparu en emportant dans son canot ses engins de chasse et de pêche. Personne ne l'avait vu partir et l'on ignorait la direction qu'il avait prise.

Quelques jours plus tard, le capitaine d'un bateau de L... racontait que pendant une forte bourrasque de nord-est, il avait rencontré sur le lac Saint-Pierre un long canot flottant au gré des vagues et des vents.

Il avait cru reconnaître l'embarcation du père Louison, mais le canot était vide et à moitié rempli d'eau.

(*La chasse-galerie*, Montréal, Fides, 1973)

Macloune

I

Bien qu'on lui eût donné, au baptême, le prénom de Maxime, tout le monde au village l'appelait *Macloune*. Et cela, parce que sa mère, Marie Gallien, avait un défaut d'articulation qui l'empêchait de prononcer distinctement son nom. Elle disait *Macloune* au lieu de Maxime et les villageois l'appelaient comme sa mère.

C'était un pauvre hère qui était né et qui avait grandi dans la plus profonde et dans la plus respectable misère.

Son père était un brave batelier qui s'était noyé, alors que Macloune était encore au berceau, et la mère avait réussi tant bien que mal, en allant en journée à droite et à gauche, à traîner une pénible existence et à réchapper la vie de son enfant qui était né rachitique et qui avait vécu et grandi, en dépit des prédictions de toutes les commères des alentours.

Le pauvre garçon était un monstre de laideur. Mal fait au possible, il avait un pauvre corps malingre auquel se trouvaient tant bien que mal attachés de longs bras et de longues jambes grêles qui se terminaient par des pieds et des mains qui n'avaient guère semblance humaine. Il était bancal, boiteux, tortu-bossu comme on dit dans nos campagnes, et le malheureux avait une tête à l'avenant : une véritable tête de macaque en rupture de ménagerie. La nature avait oublié de le doter d'un menton, et deux longues dents jaunâtres sortaient d'un petit trou circulaire qui lui tenait lieu de bouche, comme des défenses de bête féroce. Il ne pouvait pas mâcher ses aliments et c'était une curiosité que de le voir manger.

Son langage se composait de phrases incohérentes et de sons inarticulés qu'il accompagnait d'une pantomime très expressive. Et il parvenait assez facilement à se faire comprendre, même de ceux qui l'entendaient pour la première fois.

En dépit de cette laideur vraiment repoussante et de cette difficulté de langage, Macloune était adoré par sa mère et aimé de tous les villageois.

C'est qu'il était aussi bon qu'il était laid, et il avait deux grands yeux bleus qui vous fixaient comme pour vous dire:

— C'est vrai! je suis bien horrible à voir, mais tel que vous me voyez, je suis le seul support de ma vieille mère malade et, si chétif que je sois, il me faut travailler pour lui donner du pain.

Et pas un gamin, même parmi les plus méchants, aurait osé se moquer de sa laideur ou abuser de sa faiblesse.

Et puis, on le prenait en pitié parce que l'on disait au village qu'une sauvagesse avait jeté un *sort* à Marie Gallien, quelques mois avant la naissance de Macloune. Cette sauvagesse était une faiseuse de paniers qui courait les campagnes et qui s'enivrait, dès qu'elle avait pu amasser assez de gros sous pour acheter une bouteille de whisky; et c'était alors une orgie qui restait à jamais gravée dans la mémoire de ceux qui en étaient témoins. La malheureuse courait par les rues en poussant des cris de bête fauve et en s'arrachant les cheveux. Il faut avoir vu des sauvages sous l'influence de l'alcool pour se faire une idée de ces scènes vraiment infernales. C'est dans une de ces occasions que la sauvagesse avait voulu forcer la porte de la maisonnette de Marie Gallien et qu'elle avait maudit la pauvre femme, à demi morte de peur, qui avait refusé de la laisser entrer chez elle.

Et l'on croyait généralement au village que c'était la malédiction de la sauvagesse qui était la cause de la laideur de ce pauvre Macloune. On disait aussi, mais sans l'affirmer catégoriquement, qu'un quéteux de Saint-Michel de Yamaska, qui avait la réputation d'être un peu sorcier, avait jeté un autre sort à Marie Gallien parce que la pauvre femme n'avait pu lui faire l'aumône, alors qu'elle était elle-même dans la plus grande misère, pendant ses relevailles, après la naissance de son enfant.

II

Macloune avait grandi en travaillant, se rendant utile lorsqu'il le pouvait et toujours prêt à rendre service, à faire une commission, ou à prêter la main lorsque l'occasion se présentait. Il n'avait jamais été à l'école et ce n'est que très tard, à l'âge de treize ou quatorze ans, que le curé du village lui avait permis de faire sa première communion. Bien qu'il ne fût pas ce que l'on appelle un simple d'esprit, il avait poussé un peu à la diable et son intelligence qui n'était pas très vive n'avait jamais été cultivée. Dès l'âge de dix ans, il aidait déjà à sa mère à faire bouillir la marmite et à amasser la provision de bois de chauffage pour l'hiver. C'était généralement sur la grève du Saint-Laurent qu'il passait des heures entières à recueillir les bois flottants qui descendaient avec le courant pour s'échouer sur la rive.

Macloune avait développé de bonne heure un penchant pour le commerce et le brocantage et ce fut un grand jour pour lui, lorsqu'il put se rendre à Montréal pour y acheter quelques articles de vente facile, comme du fil, des aiguilles, des boutons, qu'il colportait ensuite dans un panier avec des bonbons et des fruits. Il n'y eut plus de misère dans la petite famille à dater de cette époque, mais le pauvre garçon avait compté sans la maladie qui commença à s'attaquer à son pauvre corps déjà si faible et si cruellement éprouvé.

    Mais Macloune était brave, et il n'y avait guère de temps qu'on ne l'aperçût sur le quai, au débarcadère des bateaux à vapeur, les jours de marché, ou avant et après la grand'messe, tous les dimanches et fêtes de l'année. Pendant les longues soirées d'été, il faisait la pêche dans les eaux du fleuve, et il était devenu d'une habileté peu commune pour conduire un canot, soit à l'aviron pendant les jours de calme, soit à la voile lorsque les vents étaient favorables. Pendant les grandes brises du nord-est, on apercevait parfois Macloune seul, dans son canot, les cheveux au vent, louvoyant en descendant le fleuve ou filant vent arrière vers les îles de Contrecœur.

    Pendant la saison des fraises, des framboises et des *bluets* il avait organisé un petit commerce de gros qui lui rapportait d'assez beaux bénéfices. Il achetait ces fruits des villageois pour aller les revendre sur les marchés de Montréal. C'est alors qu'il fit la connaissance d'une pauvre fille qui lui apportait ses bluets de la rive opposée du fleuve, où elle habitait, dans la concession de la Petite-Misère.

III

La rencontre de cette fille fut toute une révélation dans l'existence du pauvre Macloune. Pour la première fois il avait osé lever les yeux sur une femme et il en devint éperdument amoureux.

    La jeune fille, qui s'appelait Marie Joyelle, n'était ni riche, ni belle. C'était une pauvre orpheline maigre, chétive, épuisée par le travail, qu'un oncle avait recueillie par charité et que l'on faisait travailler comme une esclave en échange d'une maigre pitance et de vêtements de rebut qui suffisaient à peine pour la couvrir décemment. La pauvrette n'avait jamais porté de chaussures de sa vie et un petit châle noir à carreaux rouges servait à lui couvrir la tête et les épaules.

Le premier témoignage d'affection que lui donna Macloune fut l'achat d'une paire de souliers et d'une robe d'indienne à ramages, qu'il apporta un jour de Montréal et qu'il offrit timidement à la pauvre fille, en lui disant, dans son langage particulier :

— Robe, mam'selle, souliers mam'selle. Macloune achète ça pour vous. Vous prendre, hein ?

Et Marie Joyelle avait accepté simplement devant le regard d'inexprimable affection dont l'avait enveloppée Macloune en lui offrant son cadeau.

C'était la première fois que la pauvre Marichette, comme on l'appelait toujours, se voyait l'objet d'une offrande qui ne provenait pas d'un sentiment de pitié. Elle avait compris Macloune, et sans s'occuper de sa laideur et de son baragouinage, son cœur avait été profondément touché.

Et à dater de ce jour-là, Macloune et Marichette s'aimèrent, comme on s'aime lorsque l'on a dix-huit ans, oubliant que la nature avait fait d'eux des êtres à part qu'il ne fallait même pas penser à unir par le mariage.

Macloune dans sa franchise et dans sa simplicité raconta à sa mère ce qui s'était passé, et la vieille Marie Gallien trouva tout naturel que son fils eût choisi une bonne amie et qu'il pensât au mariage.

Tout le village fut bientôt dans le secret, car le dimanche suivant Macloune était parti de bonne heure, dans son canot, pour se rendre à la Petite-Misère dans le but de prier Marichette de l'accompagner à la grand'messe à Lanoraie. Et celle-ci avait accepté sans se faire prier, trouvant la demande absolument naturelle puisqu'elle avait accepté Macloune comme son cavalier, en recevant ses cadeaux.

Marichette se fit belle pour l'occasion. Elle mit sa robe à ramages et ses souliers français ; il ne lui manquait plus qu'un chapeau à plumes comme en portaient les filles de Lanoraie, pour en faire une demoiselle à la mode. Son oncle, qui l'avait recueillie, était un pauvre diable qui se trouvait à la tête d'une nombreuse famille et qui ne demandait pas mieux que de s'en débarrasser en la mariant au premier venu ; et autant, pour lui, valait Macloune qu'un autre.

Il faut avouer qu'il se produisit une certaine sensation, dans le village, lorsque sur le troisième coup de la grand'messe Macloune apparut donnant le bras à Marichette. Tout le monde avait trop d'affection pour le pauvre garçon pour se moquer de lui ouvertement, mais on se détourna la tête pour cacher des sourires qu'on ne pouvait supprimer entièrement.

Les deux amoureux entrèrent dans l'église sans paraître s'occuper de ceux qui s'arrêtaient pour les regarder, et allèrent se placer à la tête de la grande allée centrale, sur des bancs de bois réservés aux pauvres de la paroisse.

Et là, sans tourner la tête une seule fois, et sans s'occuper de l'effet qu'ils produisaient, ils entendirent la messe avec la plus grande piété.

Ils sortirent de même qu'ils étaient entrés, comme s'ils eussent été seuls au monde et ils se rendirent tranquillement, à pas mesurés, chez Marie Gallien où les attendait le dîner du dimanche.

— Macloune a fait une «blonde»! Macloune va se marier!

— Macloune qui fréquente la Marichette!

Et les commentaires d'aller leur train parmi la foule qui se réunit toujours à la fin de la grand'messe, devant l'église paroissiale, pour causer des événements de la semaine.

— C'est un brave et honnête garçon, disait un peu tout

le monde, mais il n'y avait pas de bon sens pour un singe comme lui, de penser au mariage.

C'était là le verdict populaire!

Le médecin qui était célibataire et qui dînait chez le curé tous les dimanches, lui souffla un mot de la chose pendant le repas, et il fut convenu entre eux qu'il fallait empêcher ce mariage à tout prix. Ils pensaient que ce serait un crime de permettre à Macloune malade, infirme, rachitique et difforme comme il l'était, de devenir le père d'une progéniture qui serait vouée d'avance à une condition d'infériorité intellectuelle et de décrépitude physique. Rien ne pressait cependant et il serait toujours temps d'arrêter le mariage lorsqu'on viendrait mettre les bans à l'église.

Et puis! ce mariage; était-ce bien sérieux, après tout?

IV

Macloune, qui ne causait guère que lorsqu'il y était forcé par ses petites affaires, ignorait tous les complots que l'on tramait contre son bonheur. Il vaquait à ses occupations selon son habitude, mais chaque soir, à la faveur de l'obscurité, lorsque tout reposait au village, il montait dans son canot et traversait à la Petite-Misère, pour y rencontrer Marichette qui l'attendait sur la falaise afin de l'apercevoir de plus loin. Si pauvre qu'il fût, il trouvait toujours moyen d'apporter un petit cadeau à sa bonne amie: un bout de ruban, un mouchoir de coton, un fruit, un bonbon qu'on lui avait donné et qu'il avait conservé, quelques fleurs sauvages qu'il avait cueillies dans les champs ou sur les bords de la grande route. Il offrait cela toujours avec le même:

— Bôjou Maïchette!

— Bonjour Macloune!

Et c'était là toute leur conversation. Ils s'asseyaient sur le bord du canot que Macloune avait tiré sur la grève et ils attendaient là, quelquefois pendant une heure entière, jusqu'au moment où une voix de femme se faisait entendre de la maison.

— Mariette ! oh ! Marichette !

C'était la tante qui proclamait l'heure de rentrer pour se mettre au lit.

Les deux amoureux se donnaient tristement la main en se regardant fixement, les yeux dans les yeux et :

— Bôsoi Maïchette !

— Bonsoir Macloune !

Et Marichette rentrait au logis et Macloune retournait à Lanoraie. Les choses se passaient ainsi depuis plus d'un mois, lorsqu'un soir Macloune arriva plus joyeux que d'habitude.

— Bôjou Maïchette !

— Bonjour Macloune ! Et le pauvre infirme sortit de son gousset une petite boîte en carton blanc d'où il tira un jonc d'or bien modeste qu'il passa au doigt de la jeune fille.

— Nous autres, mariés à Saint-Michel. Hei ! Maïchette !

— Oui Macloune ! quand tu voudras.

Et les deux pauvres déshérités se donnèrent un baiser bien chaste pour sceller leurs fiançailles.

Et ce fut tout.

Le mariage étant décidé pour la Saint-Michel il n'y avait plus qu'à mettre les bans à l'église. Les parents consentaient au mariage et il était bien inutile de voir le notaire pour le contrat, car les deux époux commenceraient la vie commune dans la misère et dans la pauvreté. Il ne pouvait être question d'héritage, de douaire et de séparation ou de communauté de biens.

Le lendemain, sur les quatre heures de relevée, Macloune mit ses habits des dimanches et se dirigea vers le presbytère où il trouva le curé qui se promenait dans les allées de son jardin, en récitant son bréviaire.

— Bonjour Maxime ! Le curé seul, au village, l'appelait de son véritable nom.

— Bôjou mosieur curé !

— J'apprends, Maxime, que tu as l'intention de te marier.

— Oui ! mosieur curé !

— Avec Marichette Joyelle de Contrecœur !

— Oui ! mosieur curé.

— Il n'y faut pas penser, mon pauvre Maxime. Tu n'as pas les moyens de faire vivre une femme. Et ta pauvre mère, que deviendrait-elle sans toi pour lui donner du pain !

Macloune qui n'avait jamais songé qu'il put y avoir des objections à son mariage, regarda le curé d'un air désespéré, de cet air d'un chien fidèle qui se voit cruellement frappé par son maître sans comprendre pourquoi on le maltraite ainsi.

— Eh non ! mon pauvre Maxime, il n'y faut pas penser. Tu es faible, maladif. Il faut remettre cela à plus tard, lorsque tu seras en âge.

Macloune atterré ne pouvait pas répondre. Le respect qu'il avait pour le curé l'en aurait empêché, si un sanglot qu'il ne put comprimer, et qui l'étreignait à la gorge, ne l'eût mis dans l'impossibilité de prononcer une seule parole.

Tout ce qu'il comprenait, c'est qu'on allait l'empêcher d'épouser Marichette et dans sa naïve crédulité il considérait l'arrêt comme fatal. Il jeta un long regard de reproche sur celui qui sacrifiait ainsi son bonheur, et sans songer à discuter le jugement qui le frappait si cruellement, il partit en courant vers la grève qu'il suivit, pour rentrer à la maison, afin d'échapper à la curiosité des villageois qui l'auraient vu pleurer. Il se jeta dans les bras de sa mère qui ne comprenait rien à sa peine. Le pauvre infirme sanglota ainsi pendant une heure et aux questions réitérées de sa mère ne put que répondre :

— Mosieur curé veut pas moi marier Maïchette. Moi mourir, maman !

Et c'est en vain que la pauvre femme, dans son langage

baroque, tenta de le consoler. Elle irait elle-même voir le curé et lui expliquerait la chose. Elle ne voyait pas pourquoi on voulait empêcher son Macloune d'épouser celle qu'il aimait.

V

Mais Macloune était inconsolable. Il ne voulut rien manger au repas du soir et aussitôt l'obscurité venue, il prit son aviron et se dirigea vers la grève, dans l'intention évidente de traverser à la Petite-Misère pour y voir Marichette.

Sa mère tenta de le dissuader car le ciel était lourd, l'air était froid et de gros nuages roulaient à l'horizon. On allait avoir de la pluie et peut-être du gros vent. Mais Macloune n'entendit point ou fit semblant de ne pas comprendre les objections de sa mère. Il l'embrassa tendrement en la serrant dans ses bras et, sautant dans son canot, il disparut dans la nuit sombre.

Marichette l'attendait sur la rive à l'endroit ordinaire. L'obscurité l'empêcha de remarquer la figure bouleversée de son ami et elle s'avança vers lui avec la salutation accoutumée :

— Bonjour Macloune !

— Bôjou Maïchette !

Et la prenant brusquement dans ses bras, il la serra violemment contre sa poitrine en balbutiant des phrases incohérentes entrecoupées de sanglots déchirants :

— Tu sais Maïchette... Mosieu Curé veut pas nous autres marier.. to pauvre, nous autres.. to laid, moi... to laid... to laid, pour marier toi... moi veux plus vivre... moi veux mourir.

Et la pauvre Marichette comprenant le malheur terrible qui les frappait, mêla ses pleurs aux plaintes et aux sanglots du malheureux Macloune.

Et ils se tenaient embrassés dans la nuit noire, sans s'occuper de la pluie qui commençait à tomber à torrents et du vent froid du nord qui gémissait dans les grands peupliers qui bordent la côte.

Des heures entières se passèrent. La pluie tombait toujours ; le fleuve agité par la tempête était couvert d'écume et les vagues déferlaient sur la grève en venant couvrir, par intervalle, les pieds des amants qui pleuraient et qui balbutiaient des lamentations plaintives en se tenant embrassés.

Les pauvres enfants étaient trempés par la pluie froide, mais ils oubliaient tout dans leur désespoir. Ils n'avaient ni l'intelligence de discuter la situation, ni le courage de secouer la torpeur qui les envahissait.

Ils passèrent ainsi la nuit et ce n'est qu'aux premières lueurs du jour qu'ils se séparèrent dans une étreinte convulsive. Ils grelottaient en s'embrassant, car les pauvres haillons qui les couvraient, les protégeaient à peine contre la bise du nord qui soufflait toujours en tempête.

Était-ce par pressentiment ou simplement par désespoir qu'ils se dirent :

— Adieu, Macloune !

— Adieu, Maïchette !

Et la pauvrette trempée et transie jusqu'à la moelle, claquant des dents, rentra chez son oncle où l'on ne s'était pas aperçu de son absence, tandis que Macloune lançait son canot dans les roulins et se dirigeait vers Lanoraie. Il avait vent contraire et il fallait toute son habileté pour empêcher la frêle embarcation d'être submergée dans les vagues.

Il en eut bien pour deux heures d'un travail incessant avant d'atteindre la rive opposée.

Sa mère avait passé la nuit blanche à l'attendre, dans une inquiétude mortelle. Macloune se mit au lit tout épuisé, grelottant, la figure enluminée par la fièvre ; et tout ce que put faire la pauvre Marie Gallien, pour réchauffer son enfant, fut inutile.

Le docteur appelé vers les neuf heures du matin déclara qu'il souffrait d'une pleurésie mortelle et qu'il fallait appeler le prêtre au plus tôt.

Le bon curé apporta le viatique au moribond qui gémissait dans le délire et qui balbutiait des paroles incompréhensibles. Macloune reconnut cependant le prêtre qui priait à ses côtés et il expira en jetant sur lui un regard de doux reproche et d'inexprimable désespérance et en murmurant le nom de Marichette.

VI

Un mois plus tard, à la Saint-Michel, le corbillard des pauvres conduisait au cimetière de Contrecœur Marichette Joyelle morte de phtisie galopante chez son oncle de la Petite-Misère.

Ces deux pauvres déshérités de la vie, du bonheur et de l'amour n'avaient même pas eu le triste privilège de se trouver réunis dans la mort, sous le même tertre, dans un coin obscur du même cimetière.

(La chasse-galerie, Montréal,
Fides, 1973)

Louis Fréchette

Fils de Louis-Marthe Fréchette et de Marguerite Martineau, Louis-Honoré Fréchette naît à Hadlow Cose (au pied de la falaise de Lévis) le 16 novembre 1839. Après des études au Petit Séminaire de Québec, aux Collèges de Sainte-Anne-de-la-Pocatière et de Nicolet, il est admis en droit à l'Université Laval de Québec. Pendant son cours universitaire, il fréquente la librairie d'Octave Crémazie, collabore au Journal de Québec *et, durant les sessions, travaille comme traducteur à l'Assemblée législative. Reçu avocat en 1864, il fonde avec son frère Edmond* Le Drapeau de Lévis, *qui deviendra l'année suivante* Le Journal de Lévis. *Mais ses idées par trop libérales conduisent à la fermeture du journal. Aigri, il s'exile à Chicago où il fonde, en 1866,* L'Observateur, *qui cesse bientôt de paraître. Il est alors nommé secrétaire-correspondant du département des Terres de l'Illinois central. En 1868, il devient rédacteur de* L'Amérique, *qui appuie la politique républicaine des États-Unis. De retour au pays en 1871, il s'intéresse à la politique. Sous la bannière libérale, il est d'abord défait aux élections provinciales avant de représenter, de 1874 à 1878, le comté de Lévis à la Chambre des communes d'Ottawa. Il n'est cependant pas réélu. Profitant de la renommée que lui vaut, en 1880, l'attribution du prix Montyon par l'Académie française pour les* Fleurs boréales. Les oiseaux de neige, *il tente de nouveau sa chance aux élections de 1882, mais sans succès. Il s'établit alors à Nicolet pour y exercer le droit. En 1888, il va habiter Montréal. Tout en occupant le poste de greffier du Conseil législatif de Québec, il continue de collaborer aux différents journaux libéraux, notamment à*

La Patrie. *En 1907, il cesse toute activité et se fait héberger avec sa famille à l'Institut des sourdes et muettes de Montréal. Il y meurt le 31 mai 1908. Il a épousé en 1876 Emma Beaudry, fille d'un riche propriétaire de la métropole. Il a publié, outre plusieurs recueils de poésies, des drames et deux recueils de contes,* La Noël au Canada *(1900) et* Originaux et détraqués *(1892). En 1976, paraît un troisième recueil:* Contes II. Masques et Fantômes et les autres contes épars.

Chouinard

I

En ce temps-là — je parle de 1848, pas d'hier, comme vous voyez — l'église de Saint-Joseph de la Pointe-Lévis possédait, entre autres ornements, un chantre du nom de Picard.

Je mets Picard parmi les ornements, non pas qu'il fût beau — ô mon Dieu, non! — mais parce qu'il y avait en lui quelque chose de monumental.

Sa voix d'abord, dont les éclats de trompette faisaient tinter les grands vitraux de l'église.

Et puis son nez. Picard avait de grandes jambes, de grands pieds, de grandes mains, de grands yeux, de grandes dents, un grand cou.

Quant à son nez, il n'était pas grand.

Il était monstrueux.

Je me dispenserai de le décrire, car il n'apparaît qu'incidentellement dans mon récit.

Qu'il me suffise de rapporter les paroles dont le vicaire, M. l'abbé Jean, se servait pour en donner une idée :

— Quand Picard entre au chœur, disait-il, ce n'est n'est pas un homme avec un nez, c'est un nez avec un homme!

Or, un beau dimanche — à vêpres — Picard chantait au

lutrin; il «faisait chantre», pour me servir d'une expression aussi baroque que consacrée.

Je m'en souviens comme si c'était hier.

Le temps était délicieux — un temps *écho*, comme disent les Canadiens, pour indiquer la sonorité de l'atmosphère.

Le chant des psaumes roulait majestueux sous la grande voûte, et, par les fenêtres ouvertes, s'épandait au dehors en larges ondes vibrantes.

À un moment donné, dans l'intervalle d'un psaume à l'autre, ce fut au tour de Picard à entonner l'antienne.

Le long chantre mouche hâtivement son long appendice, se lève, ou plutôt se déplie avec solennité, tousse un peu pour s'astiquer le larynx, et puis lance, de sa voix de stentor et sur un diapason triomphant, ces quatre syllabes suggestives :

— *Serve bone.*

Beau nez!

Le calembour s'imposait à l'esprit le plus sérieux, et ne pouvait manquer de faire sourire.

Il fit plus.

La dernière note de l'intonation s'éteignait à peine, et le chœur n'avait pas encore eu le temps de reprendre la continuation de l'antienne, qu'une autre voix tout aussi retentissante que la première éclata dans le bas de l'église :

— *Hourra pour Picard!*

On voit d'ici le scandale : brouhaha extraordinaire, toutes les têtes tournées, fou rire partout.

Quel était l'individu assez irrévérencieux pour oser troubler l'office divin par une farce de ce calibre ?

On le sut bientôt.

Du reste, la voix n'était pas inconnue.

Elle appartenait à un pauvre innocent de bon garçon qui fut, durant des années, universellement connu dans toutes les campagnes échelonnées sur la rive sud du Saint-Laurent, depuis Québec jusqu'à Gaspé.

Ce n'était pas une farce qu'il avait voulu faire.

Oh non !

L'exclamation intempestive lui avait échappé.

Son esprit jovial, frappé soudainement par le comique de la situation, n'avait pas eu le temps de réfléchir ; et c'est on ne peut plus involontairement que le pauvre diable avait troublé le recueillement des fidèles par sa sortie burlesque.

Du reste, on lui aurait pardonné bien autre chose, à ce brave Chouinard.

Car il s'appelait Chouinard.

Olivier, de son prénom, — qu'il prononçait Livier.

C'était sa manière de dire moi, car il parlait toujours de lui-même à la troisième personne.

II

Bien qu'appartenant à la classe des pauvres diables, Chouinard n'était pas précisément un mendiant, car il ne mendiait pas.

Il se contentait d'accepter l'hospitalité qu'on lui offrait sur la route.

Et comme il passa toute sa vie à faire la navette entre Québec et Gaspé, et que cette hospitalité ne lui faisait jamais défaut, il n'eut jamais besoin d'autre domicile.

Quant au reste, ses goûts n'étaient rien moins que luxueux, et, son ambition se bornant à peu de chose, il se tirait parfaitement d'affaires, et ne manquait jamais de rien.

Était-il suivi par un bon ange chargé de glisser chaque jour dans sa poche les cinq sous du Juif Errant ?

Non pas.

Ses cinq sous, il les gagnait bel et bien.

Et jamais peut-être millions n'ont été mieux ni plus honnêtement gagnés.

Les lois de l'État s'en trouvaient bien quelque peu enfreintes.

Le ministère des Postes aurait peut-être pu le poursuivre en contravention.

Mais la peccadille n'en valait pas la peine ; et tant pis pour qui aurait voulu molester l'ami Chouinard, car il était populaire.

Voici en quoi consistait sa petite industrie.

Il s'était constitué courrier privé et indépendant.

Et pour six sous — cinq *cents*, ce qui était dans le temps le port d'une lettre à la poste — il portait à pied cette lettre à Kamouraska, à Rimouski, au Bic, à Matane, et, naturellement, à n'importe quel point intermédiaire, la livrant en mains propres ou à domicile, sans jamais exiger d'autre rémunération.

S'il avait dix, vingt, trente lettres, tant mieux.

S'il n'en avait qu'une, il faisait le voyage tout de même, et avec une rapidité... Ses courses étaient quelquefois étonnantes.

Nul froid, nulle tempête, nuls chemins effondrés ne l'arrêtaient.

Pendant quelqu'une de ces terribles journées d'hiver, où les voyageurs les plus hardis osent à peine s'aventurer sur la route enveloppés dans leurs habits de fourrure et les peaux d'ours de leurs traîneaux, on entendait parfois un son de trompe éclater au loin, puis on voyait déboucher à l'entrée du village un piéton maigrement vêtu, une casquette en peau de chat sur les yeux, blanc de givre, enfonçant jusqu'aux genoux dans la neige mouvante, les doigts à demi gelés sur un cornet à bouquin, le dos courbé, luttant ferme contre la « poudrerie » qui lui cinglait la figure, et jetant à toutes les portes sa fanfare dans la bourrasque.

C'était Chouinard.

À la brune, il entrait — n'importe où.

Chez le riche comme chez le pauvre.

Avec cette différence que dans les maisons un peu cossues, il se présentait à la porte de service.

On ne le rebutait nulle part.

Haletant, geignant, épuisé, il secouait dans le tambour la neige dont il était couvert, essuyait ses bottes glacées au paillasson, faisait son entrée en souriant, détachait les glaçons de sa barbe et de ses cheveux incultes, s'approchait du poêle — les calorifères étaient alors inconnus dans ces parages — grelottait quelques instants, les mains dans le «fourneau», puis jetant un long regard autour de lui avec une expression de contentement naïf, il lâchait un gros rire enfantin ; hi hi hi... puis il ajoutait :

— Mauvais temps.

— Tiens, c'est ce brave Chouinard ! disait-on. Quel bon vent t'amène ?

— Bon vent, mais mauvais côté, hi hi hi !...

— D'où viens-tu comme ça ?

— Québec.

— Et où vas-tu ?

— Rivière-du-Loup.

— Porter une lettre ?

— Te cré !

— À qui donc ?

— M. Pouliot.

— Montre voir.

— Tiens... Non, pas celle-là ! M. Verreau, celle-là, Saint-Jean-Port-Joli.

Ou M. Dupuis, Saint-Roch-des-Aulnaies.

Ou quelque autre encore.

On lui faisait généralement ces questions non par pure curiosité, mais pour mettre son étrange mémoire à l'épreuve. Il avait souvent quinze, vingt lettres dans son sac.

Or il ne savait pas lire, et jamais il ne se trompait dans la distribution.

Pas une erreur !

Une lettre qui lui était une fois confiée arrivait droit à son adresse, avec autant de sûreté — et même plus — que si elle eût été mise entre les mains du ministre des Postes lui-même.

Un chef de bureau reçoit une lettre, lit l'adresse, et se trompe quelquefois de case.

Chouinard, lui, ne s'en rapportait qu'à l'apparence extérieure de l'enveloppe, mais son coup d'œil était infaillible.

On ne l'a jamais pris en défaut.

III

Étant donné ce qui précède, Chouinard ne pouvait manquer d'être un favori au collège de Sainte-Anne-de-la-Pocatière, dont la masse des élèves avaient leurs parents disséminés sur l'itinéraire habituel de l'extraordinaire courrier.

Son arrivée était une fête.

Grâce à sa prodigieuse mémoire, Chouinard connaissait — il s'en informait naturellement avec le plus grand soin — toutes les familles qui avaient un fils ou deux au collège de Sainte-Anne, et, au point de vue de la clientèle, il n'avait garde de négliger ce détail.

Il s'arrêtait au collège d'abord.

C'était une station de rigueur.

Puis il se rendait chez les parents, et donnait des nouvelles du « petit ».

Il était naturellement le bienvenu. On l'entourait :

— Vous l'avez vu, ce cher enfant ?

— Comment est-il ?

— S'ennuie-t-il beaucoup ?

— A-t-il grandi ? etc.

Livier savait tout et répondait à tout.

La famille était enchantée — la maman surtout — et chacun s'évertuait à faire plaisir à Chouinard.

On le choyait, on le dorlotait, on le gavait de friandises.

Sans compter qu'il repartait toujours, cela va sans dire, avec une lettre et quelque petit paquet pour le retour.

La lettre ne pouvait arriver à destination que longtemps après le passage du courrier ordinaire.

On le savait; mais qu'importe!

Avez-vous remarqué comme une lettre d'ami ou de parent vous fait plus de plaisir à recevoir quand elle vous est remise par une main qui a touché celle qui l'envoie?

C'est à ce sentiment qu'obéissaient d'instinct, il n'y a encore que quelques années, les Québecquois[1] qui vous disaient :

— Mon cher, vous partez pour Montréal, veuillez donc vous charger de cette lettre.

Cette lettre vous coûtait d'ennui, d'embarras et même d'argent, cent fois les trois sous que ce monsieur aurait payé en mettant simplement son envoi à la poste ; mais il ne réfléchissait pas à cela.

Il espérait que sa lettre serait remise personnellement ; et cela doublait, par l'imagination, la satisfaction qu'il avait eue de l'écrire.

Et celui qui recevait la lettre donc!

— Vraiment, c'est lui-même qui vous a confié ceci? Vous l'avez vu? Vous lui avez parlé? Comment est-il? Que chante-t-il de bon? etc.

— Vous avez vu mon père avant de partir! me disait un jour, toute tremblante d'émotion, une bonne religieuse canadienne que je retrouvais à Blois, en France. J'ai presque envie de vous embrasser.

Elle recevait des lettres de sa famille toutes les semaines, cependant.

---

1. Écrit ainsi, ce mot se reportait alors aux habitants de la ville de Québec.

Mais quelqu'un qui avait vu son père, qui lui avait parlé, qui lui avait serré la main, ce n'était pas la même chose!

Avec cela qu'en confiant une lettre à Chouinard, on faisait une charité déguisée, — et personne n'ignore que c'est la plus agréable à faire après tout.

IV

Imaginez maintenant quelle réception nous faisions à l'ami Olivier, lorsque, par un de ces ennuyeux congés d'hiver, comme un oiseau voyageur tombant des nues, il arrivait au collège, et venait s'ébattre au milieu de nos groupes attristés, à Sainte-Anne, sur cette plage morne où l'on a d'un côté une montagne revêche qui vous bouche l'horizon, et de l'autre une plaine sans fin, plate et froide, qui vous l'escamote.

— Voilà Chouinard!
— Bonjour, Chouinard!
— Hourrah!
— Vivat!
— Ohé!

Et nous nous précipitions autour du pauvre garçon, qui ne savait bientôt plus où donner de la tête.

Tout le monde parlait à la fois:
— Des lettres?
— Une pour moi!
— Pour moi!
— Pour moi!
— Vite donc, Livier! vite donc!

Chacun se dressait sur le bout des pieds, trépignant d'impatience.

La poste ordinaire ne comptait plus:

Nous aurions eu dans nos poches des lettres bien postérieures à celles qu'il nous apportait : elles ne valaient plus rien.

— Oui, oui, oui ! criait le bon diable tout essoufflé, et se défendant de son mieux contre les assauts de tous ces diablotins. Attendez donc !... hi hi hi...

Puis il grimpait sur un banc, et commençait la distribution.

— Quins, 'tit Pite, pour toi !
— Hourra ! merci, Chouinard !
— Quins, Couillard, lettre Saint-Thomas !
— Quins, Bernier, lettre du Cap... hi hi hi !
— Merci, Livier !
— Quins, Bacon ! quins, Gagnier ! quins, Arsène ! lettres vous autres...
— Merci, merci, merci !
— Hourra !...
— Tu as passé chez nous ?
— Te cré !
— Comment vont-ils à la maison ?
— Père acheté beau cheval !
— Et chez nous ?
— Chu vous ? Sœur robe neuve neuve... Belle ! belle !
— Ah ! ah ! ah !...
— Tu connais ça, Livier ?
— Te cré !...
— Hourra !...
— Et chez nous !
— Mère mal aux dents.
— Et chez nous ?
— Fait boucherie, semaine passée ; bon boudin, va ! Livier goûté... hi hi hi !...
— Et chez nous, Livier ?
— Fait baptiser dimanche. Beau 'tit frère...
— Bravo !
— Vive Chouinard !

— Hourra pour Livier!
— La bascule!
— La bascule!...

Ce qu'on appelait la bascule au collège de Sainte-Anne était une espèce d'ovation peu réjouissante à laquelle on soumettait les camarades qui, d'une façon ou d'une autre, avaient su provoquer quelque enthousiasme.

La cérémonie était simple et primitive.

Elle rappelait un peu le pavois des anciens Gaulois. Aussitôt qu'on avait lâché le mot *Bascule!* les plus rapprochés saisissaient le triomphateur — la victime, si vous aimez mieux — qui par un bras, qui par une jambe, qui par le collet, qui par le ceinturon.

Et puis, ho!...

Un élan le hissait sur les têtes, où dix, vingt, trente poignets solides le maintenaient en équilibre, pendant qu'on lui faisait faire le tour de la salle en procession, au milieu d'une tempête de rires, de chants et d'acclamations.

Si vous aviez été longtemps absent, si vous aviez fait quelque action d'éclat, ou si c'était l'anniversaire de votre naissance, ça y était!

— La bascule, ho!

Le système des compensations.

On s'en tirait tant bien que mal; comme on pouvait.

Un peu étourdi, un peu moulu, et surtout bien chiffonné; mais en général sans avaries sérieuses — au moins à la peau.

Chouinard faisait bien quelques résistances d'abord, mais pour la forme seulement.

Il était habitué.

Avec son dîner à la cuisine, et le petit tour de chapeau qui se faisait entre nous à son bénéfice, la bascule était de rigueur à chacune de ses visites.

Il en prenait gaiement son parti, et se laissait trimbaler de bonne grâce.

— Bande *scérélats!* disait-il seulement, en feignant de se fâcher.

V

On a remarqué que notre héros avait l'habitude — comme presque tous les innocents, du reste — de s'exprimer dans une espèce de langage télégraphique, c'est-à-dire en supprimant les petits mots — articles et prépositions, par exemple — peu nécessaires au sens de la phrase.

Il avait en outre un certain défaut d'articulation ou d'oreille qui lui faisait commettre toutes sortes de contre-petteries.

Scérélats, disait-il; p'tits *maruleux*; êtes pires que des *loups-ragous*. Ferez rien que des *vérolutionnaires*!

Savez-vous comment il appelait le Drapeau de Carillon?

— Le *Drayon de Caripeau*.

Quant aux autres expressions qu'il défigurait plus ou moins, elles étaient innombrables.

Pour lui le *pain killer* se prononçait « pain de couleuvre ».

La corne de cerf se changeait en « gomme de *saffre* ».

Un typographe se transformait en « p'tit pot d'grès »

Une maison de correction devenait une maison de « corruption ».

Du *lemon syrup* était pour lui du « limon de salope ».

Il n'aimait pas à se mettre des *chimaigres* dans la tête.

Il priait pour la « conversation » des pécheurs, etc.

— Eh bien, Chouinard, lui demandais-je un jour, chez qui as-tu couché, à la Rivière-Ouelle?

— Georges Lévesque.

— Que fait-il de bon de ce temps-ci, Georges Lévesque?
— Pustule toujours.

Il voulait dire «spéculer».

— As-tu bien fait ma commission, Livier? lui demande une bonne femme de L'Islet, qui avait envoyé un sac de noisettes à son petit garçon, au collège.

— Te cré!... Mais pas gardé longtemps, va!
— Comment donc ça?
— Eh ben, mangé la classe, mangé l'étude, mangé la «création»... *constupé* tout de suite.

Les noisettes avaient été confisquées, voilà tout.

Un jour, il racontait que le curé de Saint-Alexandre était allé à Québec pour se faire ôter une «cathédrale» dans l'œil.

La cataracte probablement.

Une autre fois, il demandait au docteur Guay, de Lévis, s'il avait des *pilunes* pour le ver *Saint-Hilaire*.

Le docteur supposa qu'il voulait parler du ver solitaire.

Et ainsi de suite, à n'en plus finir.

Les *résipères*, les maladies de *longueur*, les *enflammations* de père Antoine, les enfants morts de *conclusions*, les vieux morts aux *tropiques*, les actes de *contorsion*, les *rumeurs* dans le ventre qui pourraient bien se changer en *concert*, tout cela ne contait pas.

C'était pour lui l'alphabet du genre.

Il faudrait un miracle de mémoire pour se rappeler la vingtième partie des coq-à-l'âne et des transfigurations des mots dont il émaillait sa conversation.

Mais revenons au collège.

La cérémonie de la bascule terminée, ce n'était pas tout.

— Maintenant Chouinard, lui disions-nous, tu vas nous chanter quelque chose, n'est-ce pas?

— Livier fatigué.

— Eh bien, prie le bon Dieu alors, tu chanteras après.

VI

Il faut vous dire que l'ami Olivier avait une manière à lui de prier le bon Dieu.

Mais une manière à lui !

Impossible de rêver pareil salmigondis de latin et de français mélangé à la diable, sans queue ni tête, ni sens logique.

Toutes les expressions du catéchisme et du rituel s'y rencontraient, s'y heurtaient dans un pêle-mêle sans nom et dans les combinaisons les plus imprévues.

Voici un échantillon de son savoir-faire sur ce point :

« *Pater noster* purgatoire *credo in Deum* l'ordre et le mariage sans exagération ni excuses, *nostris infunde*, péché mortel, péché véniel, *christum robiscum*, pauvre homme. — Ainsi soit-il ! »

Il excellait surtout à remplacer les mots latins par je ne sais quel français incohérent qu'il trouvait moyen d'extraire des phrases latines mal prononcées.

J'ai écouté prier bien des vieilles.

J'ai entendu des chantres d'une force rare.

Je n'ai jamais rien vu qui, sous ce rapport, pût être comparé à Chouinard.

Ses prières n'étaient souvent qu'une suite d'à peu près à dérouter le calembouriste le plus ingénieux des deux mondes.

Ne parlons pas de « P'tit Jésus dans la cheminée, rince l'écuelle » ; ou du « pied d'Jésus envenimé, dans la huche la cuillère », *dona eis requiem*. C'était là pour notre ami le premier mot du rudiment.

Il avait perfectionné tout cela à un point dont on se fera une idée quand on saura que sa Salutation angélique commençait par : *Nagez, Maria*, et finissait par : « La p'tite Laure à Narcisse et la grosse Philomène », et *in hora mortis nostræ, amen*.

Il puisait dans la messe, dans les vêpres, dans l'angélus, dans le bénédicité, partout.

Il traduisait: *Et renovabit* par «le traîneau va vite».

A porta inferi, par: «apportez la ferrée».

Sedes sapientiæ, par: «ses treize sapins sciés».

Mors stupebit, par: «marches-tu, bibitte»!

Benedictatu, par: «l'bom' Baptiste Têtu».

Vas spirituale, par: «va oùs' tu pourras aller».

Adjuvandum, par: «belle jument d'homme».

C'est de lui cette traduction rajeunie par Berthelot: *Mites fac et castos*, «mitaines faites de castor».

Il fallait le voir, dans le *Confiteor*, se frapper la poitrine en disant avec componction:

— *Racule* pas! *Racule* pas! voyons, Maxime, *racule* pas!

Il se faisait alors dans le comté de Kamouraska — division électorale où se trouve le collège de Sainte-Anne — une lutte politique qui est restée légendaire entre Letellier de Saint-Just, depuis lieutenant-gouverneur pour la province de Québec, et Chapais, qui mourut ministre des Travaux publics au cabinet fédéral.

— Pour qui es-tu, toi, Livier? lui demandions-nous. Es-tu rouge? es-tu bleu?

Il répondait invariablement:

— Livier pour *zitanies*. Crie pas hourra pour Tellier ni Chapais. Crie: *Hourra pour Nobis*.

Mais nulle part ailleurs que dans le *Pater* son talent de traducteur ne brillait avec autant d'éclat.

C'était un vrai tour de force.

Qui es in cœlis devenait «qui est-ce qui sait lire».

Sanctificetur nomen tuum, «son p'tit-fils Arthur ramène-t-y l'homme».

Sicut in cœlo et in terra, «si tu t'salis, salaud, tu *t'néterras*».

Et ainsi sans broncher jusqu'à *Sed libera nos a malo*, qui devenait, en passant par je ne sais quelle filière: «de Saint-Morissette à Saint-Malo».

VII

Va sans dire que toute cette phraséologie burlesque se retrouvait aussi bien dans son chant que dans ses prières.

Car Chouinard chantait — je l'ai déjà laissé entendre — et avec une voix assez passable, ma foi.

— Allons, lui disions-nous, sitôt la kyrielle de prières défilée jusqu'au bout, chante-nous quelque chose maintenant.

— Livier ben fatigué.

— N'importe !

— Eh ben, Livier va chanter chanson major Jean Doguier, bataille Vous-salue-Marie.

Cela voulait dire : La chanson du major de Salaberry à la bataille de Châteauguay.

Et il entonnait à tue-tête :

> *Papineau, ce bon père,*
> *Disait à ses enfants :*
> *Nous gagn'rons la bataille*
> *Si vous êtes pas peureux.*

On voit que le brave Livier n'était guère plus fort sur la rime que sur l'histoire.

Puis venaient les cantiques.

Un surtout dont le refrain nous amusait toujours beaucoup :

> *C'est la sain sain sain.*
> *C'est la te te te.*
> *C'est la sain,*
> *C'est la te,*
> *C'est la sainte Vierge,*
> *Qu'allume les cierges !*

Il y avait aussi le cantique d'Adam, qui nous intéressait fort :

Adam, Adam, sors de ce bois,
Dis-moi pourquoi que tu te chesses (sèches),
Dis-moi pourquoi et quelle est la saison
De ta trahison!

Cela rimait... comme la chanson de Papineau, à temps perdu. Mais le plus défiguré, c'était le cantique du *Jugement dernier*.

Tout le monde connaît le refrain à grand effet :

J'entends la trompette effrayante
Qui crie : Ô morts, levez-vous!

Voici comment Chouinard le chantait :

J'attends la tempête effrayante,
P'tit christ, gros homards, rêvez-vous?

Il nous chantait aussi ce qu'il appelait la messe des vieilles filles :

Kyrie,
J'veux m'marier;
Eleison,
La grain' me sonne!

Et cela continuait ainsi : le *Gloria*, le *Credo*, la *Préface*, le *Sanctus*, et l'*Agnus Dei*, tout y passait.

Une des choses qui le portaient à modifier les textes — on pourrait dire à massacrer les mots — c'était son scrupule à l'endroit de tout ce qui pouvait ressembler de près ou de loin à un juron.

La moindre interjection un peu vive l'effrayait.

Toute consonance trop crue répugnait à sa délicatesse, et il l'évitait avec soin. Ou bien il l'adoucissait de son mieux à l'aide d'une variante, en passant une consonne au rabot, en glissant l'huile d'une cédille habilement introduite sous l'ossature d'une syllabe un peu raide.

Par exemple, vous ne l'auriez jamais fait dire: tomber sur... la dix-septième lettre de l'alphabet.

Il tournait la difficulté en disant: tomber sur le *sud*.

Il n'osait seulement pas prononcer le mot «queue».

Il disait le *manche* d'un chien.

Tout au plus hasardait-il la *tieue* du chat, mais dans l'intimité seulement, quand il se permettait une légère incursion sur le domaine de la familiarité.

Il avait même des scrupules à prononcer le mot *mort*.

Un jour, le curé de la Rivière-Ouelle lui demandait:

— Est-ce que M. Dionne ne t'a pas donné un petit cochon de lait pour moi?

Chouinard répondit:

— Vot' petit cochon, monsieur le curé, il est devant le bon Dieu!

Dans ses chants surtout, la moindre apparence de jurement était invariablement évitée à l'aide de quelque pieux euphémisme.

Ainsi, dans le cantique bien connu qui commence par ces vers:

Oh! l'auguste sacrement
Où Dieu nous sert d'aliment,

le mot *sacrement* lui semblait être ce que les Anglais appellent profane. Et il chantait:

Oh! la yous' qu'est l'z'agréments,
Beaulieu nous sert d'élément.

«Autour de nos sacrés autels» était pour le bon Chouinard un mot sacrilège. Il chantait:

Autour de nos saprés autels!

VIII

Après tout ce que je viens de dire, il est facile de conclure que, si le *serve bone* de Picard avait fait commettre au brave Livier une pareille incongruité dans l'église de Saint-Joseph, ce dimanche-là, il ne faut en accuser ni ses sentiments chrétiens ni son respect pour les choses saintes.

Au physique, notre original n'avait rien de particulièrement remarquable.

À part son gros rire naïf et ses petits yeux toujours émerillonnés de gaieté enfantine, c'était le premier venu.

Quant au costume, la casquette en peau de chat, à laquelle j'ai déjà fait allusion, constituait ce qu'il avait de plus saillant, si l'on en excepte cinq ou six peaux de lièvres dont il bourrait son pantalon dans les grands froids.

Un jour, pendant l'opération de la bascule, il arriva un accident.

Comme le pantalon était un peu mûr, une malencontreuse solution de continuité s'y produisit tout à coup, et les peaux de lièvres mirent le nez à la fenêtre.

Inutile d'insister sur le reste de la scène.

Il fut un temps, cependant, où notre ami put faire ses voyages avec plus de confort et sans prendre tant de précautions.

Chaudement enveloppé d'une grande casaque bleu-clair, avec pantalon en pinchina, képi bordé de jaune et bottes d'ordonnance — enfin en uniforme militaire complet — tel apparut Chouinard aux environs de Rimouski, un matin de novembre 1863, par une de ces journées pluvieuses et glaciales dont le vent de nord-est ne manque jamais de favoriser ces parages, à pareille saison.

— Comment, c'est toi, Olivier! lui dit un avocat bien connu qui le rencontra, arpentant la grande route, la main devant les yeux.

— Oui, hi hi! c'est Livier!
— D'où viens-tu dans cet accoutrement?
— Viens de la guerre!
— Aux États?
— Te cré!

C'était justement pendant la guerre de Sécession, et le pauvre diable était tombé dans les filets des nombreux embaucheurs qui parcouraient nos campagnes en quête de recrues.

— Quand es-tu parti?
— Trois mois! gros paquet d'argent... hi hi!...
— Et tu t'es battu?
— Te cré!... Canons, fusils, pif! paf!... Tombais, relevais, parlais anglais... Pas drôle, va!
— Tu n'avais pas peur!
— Non, Livier brave!... Les autres tuaient Livier, mais Livier tuait les autres étout... hi!
— Et puis?
— Livier ennuyé... Livier sauvé.

Cette expédition avait donné à Chouinard le goût de l'uniforme, à ce qu'il paraît, car un jour, en remontant le fleuve, le capitaine Mormon du *Druid* — l'un des steamers du gouvernement — l'aperçut sur la grève, un peu en bas de Rimouski, qui faisait des signaux avec une tunique rouge de volontaire au bout d'une perche.

Ne reconnaissant pas l'individu à cette distance, et passablement intrigué, le capitaine donne ordre de stopper, met en panne et dépêche un canot à terre.

— Tiens, c'est Chouinard! s'écrient les matelots en sautant sur le rivage. La farce est bonne! Dis donc, espèce de feignant, pourquoi nous fais-tu arrêter comme ça?

— Lettre pressée pour Québec, veux embarquer.

Histoire de rire, on l'embarqua.

Le capitaine grommela bien un peu pour la forme; mais il finit par pouffer de rire avec les autres.

Surtout quand Chouinard, rendu en face du quai de la Rivière-du-Loup, lui demanda de relâcher un instant pour lui permettre d'aller porter une lettre à un de ses cousins.

Cette fois-là, Livier dut forfaire à sa réputation de postillon sans reproche; mais en cela il n'était pas plus coupable que le gouvernement de Sa Majesté, qui, cette fois-là aussi, conspirait contre lui-même, le département de la Marine faisant concurrence à celui des Postes.

Chouinard fut trouvé un matin, gelé à mort sur les côtes de Matane.

Je ne sais où repose sa dépouille terrestre; mais si jamais Dieu me fait la grâce d'une petite place au paradis parmi les honnêtes gens et les bons garçons, je suis bien sûr de le rencontrer là.

(*Originaux et détraqués*, Montréal, Librairie Beauchemin, 1943)

Robertine Barry (Françoise)

Née à L'Isle-Verte (Témiscouata) le 26 février 1863, Marie-Robertine Barry est la fille de John-Edmund Barry, un Irlandais venu s'établir sur la Côte-Nord en 1854, et d'Aglaé Rouleau. Elle commence ses études au pensionnat des sœurs de Jésus-Marie, à Trois-Pistoles, et les termine chez les ursulines, à Québec. En septembre 1891, elle devient rédactrice à La Patrie. *Nommée officier d'académie par le ministre français de l'Éducation en 1901, déléguée du gouvernement à l'Exposition universelle de Paris en 1902, puis à celle de Milan en 1906, elle fonde en 1902* Le Journal de Françoise, *revue bimensuelle qui paraît jusqu'en avril 1909. Elle collabore à plusieurs autres périodiques dont* La Revue canadienne, La Revue nationale, Le Samedi, La Charité *et* La Kermesse. *Conférencière remarquable, elle est la première femme à prendre la parole devant les membres de l'Institut canadien, le 16 mars 1899. Elle meurt à Montréal le 7 janvier 1910. Elle a publié un recueil de nouvelles,* Fleurs champêtres *(1895), et un recueil de ses meilleures chroniques,* Chroniques du lundi *(1895).*

Le miroir brisé

> Donnez-moi quelqu'un qui aime et il comprendra ce que je dis.
>
> SAINT AUGUSTIN

Au coin de l'âtre, pendant que tout dormait dans la maison de Martial Beizil, seule, la brune Marie veillait encore.

Au dehors, la campagne s'étendait au loin, toute blanche et propre dans sa parure hivernale; la lune, dans le firmament scintillant d'étoiles, jetait sa clarté froide et pâle sur les prés et les bois d'alentour. Nul bruit. La bise était muette, ne se querellant plus avec les grands arbres. Les sombres sapins, dans leur fière attitude, dédaignaient de secouer la neige qui couvrait leurs lourdes branches.

À l'intérieur, le feu s'en allait mourant. Par intervalles, une flambée joyeuse s'allumait des bûches à demi consumées, léchait les parois de la cheminée et enveloppait la jeune fille de rayons caressants.

Sa belle tête se nimbait d'une auréole lumineuse projetant de surprenantes lueurs dans les tresses de son épaisse chevelure. Mais aucune flamme ne pouvait prêter plus d'éclat à ce grand œil noir qui reflétait son âme. Et dans l'éclair de son regard, on lisait quelque chose de suave et de mystique qui valait tout un poème.

Le vieux coucou faisait entendre dans un coin son tic-tac monotone. Bientôt ses deux aiguilles réunies allaient marquer le coup de minuit.

Dans quelques moments, une année surgirait du chaos des âges, et l'autre s'en irait brusquement rejoindre ses devancières dans le gouffre où tout se confond, où tout se perd, dans le gouffre insondable des éternités.

C'est à quoi songeait Marie quand, la tête appuyée sur sa main, elle fixait distraitement les lueurs fantastiques que projetait dans l'ombre le feu agonisant.

Oh! cette année qui partait ainsi, elle aurait voulu la garder toujours.

L'autre, l'inconnue, pouvait-elle lui apporter quelque chose de meilleur, de plus précieux, que ce que celle-ci avait déjà donné: l'amour d'André?

Car c'était bien vrai qu'il l'aimait et, ce soir encore, il le lui avait répété plus de vingt fois en ajoutant qu'il n'aurait jamais d'autre femme qu'elle.

Avant de dire adieu à cette année à jamais sacrée dans sa mémoire, Marie repassait dans son cœur tous les incidents qui en avaient marqué le cours.

Elle évoquait les souvenirs de chaque jour, de chaque instant et, à cette heure paisible de la nuit, elle les revoyait nettement dans leurs moindres détails.

Esprits légers, ressemblant à des âmes visiteuses, ils remplissaient le vaste appartement et à tour de rôle l'effleuraient de leurs ailes brillantes.

À tous, elle faisait bon accueil. N'était-ce pas pour rêver avec eux qu'elle avait gardé cette longue vigile, qu'elle avait veillé ces dernières heures avec l'amie qui partait?

Bienheureuse année qui, d'une enfant, l'avait faite une femme! Bienheureuse année qui avait ouvert son cœur à la plus belle, à la plus sainte des amitiés! Bienheureuse année où elle avait aimé!

*
* *

Comment ce sentiment si étrange, doux et triste à la fois, lui était-il venu? Elle ne pouvait le dire.

Pourquoi avait-elle préféré André à Jacques, tout aussi bon, tout aussi dévoué? Pourquoi entre tous avoir choisi celui-là?

Le savait-elle seulement?

Un soir de danse, André avait détaché de son bouquet une modeste fleurette dont il s'était paré puis, avant de la quitter, il lui avait tendu la main. Elle y avait mis la sienne et depuis cette heure, un astre nouveau s'était levé pour elle et sa vie tout entière en avait été comme transformée.

Oui, quel grand transformateur que l'amour! Non seulement il avait doré ses horizons, mais il l'avait rendue et meilleure et plus douce.

Elle se rappelait ses impatiences d'autrefois, ses dégoûts à l'ouvrage, ses propos peu charitables. Aujourd'hui, la mansuétude remplissait son âme; elle se sentait pleine d'indulgence et de pardon pour les fautes d'autrui; inconsciemment, des paroles consolantes et sympathiques se trouvaient sur ses lèvres, les tâches les plus ardues ne rebutaient pas son courage et elle aurait voulu procurer à tous cette paix, ce bonheur intérieur dont elle jouissait.

Elle se sentait au cœur des aspirations qu'elle ne connaissait point auparavant. Elle avait soif de dévouement, mesurant largement sans compter sa part de sacrifices, prête à donner jusqu'à sa vie, s'il le fallait.

Elle consentait encore pour lui prouver son amour, à vivre loin de lui, à ne plus le voir, ni l'entendre parler, à renoncer à la parcelle de bonheur qui lui était échue ici-bas, s'il devait bénéficier de ces héroïques abnégations.

Là, une pensée terrible vint troubler son esprit. Bien des fois Catherine, la blonde fille de la ferme des Tilleuls, avait cherché à lui ravir le cœur d'André. Souvent même les commères du village, dans leurs bavardages, les mariaient l'un à l'autre.

Et quel beau couple cela aurait fait!

Un doute, un doute affreux lui traversa l'âme comme un dard aigu.

Peut-être s'étaient-ils aimés? peut-être s'aimaient-ils encore? Une contraction nerveuse vint agiter sa lèvre, son œil devint dur; intérieurement, elle s'armait pour la lutte, prête à le disputer à la mort même.

Mais aussitôt ses traits se détendirent, son visage redevint serein et une expression attendrie, comme les martyres doivent en avoir, rayonna dans ses yeux.

Quoi! était-ce donc là toute la mesure de ce dévouement sans bornes dont elle venait de faire l'aveu? Aimait-elle André pour lui-même ou s'aimait-elle plutôt dans lui? Elle s'accusa d'égoïsme. Non, si André lui préférait Catherine, elle s'effacerait sans une plainte, sans une récrimination. C'est parce qu'elle l'aimait qu'elle le voulait heureux, même au prix des plus grandes tortures et pour le lui assurer, ce bonheur, elle allait jusque dans son cœur consentir au triomphe de sa rivale.

Voilà ce qu'est l'amour.

Mais ce cruel sacrifice n'était pas exigé d'elle. C'était une injure que de soupçonner la loyauté de son ami.

L'amour, le seul, le vrai, est sincère, constant, fidèle. Celui qui ne dure qu'un instant n'est pas digne de ce nom.

Savez-vous combien est pur et chaste l'amour d'une femme? Cet amour, preuve la plus convaincante de l'immortalité de l'âme, qui s'élève au-dessus de la matière, qui vit sans les baisers et les serrements de mains, purifiant et sacré comme les eaux du baptême?

Son amour, c'est cette aspiration vers l'infini du bien, l'infini de ce qui est parfait; c'est cette charité débordante qui se prodigue à l'enfant, au malheureux, à la fleur, à l'oiseau;

c'est le besoin de consoler la douleur, d'ouvrir un coin du ciel au pauvre déshérité.

C'est une âme à la recherche d'une autre âme qui lui ressemble et qui l'ayant enfin rencontrée, se confond et s'unit dans la plus délicieuse et la plus mystique des unions.

«Je voudrais être bon comme vous», lui avait dit un jour André.

Bon comme elle? ce n'était pas assez, elle le voulait meilleur encore. Il était toutes ses ambitions, elle le voulait le plus honnête, le plus brave et l'exemple du hameau.

Elle serait son bon génie, son aide dans la vie, son inspiration aux heures d'épreuves, son guide, son soutien, jouant dans l'ombre son rôle sublime, se trouvant déjà assez récompensée d'entendre dire quand ils seraient ensemble: «Voyez comme ils sont heureux et comme ils s'aiment!»

Oui, elle ne demanderait que cela, s'oublier, s'immoler, se dévouer. Tout prendre pour sa part: les soucis, les angoisses, les douleurs.

Et l'aimer!

....

Le beau rêve que celui-là!

Les heures fuyaient rapidement et, tout absorbée dans ses pensées, Marie ne s'était pas aperçue qu'une nouvelle année avait commencé pour le monde.

Mais l'astre qui avait illuminé l'horizon de ses jours passés continuait à luire sur celui-ci, et c'est avec un sourire que Marie en salua l'aurore.

Quittant le foyer où les cendres éteintes commençaient à se refroidir, elle s'apprêta à regagner sa chambre. La campagne s'étendait toujours au loin blanche et claire sous les regards lumineux de la lune. On eût dit comme l'emblème du sommeil virginal de la jeune fille qui dormira tout à l'heure avec son chaste amour béni par les anges.

★
★ ★

Le lendemain, de grand matin, la brune Marie s'est levée.

André lui avait dit la veille, en la quittant, qu'il voulait être le premier, après ceux de la maison, à lui faire ses souhaits du nouvel an et il tiendrait parole.

Toute la famille est réveillée, d'ailleurs; on est si matinal ce jour-là à la campagne. Au dehors, on entend déjà la gaie sonnerie des grelots de cuivre, les bonjours s'échangent, des carrioles se croisent et les visites sont sur le point de commencer.

Si André ne se hâte pas, il ne sera pas le premier à souhaiter à Marie la bonne année. Et lui qui voulait la surprendre!

Elle se prit à sourire en y pensant et tout en mettant de l'ordre dans la vaste cuisine, elle s'arrêta un instant devant le miroir accroché à son clou, au-dessus de l'évier, et s'y mira par-dessus l'épaule du grand-père qui se faisait la barbe.

Ce qu'elle y vit lui fit sans doute plaisir, car elle devint plus rose et un éclair brilla dans ses grands yeux.

Il faut toujours étrenner quelque objet le 1er janvier, ça porte chance pour tout le reste de l'année. Marie étrennait une jolie robe de mérinos bleu qu'elle avait faite elle-même et qui lui seyait à ravir.

Elle avait voulu être belle ce matin-là et quelque chose lui disait qu'elle avait réussi.

Le père Martial était à la grange; sa femme, déjà revêtue de sa robe des dimanches et d'une grande câline blanche aux frisons bien tuyautés, s'occupait dans l'autre pièce à habiller les enfants. Ceux-ci, tout jubilants, croquaient à bouche que veux-tu force *pepperments* et *bâtons de crème* que le «p'tit Jésus» avait glissés dans leurs bas.

Tout à coup, dans la cuisine, un bruit sinistre se fit entendre. Soit que le clou se fût arraché, soit que le vieux grand-père l'eût heurté de sa main tremblante, brusquement le miroir était tombé et gisait sur le plancher, brisé en mille morceaux.

Un miroir cassé au premier jour de l'an!

Un signe de deuil dans cette maison qui ne comptait que des fêtes!

Tout un cortège de sombres pressentiments envahit l'aïeul et l'enfant; des bruits de sanglots, de glas funèbres tintaient déjà à leurs oreilles.

Pâles et tremblants, tous deux se regardèrent et dans leurs regards se lisait la même interrogation: «Qui des deux parlerait le premier?»

Il n'y a pas d'endroit comme la campagne pour garder les croyances superstitieuses. Même le contact de la civilisation des villes, même le temps, l'éducation, ne sont pas encore parvenus à déraciner ces préjugés naïfs.

Le vieillard, avec tout l'égoïsme de son âge, se cramponnait à la vie, prêt à immoler ce sang jeune et vigoureux pour ajouter quelques heures à ses pâles jours d'hiver.

Et elle, pourquoi le prononcerait-elle le mot fatal? Ah! Dieu! si l'on tient à la vie, n'est-ce pas quand on a vingt ans et quand on aime?

Les lèvres serrées, elle attendait.

Tout à coup, la porte s'ouvrit pour livrer passage à un troisième personnage.

C'était André qui, n'ayant pas reçu de réponse aux coups qu'il avait discrètement frappés, s'était décidé à entrer.

Il parut sur le seuil, gai, souriant et ses lèvres s'entrouvraient déjà pour faire entendre son salut matinal, quand, prompte comme l'éclair, Marie le devança:

— André, s'écria-t-elle, je vous souhaite une bonne et heureuse année!

Puis, elle se jeta à son cou en pleurant.

(*Fleurs champêtres*, Montréal, Fides, 1984)

Le mari de la Gothe

> J'ai vu beaucoup d'hymens : aucuns d'eux ne me tentent :
> Cependant des humains presque les quatre parts
> S'expriment hardiment au plus grand des hasards ;
> Les quatre parts aussi des humains se repentent.
>
> FABLE DE LA FONTAINE

« Quel temps écrasant ! Nous allons avoir de la pluie, c'est sûr. »

— Sitôt dit, sitôt fait. Une large goutte vient de tomber sur mon nez. Dieu sait comme nous allons être arrosées !

— Excellente raison pour se hâter de chercher un abri. Ce petit chemin de traverse conduit à la demeure de la mère Madeloche, notre plus proche voisine. Suis-moi vite et nous y serons avant l'orage.

C'était par une forte chaleur de juillet.

Le soleil avait dardé ses brûlants rayons avec une ardeur telle qu'on aurait pu se croire aux jours de Phaëton rasant la terre au risque de l'embraser. Lourde, étouffante était l'atmosphère, et les poumons rendaient avec effort l'air qu'ils aspiraient. La terre, enfiévrée, avait soif d'eau, de fraîcheur, de rosée ; les plantes, recouvertes d'une épaisse poussière, avaient perdu leur verdeur printanière et paraissaient flétries avant le temps.

Subitement le temps s'assombrit et, du fond de l'horizon, montèrent des nuages menaçants. Le grillon cessa son cri-cri sous l'herbette, comme l'oiseau son chant dans les bois. Dans les prés, les animaux s'éveillaient de leur torpeur et regardaient au loin, inquiets, dans l'attente d'un événement pour eux inconnu, tandis que leur langue rugueuse pendait, haletante.

À la campagne, où l'on entend d'ordinaire plutôt les voix de la nature que le bruit des hommes, l'heure qui précède la tempête est une heure solennelle.

Et quand tout se tait, les insectes, les oiseaux, que la brise ne murmure plus dans les feuilles, un grand silence se fait, majestueux, troublant comme le recueillement qui devra préluder à la fin de toutes choses créées, la dissolution des éléments.

Tout à coup, l'orage éclate, violent, terrible, comme une colère longtemps contenue. Le vent recouvre sa voix, mais ce n'est plus le doux trémolo des feuilles sous la ramée. Il se lève en longs sifflements, châtiant ces mêmes arbustes qu'il caressait tout à l'heure: le grand maître n'a plus d'amour. Les frêles saules ploient et demandent grâce: courbés et pleurant, ils ne résistent plus, tandis que le peuplier indomptable lance encore aux nues son insolent défi.

L'orage se déchaînait dans toute sa force au moment où les deux jeunes filles, qui venaient d'échanger le petit dialogue qui précède, atteignaient en courant une maison basse et longue à toit pointu, blanchie à la chaux, aux épais contrevents soigneusement retenus aux murs par des charnières en cuir.

Une femme déjà dans l'âge, droite encore en dépit des années, vint répondre aux coups pressés des promeneuses. Elle était vêtue d'une robe d'étoffe du pays de couleur sombre et une *câline* blanche à larges garnitures ne cachait qu'à demi ses cheveux grisonnants; un tablier de coton à carreaux bleus et blancs complétait sa toilette.

La mère Madeloche eut un bon sourire de bienvenue en reconnaissant Louise Bressoles, fille d'un riche propriétaire du village, qu'elle avait connue tout enfant.

— Entrez, entrez, mesm'zelles, dit la bonne vieille. Queu

temps pour des chréquiens d'être dehors quand y mouille comme ça !

— C'est terriblement beau, dit Madeline, s'attardant sur le seuil de la maison à contempler les ravages de l'ouragan. Qui aurait prévu ce bouleversement, il y a quelques minutes ? On a souvent comparé aux vents des passions...

— Entre vite, cria Louise, tu feras de la philosophie tout à ton aise, bien abritée sous le toit hospitalier de la bonne mère Madeloche.

— Entrez, entrez, mam'zelle, vous allez tout maganner votre belle robe et vous mettre trempe comme une navette. C'est un orage qui sera ben meilleur pour le grain et qui va faire minoter les pataques, allez ! Assisez-vous. C'est pas souvent qu'on a l'agrément de votre compagnie.

— Merci, mère Madeloche. La santé va toujours à ce que je vois. Voici ma cousine Madeline, dont vous avez connu la mère, ma tante Renaud, avant qu'elle aille demeurer à Québec.

— Comment, madame Renaud ? Une bonne petite dame si avenante ! Elle qui avait toujours la tête pleine de saluts et que j'ai bercée dans son ber quand alle était toute petite. Si c'est-y Dieu possible que c'te grande demoiselle-là, c'est sa fille ? Ça fait vieillir, allez !

— Cependant, vous êtes encore toute gaillarde, la mère, comme à l'âge de vingt ans.

— Sont-y charadeuses un peu ces demoiselles des villes répondit la vieille, intérieurement flattée du compliment. J'aurai soixante-dix ans vienne le mois des récoltes, et d'puis la mort du défunt, j'sus pas vigoureuse comme avant, y s'en manque.

Tout en parlant, la bonne femme avait repris sa quenouille chargée de lin, dont elle passa le manche dans la ceinture de son tablier et le fil se mit à fuir entre ses doigts agiles.

— Comme c'est joli un rouet ! et comme j'aimerais mieux filer que travailler à nos éternelles broderies, exclama

Madeline. Mais que faites-vous donc là, mère Madeloche? ajouta-t-elle, comme la vieille promenait son fil sur les petits tenons de fer formant des pointes allongées et recourbées à leur extrémité supérieure.

— Je remplis l'fuseau égal tout du long; si je ne changeais pas le brin de place sur les dents des ailettes, le fuseau, voyez-vous, ne s'emplirait que d'un bord.

— Et cette grosse vis en bois au bout du rouet?

— Ça mam'zelle, c'est la chambrière qui règle le fil pour ne pas le laisser aller ni trop dru ni trop court; quand le rouet avale trop j'la serre ou j'la desserre au besoin. L'annoi, c'est la petite roue au bout du fuseau ous' qu'on fait prendre la corde qui fait r'virer la grande. Icite, ou's que j'mets le pied, c'est la marchette qui met tout ça en mouvement. Et c'te petite écuelle en bois, plantée près de la chambrière, ça s'appelle la gamelle; vous voyez, il y a encore de l'eau dedans, c'est pour glacer la chaîne de temps en temps.

— Bien intéressant, mère Madeloche. Et comment appelez-vous cette petite tournette à côté de vous, là?

— Mé! un dividoué, ma chère demoiselle, un dividoué pour y mettre la fusée quand alle est filée. Hé! mon sauveur! comme ça changé! De not' temps, une fille aurait pas pu trouver à se marier, même les plus grosses demoiselles, sans savoir conduire son rouet comme i faut.

★
★ ★

L'appartement, où les jeunes filles et la mère Madeloche se trouvaient réunies, était une vaste pièce formant le corps principal du logis, et servant à la fois de salon, de salle à manger, de chambre à coucher et de cuisine.

Figurez-vous des murs blanchis à la chaux, des plafonds traversés par de grandes poutres; de longues perches accrochées transversalement à ces poutres et servant de séchoir; une longue table de sapin blanc, le lit dans un coin, recouvert d'une courtepointe aux couleurs variées et entouré de rideaux bien blancs, à la tête duquel se trouve une fiole pleine d'eau bénite attachée par un cordonnet de laine à un clou.

Près du lit, un grand coffre, — le siège préféré des amoureux, — quelles pauvres chaises, et vous avez, à peu d'exceptions près, l'intérieur des maisons de nos cultivateurs.

À la place d'honneur, bien en vue, sur un carré de papier peint ou d'un journal à fortes enluminures, est suspendue la croix de tempérance, toute noire et tout unie, sévère d'apparence, comme les engagements qu'elle rappelle. À côté de la croix, une grosse branche de buis bénit encore parée des fleurs de papier bleu, blanc et rouge qui l'ornaient au dimanche des Rameaux.

Dans la cheminée tout enfumée, sur les cendres demi éteintes, une chaudronnée de pommes de terre achevait de bouillir pour le repas du soir. Le dressoir étalait les assiettes de faïence bleue, bien alignées et luisantes comme une fine porcelaine.

Près de la porte, sur un petit banc, deux grands seaux de forme oblongue, les habitués de la fontaine creusée tout près du jardin potager, derrière la maison.

De cet intérieur se dégage une odeur de pain cuit sous l'âtre, de branches de sapin dont on frotte le plancher et d'où monte encore un parfum de forêt qui embaume...

Tout a un air simple et rustique bien en rapport avec les mœurs primitives et la naïve simplicité des habitants de nos campagnes.

*
* *

La pluie tombait toujours, fouettant les vitres avec rage ; par les fenêtres mal jointes, l'eau filtrait jusque sur le plancher.

— Croyez-vous que l'orage dure longtemps, la mère ?...

— Non, mam'zelle, y a une éclaircie dans le sorouet ; mais tout de même, la semaine va être tendre, car l'Évangile s'est farmé au nord, dimanche dernier. Holà ! la Gothe, viens servir à ces demoiselles de la crème et du laite. C'est tout ce que j'ai à vous offrir, mé c'est donné de grand cœur.

À l'appel de la mère Madeloche, un pas lourd se fit entendre et celle qu'on appelait la Gothe descendit à reculons l'échelle du grenier. C'était une robuste gaillarde d'environ trente ans, à la mine grasse et réjouie. Elle s'avança en saluant gauchement, riant avec bonasserie aux questions amicales de Louise, chez qui elle avait été servante pendant plusieurs années.

— Vous êtes avec votre grand-mère maintenant, la Gothe ? C'est moins fatiguant que d'aller en service, je suppose ?

— Oh ! j'vas m'engager encore, mais c'te fois-cite, c'est à la longue année, reprit la Gothe, en découvrant une rangée de dents larges et épaisses.

— Que veut-elle dire ? interrogeaient les yeux de Madeline, en regardant son amie.

— Vous allez vous remarier ? demanda Louise traduisant ainsi, pour le bénéfice de la citadine, l'expression bizarre de la Gothe.

— Oui, eune folie ! grommelait la grand-mère, comme si alle s'était pas fait assez battre déjà avec son vieux.

— Ah ! ben, de la peau de femme on en verrait d'accrochée partout qu'on se marierait toujours.

— Vous n'avez donc pas été très heureuse avec votre premier mari, ma pauvre femme ?

La vieille se chargea de répondre :

— Mé, i ne l'a pas prise en traître, mam'zelle. Le père Duque, son défunt, avait déjà fait mourir deux femmes de cruyautés et de misères : on y a dit ça ben des fois, mais alle voulait écouter personne et elle l'a marié malgré Dieu et ses saints.

— Badame ! si ça n'avait pas été moi, c'en eusse été un autre !

— Comment, exclama Madeline, mais vous n'étiez pas obligée de vous sacrifier pour une autre ?

— C'était ma destinée, répartit la Gothe en haussant les épaules.

Le dernier mot était dit.

Comment se fait-il que le fatalisme soit si profondément enraciné chez nos paysans ? La destinée, c'est la grande chose qui explique tout, qui clôt toute discussion, qui console de tout. Un malheur est-il arrivé ? On ne parle pas des moyens qui auraient pu le prévenir, on ne songe même pas à se précautionner pour l'avenir, tout est résumé simplement par : c'était la destinée.

Inutile de s'opposer à telle dangereuse entreprise ; si le destin le permet, l'auteur en reviendra sain et sauf ; sinon, rien ne saura le garder du danger, il faut que son sort s'accomplisse.

Qui pourrait dire qu'ils ont complètement tort ? Malgré le grand combat qui s'est livré entre le fatalisme et ce sens intime témoignant d'une liberté absolue dans toutes nos actions, qui peut affirmer que ce dernier soit victorieux partout ? Il est des événements indépendants de la volonté, prévus de toute éternité et dont les vaines précautions humaines ne sauraient empêcher le dénouement.

Tout en parlant, la jeune veuve avait recouvert la table d'une nappe de toile, orgueil de la ménagère canadienne, rude au toucher, il est vrai, mais d'une blancheur immaculée. Puis, traînant ses pas jusqu'à la laiterie, elle en revint bientôt avec deux grandes terrinées de bon lait frais, recouvert d'une crème épaisse et appétissante ; et soulevant le couvercle de la huche, elle en retira un pain énorme, croustillant et doré, qu'elle coupa ensuite en larges chanteaux pour les deux jeunes filles.

Mangez à votre réfection, mes belles demoizelles.

Et reprenant son tricotage en se rasseyant :

— Oui, continua-t-elle, comme si cette heure de tempête avait réveillé dans son âme le souvenir de ses jours orageux, qu'il y en a des hommes mauvais ! c'est moi qui connais ça ! Ben souvent que le mien m'a fait des bleus sur les bras et sur tout mon corps. I m'massacrait de coups ; ben souvent qu'y m'a cogné la tête amont le mur et qu'y m'a renfermée dans son grand coffre sans me donner à manger. Sainte bénite ! comme on peut faire pâtir une pauvre femme sans la faire mourir ! j'peux ben l'dire à c'te heure que c'est faite...

— Avec ça qu'y était jaloux comme un pigeon, repartit la grand-mère.

— Comme j'l'haguissais ! comme j'l'haguissais ! reprenait la Gothe, tandis qu'une lueur fauve s'allumait dans ses grands yeux pâles.

Une rage sourde s'emparait de tout son être et la secouait au souvenir de ses douleurs passées. Cette figure, si placide tout à l'heure, se revêtait d'une expression menaçante ; ses narines s'enflaient et frémissaient sous l'empire d'une puissante émotion ; cette bouche, qui souriait si béatement, se crispait maintenant et les longues aiguilles de son tricot s'entrechoquaient brusquement entre ses doigts nerveux. Les années, la mort même, n'avaient rien fait oublier, tant l'épreuve avait été cruelle, et les épaules saignaient encore sous le joug de ce dur esclavage.

Peut-être était-il sous l'influence de la boisson et pas toujours responsable de ses actes, dit Louise, qui sentait un vague besoin d'excuser une brutalité si féroce.

— Non, répondit durement la Gothe. J'aurais donné avec plus de contentement tout l'argent de ma gâgne pour qu'il se saoûle, parce qu'il était toujours meilleur pour moé quand i avait un coup dans la tête. Mé, j'cré que la mauvaiseté et le plaisir de m'martyriser l'empêchaient de se mettre en train, vu que je pouvais me sauver dans ces escousses-là et qu'i voulait jamais m'avoir plus loin que la longueur de son bras.

— Combien d'années a duré ce supplice ?

— Huit ans, mam'zelle, huit ans qui ne finissaient plus à le servir, à travailler pour lui et à endurer toutes sortes de cruyautés. Ça t'y été long ! ça t'y été long, bénite Maria ! On n'en meurt pas, pi c'est toute. C'est lui qui est mort avant, là, tout d'un coup, sans avoir le temps de s'recommander au bon Dieu ni à personne. Il était assis dans la grande chaise, près du fouyer, et en se penchant pour prendre un tison pour allumer sa pipe, i ne s'est plus r'levé. Quand Toinette, la fille du premier lit, s'en a-t-aperçue, i avait déjà les mains et les pieds, sous l'respect que j'vous dois, frettes comme une belle glace et i ne gigottait pu que d'un œil. On a couru au prêtre vite et vite. Comme M. l'curé s'en r'venait à la course pour y donner l'extramonction, y a fallu que c't'entremetteux de Jacques Bonsens aille y dire à la porte que le défunt était fini. M. l'curé y a dit comme ça : Malheureux, pourquoi que tu m'as dit ça ? Et y a r'viré sur ses pas : i aurait pu au fin moins l'confesser.

— Comment aurait-il pu le confesser, puisqu'il était mort ?

— Mé, est-ce que vous ne savez pas, mam'zelle, vous si bien éduquée, que du moment qu'un homme n'est point mort quand M. l'curé laisse son presbytère pour aller le voir, qu'i a toujours l'pouvoir de le faire r'venir assez longtemps pour entendre sa confession ? Seulement i faut point dire au prêtre qu'i est mort, parce que dans ce temps-là, i peut pu rien faire.

— Avez-vous eu peur de votre défunt mari ? demandait curieusement Madeline que cet étrange récit intéressait vivement.

— Non, répondit-elle rageusement. Celui qui l'tenait ous' qu'i était de l'aut' côté l'tenait ben, je vous l'assure... M. l'curé voulait que j'y fasse dire des messes, mais j'le connaissais mieux que lui, et j'savais ben que l'défunt était si entêté qu'i ferait son temps sans s'faire aider de personne, d'moé surtout.

La pluie avait cessé de tomber. Quelques nuages, chassés

par le vent, couraient encore çà et là à travers le firmament, mais le soleil frais et radieux, au sortir de son bain, envoyait gaiement à la terre, du bout de l'horizon, son dernier baiser avant de s'endormir.

— Étiez-vous à la maison quand mourut votre mari? demandait encore Madeline.

— Non, je lavais au battoite à la petite rivière... ça m'a fouté une tape, allez! quand on vint m'dire que l'défunt était trépassé... Mé, j'peux ben dire, ajouta la Gothe, retrouvant tout à coup son gros rire niais, que ça été la dernière qu'i ma donnée!...

(*Fleurs champêtres*, Montréal, Fides, 1984)

Pamphile Lemay

Fils de Léon Lemay, cultivateur, marchand et aubergiste, et de Louise Auger, Léon-Pamphile (on trouve aussi Le May et LeMay) naît le 5 janvier 1837 à Lotbinière. De 1846 à 1850, il étudie à Trois-Rivières, au Collège des frères des Écoles chrétiennes. Il retourne en 1850 à Lotbinière, pour cause de maladie, et entre en 1852 au Petit Séminaire de Québec. Ses études classiques terminées, il s'inscrit en droit, abandonne, se rend aux États-Unis, d'où il revient presque aussitôt, travaille quinze jours chez un marchand général à Sherbrooke et entreprend finalement, à Ottawa, des études de philosophie et de théologie bientôt interrompues à cause d'une dyspepsie chronique. En 1860, il est stagiaire chez maîtres Lemieux et Rémillard, à Québec, où il rencontre Louis Fréchette. Fréchette et lui sont bientôt nommés traducteurs au Parlement provincial. Admis au barreau en 1865, Pamphile Lemay devient bibliothécaire de l'Assemblée législatrice (1867) et s'installe à Québec. C'est l'époque où il écrit des poèmes, des romans, des pièces de théâtre et un recueil de contes, Contes vrais *(1899), qu'il réédite en 1907 après l'avoir considérablement augmenté. Membre fondateur de la Société royale du Canada en 1882 et docteur ès lettres en 1888, il prend sa retraite en 1892 et se fixe définitivement à Saint-Jean-Deschaillons, où il meurt le 11 juin 1918. Il a épousé en 1865 Célima Robitaille.*

L'anneau des fiançailles

Il ne s'en est jamais consolé, de cette escapade. À la vérité c'était jouer de malheur, et rarement un scalpel se fourvoie aussi… plaisamment que le sien l'avait fait ce jour-là. Il aurait pu lui arriver pis cependant. Le mariage pouvait manquer, et un mariage manqué, c'est une catastrophe, si la dot est ronde et le fiancé, carré.

Mon intervention l'a sauvé. En ce temps-là l'intervention était chose permise. On y mettait de la discrétion et de la bonne foi, et d'ordinaire, tout finissait bien. C'était la franchise même que ce garçon; il était franc comme l'épée du roi. Ne me demandez pas de quel roi, je serais un peu embarrassé; ils ne sont pas tous disparus, et ceux qui s'attardent encore traînent des épées qui ne rendent guère témoignage à la vérité.

J'oubliais de vous le nommer. Il s'appelait Noé Bergeron. Pourquoi Noé? Probablement parce que son père avait lu la bible et aimait les antiquités. Peut-être aussi parce qu'il ne boudait pas son verre, et qu'il s'était endormi plus d'une fois dans les vignes du Seigneur.

Pourquoi Bergeron?… Par exemple! voilà un point d'interrogation qui m'a échappé.

Donc, il s'appelait Noé Bergeron. Qu'est-il devenu? Il exerce la médecine avec succès dans une grande paroisse où les gens vivent très vieux et meurent pour se reposer. Il n'est plus jeune et il doit être gris, car nous avons le même âge sinon les mêmes goûts.

Il étudiait la médecine pendant que je faisais semblant d'étudier le droit. Je lui donnais des avis et il me donnait des pilules. Je calmais ses inquiétudes et il calmait mes souffrances. Nous sommes quittes.

J'étais à ses fiançailles. Il y avait beaucoup d'invités, tous de la haute ; l'aristocratie des lettres et l'aristocratie des écus, des diplômés et des cossus. Les parents de la campagne regardaient de loin. Des musiciens en habits, cravatés de blanc, rangés dans un coin du vaste salon, soufflaient de leurs cuivres une poussière de notes brillantes qui nous enivrait. Et puis la danse allait, allait, comme au temps où elle était une chose agréable au Seigneur.

Amaryllis voltigeait comme une phalène. On eût dit le même bourdonnement d'ailes. Vous savez ? la phalène, ce beau papillon de nuit qui vient brûler à la flamme des candélabres, son corsage de velours et ses ailes de cire. Amaryllis, c'était la fiancée, Amaryllis Belleau. Un beau brin de fille, je m'en souviens, et mise à ravir. Elle portait... Voyons, que portait-elle. Ma foi ! je ne m'en souviens plus. Seulement, ça lui allait à merveille. Des cheveux noirs comme des ailes de corbeau, bouclés... Non pas noirs, couleur de blé mûr, plutôt. Pour ça pas de doute. Ce qui la rendait séduisante surtout, c'était ce grand œil rêveur, même dans les bouffées de joie. Un œil ou l'azur du ciel... L'azur... je ne sais pas trop. Or, je ne veux rien affirmer d'incertain, comme mon ami Noé Bergeron, je suis esclave de la vérité ; la vérité je ne connais que ça.

Pauvre Noé, si jamais ces lignes tombent sous ses yeux, il va bien rire... à moins qu'il ne se fâche à cause de mon indiscrétion. Bah ! je dirai que c'est une histoire que j'ai inventée pour amuser les lecteurs de la *Revue Canadienne*.

Le commencement de l'affaire — car il faut commencer par le commencement — ce fut une escapade de trois étudiants en médecine et d'un étudiant en droit. L'étudiant en droit, c'était moi.

Je ne sais trop si je ne devrais pas parler, d'abord, de la mort de madame Belleau. Cette mort est bien la cause première de l'incident, et mon histoire serait courte sans cela.

Apprenez donc qu'à l'époque de la grande soirée des fiançailles, la mère était, depuis quelques années déjà, partie pour un monde meilleur, ce qui ne doit pas être chose difficile à trouver. Monsieur Belleau ne s'était pas vite consolé; il ne s'était pas encore consolé. La tendresse de sa fille apportait bien un adoucissement à sa douleur, mais ne pouvait la calmer tout à fait. Rien ne remplace la femme aimée, surtout quand la maternité a sanctifié l'amour en le comblant.

Je reviens à l'escapade. Il vaut mieux commencer par là. Noé me demanda de me joindre à lui et à ses camarades pour faire une petite expédition nocturne dans un cimetière. J'avais eu envie d'étudier la médecine, et cela faisait comme un trait d'union entre les disciples d'Esculape et moi.

Un peu vague, le trait d'union, il est vrai. Ensuite, je n'avais point peur des morts. Pauvres morts! que voulez-vous qu'ils fassent?... Si seulement ils pouvaient parler! Combien de fois j'ai désiré converser avec eux! Comme il serait curieux de leur entendre raconter les émotions du départ d'ici et de l'arrivée là-bas!... Ils nous apprendraient le mystère des rapports intimes entre les créatures de notre monde et celles des autres mondes. Ils nous parleraient peut-être des canaux gigantesques de Mars et nous diraient pourquoi, à certaines époques, ils se dédoublent. Ils nous révéleraient le secret des étoiles blanches, comme Sirius, Véga ou Ataïr; des étoiles jaunes, comme Arcturus, Pollux ou La Chèvre; des étoiles rouges, comme Betelgeuse, Antarès, Algol. Ils nous raconteraient comment ils nous voient des profondeurs de l'infini où ils se sont envolés, pendant que nous, nous avons peine à voir plus loin que notre nez. Nous ne pouvons pas découvrir les sentiments faux de l'ami qui nous sourit, les calculs égoïstes de la main qui nous relève, les rouéries coupables du politiqueur qui nous harangue, la fragilité des promesses que nous fait l'amitié, la jalousie des confrères qui nous félicitent, et cætera...

Je n'avais pas peur des morts. Il était onze heures du soir quand nous mîmes dans la main du gardien la pièce blanche nécessaire pour faire ouvrir l'infâme barrière. La dernière barrière qui tombera sera bien dans le voisinage de notre bonne ville de Québec. Les fortifications s'écroulent mais les barrières restent debout. Fouette cocher; mon récit s'attarde trop. Il était discret, notre cocher. Au reste sa discrétion lui rapportait de jolis deniers. Une vertu intéressée est peut-être moins belle mais elle est plus sûre.

Sur la route large et dure les roues produisaient un grondement sonore et monotone qui nous aurait endormi comme une berceuse, si l'acte audacieux que nous accomplissions ne nous eût tenus en éveil. De temps en temps les bêches d'acier que nous emportions se heurtaient, et nous pensions aux clous du cercueil qui grinceraient tout à l'heure en se cassant.

— Nous voici rendus, fit le cocher qui n'avait rien dit encore.

— Déjà?

Cette surprise nous échappa. Nous n'avions peut-être pas hâte d'arriver.

La nuit était tiède; une superbe nuit d'été, moins la lune et les étoiles. C'est quelque chose, je l'avoue. Le ciel nuageux nous annonçait une averse, mais nous enveloppait d'ombres. Un silence profond régnait partout; personne sur la route; pas de lumières aux fenêtres des maisons voisines. Des morts, rien que des morts! Nous étions dans le cimetière. Joseph Labruère connaissait la fosse. Tiens! je ne voulais pas le nommer, celui-là... N'importe, allons! Joseph Labruère nous dit:

— Venez par ici.

— Attends, observa avec raison Noé, il est bon de se réconforter un brin.

Et il nous présenta une gourde qui n'avait encore rien perdu de sa fraîcheur. Il se fit un petit bruit dans un coin du cimetière. Un hibou, peut-être, qui se fatiguait de veiller seul sur un cyprès, peut-être un blaireau qui revenait heureux en sa retraite...

— Allons! en voilà un qui se réveille avant la résurrection, fit Gaspard Côté.

Bon! voilà l'autre nommé. Maintenant que vous les connaissez tous, je continue. Nous suivîmes Labruère. Nous marchions d'un pas léger afin de ne pas faire crier le sable, et de temps en temps nous nous arrêtions pour écouter. Le cocher faisait sentinelle, ou dormait sur son siège.

— Ici, fit Labruère, à voix basse, ici!

Un éclair jaillit de la rue, et dans la lumière rouge, sous les grands arbres, toutes les croix du cimetière parurent sortir de terre.

— Hâtons-nous, dit Noé; il faut finir avant l'orage.

Les bêches s'enfoncèrent dru dans le sable nouvellement remué. Un quart d'heure s'était à peine écoulé que le tombeau rendit un bruit sourd. Les instruments l'avaient heurté. Un frisson passa dans les veines de mes compagnons. S'ils avaient eu le courage d'avouer leur peur, j'aurais avoué mes remords. L'amour propre nous scella la bouche mieux que les clous n'avaient scellé la bière.

Enfin nous parvenons à ouvrir cette porte que l'on croyait à jamais fermée sur le mort, et nous réunissons toutes nos forces pour enlever le lugubre fardeau et le hisser sur le bord de la fosse béante. Un autre éclair illumina les airs et des reflets blafards descendirent jusque sur la tombe encore ouverte, au fond du trou. Le cadavre que nous tenions reçut la lumière en pleine figure. Nous ne pûmes retenir un cri. Nous avions fait erreur. Notre guide s'était trompé.

Nous étions venus chercher un pauvre diable de matelot décédé à l'hôpital, et nous avions entre les bras les dépouilles mortelles d'une femme. Il était trop tard pour recommencer.

Nous étions tous un peu fatigués aussi. Et puis le *sujet* ne servirait pas moins bien la science, quand il serait sur la table de marbre de la dissection. Pour apaiser la conscience qui avait des velléités de révolte, la gourde fut vidée. C'est l'argument suprême. Les remords se turent et nous filâmes au trot vers la cité mal endormie.

Inutile de dire que nous avions fait disparaître la trace de notre sacrilège. Le fossoyeur n'avait pas ratissé le sable béni avec un soin plus scrupuleux.

La femme dont nous avions, malgré nous, troublé le repos sacré, paraissait jeune encore et gardait, sous la pâleur effrayante de la mort, les traces d'une beauté frappante. Elle portait au doigt un anneau d'une grande valeur, un large cercle d'or fin où l'artiste avait incrusté une guirlande de petits diamants.

Que faire de cet anneau ? Notre honnêteté était déjà proverbiale et nulle pensée mauvaise ne vint à notre esprit. Nous résolûmes de le vendre et d'en rendre la valeur à la défunte, sous forme de messes basses. Plus tard, Noé Bergeron qui ne ménageait pas les écus de son père, un riche marchand des environs de Montréal, racheta le bijou et le serra, soigneusement enveloppé dans une touffe de ouate blanche. Il le destinait au doigt mignon d'une adorable créature qu'il ne connaissait encore qu'en rêve.

Quelques années s'écoulèrent et nous fîmes un grand pas dans la vie. Chacun de nous prit son chemin et commença la lutte pour l'existence.

Noé avait fixé ses pénates dans une place d'eau. À Cacouna, je crois. Je n'affirme point. Il jugeait que les bains lui seraient d'un grand recours, à cause de l'imprudence des baigneurs ; cependant sa confiance n'allait pas jusqu'à espérer de rendre la vie aux infortunés qui l'auraient définitivement laissée au fond des eaux amères.

Il fut appelé, un jour, auprès d'une jeune fille qui s'était en effet trop attardée dans l'onde caressante mais perfide. On l'avait retirée demi noyée. Il la sauva. Elle eût été sauvée sans lui, mais il était écrit que la chose arriverait ainsi. Elle eut de la reconnaissance envers son jeune médecin. De la reconnaissance à l'amitié, la transition est toute naturelle et la distance, toute courte. Elle lui donna son amitié. De l'amitié à l'amour le saut n'est jamais brusque et le chemin est quelquefois long. Elle parcourut le chemin. Lui, il l'avait aimé du premier coup d'œil ; il avait franchi l'espace d'un seul bond.

Et voilà pourquoi ils fêtaient leurs fiançailles. Car elle, vous n'en doutez pas, c'est mademoiselle Amaryllis Belleau.

Nous voilà donc revenus à la soirée des fiançailles. Le chant, la danse, les récitations se succédaient avez la régularité désespérante des symphonies trouées que déroulent mécaniquement les musiciens de la rue. Il y avait dans l'atmosphère chaude des senteurs exquises que les éventails des dames, gracieusement agités, faisaient courir et flotter sans bruit, de toute part. Quand l'heure du réveillon sonna, les cuivres et les violons suspendirent leurs poétiques accords, et le cliquetis des couteaux et des fourchettes, ô sacrilège ! parut doux à l'oreille des gourmets.

L'homme ne vit pas seulement de son... Que de mets succulents furent savourés ! que de rasades joyeuses furent bues ! La première, la plus solennelle, la seule universelle, peut-être, ce fut quand le père Belleau, une petite moustache sur une grosse lèvre, un ventre rebondi, paré, sur le côté, d'une pesante breloque, proposa la santé des fiancés. Au même instant Noé, mon ami Noé, tout ému, rouge comme un coquelicot, passa au doigt d'Amaryllis l'anneau précieux qu'il conservait depuis si longtemps dans la ouate. Amaryllis poussa un petit cri de surprise, et nous crûmes qu'il lui serrait trop l'annulaire. Elle se prit à regarder le joyau avec une grande attention, et puis on la vit pâlir.

Le fiancé était tout fier. Le père débitait son discours de

circonstance avec une verve digne d'une meilleure grammaire. Quand il eut fini, il se pencha sur la main de sa fille.

— Oh! fit-il, d'une voix drôle.
— Puis un moment après:
— Je ne croyais pas qu'il y en eût deux pareils.

Noé devenait rêveur. Amaryllis gardait un silence inquiétant.

Monsieur Belleau reprit:
— Montre donc, Amaryllis.

Amaryllis lui passa l'anneau.

— Mais il est tout à fait semblable à celui que j'ai donné à ma chère défunte... On jurerait que c'est le même... C'est singulier!... singulier!... Et le même nom gravé en dedans... Amaryllis!...

— C'est le nom de ma fiancée, observa Noé d'une voix qui s'efforçait de paraître sûre.

— C'est vrai! c'est vrai!... Amaryllis, comme sa pauvre mère... reprit monsieur Belleau. Puis il demanda:

— Où donc l'avez-vous acheté, Monsieur Bergeron?

Noé hésita. Je crus un instant qu'il était perdu. Il ne voulait pas mentir, et il cherchait une réponse acceptable.

— C'est un souvenir de famille, dit-il, enfin, un souvenir qui me coûte assez cher cependant...

Je vins à son secours. Dieu me pardonnera mon petit mensonge en faveur de ma bonne intention... ou bien il le fera expier à mon ami.

— Quand ta sœur a tiré cet anneau de son doigt pour te le donner, dis-je alors, d'une voix pleine de larmes, elle n'a pu s'empêcher de pleurer abondamment. C'était l'anneau de ses fiançailles à elle aussi.

Tous les convives me regardèrent avec anxiété. Noé était ahuri.

— Son fiancé venait de mourir, repris-je hardiment, et

elle mourait à son tour... Elle mourait au monde... Elle allait s'enfermer dans un couvent.

Il y eut un murmure approbateur. Tout le monde voulut voir l'intéressant anneau.

— J'espère, dis-je encore, que cet anneau va porter bonheur désormais, et que Mademoiselle Amaryllis ne finira pas ses jours dans le cloître, mais au foyer du plus dévoué des maris et du plus loyal des amis.

Noé pleurait d'attendrissement. Il se sentait sauvé. Monsieur Belleau reprit sentencieusement :

— Garde bien ce souvenir, ma fille, il est précieux à plus d'un titre... et quand tu mourras...

— Oh! ne parlez pas de ça, fit Noé vivement...

— Tout de même, me disait-il, plus tard, j'éprouve un grand remords d'avoir mis le scalpel dans les chairs de ma belle-mère.

— Bah! lui répliquai-je, ce n'est pas souvent qu'une belle-mère est déchirée au nom de la science.

Firmin Picard

―⌇⌇―

On ne possède que bien peu de renseignements sur ce conteur d'origine acadienne qui a publié plusieurs contes et nouvelles, une trentaine en tout, dans Le Monde illustré, La Revue canadienne *et* Le Petit Figaro, *entre 1893 et 1899. On sait qu'il a été journaliste aussi au* Saint-Laurent *de Rimouski.*

Le prix du sang

Faits et légende de 1837[1]

Oh! que l'hiver était rude!

Parfois, la bise passait en sifflant lugubrement; parfois, elle hurlait dolemment [sic], amoncelant nuées sur nuées; puis tout à coup les flocons en tourbillonnant obscurcissaient le jour, et durant des heures, de longues et mortelles heures, ils augmentaient leur couche ouatée si perfidement douce, où le pauvre voyageur s'endormait... pour dormir son dernier sommeil!...

Sous les cinglantes injures, devant les sanglantes injustices de l'Anglo-saxon, le peuple canadien-français sentait la colère l'envahir. N'était-ce pas à lui, Canadien, son Canada? N'avait-il pas le droit, droit indiscutable, droit garanti par les conventions, par le traité solennel de Paris de 1763, de garder sa Foi, sa Langue, ses Lois, et d'administrer ses affaires?

Nous ne parlons pas du Canadien anglais, puisque celui-ci se souleva comme le Français pour cette même liberté.

L'insurrection éclata: quelque hommes intrépides, résolus, résistèrent aux soudards bien armés, conduits par des écorcheurs, par des incendiaires. Aux fusils et aux canons, nos

---

[1]. Ce chapitre a paru récemment dans un livre intitulé: *Soixante ans de liberté,* édité par M. Bissonnette, 33, rue Saint-Nicolas, Montréal, chez qui on peut se le procurer au prix de $1.00. Comme nous n'avons pas eu la correction des épreuves de ce récit, il s'y est glissé quelques fautes d'ailleurs sans importance: ces fautes n'existent pas dans ce que nous reproduisons aujourd'hui.

braves patriotes opposaient des fourches et des faux, des canons de bois éclatant aux premières décharges[2].

*
* *

Un soir, dans les premiers jours de décembre 1837, un homme jeune encore, bon et doux, savant, pieux, après avoir longuement pressé sa jeune épouse sur son cœur, lui dit de sa voix profonde :

— Prie, chère femme, pour notre beau pays ; demande que Dieu bénisse nos travaux, qu'il nous donne la victoire !

— C'est donc décidé ? dit Mme Chénier (car c'est du docteur Chénier que nous parlons). Es-tu parvenu à trouver des hommes ? Peux-tu compter sur eux ?

— Oui, chérie, j'ai trouvé des hommes, et tous paraissent pleins d'enthousiasme. Mais les chances de la guerre sont si aléatoires !...

« Parfois, en voyant l'hostilité de notre saint évêque, alors que c'est pour nos droits les plus sacrés que nous combattons, je suis pris d'un profond découragement. Faut-il continuer ?... Et si nous sommes vaincus, que deviendras-tu, toi, ma bien aimée, que deviendra notre petit enfant que nous aimons tant, que deviendront les familles de nos braves ?...

— Va où le devoir t'appelle mon cher. Plus tard...

— Plus tard ?... Oh ! plus tard, vois-tu, il sera trop tard. Vaincus, nous aurons encouru les censures de l'Église ; pas un prêtre auprès de nos blessés, pas un mot de pardon au moment suprême !... On nous condamnera parce que nous n'aurons pas réussi ; notre mémoire sera exécrée...

---

2. Tout ce que nous rapportons des engagements des Patriotes avec les troupes anglaises, des incendies de Saint-Eustache et de Saint-Benoît, est rigoureusement historique. Voir les ouvrages de L.-O. David, de F.-X. Garneau, et les traditions, à Saint-Eustache.

— Pourquoi, chéri, ces pensées douloureuses ? La fortune ne peut-elle vous sourire, surtout que vous avez le droit pour vous ?... Va, sois fort ! l'Anglais maudit veut proscrire notre race : rappelle-toi l'Acadie. Crois-tu que les évêques et le clergé ne seront pas les premières victimes, malgré leur loyauté presque incompréhensible ? Pourquoi n'élèvent-ils pas la voix pour montrer à nos barbares gouvernants leur iniquité ?

— Je sais, ma chère amie, qu'il ne s'agit pas, en ceci, d'un dogme de Foi. Cependant, nos évêques sont nos guides spirituels, et souvent il en coûte au peuple de ne pas suivre leurs avis dans les choses temporelles. Encore une fois, que deviendriez-vous si...

— Ne t'inquiète pas de nous... Je suis jeune, je puis me faire une carrière, dans l'enseignement ou ailleurs... Prions, afin que Dieu vous protège, te garde à notre amour, te ramène sain et sauf... et va ton chemin sans peur... J'ai le cœur brisé en te parlant, mais songe à ce bon peuple qui se confie à toi ; songe à notre malheureuse patrie, songe à notre Foi en péril, songe à ton enfant ! Dieu voit les conséquences : il saura faire la part de chacun.

— Oui, tu es une vaillante femme, et Dieu aura pitié de nous !

Fiévreusement, il l'inonde de larmes, la couvrant de baisers fous. Pour ne pas faiblir, il s'arrache à ces étreintes passionnées ; traversant sur la glace la rivière du Chêne, qui sépare sa maison de l'église, il va retrouver ses hommes.

Certes, il n'avait pas peur, ce brave des braves : mais la veille encore, plusieurs personnes avaient rapporté de sinistres nouvelles de Saint-Charles ; on racontait que d'autres troupes canadiennes avaient été battues — c'était, sans doute, à l'escarmouche de Moore's Corner que l'on faisait allusion.

Chénier savait prévoir : oh ! s'il avait eu des armes, s'il avait pu former ses troupes... Girod et lui espèrent contre tout espoir.

⋆
⋆ ⋆

On signale les Anglais.

En tumulte, les Patriotes entourent leur chef, leur bon docteur. Il relève leur courage, les met en rangs. Ils descendent la rivière Jésus, où Chénier échelonne ses hommes du mieux qu'il peut, afin, si possible, de refouler les soldats arrivant par Sainte-Rose.

Ceux-ci, commandés par le capitaine Maxime Globenski, forment une compagnie de quatre-vingts hommes bien armés: les Patriotes sont cent cinquante, il est vrai, mais la moitié sans armes à feu, tous dépourvus de munitions.

Les Patriotes n'avaient pas fait quelques pas, que le canon fait entendre sa grande voix. Étonnés, ils se retournent: derrière eux, l'infâme Colborne avec deux mille hommes de troupe va les anéantir!...

Éperdus, la plupart de nos Canadiens, à la vue de cette multitude de soldats, au bruit des boulets à mitraille éclatant autour d'eux, prennent la fuite vers Saint-Eustache: dans ce mouvement de retraite, plusieurs sont blessés encore par les décharges d'artillerie.

Chénier fait des efforts surhumains: il parvient à retourner au village avec les plus braves de sa troupe en bon ordre. Les soldats les ont suivis, amenant leurs pièces.

Le lâche Girod s'est enfui à Saint-Benoît.

Chénier, voulant mettre ses hommes à l'abri, les conduit à l'église.

L'ennemi lance une grêle de balles: les Patriotes ripostent avec énergie. Dans l'église, ils sont deux cent cinquante contre plus de deux mille soldats bien exercés, aguerris. Ils n'ont qu'une centaine de vieux fusils: les Anglais ont neuf canons!

Les boulets menacent de faire tomber la façade de l'église; les clochers sont en ruines, les boulets rouges mettent le feu aux combles, la situation est intolérable pour les nôtres.

Le brave Chénier ne veut pas sacrifier inutilement ses hommes: il les fait sortir par la sacristie.

Les Anglais sont sur leurs talons: un officier pénètre à cheval dans le temple[3].

Tous étant partis, Chénier, à son tour, escalade une fenêtre: à peine au-dehors, un coup de feu lui fracasse une jambe. Il tombe. Se relevant aussitôt sur un genou, il fait feu sur les Anglais. En même temps, une balle l'atteint en pleine poitrine: le brave meurt face à l'ennemi!...

★
★ ★

Les maisons du village prennent feu tour à tour; tout brûle, les habitations, les granges, les récoltes, les instruments de labour, les animaux que ces hordes incendiaires, féroces, ne peuvent emmener.

Sur un banc, vers le centre du village, à l'hôtel Addison, qui était alors situé où se trouve aujourd'hui le magasin de M. Alphonse Bélair, ils ont étendu un cadavre sanglant, méconnaissable: celui de Chénier.

Malgré toutes les dénégations, malgré les démentis intéressés après coup, même ceux que publiait, en 1896, un grand journal de Montréal, ces chacals ouvrirent le corps du jeune chef, en ôtèrent le cœur, le promenèrent au bout d'une lance dans les rues désertes du village[4].

Il suffit de raconter...

Le cœur saigne, le rouge de la honte monte au front, quand on songe que plusieurs compatriotes prirent fait et cause pour la force, contre le droit.

---

3. Historique.

4. Toute cette scène de cannibales est rigoureusement vraie; on sait que les démentis ont été achetés.

Le capitaine Globenski, fils d'un étranger paraissant d'origine polonaise par son nom, était né à Saint-Eustache même.

Son père devait appartenir très probablement, d'après les anciens, au grand-duché de Posen, formé des démembrements de la Pologne, constituant une province de Prusse. Cette famille était sans ressources.

Le capitaine Maxime, ambitieux, n'ayant rien à perdre et tout à gagner à se concilier les faveurs des bureaucrates, servait contre sa patrie d'adoption et fit le coup de feu contre ses frères.

En vain, un ouvrage[5], d'ailleurs sans valeur, publié plus tard, essaya de déverser l'ignominie sur les braves de 1837 — l'ignominie n'atteint que ceux qui trahissent, mais jamais, non! jamais, celui qui sait mourir pour Dieu, pour ses foyers.

Un traître guida Colborne de Montréal à Saint-Eustache: il se nommait Loiselle. Pour sa récompense, il fut nommé la même année gardien au Palais de Justice de Montréal, place qu'il occupa pendant cinquante ans[6].

★
★ ★

Isolés, sans secours des autres villages, les quelques paysans de Saint-Benoît se virent réduits à l'impuissance: et le cynique John Colborne, avide de sang et de ruines, fit promener ses torches par toutes les demeures des suspects, là comme à Saint-Eustache. Pas un homme de Saint-Benoît, cependant, n'avait fait le coup de feu.

---

5. Il s'agit, bien sûr, de *La rébellion de 1837 à Saint-Eustache, précédée d'un exposé de la situation politique du Bas-Canada depuis la cession,* Québec, Imprimerie A. Côté et cie, 1883, 334 p., livre auquel répondra Laurent-Olivier David, *Les Patriotes de 1837-38,* Montréal, Eusèbe Sénécal & fils, 1884, 299 p. (Note de la rédaction)

6. Ce fait, complètement inédit, nous a été rapporté par une personne absolument autorisée, puisqu'elle touche à la famille du fonctionnaire.

Les femmes ni les enfants n'étaient responsables — j'entends, à cause de leur faiblesse : car ces femmes héroïques poussaient leurs pères, leurs frères, leurs époux à défendre la cause de l'âtre et de l'autel — ils n'étaient nullement responsables des actes des hommes.

Pour les Anglais, il n'est rien de sacré. Cet outrageux Colborne a-t-il quelque chose dans la poitrine à la place du cœur ? — Mais que lui importent, dites-le-moi, les souffrances, les sanglots déchirants, la mort de cent innocentes victimes ?

Il avait promis d'épargner Saint-Benoît : lâche, il est tout autant parjure.

N'a-t-il pas l'exemple du vendeur de chair humaine, au siècle passé en Acadie, le trois fois maudit Laurence ; et ne trouvera-t-il pas un supplice aussi cruel que ceux de cet exécré galonné ?

Sa face de damné a un effroyable rictus : oui, il a trouvé !

Oh ! je sais : Gosford règne ; mais n'est-ce pas cette bête fauve qui gouverne ?

Il met à prix la tête des malheureux fugitifs : il cherche, le *Vieux-Brûlot* perfide, à susciter des traîtres parmi les nôtres !...

Sur les débris calcinés de ce qui fut Saint-Benoît, Saint-Eustache, les cloches suspendues dans des charpentes provisoires, sonnent à la joie... et ce sont des plaintes heurtées, s'épandant sur ces ruines fumantes.

Elles annoncent la poétique fête par laquelle s'ouvre l'année liturgique, la fête de la paix, la fête du pardon, la douce et gracieuse fête de Noël.

Dans les familles, la sonnerie résonne comme un glas : presque à chaque table il reste, chaque jour, un ou plusieurs couverts indiquant la place d'un ou de plusieurs absents ; ces places restent obstinément vides, non moins obstinément marquées à chaque repas. Y a-t-il quelque espoir encore ?

La nuit, quelquefois, un malheureux se traîne, épuisé,

d'un village à l'autre : on l'accueille à bras ouverts, on le cache où il se présente : mais il ne peut rester nulle part, sa présence est un danger. L'annonce a été faite publiquement du prix offert par le gouverneur Gosford pour la tête de chaque chef de notre *guerre des paysans*.

Henry de Puyjalon

―❦❦―

Descendant des illustres familles des comtes de Toulouse et des vicomtes de Béziers, Henry de Puyjalon, « le solitaire de l'Île-à-la-Chasse », naît à Puyjalon (Bas-Limousin) vers 1840, du mariage de Louis Puyjalon et Marie-Amélie Maygnen de Nanteuil(?). Ami de Léon Bloy, avec qui il mène une vie de bohème, et de Charles Gounod, il fréquente le célèbre cabaret du Chat Noir. Il renonce toutefois à une carrière à l'opéra et émigre au Canada en 1872, à la suite, dit-on, d'un revers de fortune. Il se fixe d'abord à Montréal, puis à Québec où il se lie d'amitié avec sir Joseph-Alphonse Chapleau, Joseph Marmette, Narcisse-Henri-Édouard Faucher de Saint-Maurice, Arthur Buies, Oscar Dunn, Léon Ledieu, et plusieurs autres personnalités littéraires et politiques du temps. C'est d'ailleurs à Québec qu'il épouse en 1882 Angélina, fille de l'honorable Gédéon Ouimet, alors surintendant de l'Instruction publique. En 1880, Puyjalon explore pour le compte du gouvernement provincial le vaste territoire jusque-là peu connu du Labrador canadien, qui deviendra sa patrie d'adoption. Géologue, zoologiste, protecteur de la faune labradorienne, gardien du phare de l'Île-aux-Perroquets (1888-1891), fondateur de la Société d'histoire naturelle du Labrador en 1896 avec Alexandre-Napoléon Comeau et les abbés Victor-Alphonse Huard et Philogone Lemay, il a laissé, outre plusieurs rapports à l'intention du ministère des Terres et Forêts, quelques ouvrages tels : Petit Guide du chercheur de minéraux *(1892),* Petit Guide du chasseur de pelleterie *(1893)*, Labrador et géographie *(1893)*, Récits du Labrador *(1894) et* Histoire naturelle à l'usage des chasseurs canadiens et des éleveurs d'animaux à fourrure *(1900). Il meurt à l'Île-à-la-Chasse le 17 août 1905.*

La perdrix de Ludivine

Ludivine était la fille d'un pêcheur. Elle avait dix-huit ans et la rusticité de son origine n'enlevait rien à la beauté de ses formes et à l'heureuse harmonie de ses proportions.

La finesse de ses attaches eût fait envie à une duchesse de bonne maison ou à une sauvagesse sans alliage.

Rompue à tous les exercices de la mer et du bois, elle tranchait la morue en se jouant et tendait un piège à un renard avec une suprême habileté.

Elle eût battu Atalante à la course et la barre d'une barge en main, rendu des points au premier timonier du monde.

Nul ne dansait le «Castor» comme elle, et l'on parle encore des truites au lard qu'elle faisait frire et des fayots qu'elle préparait.

Après cela, d'une sagesse exemplaire, pas un mot à dire, quoi, rien, absolument rien. Le curé lui-même, à son prône, où il ne ménageait cependant personne, n'avait encore rien critiqué en Ludivine. Et qu'aurait-il dit?

Elle n'allait jamais aux graines avec les garçons. Nul ne l'avait jamais vu s'attarder dans les coins noirs avec son danseur, après la danse. Quand elle prenait le bois, c'était toujours toute seule ou avec des personnes éprouvées.

Charly B. prétendait bien l'avoir embrassée une fois, une seule! Mais Charly se mettait souvent en fête et, dans cet état, se laissait entraîner à dire trente-six mille menteries qu'il désavouait ensuite.

Ludivine était donc une fille parfaite, me dira-t-on ? Hélas ! non, répondrai-je, il n'est pas de fille parfaite en ce monde et je le regrette de toute mon âme... Ludivine avait un grand défaut : elle aimait trop la chasse.

C'était chez elle une invincible passion et rien ne lui coûtait pour la satisfaire.

Elle lui sacrifiait jusqu'aux entraînements de la plus élémentaire des coquetteries, et ses costumes de chasse n'eussent pas été déplacés dans la hotte du chiffonnier le plus sordide.

Cet inentravable entraînement et ce laisser-aller lui causèrent un jour une cruelle mésaventure, et je vais vous la conter :

À la fin d'août, Ludivine avait placé plusieurs collets sur le bord du bois. Elle savait que les jeunes perdrix commençaient, à cette époque, à venir au plain chercher les graines rouges dont elles sont friandes, et le désir de régaler son père le dimanche suivant, l'avait poussée à contrevenir aux lois, qu'elle ignorait d'ailleurs profondément et dont elle se moquait comme d'une guigne.

Le vendredi, son ménage achevé, ses vaisseaux préparés, ses couteaux à trancher, à piquer, à décoller, mis en ordre, elle s'achemina vers ses collets.

Le temps avait été très doux, un peu pluvieux. Les perdrix avaient gardé le bois ; aussi n'en trouva-t-elle qu'une seule qui se fut prise. Elle la mit dans la poche de sa jupe et reprit la route de la maison.

Chemin faisant, elle s'aperçut, en jetant un coup d'œil au large, que les barges rentraient. Elle hâta le pas pour se trouver au plain à l'arrivée de son père, afin de l'aider à décharger sa morue, à la trancher, à la saler dans le chaffaud et... elle oublia sa perdrix. La pêche avait été abondante et il était minuit passé, lorsqu'elle put songer à dormir. Il fallait se lever dès l'aurore, qui écarte ses voiles bien de bonne heure encore en cette saison, et elle se laissa tomber tout habillée sur son lit.

Au réveil, elle dut s'occuper du grand ménage, car c'était samedi, veille du dimanche.

De plus, le curé était arrivé le matin même pour sa mission et devait confesser le soir. Ludivine vaqua à ses travaux obligés avec sa vaillance ordinaire et oublia de plus en plus sa perdrix. Puis, le soir venu, jetant sur sa robe de travail un vêtement un peu plus propre, elle se dirigea vers la chapelle.

Tout au long du chemin, il lui sembla qu'une odeur désagréable l'accompagnait avec persistance, mais les sentiers du Labrador exhalent tant de parfums qui ne doivent rien à la rose, qu'elle ne songea point à s'en étonner.

Rendue à l'église, tous les soins de son examen de conscience absorbèrent toute son attention. Elle ne sentait plus rien que le regret de ses fautes. Son tour vint ; elle entra dans le confessionnal et s'y agenouilla pieusement, puis, au moment voulu, elle commença l'aveu de ses péchés.

Ils n'étaient pas énormes, ainsi que vous devez le penser. Cependant, le curé semblait soucieux, presque sévère contre son habitude, car il était pour toutes les faiblesses, l'indulgence en personne. Il se remuait souvent, se mouchait à tout propos, bref, donnait tous les signes d'une agitation singulière. Enfin, n'y tenant plus, à l'instant où la jeune fille s'accusait avec une extrême contrition de son plus gros péché, il s'écria, contenant à peine les éclats de voix :

— Ludivine, ça pue horriblement.

La jeune fille, complètement ahurie, ouvrit des yeux énormes... puis pâlit tout à coup. Puis, un souvenir venait de traverser son cerveau avec l'acuité d'un harpon.

Mon Seigneur, se dit-elle, c'est la perdrix ! la perdrix qui s'est gâtée dans ma poche ? il fait si chaud ! Que faire, bon Dieu ? et son embarras était extrême.

Le curé qui s'aperçut de sa pâleur, reprit :

— Ça te rend malade, hein ? D'où vient donc cette odeur ?

— C'est la perdrix, monsieur le Curé, répondit Ludivine.

— Comment, la perdrix ?

— Oui, monsieur le Curé, ma perdrix !

Le curé regarda sa pénitente avec étonnement, et sa figure s'assombrissant soudain, il dit sèchement :

— C'est bien, continue ta confession.

Ludivine acheva et sortit tout en émoi.

Le curé, une fois libre, se précipita hors de la chapelle, humant avec frénésie les émanations du varech et de la mer, qui venaient jusqu'à lui. Enfin il rentra chez moi où il couchait.

Le lendemain, après la messe, il se mit en devoir de prononcer son allocution habituelle.

Il avait l'air d'assez méchante humeur, et le connaissant, je supposais qu'il allait se livrer à l'un de ses accès d'étonnante franchise, dont il était coutumier, sans se préoccuper de la délicatesse d'oreilles, qu'il savait d'ailleurs peu sensibles, de ses auditeurs.

J'étais allé la veille, dans la soirée, fumer une pipe et jouer au « Jack » chez le père de Ludivine et j'y avais appris que l'on avait dansé chez Dud et que, le whiskey aidant, la partie de plaisir avait été un peu débraillée.

Incidemment, Ludivine m'avait parlé de sa perdrix et prié de l'excuser auprès du curé, tâche qu'il m'avait été impossible d'accomplir, le curé s'étant levé bien avant moi.

Il commença, et, comme je m'y attendais, entra à pieds joints dans son sujet.

— On a dansé chez Dud, il y a cinq jours ; et, comme d'habitude les hommes se sont conduits en ivrognes et les filles en pas grand-chose. Si on recommence ces indignités, je refuserai l'absolution aux coupables.

Il voudrait mieux me payer ma dîme, dont j'ai besoin,

encore plus pour les pauvres que pour moi-même, que de consacrer l'argent qui m'est dû à l'achat de mauvais whiskey. Jusqu'ici je n'ai jamais réclamé. À partir d'aujourd'hui je vais devenir de la dernière exigence.

Puis, après une pause, il ajouta :

— Certes il est bien, il est même très bien, de revêtir un costume convenable pour venir à l'église le dimanche, mais cela ne suffit pas, il faut encore être aussi net en dessous qu'en dessus.

Hier, j'ai failli mourir asphyxié en confessant les femmes et, puisque Ludivine prétend que cela s'appelle ainsi, je vous défend de vous présenter désormais au confessionnal, sans vous laver à fond la perdrix.

Je n'eus que le temps de franchir la porte de l'église, près de laquelle je me tiens toujours, avant d'éclater.

Quand mon curé vint me rejoindre je riais encore. Je lui expliquai sa méprise et il en rit plus fort que moi; puis, une fois calme, il me dit:

— Baste! C'est une métaphore, un peu hardie, peut-être, mais la propreté est une vertu et je suis ici pour prêcher la vertu...

Et pour les pratiquer toutes, interrompis-je.

— *Amen*, flatteur!

Bibliographie[1]

[ANONYME], «L'Iroquoise. Histoire ou nouvelle historique», *La Bibliothèque canadienne*, vol. V, n°s 5 et 6 (octobre et novembre 1827), p. 176-184 et 210-215 [dans John HARE, *Contes et nouvelles du Canada français, 1778-1859*. Préface de David M. Hayne, Ottawa, Éditions de l'Université d'Ottawa, 1971, p. (51)-66].

BARRY, Robertine [pseudonyme FRANÇOISE], «Conte du jour de l'an», *La Patrie*, vol. XIV, n° 260 (31 décembre 1892), p. 1-2 [«Le miroir brisé», dans *Fleurs champêtres suivi d'autres nouvelles et de récits et Méprise, comédie inédite en un acte*. Édition préparée et présentée par Gilles Lamontagne, Montréal, Fides, 1984, p. 96-102. (Collection du Nénuphar)].

——, «Le mari de la Gothe», dans *Fleurs champêtres*, Montréal, La cie d'imprimerie Desaulniers, 1895, p. 3-18 [dans *Fleurs champêtres suivi d'autres nouvelles et de récits et Méprise, comédie inédite en un acte*. Édition préparée et présentée par Gilles Lamontagne, Montréal, Fides, 1984, p. 35-43. (Collection du Nénuphar)].

---

1. Nous indiquons la référence bibliographique complète de la première édition. La référence entre crochets indique que nous reproduisons cette édition.

BEAUGRAND, Honoré, « Le père Louison », *La Patrie*, vol. XIII, n° 240 (5 décembre 1891), p. 1 [dans *La chasse-galerie. Légendes canadiennes*. Préface de François Ricard, Montréal, Fides, 1973, p. 69-82. (Collection du Nénuphar)].

———, « Maclolune », *La Patrie*, vol. XIII, n° 275 (21 janvier 1892), p. 1 [dans *La chasse-galerie. Légendes canadiennes*. Préface de François Ricard, Montréal, Fides, 1973, p. 55-68. (Collection du Nénuphar)].

BOUCHER DE BOUCHERVILLE, Pierre-Georges, « Louise Chawinikisique », *L'Ami du peuple*, vol. IV, n°s 19 et 20 (23 et 26 septembre 1835) [dans John HARE, *Contes et nouvelles du Canada français, 1778-1859*. Préface de David M. Hayne, Ottawa, Éditions de l'Université d'Ottawa, 1971, p. 102-126].

CRÉMAZIE, Octave, « Un ménage poétique », *L'Opinion publique*, vol. XIII, n° 49 (7 décembre 1882), p. 577-578.

DOUTRE, Joseph, « Faut-il le dire ! », *Le Ménestrel*, vol. I, n°s 22 et 23 (17 et 21 novembre 1844), p. 350-352 et 353-354 [dans John HARE, *Contes et nouvelles du Canada français, 1778-1859*. Préface de David M. Hayne, Ottawa, Éditions de l'Université d'Ottawa, 1971, p. 168-173].

DUCHARME, Charles-Marie, « Monsieur Bouquet », *Le Bazar*, vol. I, n° 26 (26 septembre 1886), p. 318 et 320 [dans *Ris et croquis*, Montréal, C.O. Beauchemin & fils, 1889, p. 196-204].

DUMONT, Georges-A., « Le solitaire. Légende », dans *Les loisirs d'un homme du peuple*. Préface de Berton-Joly, Montréal, G.-A. et W. Dumont, Librairie Sainte-Henriette, 1888, p. [7]-13.

FAUCHER DE SAINT-MAURICE, Narcisse-Henri-Édouard, « Madeleine Bouvart », *L'Opinion publique*, vol. III, n°s 14 et 15 (4 et 11 avril 1872), p. 166 et 178 [dans *À la brunante. Contes et récits*, Montréal, Duvernay frères et Dansereau, 1874, p. 196-220].

FILION, Mathias, «Jacques le voleur. Nouvelle canadienne», *Le Monde illustré*, vol. VIII, n° 395 (28 novembre 1891), p. 484.

FRÉCHETTE, Louis, «Chouinard», *Canada-Revue*, vol. III, n°s 12 et 13 (10 et 17 septembre 1892), p. 185-188 et 202-205 [dans *Originaux et détraqués. Douze types québecquois*, Montréal, Librairie Beauchemin limitée, 1943, p. 109-139].

L., H., «Le sacrifice du sauvage», dans James HUSTON, *Le répertoire national ou recueil de littérature nationale*, compilé par James Huston. Deuxième édition, précédée d'une introduction par M. le juge Routhier, Montréal, J.M. Valois & cie, libraires-éditeurs, 1893, vol. II, p. 235-240.

LARUE, Hubert, «Épisode du choléra de 1849. Un revenant», dans *Voyage sentimental sur la rue Saint-Jean. Départ en 1860, retour en 1880. Causeries et fantaisies*, Québec, Typographie de C. Darveau, 1879, p. [89]-95.

LECLÈRE, Charles, «Tic Toc ou le doigt de Dieu», *Le Courrier de Saint-Hyacinthe*, vol. I, n° 33 (25 novembre 1848), p. 1.

L'ÉCUYER, Eugène, «Esquisse de mœurs. Un épisode dans la vie d'un faux dévot», *La Ruche littéraire*, vol. I, n° 1 (février 1853), p. [1]-42.

LEGENDRE, Napoléon, «Le voyageur», *L'Album de la Minerve*, vol. II, n°s 11-13 (13-27 mars 1873), p. 164-165, 180-181, 194-196 [dans *Les Nouvelles Soirées canadiennes*, vol. VI (juillet 1887), p. 300-324].

——, «L'encan», dans *À mes enfants*, Québec, Typographie d'Augustin Côté et cie, 1875, p. [113]-122.

LEMAY, Pamphile, «L'anneau des fiançailles. Nouvelle», *La Revue canadienne*, vol. XXXI (novembre 1895), p. [651]-658.

MARMETTE, Joseph, «Le dernier boulet. Nouvelle historique», *Les Nouvelles Soirées canadiennes*, vol. IV, n° 4 (avril 1885), p. [193]-207 [dans *Récits et souvenirs*, Québec, Typographie de C. Darveau, 1891, p. 7-24].

MASSICOTTE, Édouard-Zotique, « Un drame de 1837 », *Le Recueil littéraire*, vol. I, n° 6 (avril 1889), p. 21-23 sous le pseudonyme d'Édouard MASSIAC].

PAPINEAU, Amédée, « Caroline. Légende canadienne », *Le Glaneur*, vol. I, n° 8 (juillet 1837), p. 119-121 [dans James HUSTON, *Le répertoire national ou recueil de littérature nationale*, compilé par James Huston. Deuxième édition, précédée d'une introduction par M. le juge Routhier, Montréal, J. M. Valois & cie, libraires-éditeurs, 1893, vol. II, p. 9-16].

PICARD, Firmin, « Le prix du sang. Nouvelle canadienne », *Le Monde illustré*, vol. XIV, n°s 707 et 708 (20 et 27 novembre 1897), p. 468-469 et 484-485.

PUYJALON, Henry de, « La perdrix de Ludivine. Récit du Labrador », *La Revue des Deux Frances*, vol. I (1er mars 1898), p. [177]-181.

SULTE, Benjamin, « Le diable gris », *L'Album de la Minerve*, vol. I, n° 5 (1er mai 1872), p. 259-262 [sous le titre « Le loup-garou », dans Édouard-Zotique MASSICOTTE, *Conteurs canadiens-français du XIXe siècle*, Montréal, C.O. Beauchemin & fils, 1902, p. [93]-101].

TACHÉ, Joseph-Charles, « Un compérage », dans « Forestiers et voyageurs », *Les Soirées canadiennes*, vol. III (1863), p. [51]-61 [dans *Forestiers et voyageurs*. Préface de Luc Lacourcière, Montréal, Fides, 1946, p. 51-58].

TESSIER, Ulric-Joseph, « Emma ou l'amour malheureux. Épisode du choléra à Québec, en 1832 », *Le Télégraphe*, vol. I, n°s 19-20 (1er et 3 mai 1837) [dans James HUSTON, *Le répertoire national ou recueil de littérature nationale*, compilé par James Huston. Deuxième édition, précédée d'une introduction par M. le juge Routhier, Montréal, J.M. Valois & cie, libraires-éditeurs, 1893, vol. II, p. 37-47].

*Liste des auteurs
par ordre alphabétique*

Anonyme, 23
BARRY, Robertine (FRANÇOISE), 389
BEAUGRAND, Honoré, 339
BOUCHER DE BOUCHERVILLE, Pierre-Georges, 43
CRÉMAZIE, Octave, 287
DOUTRE, Joseph, 103
DUCHARME, Charles-Marie, 279
DUMONT, Georges-A., 313
FAUCHER DE SAINT-MAURICE, Narcisse-Henri-Édouard, 217
FRÉCHETTE, Louis, 367
L., H., 113
LARUE, Hubert, 273
LECLÈRE, Charles, 187
L'ÉCUYER, Eugène, 121
LEGENDRE, Napoléon, 245
LEMAY, Pamphile, 409
MARMETTE, Joseph, 297
MASSICOTTE, Édouard-Zotique, 323
PAPINEAU, Amédée, 75
PICARD, Firmin, 421
PUYJALON, Henry de, 431
SULTE, Benjamin, 235
TACHÉ, Joseph-Charles, 177
TESSIER, Ulric-Joseph, 85

Table des matières

Introduction   7

Anonyme

L'Iroquoise   25

Pierre-Georges BOUCHER DE BOUCHERVILLE

Louise Chawinikisique   47

Amédée PAPINEAU

Caroline. Légende canadienne   79

Ulric-Joseph TESSIER

Emma ou l'amour malheureux.
Épisode du choléra à Québec, en 1832   89

Joseph DOUTRE

Faut-il le dire!   107

H. L.

Le sacrifice du sauvage   117

Eugène L'Écuyer

Esquisse de mœurs.
Un épisode dans la vie d'un faux dévot 125

Joseph-Charles Taché

Un compérage 181

Charles Leclère

Tic Toc ou le doigt de Dieu 191

Narcisse-Henri-Édouard Faucher de Saint-Maurice

Madeleine Bouvart 221

Benjamin Sulte

Le loup-garou 239

Napoléon Legendre

Le voyageur 249
L'encan 271

Hubert Larue

Épisode du choléra de 1849. Un revenant 277

Charles-Marie Ducharme

Monsieur Bouquet 283

Octave Crémazie

Un ménage poétique   291

Joseph Marmette

Le dernier boulet. Nouvelle historique   301

Georges-A. Dumont

Le solitaire. Légende   317

Édouard-Zotique Massicotte

Un drame en 1837   327

Mathias Filion

Jacques le voleur   335

Honoré Beaugrand

Le père Louison   343
Macloune   357

Louis Fréchette

Chouinard   371

Robertine Barry (Françoise)

Le miroir brisé   393
Le mari de la Gothe   401

Pamphile LEMAY

L'anneau des fiançailles 413

Firmin PICARD

La prix du sang. Nouvelle canadienne 425

Henry de PUYJALON

La perdrix de Ludivine 435

Bibliographie 441

Liste des auteurs par ordre alphabétique 445

Achevé d'imprimer
chez
Marc Veilleux,
Imprimeur à Boucherville,
en janvier mil neuf cent quatre-vingt-dix-sept